dtv
premium

Eoin McNamee

REQUIEM

Roman

Aus dem Englischen
von Hansjörg Schertenleib

Deutscher Taschenbuch Verlag

MIX
Papier aus verantwortungsvollen Quellen
FSC® C013736

Deutsche Erstausgabe
2012
Deutscher Taschenbuch Verlag GmbH & Co. KG,
München

Titel der englischen Originalausgabe:
›Orchid Blue‹
Published by Faber and Faber Limited, London

Umschlagkonzept: Balk & Brumshagen
Umschlaggestaltung: Wildes Blut, Atelier für Gestaltung, Stephanie Weischer
unter Verwendung eines Fotos von plainpicture/Arcangel
Gesetzt aus der Minion 10/13,75˙
Satz: Greiner & Reichel, Köln
Druck und Bindung: Kösel, Krugzell
Gedruckt auf säurefreiem, chlorfrei gebleichtem Papier
Printed in Germany · ISBN 978-3-423-24941-6

Für Marie

Teil Eins

Richter Curran hatte eben seine Zusammenfassung beendet, und das Gerichtsgebäude hatte sich kaum geleert, als der Gerichtsdiener ihm mitteilte, die Geschworenen seien zu einem Urteil gekommen. Einige Reporter waren noch geblieben, andere waren in die Stadt gegangen, um ihre Berichte an öffentlichen Telefonen zu übermitteln. In einem Mordfall, bei dem die Todesstrafe drohte, war kein frühes Urteil erwartet worden.

Der sechsundzwanzigjährige Robert McGladdery aus Damolly in Newry stand wegen Mordes an der neunzehnjährigen Pearl Gamble, die ebenfalls aus Damolly stammte, vor Gericht. Weil die Verteidigung befürchtet hatte, in Newry könne keine unbefangene Geschworenenjury zusammengestellt werden, fand die Verhandlung im Gericht von Downpatrick statt.

Die Anklage vermutete, dass McGladdery dem Mädchen auf ihrem Heimweg von einem Tanzabend in der Henry Thompson Memorial Orange Hall in Newry aufgelauert hatte. Man ging davon aus, dass McGladdery Pearl geschlagen, sieben Mal auf sie eingestochen und dann erwürgt hatte. Ihre nackte Leiche war mehr als eine halbe Meile über ein Stoppelfeld geschleppt und notdürftig an einem Ort versteckt worden, den Einheimische unter dem Namen Weir's Rock kannten. Die Anklage wurde vertreten durch Attorney General Brian McGuinness, die Verteidigung durch Kronanwalt James Brown. Richter Lance Curran hatte den Vorsitz.

Die Verhandlung hatte sieben Tage gedauert. Brown sagte später, er habe gedacht, je länger die Geschworenen berieten, umso besser für seinen Klienten. Die Beweise gegen McGladdery beruhten zur Gänze auf Indizien. Die Anklage hatte keinen Augenzeugen und keinerlei forensische Beweise, die ihn mit dem Verbrechen in Verbindung brachten. McGladdery war sechs Stunden im Zeugenstand gewesen, was ihm, wie Brown fand, nicht zum Vorteil gereicht hatte, auch wenn McGladdery beharrlich daran festhielt, nichts mit dem Mord an dem Mädchen zu tun zu haben. Brown hatte darauf gehofft, dass sich die Geschworenen Zeit nehmen würden, um das Fehlen von direkten Beweisen zu erörtern. Er hatte gehofft, sie würden sich mit dem Fehlen eines Tatmotivs auseinandersetzen. Pearl war nackt ausgezogen worden, doch es war, mit den Worten Detective John Speers', der maßgeblich mit den Ermittlungen befasst war, »eine Gnade, dass sie nicht entehrt wurde«. Brown hatte auf jeden Fall bereits damit begonnen, Argumente für eine Berufung zu erwägen. Eine solche Berufung würde nicht einfach sein. Richter Curran hatte die Verhandlung mit eisiger Unvoreingenommenheit geführt. Es schien, als habe er an jede Möglichkeit gedacht. Brown hatte versucht, sich juristische Hintertürchen offenzuhalten und bestimmte Bereiche unangesprochen zu lassen, um später Wege für eine Berufung zu finden. Aber Curran hatte jeden Zug vorausgesehen und damit Browns künftigen Handlungsspielraum eingeschränkt. Der Richter hatte eine sanfte Stimme und war unerbittlich; und bei seiner letzten Belehrung der Geschworenen soll es, laut Eddie McCrink, Chefinspektor der königlichen Polizeitruppe, nicht ganz mit rechten Dingen zugegangen sein.

Currans Anwesenheit im Gerichtssaal wäre in keinem anderen Gerichtsbezirk toleriert worden. 1952 war Patricia, die neunzehnjährige Tochter des Richters, ermordet worden, ein Verbrechen, das enormes öffentliches Interesse geweckt hatte. 1953 war Iain Hay Gordon, ein junger Flieger, des Mordes an Patricia Curran wegen Unzurechnungsfähigkeit für nicht schuldig erklärt und eingekerkert worden. Es ist nicht anzunehmen, dass auch nur einer der Geschworenen nichts von dem Mord an Lance Currans einziger Tochter wusste. In jedem anderen Gerichtsbezirk wäre Curran von einem Prozess, in dem es um den Mord an einem neunzehnjährigen Mädchen und um die Todesstrafe ging, dispensiert worden oder hätte von sich aus auf den Vorsitz verzichtet.

In den ersten Tagen sah Brown, wie die Geschworenen verstohlene Blicke zur Richterbank warfen. Sie kannten die Geschichte des Richters. Im Verlauf des Verfahrens hatte Brown den Eindruck, dass sie sich auf Curran und die unterschwelligen Veränderungen in seinem Verhalten eingestellt hatten. Zu Beginn erschien er zerstreut und versunken in Trauer, als müsse er sich selbst in die Gegenwart und die anstehende Aufgabe zurückholen. Nach einigen Tagen bekam seine Haltung eine unerwartete Strenge. Als Speers aussagte, Pearl sei nicht missbraucht worden, blickten die Geschworenen den Richter an. Seine Tochter war ebenfalls erstochen und ebenfalls nicht missbraucht worden. Zeugen des Prozesses gegen den Mann, der des Mordes an Patricia angeklagt war, hatten berichtet, Richter Curran habe damals bemerkt: »Gott sei Dank gab es keinen Verkehr«.

Als McGladdery verhaftet wurde, hatte er frische Verletzungen an den Händen. Curran befragte ihn ausführlich nach ihrer Herkunft, und McGladdery erklärte, sie stammten von den

Werkzeugen, die er in seiner Ausbildung zum Schuhmacher bei einem Schuster namens Mervyn Graham benutzte. Die Befragung lenkte die Aufmerksamkeit auf einen wichtigen Aspekt der Anklage – die Behauptung, dass Pearl mit einer Feile erstochen worden war, wie Schuster sie verwendeten.

Heute liegt der damalige Tatort an einer Kreuzung, an die auf einer Seite ein Einkaufszentrum grenzt. Der Ort wirkt düster und verloren. Foster Newell's Warenhaus, in dem Pearl arbeitete, ist 1974 von einer Brandbombe zerstört worden. Die Verzierungen aus Messing und der Stuck sind verschwunden, die Kleiderständer und Auslagen mit Damenwäsche von den Flammen verschlungen worden. Flammenwirbel, die in der Nacht der Brandstiftung in die Höhe loderten. Auf der Nordseite des Bahndammes ist ein großer Gospelsaal erbaut worden. Das Haus der Gottesfürchtigen. An der Giebelwand des Gebäudes stehen Bibelzitate. Der Tod ist der Lohn der Sünde. Auf einer nahen Brücke rollen Züge vorbei. Dieselwolken hängen in der Luft.

Pearl Gamble wurde auf dem Friends Meeting House-Friedhof beigesetzt. Der Gottesacker liegt auf dem Hang, von dem man auf die North Street und den Meeresarm hinunterblickt. Die Old North Street wurde 1963 weggerissen und machte einer Schnellstraße und Mietblocks Platz.

Deren heruntergekommene, modernistische Fassaden mit Wäsche auf den Balkonen verbergen den Friedhof. Abgasschwaden hängen in der Luft. Eine Zeile der früheren Gebäude ist stehen geblieben, wie um den Niedergang der Geschäfte zu illustrieren. In der zweiten Etage über einem Herrensalon sind ausgeblichene Lettern zu erkennen, die zeigen, das Gebäude war einmal ein Hotel der Abstinenzler. Die gespenstische Verurteilung von Begierde und Exzess. Der Verkehr fließt vorbei.

Am ersten Tag der Verhandlung war ein offizielles Foto von Curran in der lokalen Presse erschienen. Zur Eröffnung des Assize, des nordirischen Geschworenengerichts, in Downpatrick erhielt Curran ein Ehrenspalier vom Ersten Bataillon des Royal Sussex Regiments. Curran trägt das Gewand eines Richters des High Court. Die Halbperücke aus Rosshaar. Ein gestärktes weißes Halsband, das bis über das Brustbein reicht. Über der Schulter eine tiefrote Soutane mit Hermelinkragen, darunter ein rotes knöchellanges Gewand. Hinter ihm steht ein Gerichtsdiener, der einen Schirm über ihn hält. Die plissierten Falten der Soutane fallen perfekt. Man erkennt die nach unten gezogenen Mundwinkel, eine Eigenart, die auch seine ermordete Tochter hatte. Seine Gesichtszüge sind erstarrt. Eine Eminenz. Ein Kardinal in Soutane an der Spitze einer unheilvollen Ordensgemeinschaft.

Der Gerichtsdiener befahl dem Gericht, sich zu erheben, und Richter Curran trat ein.

Eins

Montag, 30. Januar 1961

Eddie McCrinks Flug aus Heathrow landete um 20 Uhr 15. Er liebte es, die Augen zu schließen, wenn er in der Luft war, und sich den Radarschirm der Luftüberwachung vorzustellen. Das Tempo, die Geschwindigkeit, überwacht von Leuten mit Kopfhörern in schwach beleuchteten Räumen, die knappen, kurz gefassten Sätze, die zwischen dem Tower und der Besatzung ausgetauscht werden. Konzentrierte Peilung. Westwärts. Nordwärts. McCrink fragte sich, ob es um das Reisen an sich ging. Darum, abzuheben. Um die Entfernung zwischen Landestützpunkten, radargestützte Kontrolle. Die Flugzeuge, die die Monitore überquerten, und ihre geisterhaften Spuren, die sie zurückließen, hatten etwas Mystisches.

McCrink hatte fünfzehn Jahre in London gearbeitet und war ins Morddezernat aufgestiegen, bevor man ihn auserkoren hatte, die freie Inspektorenstelle des Belfaster Polizeibezirks zu übernehmen. Als er sich für den Job bewarb, hatte er offizielle Aufnahmegespräche erwartet, doch stattdessen war er von Harry West, einem prominenten Mitglied der Regierung im Stormont, in den Cavendish Club bestellt worden. Es ging das Gerücht, dass West für den Bau einer Schnellstraße Land aufgekauft hatte, bevor der Bebauungsplan geändert wurde. Bevor Gemeindegrenzen neu gezogen wurden. McCrink traf ihn im Foyer. West sah aus wie ein Mann vom Land, plump, aber gewitzt, die Haut vom Wind gerötet. Er trug einen Anzug aus Tweed. Er schüttelte McCrinks Hand und zeigte ihm die aktuelle Ausgabe des Belfast Telegraph. Ein Bild von Pearl Gamble war auf der Titelseite.

»Schrecklich«, sagte er, »das arme Ding.«

McCrink verstand den Blick, den ihm West zuwarf, dies standfeste, bestechliche Starren.

»Gehörte sie zum Glauben der Minderheit?«

McCrink wusste, worauf West hinauswollte. Die Politik des Mobs, der in der Hoffnung lyncht, der Killer ist Katholik. Unterschicht, versunken in der Abscheulichkeit ihres Glaubens.

»Der Tanz fand in einer Halle vom Oranier-Orden statt«, sagte McCrink, »damit ist das eher unwahrscheinlich.«

»Jemand hat ihr auf dem Heimweg aufgelauert?«

»Sieht ganz so aus.«

»Sie glauben, der Mann wird gefasst?«

»Das ist Sache der örtlichen Polizei. Unter Aufsicht des Polizeibezirksinspektors.«

»Na, dann fangen Sie mal mit Ihrer Aufsicht an. Das ist Ihr Job. Geben Sie dieser Geschichte hier Priorität. Und behalten Sie dabei im Hinterkopf, dass wir keinen zweiten Fall Curran wollen.«

»So lange wird es nicht dauern.«

»Das hab ich nicht damit gemeint, Mr McCrink. Ich will, dass Allen den Mann kriegt. Setzen Sie ein Zeichen.«

»Allen?«

»Harry Allen. Der Henker. Was auf der Insel klappt, klappt auch bei uns. Wir wollen denen beweisen, dass wir hier den Rechtsstaat aufrechterhalten, furchtlos und fair.«

Der Terminal war leer, abgesehen von Passagieren, die auf einen verspäteten Charter aus Palma warteten, der auf einem abgelegenen Rollfeld bei drückender Hitze in Spanien festsaß. Draußen meinte McCrink die Lichter von Belfast zu sehen, reflektiert von tief hängenden Wolken im Osten. Richtung Westen wurde die Landschaft von der wachsenden Stadt verdrängt. Während des Krieges war Aldergrove ein Flugfeld gewesen, es hatte sich etwas von der provisorischen Atmosphäre jener Zeit bewahrt, eine windgepeitschte Ebene mit der Ahnung, dass man, achtete man darauf, verlorene Funksprüche im Geknister des Radios hören konnte, gewisperte Geisterworte in den Kopfhörern der Telefonisten. Oscar, Whiskey, Zulu.

Er stieg in eines der Taxis, die vor dem Flughafengebäude in einer Reihe warteten, und durchquerte im Nieselregen das Gebiet der Mietblöcke von Nutts Corner und Dromara. Abschnitte des alten Flugfeldes wurden als Rennstrecke für Motorräder verwendet, blaue Dunststrähnen hingen in der Abendluft. Sie fuhren durch die wehmütige Nachkriegslandschaft, durch Schlamm, vorbei an Staudämmen aus Flachsfasern, abwärts, dem Meer zu, reihten sich in den späten Abendverkehr in Richtung Stadt ein. Man hatte ihn im International Hotel im Universitätsviertel untergebracht. Der Taxifahrer lud ihn dort um zehn Uhr ab, die Durchgangsstraße war um diese Zeit bis auf einige Paare, die sich auf dem Heimweg befanden, leer gewesen. In der Lounge des Hotels stand ein Fernseher, ein Apparat in einem Möbel, mitten im Raum. Die Bildqualität war schlecht, doch als McCrink hörte, dass der Nachrichtensprecher Pearl Gamble erwähnte, setzte er sich aufrecht hin. Auf dem Bildschirm war Weir's Rock zu sehen, der Tatort. Die flackernden Anfänge des Fernsehens. Die Textur der Bilder war ganz anders verglichen mit den Fotos der Schauplätze von Verbrechen, mit denen er es sonst zu tun hatte. Mit deren praktischer Größe von sechs mal zehn, mit der dunklen, sachlichen Faszination für die Sache, die sie abbildeten. Die zusammengekrümmten Toten. Ihre erstarrten Posen. Düster, dunkel gestimmt.

McCrink verließ das Hotel und ging am Botanischen Garten entlang. Er passierte das Ende einer schmalen Querstraße. Aus der Dunkelheit gab ihm eine Frau Zeichen. Sie war in den Vierzigern, und ihr Atem roch nach Gin, doch in der Milde des späten Abends wirkte sie melancholisch und selbstlos, wurde sie zur Archivarin der Erregung und des Verlangens, die Verkörperung des fleischlichen Gedächtnisses der Stadt.

Er ging ins Hotel York. Er bestellte ein großes helles Bier und setzte sich in eine Nische seitlich der Bar. Die Gäste waren mittleren Alters, die Männer trugen Blazer mit den Namen von Rugby- und Tennisvereinen auf den Brusttaschen. Er sah Vereinskrawatten und Clubwappen. McCrink kannte sich mit dieser Gesellschaft aus, wusste um die Bedeutung der Embleme und Zugehörigkeit, der kodierten Strukturen, die sich fortwährend veränderten. Er hörte herzhaftes Lachen aus der Gruppe an der Bar. Es hing alles davon ab, aus welchem Holz man geschnitzt war. Es gab die kernigen Typen, unnahbare Männer, die sich über sportliche Heldentaten definierten. Und es gab die Verführer der Frauen anderer Männer, listige Schmeichler bleicher, frustrierter Frauen.

Am nächsten Morgen fuhr McCrink durch die kümmerlichen Straßen von Craigavon, vorbei an scheckigen Betonüberführungen, verlassenen Grundstücken und seinem Hinterland gescheiterter Bürgerlichkeit.

John Speers wartete vor dem Bahnhof am Corry Square auf ihn. McCrink hatte Speers nicht mehr gesehen, seit er vor zwanzig Jahren von Belfast nach London gegangen war. Speers Haut hatte einen grauen Farbton. Er wirkte aschfahl, sah erschöpft aus, ein Apostel des falschen Glaubens. Er schüttelte McCrink die Hand.

»Schön, zu sehen, dass man ein Auge auf uns hat und die Jungs aus der großen Stadt zu uns schickt«, sagte Speers und ließ McCrink wissen, dass es keinen Weg gab, Missgunst auszuweichen, und dass immer eine feine Verbitterung bleiben würde.

»Es ist Ihr Fall, John«, sagte McCrink.

»Dann haben Sie sich von Ihrem Kreuzritterschwert also losgesagt«, sagte Speers.

»Schon lange. Vielleicht sollten wir loslegen.«

*

Pearls Leiche war am Weir's Rock verborgen, ihre Kleidung zwischen Damolly Cross und dem Tatort weggeworfen worden. Speers hatte eine Bestandsaufnahme der Kleidungsstücke gemacht. McCrink achtete auf die Etiketten. Das Wort Ladybird in ihrem Höschen, das Wort Playtex auf ihrem Büstenhalter. Der genoppte Stoff. Lejaby. Es gab Dinge, die er an Frauen nicht verstand. Wie sie sich selbst einschätzten, an welche Regeln sie sich hielten. McCrink fragte sich, ob Pearls Kleider deshalb entfernt worden waren. Ob der Mann, der sie umgebracht hatte, sich dabei ertappte hatte, ihre Kleidung zu untersuchen. Ob er angestrengt versucht hatte, sie zu verstehen, ein Theologe des Mittelalters, über eine offengelegte Handschrift gebeugt.

»Das ist Sergeant Johnston«, sagte Speers.

Johnston war ein stämmiger Mann in den Fünfzigern. Die Art von nordirischem Polizist, die McCrink erwartet hatte. Mit Hängebacken, missgünstig, gewitzt.

»Wo war sie in jener Nacht?«

»Ringelpiez in einer Tanzhalle. Wir haben den Kerl. Haben ihn für Sie drangekriegt. Haben ihn bloß noch nicht geschnappt.«

»Und wer ist das?«

»Kerl aus der Nachbarschaft namens McGladdery. Er ist kein unbeschriebenes Blatt. Verurteilung wegen Ruhestörung und ähnlichem Zeugs.«

»Irgendwelche Sexualvorstrafen?«, fragte McCrink.

»Auf jeden Fall keine, die zur Anzeige kamen. Ich würd mal sagen, er hat darauf hingearbeitet.«

»Zeugen, die ihn dort gesehen haben?«

»Die halbe Stadt weiß, dass McGladdery bei dem Tanz war. Er und Will Copeland. Beide hackevoll. Er hat mit dem Opfer getanzt. Hat sie betatscht, nach allem, was man hört. Konnte die Finger nicht von ihr lassen.«

»Das ist beim Tanzen nicht ungewöhnlich, würd ich sagen«, meinte McCrink.

»Na, das hängt davon ab. McGladdery verschwindet nach dem Tanz und bis zum nächsten Tag ward er nicht mehr gesehen. Vor der Halle ist ein Fahrrad verschwunden. Wir gehen davon aus, dass er es gestohlen hat«, sagte Johnston.

»Er war einige Zeit in London. Interessiert sich für Bodybuilding und so Sachen«, sagte Speers.

»Wir sollten ihn uns schnappen«, insistierte Johnston.

»Nein«, gab McCrink zurück, »lassen wir ihn laufen. Warten wir, bis er sich selbst ein Bein stellt. Aber wir müssen anfangen, die Zeugen zu vernehmen. Bringt sie hierher.«

»Wir könnten es auch am Corry Square machen.«

»Ich schlage vor, wir machen es in der Queen Street. Damit es kein Heimspiel wird. Wer hat sie gefunden?«

»Ein Junge, der mit seinen Hunden unterwegs war. Hat Kleider am Straßenrand entdeckt. Es gibt Blutspuren zwischen dem Feld und der Straße. So, wie ihr Gesicht aussieht, hat er ihr die Nase eingeschlagen, und sie ist über die Felder geflüchtet.«

»Ich bin weg aus London, um mit so was nichts mehr zu tun zu haben«, sagte McCrink.

»Keine Chance, dem zu entkommen«, sagte Johnston, »was man sät, das erntet man.«

»Ersparen Sie uns die Bibelstunde, Sergeant«, sagte Speers.

»Stand an einer Giebelwand auf dem Weg nach Weir's Rock.«

»Erzählen Sie uns bloß nicht, dass es hier um so was geht«, sagte McCrink.

»Das unbescholtene Leben. Waren Sie schon mal an ähnlichen Fällen?«, fragte Speers.

»Ja, schon«, sagte McCrink und dachte an das Mädchen, ausgestreckt im verfaulenden Gras, »in London. Toms, umgebracht und weggeworfen.«

»Toms?«

»Prostituierte.«

McCrink war 1959 an den Ermittlungen der ersten Fälle beteiligt gewesen, die später als Londoner Nackt-Morde bekannt geworden waren, Morde an acht Prostituierten. Die Leiche der einundzwanzigjährigen Elizabeth Figg, auch bekannt als Ann Phillips, war in Duke Meadows in Chiswik gefunden worden. McCrink war mit ins Leichenschauhaus gekommen. Ein Labortechniker hatte ihr die Augen mit Streichhölzern geöffnet, damit sie für die Spätausgabe des Star fotografiert werden konnte. Sie wurde aufgrund dieser Aufnahme identifiziert.

Das Foto war am folgenden Tag abgedruckt worden, prominent platziert in den Morgenausgaben von Daily Mail, Mirror und Express. Elizabeth sieht nicht tot aus auf dem Bild. Sie wirkt nachdenklich. Als hätte sie etwas gesehen, das sich außerhalb des Bildes befindet, etwas, das ihr erlaubt, eine kleine Pause zu machen.

In ihrem Blick liegt ironische Belustigung.

Die Kray-Brüder und die Londoner Nackt-Morde. Morde im Milieu des organisierten Verbrechens, Kuppeleien in Hinterhöfen. Reggie oder Ronnie Kray in Straßenanzügen. Ein gesellschaftliches Klima, das sich für die nächste Dekade auf Dauerregen eingestellt zu haben scheint.

Pearls nackte Überreste, hingeschlachtet, auf einem abgeholzten Hügel, schienen düstere Zeiten in das Leben der Menschen zu tragen, das Durcheinander weit entfernter, ausufernder Städte hatte sie erreicht. Weir's Rock und das Stoppelfeld gehörten jetzt auch zu den toten Landschaften, in denen Leichen abgelegt wurden, genau wie anrüchige Parks, Aschengruben und Kanalufer.

»Also in etwa das Gleiche«, sagte Speers.

»Ja und nein.«

Der Londoner Nackt-Mörder hatte nur gerade so viel Gewalt angewendet, um die Luftröhren der Mädchen einzudrücken, sie sanft nach unten zu ziehen und vom Elend ihres Lebens zu erlösen, den Diebstählen, der Zuhälterei, der Existenz am Abgrund. McCrink suchte nach Ähnlichkeiten. Pearls Leiche, halb versteckt hinter Büschen auf dem steinigen Hochland über der Stadt, am Kopfende des Meeresarmes. Kohlerauch hält die Szene verborgen wie Miasmen aus finsteren Absichten.

»Wer war die Band?«

»Eine Truppe namens Ray Tones. Aus der Stadt.«

Die Ray Tones. McCrink fragte sich, was diese Band in der Halle des Oranier-Ordens verloren hatte, in der sonst Country- und Gospelsänger auftraten, Männer, deren freudloser Blick auf die Ewigkeit gerichtet war. Er hatte Fotos der Ray Tones im Reporter gesehen. Die Band trug spitze Stiefeletten und enge Hosen. Er stellte sich vor, wie sie in der Hallentür standen und vorsichtig Ausschau hielten, als wäre die Nacht voller Bauernmörder, voller Inzucht und Totschlag.

»Dafür werden wir die Reporter aus der Stadt hier haben«, sagte Johnston.

»Dafür werden wir Reporter von überall her hier haben«, sagte Speers, »die werden für die Todesstrafe plädieren. Für den, der das getan hat, bedeutet das den Strick.«

»Wo sie gefunden wurde, gab es sehr wenig Blut«, sagte McCrink.

»Hier gar keins«, sagte Johnston, »aber ich hab massenhaft Blut für Sie, wenn Sie's haben wollen.«

»Was wissen wir über sie?«

»Das Mädchen heißt Pearl Gamble. Arbeitet in Foster Newell's Warenhaus in der Stadt. Ist gestern Nacht nicht nach Hause gekommen.«

Die zwei Männer wussten, was von ihnen erwartet wurde. Sie mussten wachsam sein, offen für Entdeckungen. Es gab neue Ermittlungsmethoden. Es gab Labore, in denen mikroskopisch kleine Spuren von Fleisch und anderen Substanzen untersucht wurden.

Die Leiche war am Morgen gefunden, aber erst abends wegtransportiert worden, in die Nacht entführt von einem Leichenwagen, wie die Leichen aus dem nahe gelegenen Armenhaus. Sie wurde durch Newry gefahren, und die Bewohner des Ortes traten in die Dunkelheit hinaus, um den Leichenwagen zu sehen und sich die makabre Szene einzuprägen – der schwarze Wagen, der mit dem verbeulten Stahlsarg durch die regennassen Straßen gleitet.

Ein einzelner Polizeibeamter blieb zurück, um den Schauplatz des Mordes zu bewachen. Die Schatten von Wolken, die über die Moorlandschaft trieben. Ein Ort nächtlicher Berauschung der von Gott Verlassenen, in ihrer Enthemmtheit sind sie der Nacht nackt ausgesetzt.

»Wir fahren ins Leichenschauhaus, damit du sie dir ansehen kannst«, sagte Speers.

Die Nase schien gebrochen zu sein, die Zunge hing ihr aus dem Mund, als hätte sie die Art ihres Todes zu einer letzten Hemmungslosigkeit gezwungen. Um die Nasenscheidewand waren Blut und Gewebe. Ihr Nacken war verletzt und verfärbt. Es gab sieben Stichwunden auf dem Oberkörper und im Nacken. McCrink fiel auf, dass die Einstiche klein und von regelmäßiger Form waren.

»Hat ihr auf jeden Fall keine Wahl gelassen«, sagte Speers. Geschlagen, gewürgt, erstochen. Die Augen des Mädchens standen offen. Sie lag auf der Seite, die Hände zwischen den Knien, eine nackte, geschlachtete Pietà.

Der Polizeifotograf hieß Mervyn Graham, ein Schuhmacher aus dem Ort. Graham hatte ein Händchen für alles. Er trug einen braunen, knielangen Mantel. Er sah aus wie ein Zuschauer, überrascht im Zustand der Empörung, eine zerknitterte Figur an dem Ort, wo es zuvor eine Schlägerei gegeben hatte. Er machte auch Fotos von Hochzeiten für den Newry Reporter. Steife Innenaufnahmen, die Braut und Bräutigam aussehen ließen wie die Mitglieder einer untergegangenen Bauernkaste, düster geworden durch das Gewicht ihrer vergessenen Welt.

Graham betrachtete die Leiche und zündete sich eine No. 6 an. Er kniete nieder, öffnete die Rückseite seiner schwarzen Hasselblad und machte sich daran, den Film einzulegen.

Graham fing an, Fotos zu schießen. McCrink hörte das Geräusch der Blende, das Schnappen des haarfeinen Spalts. Er konnte die Fotos vor sich sehen. Sachliche Kompositionen im Sucher. Die nackte, ungeschminkte Leiche fixiert in der Entwicklerflüssigkeit, silbern flackernd. Das Geräusch der Blende wie das Geräusch von Spielkarten, die gemischt wurden, als fände ein Glücksspiel statt. Falscher Glanz, der Szene hinzugefügt, um eine tödliche Posse daraus zu machen.

Als sie das Leichenschauhaus verließen, wurden sie von einem Aufseher aufgehalten.

»Minister West am Apparat für Inspector Speers«, sagte er, »er fragt nach dem neusten Stand der Ermittlungen.«

»Die kennen hier nur die Parole ›furchtlos und fair‹«, sagte Johnston, »aber beim Regieren hört's auf mit der Fairness, und es ist einem eher zum Fürchten, finden Sie nicht, Sir?«

»Das Kommunistengeschwätz behalten Sie mal lieber für sich, Johnston. Sonst hält man Sie noch für einen Roten. Und wenn es etwas gibt, was die noch mehr hassen als einen Katholen, dann einen Kommunisten«, sagte Speers.

Zwei

In den ersten vierundzwanzig Stunden nach dem Mord wurden alle registrierten Sexualstraftäter aus der Gegend zur Vernehmung gebracht. Exhibitionisten, Diebe, die Unterwäsche von Wäscheleinen stahlen. Einsame Männer mit eingefallenen Wangen. Johnston befragte sie.

»Beschissene Perverslinge, mehr nicht. Ich trau keinem Einzigen zu, das junge Ding umgelegt zu haben. Dazu hat von denen keiner das Zeug.«

McCrink parkte beim Gerichtsgebäude und ging an der Stonebridge vorbei zur Hill Street hinunter. Er lief an den Geschäftshäusern am Corry Square vorbei. Sugar Island. Buttercrane Quay. Plätze mit den Namen in Vergessenheit geratener Handwerkskunst, der Kanal verlandet, die Bahngleise verlassen. Graupelschauer wurden vom Meer her über das Marschland geweht, McCrink spürte in winterlichen Straßen den Toten nach. Fand sich in Hinterhofgassen und Chaos wieder. Tuberkulose, die Krankheit der Armen, grassierte weiterhin in der Stadt. Er ging durch Gassen, vorbei an Cottages mit nur einem Zimmer, die Frauen mit Kopftüchern. Er machte das immer so. Ging durch die Straßen, besuchte den Arbeitsplatz der Opfer und versuchte so, ihrer Lebensgeschichte auf die Spur zu kommen, der groben, kleinstädtischen Struktur, aus der sie gemacht waren.

Im Becken des Kanals waren zwei Kräne damit beschäftigt,

Kohle von einem polnischen Küstenschiff in Frachträume umzuladen. Eine schwarze Staubwolke wogte übers Wasser. Die Kräne neigten sich abwechselnd ihrer Aufgabe zu, gelenkige Geschöpfe aus der Urzeit, als triebe sich das, wonach sie hungerten, im dunklen und dreckigen Rumpf des Frachtschiffes herum.

Verschüttete Kohle lag auf dem Dock. Kinder von Zigeunern sammelten das verstreute Heizmaterial in Säcken. McCrink stellte einen Fuß auf eines der bräunlichen Kohlestücke. Es zerbröckelte unter der Sohle.

»Der reinste Mist, mehr nicht.«

McCrink sah hoch. Einer der Dockarbeiter stand über ihm, eine Schaufel in der Hand. Das Gesicht des Mannes war schwarz vor Staub, gefurcht von Narben. Das Weiß seiner Augen stach aus dem Schwarz.

»Du bist also der Kerl, der hier ist, um für Pearl Gamble einen an den Galgen zu bringen«, sagte der Mann.

»Ich bringe niemanden an den Galgen.«

»Einer wird trotzdem baumeln.«

»Das ist Sache des Gerichts.«

»Die sind immer noch aus Männern gemacht. Und wenn's nach den Leuten hier in der Stadt geht, dann hält einer dafür den Kopf in die Schlinge.«

Auf der anderen Seite des Beckens konnte McCrink die Gasometer der Stadt sehen. Das war die Struktur der Stadt. Kohlestaub. Vom Regen aufgeweichter Getreideschrot auf den Bahngeleisen am Quai. Das dunkle, verwunschene Wasser des Kanals.

Gegen Ladenschluss ging McCrink zurück in die Stadt. Er hatte sich den Arbeitsplatz des Mädchens bis zum Ende aufgehoben. Er lief am alten Markt vorbei. Budenbesitzer beluden ihre Lieferwagen. Es roch nach Fleischabfällen, und im Rinnstein lag verfaultes Gemüse. Der Markt wich Steinhäusern. Die Northern Bank und das Hauptpostamt. Messingschilder warben für Anwälte und Zahnärzte. Leute bauten darauf, tüchtig zu sein und für ein abgehalftertes Wertesystem einzustehen. An den Bushaltestellen standen Grüppchen von Arbeitern.

Am Margaret Square blieb er stehen und blickte an der beleuchteten Fassade von Foster Newell's hoch. Die letzten Kunden waren eben dabei, das Geschäft zu verlassen. Frauen mit Schleierhüten, düster und betucht wirkten sie, als sie zu ihren Autos hinübergingen. Er konnte sehen, wie die Angestellten begannen zuzusperren. Durch die vom Regen verschleierten Fenster sahen die Mädchen, die Uniformen trugen, elegant aus, ihre fließenden Bewegungen wirkten einstudiert. Gesenkten Hauptes bewegten sie sich leichtfüßig durch das zweckmäßige Mobiliar des Geschäftes, vorbei an den vergoldeten Spiegeln und leeren Verkaufstheken, und McCrink stellte sich den Schmerz vor, der in der Luft lag, weil sie wussten, eine der ihren, eine aus ihrer Gruppe, war gefallen.

Auf der anderen Straßenseite stand eine Telefonzelle. McCrink rief Speers an und wartete, den Hörer in der Hand, auf die Verbindung.

»McCrink. Gibt's was Neues?«

»Vorläufige Autopsie. Sieben Stichwunden. Keine davon tödlich. Der Tod ist durch die Verletzungen an der Luftröhre verursacht worden. Quetschungen.«

McCrink ertappte sich dabei, wie er noch immer die Fassade von Foster Newell's anstarrte. Den Geräuschen in der Leitung zuhörte. Die Information ging durch weit entfernte Fernmeldeämter, Kupfer- und Bakelitkontakte, tief unter der Erde liegende Verbindungen, tote Knöpfe.

»Hat man an der Leiche Fingerabdrücke gefunden?«

»Bis jetzt nicht. Sie lag die ganze Nacht draußen im Regen. Da bleiben nicht viele Spuren übrig.«

»Sind Sie mit den Vernehmungen fertig?«

»Im Moment gibt's nichts mehr zu tun.«

»Treffen wir uns in Nummy's. Die Crown Bar.«

Auf seinem Weg die Hill Street hinauf gelangte McCrink zur Gemeindebibliothek. Er stieß die Mahagonitür mit den Messingbeschlägen auf. Im Hauptsaal der Bücherei waren die Lichter ausgeschaltet worden, abgesehen von der Lampe über dem Tisch des Bibliothekars. Wie er erwartet hatte, eine schäbige, trübe und provinzielle Einrichtung. Er konnte jemanden hinter dem Tisch ausmachen. Er glaubte zu wissen, was für eine Angestellte ihn in einer Bücherei wie dieser erwartete. Eine altjüngferliche Frau mit mausgrauem Haar, in flachen Schuhen.

»Es tut mir leid, wir haben geschlossen.«

Er trat näher an den Tisch heran. Die Frau war Ende dreißig, schätzte McCrink. Ihr Haar reichte bis auf die Schultern, sie trug goldene Reifenohrringe und eine Bluse, die verwegen aussah. Sie hatte eine lange Nase und hielt ihren Kopf zur Seite geneigt, während sie mit ihm redete. Ihrem Gesicht war Ernüchterung abzulesen, ironische Selbstvergebung, die zu lange verdrängt worden war und wohl bald zu Resignation werden würde. Genau die Art von Frau, die ihn anzog.

»Polizei«, sagte er.

»Oh mein Gott«, sagte sie, »der Mord. Ich hab letzte Woche noch Make-up bei ihr gekauft. Sie war im Chor. Man würde nie denken … Tut mir leid. Ich mach gleich eine Geschichte daraus. Sie haben sich bestimmt Hunderte davon anhören müssen.«

»So sind die Menschen. Wenn so was passiert, erzählen sie Geschichten.«

Ihre Geschichten waren alles, was sie der Dunkelheit entgegensetzen konnten.

»Kann ich etwas für Sie tun?«

Sie hatte die Angewohnheit, ihren Kopf zwischen die Schultern zu ziehen, als wollte sie damit ein Lächeln unterdrücken, und ihre Handflächen in einer Geste der Ergebenheit nach oben zu halten; dabei hatte sie die Augenbrauen in mokanter Selbstvergessenheit nach oben gezogen. In der Stadt kannte man keinen Mord.

»Haben Sie Landkarten von der Gegend?«

»Um sich hier am Ort zurechtzufinden, brauchen Sie mehr als bloß eine Landkarte.«

»Wie meinen Sie das?«

»Wissen Sie, wie man die Bewohner dieser Stadt nennt?«

»Nein.«

»Nyuks.«

»Und das bedeutet was? Heißt der Akzent so?«

Er war ihm an ihrer Aussprache aufgefallen. Die gedehnte Sprechweise des Wattenmeers, mit einer kleinen Spur Verachtung.

»Nein. Das glauben die meisten, aber es ist ein Zigeunerwort. Slang. Es bedeutet Dieb.«

»Die Stadt der Diebe.«

»War lange eine Handelsstadt. Mit Märkten. Man importierte und exportierte Waren. Und die Grenze ist nicht weit entfernt. Vielleicht kommt es daher.«

»Heutzutage wird hier aber nicht mehr groß gehandelt.«

»Hier ist seit Jahrzehnten nichts mehr investiert worden. Der Regierung wär's lieber, wir würden in den Kanal stürzen.«

»Warum das denn?«

»Vielleicht glauben sie, wir sind alle Diebe.«

Sie brachte ihn in einen kleinen Raum im hinteren Teil der Bücherei. Die Landkarten lagen in Schubfächern an der Wand. Er wollte die Entfernung und das Gelände zwischen der Halle des Oranier-Ordens, McGladderys Haus und dem Schauplatz des Mordes überprüfen, ertappte sich stattdessen aber dabei, wie er den Meeresarm anstarrte, die Linien für die Untiefen und Gezeiten, die kartografierte Düsternis. Er folgte den mit Tinte eingetragenen Tiefenangaben. Die Stadt zusammengedrängt am Ende des Meeresarmes, die Gebäude und eingefriedeten Grundstücke von Hand eingezeichnet. *Nyuk.* Das ausgespuckte Wort, das den Seelenunterton der Stadt in sich trug. Geheime Sprachen. Das Kauderwelsch der Zigeuner. Die Stadt, die sich vom Zentrum her ausbreitete. North Street, Abbey Yard. Die finsteren Bezirke der Stadt. Die ältesten Teile der Gemeinde, die schmalen Straßen und Gassen, die sich ineinander verwoben. Margaret legte ihren Finger auf die Karte.

»Gallows Hill. Jagt mir immer einen kalten Schauer über den Rücken.«

Der Hinrichtungsort. Reihen von gehängten Straßenräubern, Vögel, die an ihrem Fleisch herumzerrten.

»Stimmt es, wird man denjenigen, der es war, hinrichten?«

»Die Todesstrafe steht immer noch in den Gesetzbüchern.«

»Wir haben in der Schule über die Abschaffung debattiert. Thema: In einer zivilisierten Gesellschaft hat die Todesstrafe keinen Platz. Und jetzt diskutiert mal schön.«

Die Ernsthaftigkeit in ihrer Stimme erinnerte ihn an seine Frau.

»Die Familie Gamble würde das sicher gern mit Ihnen diskutieren.«

»Entschuldigen Sie, ich meinte das nicht ernst. Ich hol meinen Mantel.«

Er sah zu, wie sie in die unbeleuchtete Bücherei ging. Als sie in der Dunkelheit verschwunden war, fiel sein Blick erneut auf die Karte von Abbey Yard. Bettelmönche, eine Prozession verhüllter, singender Mönche.

Er sah, wie sein Finger der Linie des Coal Quays folgte, wo er vor kurzem die Zigeuner gesehen hatte. Im Zwielicht biwakierend. Die Halle des Oranier-Ordens. Das Stoppelfeld. Weir's Rock.

»Haben Sie was gefunden?«

Die Bibliothekarin hatte ihren Mantel angezogen.

»Nicht viel.«

»Die Leute vergessen, wie nahe wir der Grenze sind. Es gibt Straßen, die es gar nicht gibt. Schmuggelpfade über die Berge.«

»Vielleicht kommt daher der Name, Stadt der Diebe. Vom Schmuggeln.«

»Vielleicht.«

»Schmuggler und Steuereintreiber. Die kommen über die Berge und übers Meer. Schleichhandel, den die Nacht ermöglicht.«

»Sie sind nicht von hier.«

»Ich stamme aus Belfast. War in London. Ich bin für meinen Job als Inspektor der Polizeibehörde zurückgekommen.«

»Belfast? Und was machen Sie dann hier?«

»Ich wollte einen Job zu Hause, und ich hab ihn bekommen. Man hat mich hierhergeschickt, um die Ermittlungen zu überwachen.«

»Ach, uns muss man also überwachen?«

Er wartete, während sie die Türen der Bücherei zuschloss und verriegelte.

Das Scheppern und Klappern von Bolzen und Gittern, als wären auf dem leeren Platz irgendwelche düsteren Mechaniker am Werk. Er sah zu, wie sie zu ihrem Wagen ging, einem linksgesteuerten Renault. Sie blickte den Wagen an, dann ihn, ein angedeutetes Grinsen im Gesicht. Wenn er sie nach dem Wagen fragen würde, würde er eine Geschichte von Ferien in Frankreich zu hören bekommen, wie sie den Wagen hierhergebracht hatte, um sich selbst zu beweisen, wie unkonventionell sie war, ein Leben, das sich selbst verspottete. Sie erwähnte nicht, ob sie sich vor einem Mörder fürchtete. Sie stieg in den Wagen und fuhr, ohne sich umzusehen, in die einsame Nacht hinaus.

Stille lag über der Stadt. Sie fiel McCrink auf, sobald er eine der Hauptstraßen verließ. Orte, an denen es spukte. Orte, die darauf warteten, Bedeutung zu erlangen.

Er ging zurück nach Trevor Hill und betrat die Bar. Der Geruch feuchter Mäntel hing in der Luft, die Bar verströmte eine Atmosphäre unauffälliger Falschheit. McCrink begriff, wofür Nummy's stand. Ein Ort, an dem man trank, um die Folgen des Trinkens zu vergessen. Alles andere blieb draußen vor der Tür. Die Theke, abgesplittertes Resopal, die Barhocker schäbig. Aber man konnte bleiben, solange es einem gefiel, denn jede Art von Verurteilung blieb draußen vor dem schmalen Eingang zur Bar. Er setzte sich an den Tresen und bestellte einen Vodka Tonic. Speers und Johnston kamen herein und setzten sich neben ihn.

»Johnston ist immer noch scharf darauf, es dem Kerl aus der Gegend anzuhängen. Diesem Kerl namens McGladdery, über den wir geredet haben«, sagte Speers.

»Was halten Sie davon?«

»Irgendwas an der Sache passt nicht.«

»Er verhält sich irgendwie nicht wie ein Gangster. Ist verrückt nach Bodybuilding und ähnlichem Zeugs.«

»Der ist anders als alle, die ich bis jetzt zu Gesicht bekommen habe.«

»Das mit dem Bodybuilding passt«, sagte McCrink und stellte sich vor, wie sich daraus ein rücksichtsloses Selbstbewusstsein entwickeln konnte.

»Da passt eine ganze Menge. Das Kleinverbrechen. Die schwierige Jugend. Der Mann bedeutet auf jeden Fall eine Gefahr für die Welt. Nennt sich kriminelles Profil.«

»Kriminelles Profil?«

»Speers hat da diese Theorie, wie der Verstand eines Kriminellen gebaut ist, Sir«, sagte Johnston.

»Und wie sieht Ihre Theorie zum Verstand eines Kriminellen aus?«, fragte McCrink.

»Ein Mistkerl ist und bleibt ein Mistkerl, das ist meine Theorie, Sir.«

»Johnston kann grob werden, aber manchmal funktioniert es«, sagte Speers, »ich schlage vor, dass er die Leitung übernimmt, wenn es darum geht, Zeugen zu vernehmen.«

»Und was qualifiziert Sie für diesen Job, Johnston?«, fragte McCrink.

»Ich hab zu Füßen eines Meisters gelernt«, sagte Johnston, »hab am Fall Curran mitgearbeitet. War dabei, als Hauptinspektor Capstick Gordon zur Tat befragt hat. Hat innerhalb eines Tages ein Geständnis aus ihm herausgeholt.«

»Gordon?«

»Für den Mord an Patricia Curran, der Tochter des Richters.«

Johnston erzählte ihnen, wie Capstick vorgegangen war. Capstick hatte Gordon erklärt, dass er über seine Homosexualität Bescheid wisse. Er verwies auf unterschwellige Abartigkeiten bei Gordon, seine kaum ausgeprägte Kinnpartie, seinen schlaffen Händedruck. Capstick erzählte von seinen Erfahrungen im Umgang mit der Londoner Unterwelt, von Tunten und Schwuchteln, Sprösslingen der Arschgauner. Er hatte Gordons Kopf mit den dunklen Vorstellungen nächtlicher Straßen, bevölkert von Kindern des Lasters, gefüllt.

»Zu guter Letzt erzählte Capstick ihm, seine Mutter, die ihn liebte, werde herausfinden, dass er ein beschissener Sattelschnüffler war. Verängstigte den kleinen Scheißer zu Tode, um ihn zu einem Geständnis zu bringen. Die Anwaltskammer musste sich anstrengen, um zu verhindern, dass er das bekam, was er verdient hätte, nämlich den Strick um den Hals. Flennte wie ein Baby, als der Name seiner Mama erwähnt wurde. Konnte es nicht erwarten, eine Aussage niederzuschreiben.«

»Eine geschmacklose Art, zu einem Geständnis zu kommen«, sagte McCrink.

»Er hat seinen Schuldspruch gekriegt«, sagte Speers.

»Er hat seinen Schuldspruch gekriegt, hat aber einen unangenehmen Nachgeschmack zurückgelassen.«

»Nichts gegen einen unangenehmen Nachgeschmack, Sir«, sagte Johnston, »in dieser Stadt machen wir das, was funktioniert.«

»Möchten Sie McGladdery sehen?«, fragte Speers, »Johnstons Männer überwachen ihn in der Hollywood Bar.«

Sie fuhren zum Merchants Quay hinunter, parkten den Humber am Kanal.

»Dort drüben ist er«, sagte Speers.

Robert McGladdery stand vor der Bar. Er trug einen Hut mit kleiner Krempe, den er sich aus der Stirn geschoben hatte. Er rauchte, die Zigarette in der hohlen Hand verborgen, eine filterlose Black Cat oder No. 6. McCrink erkannte im Schein der Zigarette ein blasses Gesicht, ein angedeutetes Lächeln. Auf einer Gesichtshälfte hatte er einen langen Kratzer.

»Ein lasterhafter Kerl«, sagte Johnston, »steht jeden Tag an der gleichen Stelle. Sitzt an der Bar, bis er die Fabriksirene hört, schon kommt er nach draußen. Beobachtet die Nachtschicht, die aus der Straßenbahn steigt. Macht lüsterne und dreckige Bemerkungen, die sie hören können.«

»Woher hat er den Kratzer im Gesicht?«

»Das ist die Frage.«

»Die Sonntagsklamotten hat er auf jeden Fall nicht von hier.«

»War ein Jahr in England.«

»So sieht er aus.«

Die Kleidung viel zu protzig für diese Stadt. Ließ ihn aussehen wie einen Marktschreier vom Rummel. Als verberge sich eine lüsterne Karnevalsattraktion auf dem Gelände des Pubs. Eine Groteske. Ein eingesperrter Schwachkopf, der in der Dunkelheit wimmert.

»Nehmen wir ihn gleich mit?«

»Lassen wir ihn. Er wird irgendwann von sich aus zu uns kommen.«

»Typen wie er stellen sich nie selber.«

»Das hab ich auch nicht gemeint.«

Drei

Corry Square, 31. Januar 1961

In der Wache am Corry Square war ein Einsatzraum eingerichtet worden. In der Mitte des Raumes stand eine Pinnwand mit Übersichtskarten. Man hatte Platz geschaffen für Mervyn Grahams Fotos vom Tatort und von der Autopsie. Das Postamt hatte eine Reihe von Telefonleitungen gelegt, die direkt mit dem Fernmeldeamt verbunden waren. Es gab Fotos des toten Mädchens aus der Spätausgabe des Belfast Telegraph. Sie warteten darauf, dass alle Aufnahmen des Tatortes entwickelt sein würden, und auf die Resultate der Autopsie. Johnstons Männer hatten damit begonnen, Zeugen zur Befragung auf die Wache zu bringen.

Die Einheimischen brachten es nicht fertig, sich das Foto des Mädchens anzusehen. Sie hielten ihre Köpfe über die Tische gebeugt, als würden sie eine Art persönliche Totenmesse lesen. McCrink betrachtete die Aufnahme. Die Lücke zwischen ihren Zähnen. Ihre nach unten gezogenen Mundwinkel, die engherzige Sinnlichkeit verrieten.

»Faulkner hat sich schon wieder gemeldet. Er will den, der es getan hat, hängen sehen.«

»Ich hab gedacht, der Strick wäre abgeschafft.«

»Nur auf der anderen Seite des Teichs. Hier nicht. Hier gibt's die Todesstrafe immer noch. Bei uns hat sich der Henker noch nicht arbeitslos gemeldet.«

»Faulkner ist ein Mann mit modernen Ansichten. Er wird den Täter begnadigen«, sagte Speers.

»Er wird gar niemanden begnadigen«, sagte Johnston, »Faulkner wird einen Mann, der ein Mädchen so zugerichtet hat, genauso wenig begnadigen wie ein Wiesel in der Schlinge.«

»Auf der anderen Seite des Teichs wird über die Abschaffung des Strickes diskutiert«, sagte McCrink.

»Vergessen Sie nicht, es herrscht immer noch Kriegszustand, Inspector«, sagte Speers.

McCrink sah ihn an. Sie wussten, was das bedeutete. Wer die Regierung stürzen wollte, musste immer noch mit der Todesstrafe rechnen. Durch das Drahtglas der Feuertür konnte McCrink die Zeugen sehen. Sie saßen auf Bänken an den Wänden des unfreundlichen Korridors. Sie wirkten provinziell. Jugendliche mit Segelohren. Grobknochige Mädchen, die ihre Handtaschen aus Kunstleder auf den Knien festhielten. Mädchen aus den Textilfabriken, deren Hände von den Nadeln der Webmaschinen mit Verletzungen übersät waren. Er konnte sie sich beim Tanz am Samstagabend vorstellen. Herausgeputzt, bereit, sich auf den Mythos einzulassen, während die Band Presley und Bill Haley spielte – ach, Amerika, Amerika! – Pearl mittendrin, McGladderys Blick quer durch die Halle auf sich ziehend, hingenuschelte Liedtexte von Heimat und Einsamkeit, die den Raum mit Gefahr aufladen. Ein Stück Zuhause in der aus Bohlenbrettern gebauten Halle mit den angestaubten Wänden. Die Tänzer entstammten dem gottesgewaltigen Hinterland, sie hatten die Worte der Wanderprediger in ihren Zelten noch in den Ohren.

»Wir sollten loslegen«, sagte McCrink.

»Lassen Sie die ruhig noch ein Weilchen warten«, sagte Johnston.

Die Atmosphäre der Polizeiwache soll auf sie einwirken. Sie sollen die geballte Erwartung der Stadt auf ihren Schultern spüren, das Gewicht und die Bedeutung ihrer Administration. Draußen wurde es dunkel. Es regnete. Die Tür der Wache öffnete und schloss sich, der Abendverkehr nahm zu, und bald war es, als spüre man den vorbeiziehenden Lärm im Gemäuer des Gebäudes. Die Zeugen warfen sich nervöse Blicke zu, weil sie das finstere Brummen einer Stadt hörten, die sich in Bewegung setzte.

Es wurde 8 Uhr, bis Speers zu verstehen gab, dass die Vernehmungen beginnen konnten. Er benutzte einen Verhörraum im Untergeschoss, in dem ein verschrammter Tisch voller Kerben stand. Er wusste, dass sie das erwarteten. Er machte ein hartes Gesicht und verhielt sich barsch. Er vermittelte den Eindruck, dass Dinge, die sich jenseits der Mauern der Wache abspielten, rasch auf ein unabänderliches Ergebnis zusteuerten.

McCrink ging durch den Korridor an den Zeugen vorbei. Es war von Bedeutung, dass das Prozedere zermürbend war. Die Zeugen mussten verschiedene Stadien durchlaufen. Prüfung auf Tauglichkeit und Bußfertigkeit. Nach abgenommener Beichte würde man sie in die Dunkelheit entlassen. Er öffnete die Tür zum Verhörraum, drehte sich unter der Tür um und gab ein Zeichen. Ein junger Mann erhob sich unsicher. Tritt ein, dachte McCrink, offenbare uns deine Wallfahrerseele.

Die Vernehmungsräume befanden sich nicht umsonst im Untergeschoss von Corry Square. Der Zeuge sollte das Gewicht des Gebäudes fühlen, das auf ihm lastete. Die Zimmer waren kahl, die Rohrleitungen freigelegt. In der Zimmermitte stand jeweils ein Tisch mit vier Stühlen. Damit will man die Zeugen einschüchtern, dachte McCrink. Sie sollten sich schuldig fühlen und Sünden bereuen, die sie noch gar nicht begangen hatten.

»Wir holen den Hinterwäldler-Protestanten aus ihnen raus«, sagte Johnston. »Wir rütteln an den Blechdächern ihrer beschissenen Gospelhütten. Hier werden sie durch nichts abgelenkt. Reden ist das Einzige, was sie tun können. Sie werden uns Dinge erzählen, von denen sie noch nicht einmal wissen, dass sie sie wissen.«

Erst zögerlich, bis in ihren Köpfen eine Geschichte Form annimmt. Sie fangen an, die Möglichkeiten des Erzählens zu erkennen, sehen, woraus ihr Leben zusammengesetzt ist. Wie sich die Dinge auf einen entscheidenden Moment zubewegt haben. Wie sie in einer Halle des Oranier-Ordens gelandet sind, dem dramatischen Gebäude, einem Sexualverbrechen bedrohlich und erregend nah. Sie versuchen, die Nacht Stück für Stück zusammenzusetzen und scheinbar bedeutungslose Details zu Teilen des Ganzen zu machen. Sie fangen an, darüber nachzugrübeln, wie die Dinge zusammenhängen. Sie sind dem, der sie verhört, dankbar, weil er ihnen hilft, die Struktur zu erkennen.

Was geschehen ist, verändert sich, indem man darüber redet. Sie fangen an zu begreifen, dass alles bedeutungsschwer ist. Sie durchforsten ihre Erinnerung nach Details. Nach traumähnlichen Abläufen, nach Abschweifungen. Die Erzählung gerät ins Wanken.

»Sie fangen an, Sachen zu erfinden«, sagte Speers. »Wenn sie sich nicht erinnern können, erfinden sie's. Man darf ihnen nichts durchgehen lassen.«

Sie fangen an, den Lebensweg des Opfers vor sich zu sehen, der auf das schauerliche Ende zusteuert. Jede Handlung schicksalsschwer.

»Warten Sie nur, bis sie so richtig in Fahrt kommen«, sagte Johnston.

»Sie denken, es hätte genauso gut mich treffen können«, sagte Speers, »der Killer hätte sich jede von ihnen aussuchen können.« Er lachte laut auf und zündete sich eine Gold Bond an. »Sie fragen sich, was an ihr so außergewöhnlich war.«

»Darum geht's nicht«, sagte McCrink. Die Zeugen wurden panisch, die Worte sprudelten nur so aus ihnen heraus. Sie hatten die Nähe des Todes im Saal gespürt, die Nähe eines Todeshelfers, eine zwielichtige kalte Gestalt, die für eine Weile unter ihnen gewesen sein muss.

»Sie müssen alles erzählen, weil sie in Panik sind«, sagte McCrink. Sie suchten nach Worten, die sie schützten. Das Erzählen. Der Zauberbann einer Fabel.

»Wenn's nach mir ginge, kämen sie alle an den Galgen«, sagte Johnston, »ich würd sie hängen und dann den Rest Gott überlassen.«

Johnston legte ein Telegramm vor McCrink auf den Tisch. Die Buchstaben schwarz von Tinte, die Abstände zwischen ihnen unregelmäßig. Kennedy. Heute Abend. 8.00. HQ.

»Sieht ganz so aus, als würde der Chef Sie zu sich rufen«, sagte Speers.

»Wir haben genug zu tun, Sir, machen Sie sich um uns keine Sorgen«, sagte Johnston, »ich bin immer mit irgendwas beschäftigt, Sir, ist doch so, nicht?«

Beschäftigt womit, dachte McCrink.

*

McCrink fuhr mit dem Gefühl, Unheil hinter sich zurückzulassen, ins Hauptquartier der Royal Ulster Constabulary in Castlereagh am Rand von Belfast. Das Hauptquartier bestand aus niedrigen grauen Gebäuden mit Flachdach – Soviet-Aura.

McCrink wurde durch düstere Korridore geführt und kam sich vor, als befände er sich in einem entlegenen Posten für Spione. Er stellte sich Agenten vor, die sich über Radarschirme beugten und nach anfliegenden Raketen Ausschau hielten, die auf parabolischen Flugbahnen über Sibirien hereinkamen.

Kennedys Büro war ganz Leder und Holz, der Polizeipräsident trug volle Uniform. Ein Karrierist, dachte McCrink. Sie schüttelten sich die Hand.

»Gratulation zu Ihrer Beförderung.«

»Es tut mir leid, dass ich nicht gleich zu Ihnen gekommen bin.«

»Natürlich, natürlich. War ein Notfall. Sie werden feststellen, dass Ihre Pflichten hier leicht zu erfüllen sind. Kaum Inspektionen zu machen. Allerdings hat Minister Faulkner den Wunsch geäußert, dass Sie ein Auge auf diese Pearl Gamble-Sache haben.«

Brian Faulkner. Innenminister. Faulkners Bild im Telegraph. Gab sich weltgewandt, aber man brauchte sich bloß seinen Mund und die herabgezogenen Mundwinkel anzusehen; die Unzufriedenheit des reichen Mannes war ihm ins Gesicht geschrieben, seine unglaubliche Geringschätzung. Faulkner veranstaltete Fuchsjagden mit Hundemeuten. Er wusste, wie verkommene Stadtteile funktionierten, wusste um Grenzverschiebungen von Wahlkreisen und Schacherei um Wählerstimmen, er kannte die Skandale um Bebauungspläne, die ungeahndet blieben. Faulkner war ein reicher Unionist. Er besaß Immobilien im Osten und nahe der Grenze. Eine Aura feudalen Grolls umgab ihn. Er hatte die Geringschätzung in seinen Genen.

»Wie sieht's aus«, fragte Kennedy, »ein Sexualdelikt?«

»Hat ganz den Anschein.«

»Und was ist mit dem Mädchen?«

»Sie verließ den Tanzball gegen 1 Uhr 30. Wir sind dabei, die Zeugen zu vernehmen.«

»Zeugen?«

»Den Mann, der sie gefunden hat. Leute, die bei dem Tanz waren … Von der Tat selbst gibt es keine Augenzeugen.«

»Was sind das für Leute?«

»Mädchen aus der Gegend. Mädchen aus den Textilfabriken. Ein paar Kleinkriminelle aus der Stadt.«

»Mordwaffe?«

»Keine, bisher.«

»Ist sie misshandelt worden?«

McCrink hatte in London gearbeitet, in der Denmark Street, in Soho und im Theaterbezirk. Gegenden, von denen es hieß, das Laster regiere sie. Er hatte tote Frauen in Seitengassen gesehen, Frauen in schäbigen Wohnungen, von ihren Liebhabern verprügelt. Er hatte eine Nutte aus Malta mit aufgeschlitzter Nase gesehen. Sexualverbrechen, fast edwardianisch anmutend, nebelverhangenes Gaslicht, Herumtreiber, die im Dunkel der Nacht arbeiten.

»Sie war nackt. Für alle und jeden entblößt.«

»Sonst noch was?«

»Sie ist erstochen und erwürgt worden. Er hat nichts dem Zufall überlassen.«

»Ich frage noch einmal. Gab es Sexualverkehr?«

»Er hat sie nicht angerührt. Abgesehen von den Schlägen, den Messerstichen und dem Würgen. Das ist zumindest die vorläufige Erkenntnis.«

»Ich hoffe, die Einheimischen gehen Ihnen zur Hand.«

»Sie sagen, sie hätten schon einen möglichen Kandidaten.«

»Das Sammeln von Beweismitteln gehört zu den Pflichten des Beamten, der die Ermittlungen leitet«, sagte Kennedy, »bisher haben Sie es nicht geschafft, die Mordwaffe oder irgendeinen Augenzeugen des Verbrechens zu finden.«

»Entweder er hat sie gut versteckt, oder wir sind auf dem Holzweg. Vielleicht war es nicht er.«

»Die Möglichkeit, dass der Verdächtige gescheiter ist als Sie ihm zugestehen, haben Sie scheinbar nicht Betracht gezogen. Perverse sind das oft, müssen Sie wissen.«

Du könntest einen Perversen doch nicht mal von einem Loch im Boden unterscheiden, dachte McCrink.

»In solchen Fällen ist ein Aufruf an die Öffentlichkeit oft wirksam, finde ich«, sagte Kennedy, »fördert den bürgerlichen Gemeinsinn.«

»Ja, Sir.«

»Wir müssen das Monster festnehmen«, sagte Kennedy, »ein Exempel statuieren.«

Du bist auch so ein Exempel, dachte McCrink.

»Sie erhalten volle Einsicht in die Akten des Special Branch, damit Sie sich mit dem Land und seinen Bewohnern vertraut machen können«, sagte Kennedy.

In dieser Nacht blieb McCrink in der Stadt. Er schlief schlecht. Die Namen der Opfer der Londoner Nackt-Morde zogen durch seinen Kopf. Elizabeth Figg. Gwynneth Rees. Die Leichname, nackt, gottlos und ohne erkennbare Verletzungen. Der Killer, der sie sanft zu Tode bringt, ihre Leichen dann entsorgt, sie damit in seine eigene Geschichte einbindet und ihre Geschichten noch einmal erzählt. Ihre Leben verwirft. Die schäbigen Wohnungen, Geschlechtsakte auf Rücksitzen geparkter Autos. Stand alles in den Akten. Die blassen, erniedrigten Gesichter. Die Autopsieberichte vermerken Geschlechtskrankheiten, Anzeichen von Alkoholmissbrauch, mangelhafte Ernährung. Der Killer, der die Möglichkeit erkannte, dass der Tod sie zu erlösen vermochte.

Die Leiche von Pearl Gamble wurde für eine vollumfängliche Autopsie ins Royal Victoria in Belfast überführt. Fotos im Newry Reporter und im Belfast Telegraph zeigen, wie der Leichenwagen das Gelände des Krankenhauses verlässt. Vor den Toren sind Trauben von Menschen zu erkennen. Sie wirken wie ein Volk, das sich geschlagen gibt. Verdrossen, aneinandergedrängt. Fotografen der lokalen Presse sind da, Reporter in Mänteln. Von der Ankunft des Leichenwagens im Royal existieren keine Aufnahmen. Der Wagen wurde zu einem Hintereingang geleitet, zu einer Betonrampe, die zur Leichenhalle hinunterführt. Die Leiche wurde aus dem Sarg gehoben und von Helfern in Schürzen auf einen Rollwagen gelegt. Die Männer redeten leise miteinander, während sie Pearl durch den Wartebereich in die Pathologie fuhren. Die Instrumente, um sie zu sezieren, lagen für sie bereit. Die Waagen für ihre Organe. Pearls Fleisch, die Masse, zu der sie nun geworden war, abgewogen und analysiert. Der Raum gefliest, mit Ablaufrinnen. Schubladen aus Edelstahl, leistungsstarke Neonröhren, um Dunkelheit und Leichenschatten fernzuhalten.

*

An diesem Abend fuhr McCrink zurück an die Küste. Er war in einem Hotel in Rostrevor untergebracht. Er fuhr bis zum Great Northern Hotel hinaus, das dem Coal Pier gegenüberlag. Entlang der Küste waren viele Hotels nach Eisenbahngesellschaften benannt. The Great Northern. The Great Western. Sie waren im Stil traditioneller europäischer Hotels gebaut, hatten hohe Foyers und Kofferträger in Uniform. Schimmelige Ballsäle und ungepflegte Büsche zeugten vom Niedergang. An den Wänden dieser Hotels hingen noch immer gerahmte Poster, die die Träumereien des Massentourismus der Fünfzigerjahre zeigten.

Ausflüge und Exkursionen in gemieteten Ausflugskutschen und Zügen, die Familien aus den Vororten holten, von denen man damals träumte. Die Zugverbindungen waren eingestellt, die Unternehmen in Konkurs. Man konnte die gewaltigen Hotels meilenweit sehen, düstere, schwach beleuchtete Endstationen am winterlichen Ufer des Meeresarmes.

McCrink checkte ein und rief in Corry Square an. Johnston hob ab, McCrink verlangte nach Speers.

»Inspector Speers ist nach Hause gegangen, Sir«, sagte Johnston.

»Wie geht die Untersuchung voran?«

»Ein Urteil steht mir nicht zu.«

»Um Himmels willen, Johnston! Ich habe Sie nicht gebeten, jemanden ins Fegefeuer zu schicken. Ich frage bloß, wie der Tag gelaufen ist.«

»Wenn Sie mich fragen, Sir, deutet alles auf McGladdery. Wenn Sie schon vom Ewigen Feuer reden.«

»Und weiter?«

»Wir haben Zeugen, die aussagen, er habe mit Miss Gamble getanzt. Wir haben Zeugen, die aussagen, er habe sich vulgär verhalten. Nach dem Tanz ist er plötzlich verschwunden. Vor der Halle ist ein Fahrrad gestohlen und am Damolly Cross gefunden worden.«

»Was sagt McGladdery dazu?«

»Streitet alles ab. Lacht, wenn es ihm an den Kragen geht und man ihm mit geraden Gedanken kommt.«

»Er lacht?«

»Er glaubt, es ist ein Scherz, wenn eine Frau wie ein Tier nackt und tot auf einem Feld abgelegt wird.«

Vier

Richter Curran war am Billardtisch im Billardraum des Reform Clubs an der Royal Avenue. Er spielte mit Harry Ferguson, der für seine Wahlkampagne verantwortlich war. Sie spielten Carambolage, setzten einen Guinea pro Kugel. Ihr Tisch war der einzige, der besetzt war. Ferguson baute die Kugeln auf und spielte an. Der Billardraum befand sich am Kopf des Gebäudes, in einem Turm. An den beiden Enden des Raumes brannte jeweils ein Feuer im Kamin, an den Wänden hingen Wappen und Portraits. Jedes Mal, wenn Ferguson eingeladen wurde, in dem Raum zu spielen, kam er sich vor, als befände er sich in einem Schloss aus einem Bilderbuch, einem Ort, an dem sich Wahrnehmungen verschoben, an dem Grausamkeiten vorstellbar waren, wie man sie in Kinderzimmern erzählt. Die Fenster waren weiß vom Nebel. Die ganze Stadt stand im Banne dieses Nebels, wirkte eingeschlossen und in sich gekehrt. Ferguson kam sich vor, als begegnete ihm hier geradezu der Modellfall einer Wetterlage.

Curran studierte die Anordnung der Kugeln auf dem Tisch, ihre zufällige Neuordnung nach dem ersten Stoß. Er fuhr mit der Hand über den Rand des Billardtuches mit den Kreidespuren. Sie spielten, während sich die Nacht herabsenkte. Nur über den Tischen brannte Licht. Der Richter in Nadelstreifenhosen, weißem Hemd und Krawatte wie der Zeremonienmeister, der den Beginn der Nacht einzuläuten hatte. Auf dem Tisch unter dem

Gestell mit den Billardstöcken und der Tafel für die Resultate lag ein Belfast Telegraph mit der Story vom Mord an Pearl Gamble. Curran notierte die Resultate und musste jedes Mal, wenn er zur Tafel hinüberging, das Bild von Pearl Gamble ansehen, aber er erwähnte es mit keinem Wort. Curran hatte die Angewohnheit, Dinge im Raum schweben zu lassen.

Nach der Hälfte des Abends entschuldigte sich Curran. Ferguson trat auf den Treppenabsatz hinaus und sah, wie Curran auf die Telefonzelle in der Eingangshalle zusteuerte. Er glaubte zu wissen, wen er anrufen wollte. Er stellte sich Curran in der Zelle vor, den schweren Bakelithörer in der Hand. Ein Apparat, um seinen Worten Gewicht zu verleihen, Moral, die sich in der Hand wiegen ließ.

Als Curran zurückkehrte, hob er seinen Billardstock aus dem Gestell. Er sah an dem aschefarbenen Schaft mit dem Ringbeschlag aus Messing entlang.

»Ich werde diesen Prozess übernehmen«, sagte er.

»Denken Sie, das ist klug?«

»Klug, Ferguson?«

»Ein neunzehnjähriges Mädchen ist ermordet worden. Ihre neunzehnjährige Tochter ist vor neun Jahren ebenfalls ermordet worden.«

»Wollen Sie damit Befangenheit andeuten?«

»Die Möglichkeit von Befangenheit.«

»Ich werde den Prozess unvoreingenommen führen.«

»Das hab ich auch nicht bezweifelt.«

»Was bezweifeln Sie dann?«

Curran lehnte sich über den Tisch. Er bildete mit den Fingern seiner linken Hand eine Brücke und legte den Stock auf die Knöchel. Er studierte die Kugeln, dann spielte er die Spielkugel seitlich an, um die gelbe Kugel sanft in der Mitte anzustupsen;

die Spielkugel kam am Polster neben dem rechten Loch zum Stillstand. Im Lauf der Jahre hatte Ferguson begriffen, dass der Richter an Strukturen glaubte. Daran, dass Dinge auf Plänen verzeichnet waren, dass Vorgänge einer seltsamen Kartografie unterlagen. Es gab keine Zufälle. Ferguson hatte mit Curran das Planetarium besucht. Er hatte neben ihm gesessen, während ihnen die Anordnung der Planeten erklärt worden war. Der Sprecher hatte die Bewegungen der Planeten als Tanz beschrieben, und Curran hatte sich umgedreht, um ihn anzusehen, als frage er sich, ob es tatsächlich ein Tanz sei, diese kalte Gavotte, diese nebulöse Bewegung, diese Sterne aus Asche.

*

Lance Currans Tochter Patricia war im November 1952 ermordet worden. Man hatte siebenunddreißig Mal auf sie eingestochen und ihre Leiche unter die Bäume an der Zufahrt ihres Hauses The Glen in Whiteabbey gelegt. Ihr Bruder und ihr Vater hatten sie gefunden. Es gab Berichte über Spannungen zwischen Patricia und ihrer Mutter Doris. Patricia war unabhängig, sie hatte in den Sommerferien vor ihrem Tod einen Job als Lastwagenfahrerin bei einem Geschäft für Baubedarf angenommen.

Im November 1953 war Iain Hay Gordon für unzurechnungsfähig erklärt worden. Gordon hatte die Familie gekannt. Während eines Verhörs durch Inspector John Capstick von Scotland Yard hatte er gestanden, Patricia mit seinem Militärmesser umgebracht zu haben.

Gordon war in der Nervenheilanstalt Holywell eingesperrt worden. Der Leiter der Anstalt hatte erklärt, er könne keinen Grund finden, um ihn in Gewahrsam zu behalten. 1958 war

Gordon schließlich stillschweigend entlassen worden. Er war nach Glasgow zurückgekehrt und hatte seinen Namen geändert. Im Jahr 2000, achtundvierzig Jahre nach dem Schuldspruch, wurde seine Verurteilung aufgehoben. Die tyrannische Befragung durch Inspector Capstick war ein Kernpunkt bei seiner Berufung gewesen.

Ein weiterer Punkt für die Aufhebung des Urteils betraf das Telefongespräch, das Richter Curran mit der Familie von John Steel geführt hatte, dem jungen Mann, der Patricia zum Bus begleitet hatte, welcher sie in jener Nacht vom College nach Hause bringen sollte. Steels Vater blieb dabei, dass er den Anruf um 2 Uhr 15 entgegengenommen habe und von Richter Curran gefragt worden sei, ob er Patricia gesehen habe. Es war schlüssig bewiesen worden, dass Patricias Leiche kurz vor 2 Uhr aufgefunden worden war, fünfzehn Minuten bevor der Richter in Steels Haus angerufen hatte, um zu fragen, ob sie gesehen worden sei. Diese Unstimmigkeit ist nie geklärt worden.

Die Morde an Patricia Curran und Pearl Gamble lagen neun Jahre auseinander. Patricia war die Tochter eines Richters. Ihre Familie hatte in politischen wie juristischen Kreisen eine wichtige Stellung. Pearl war eine einfache Verkäuferin. Beide geben gleichermaßen Rätsel auf. Ein Platz in der Dunkelheit ist ihnen gewiss.

Fünf

Die Vernehmungen am Corry Square wurden am nächsten Morgen fortgesetzt. McCrink stand im Hintergrund des Raumes.

Mervyn Graham war der Erste, der hereingebracht wurde. Er drehte sich eine Zigarette mit Golden Virginia-Tabak aus einer Blechdose, wobei er eine Maschine verwendete. Er bestätigte, dass er Robert eine Lehre als Schuhmacher angeboten hatte. Er hätte demnächst damit anfangen sollen.

»McGladdery ist es nie im Leben gewesen.«

»Warum sagen Sie das?«

»Weil er nicht dazu fähig ist.«

»Jeder ist fähig dazu.«

»Nicht der Geck!«

»Die ganze Stadt hat mitbekommen, wie er den harten Kerl gespielt hat.«

»Spielen ist nicht das Gleiche wie sein.«

»Was macht Sie so sicher bei der Einschätzung von anderen?«

»Ich war im Krieg. Hab genug Männer sterben sehen. Und was den Richter angeht, ich hab gehört, Richter Curran übernimmt den Fall.«

»Die Entscheidung liegt bei der zuständigen Behörde.«

»Wer's glaubt. Wenn Curran den Fall will, kriegt er ihn auch. Und ich glaube, er will ihn.«

»Vielleicht wird er ja für befangen erklärt.«

»Das hätte schon vor vielen Jahren passieren müssen. Der Typ ist der verkörperte Ehrgeiz.«

»Der Prozess wird nach der Beweislage geführt.«

»Wenn Richter Curran auf der Bank Platz nimmt, bedeutet das für McGladdery den Strick.«

»Was hat McGladdery in jener Nacht angehabt?«, fragte Johnston.

»Das weiß ich nicht. Ich war nicht dabei.«

»Sie haben doch Augen im Kopf. Besitzt McGladdery einen hellblauen Anzug?«

»Ich weiß es nicht.«

Der nächste Zeuge war ein kleiner Mann namens Donaldson, der ein weißes, bis zum Kragen zugeknöpftes Hemd trug, die Ärmel bis zu den Handgelenken heruntergerollt. Eine Seite seines Gesichtes war von einem Feuermal bedeckt.

»Dieser McGladdery ist ein schlechter Kerl.«

»Wieso sagen Sie so was?«, fragte Speers.

»Weil er unehelich ist.«

»Haben Sie das Mädchen gekannt?«

»Ich hab weder sie noch sonst einen aus ihrer Sippe gekannt. Die hat bloß geerntet, was sie gesät hat.«

»Was ist mit dem Jungen, der sie umgebracht hat?«, fragte Johnston.

»Ein Instrument des Herrn.«

»Schimpfen Sie selber von der Kanzel herab?«

»Ich bin Laienprediger in der Kirche der Wiedergeborenen Christen, falls Sie das mit Ihrer Anspielung meinen«, sagte Donaldson.

»Er will wissen«, präzisierte Johnston, »ob Sie sich selbst als Instrument des Herrn betrachten? Ich meine, würden Sie ernten, was in Form von neunzehnjährigen Mädchen gesät worden ist, die nach einem Tanz auf dem Heimweg sind? Sind Sie vielleicht nicht normal, Mr Donaldson?«

»Sie zählen sich selber wohl nicht zu den Frommen, Sergeant«, sagte Donaldson.

»Das Zählen überlasse ich Gott«, sagte Johnston, »so werden wenigstens keine Fehler gemacht.«

»Womit verdienen Sie sich ihren Lebensunterhalt, Mr Donaldson?«, fragte Speers.

»Ich repariere Autos, Lastwagen. Alles, was einen Motor hat.«

»Es gefällt Ihnen, in Eingeweide vorzudringen, was?«, sagte Johnston.

»Ist ehrliche Arbeit. Man macht das, was einem liegt. Mir liegen Motoren.«

»Mir Diebe und Mörder«, sagte Johnston, »ich plage mich ab in den Weingärten der Verdorbenen. Haben Sie McGladdery auf dem Tanz gesehen?«

»Ich hab gesehen, wie er mit dem toten Mädchen und mit anderen Mädchen getanzt hat.«

»Was hatte er an?«

»Kann mich nicht erinnern.«

»Vielleicht einen hellen Anzug?«

»Schon möglich.«

»Heiland, wir sind im Reich Gottes gelandet«, sagte Johnston später, »im Königreich des Himmels.«

»Was hat er bei einem Tanz verloren, wo er doch so gottesfürchtig ist?«, sagte Speers.

»Die wollen auf alles ein Auge haben. Mit heraushängender Zunge, wenn man mich fragt«, sagte Johnston, »die verbotene Frucht. Wer ist der Nächste?«

Das Mädchen hatte einen fettigen, blonden Pony, der ihre Augen beinahe bedeckte. Sie hielt den Kopf gesenkt, während sie redete. An den Händen hatte sie Dermatitis. Sie hieß Susan Hanna.

»Was hat es bloß auf sich mit dieser Stadt, mit dieser Haut?«, fragte Speers.

McCrink nahm an, dass es mit der feuchten Erde unter ihren Füßen zu tun hatte. Nachts durchzogen Dämpfe das Marschland. Man sah Leute mit Schuppenflechte, Ekzemen und allen möglichen Arten von Hautreizungen.

»Sieht aus wie eine Stadt aus dem Mittelalter«, sagte Speers, »man stellt sich auf offene Wunden und Geschwüre ein.«

»Was arbeiten Sie, Miss Hanna?«, fragte Speers.

»Ich arbeite in der Färberei. An den Trögen.«

McCrink sah sich noch einmal die Hände des Mädchens an. Man konnte erkennen, wo rotes Färbemittel in die Haut eingedrungen war.

»Sie waren am 28. Januar in der Henry Thompson Memorial Hall des Oranier-Ordens.«

»War ich. Ich hab Robert McGladdery und Pearl Gamble gesehen. Ich hab mitbekommen, wie sie miteinander getanzt haben. Sie hat ihn auf die Folter gespannt.«

»Wie meinen Sie das?«

»Sie hat ihn gereizt. An der Nase herumgeführt.«

»Gereizt?«

»Hat ihn verrückt gemacht.« McCrink versuchte dem Mädchen in die Augen zu schauen, doch sie hielt den Kopf gesenkt und sprach eintönig.

»Sie hat so lange eng mit ihm getanzt, bis sie ihm völlig den Kopf verdreht hatte. Dann hat sie ihn angeguckt und ihm ins Gesicht gelacht. Sie hat ihn weggestoßen. Verspottet. Sie hat's nicht anders gewollt.«

»Und was hat er gemacht?«

»Ist ihr gefolgt, als sie zu ihren Freunden zurückging. Er hat ganz düster ausgesehen. Wie einer aus dem Kapitel über Vergeltung im Testament.«

»Das erfinden Sie«, sagte Johnston, »Sie können das Opfer nicht leiden. Vielleicht haben Sie ein Auge auf McGladdery geworfen und dann gesehen, wie er mit ihr tanzte. Vielleicht sind Sie froh, dass sie tot ist.«

»Ich hatte bei Gott nichts gegen sie. Ich hab Ihnen nichts als die Wahrheit erzählt, so, wie Sie wollten. Sie haben es selbst gehört. Was soll ich denn sonst tun? Der Tag vergeht so oder so. Da kann man doch genauso gut reden.«

»Ist Ihnen sonst noch etwas aufgefallen?«

»Nichts. Ich hab gehört, dass sie gestorben ist. In der Nacht gab's Gerede von irgendeinem Blutbad. Ich bin am anderen Morgen aufgestanden und zur Arbeit in die Färberei. Ich hab mich vor den Farbtrögen hingekniet.«

»Was hat er angehabt?«

»Wie?«

»McGladdery. Was hat er angehabt?«

»Weiß ich nicht mehr.«

»Und wenn Sie raten müssen?«

»Hier geht es nicht darum zu raten.«

Das Mädchen hob zum ersten Mal den Kopf. Die Dermatitis hatte auch die Haut um ihre Augen befallen, die Augen selbst waren rot entzündet, die Haut eine offene Wunde; sie blickte sie an wie durch eine Maske des Leidens. Der Wind wehte Hagelkörner gegen die Scheibe, und es wurde dunkel im Zimmer, während eine Sturmböe meeraufwärts trieb.

Johnston ging um den Tisch herum und blieb vor ihr stehen. Sie schreckte zurück, als er sich wie ein Vollstrecker des Rechts aus dem Testament ihrer Jugend über sie beugte, ein Besucher mit der Vollmacht, sie vor Gericht zu bringen.

»Lassen Sie mich«, sagte sie.

»Er tut ihnen nichts«, sagte Speers.

»Ich hätte niemals auf den Tanz gehen sollen«, sagte sie, »man hat es mir gesagt, aber ich hab nicht hingehört.«

»Es ist nicht Ihre Schuld«, sagte Speers, »wir wollen nur wissen, was Sie in jener Nacht gesehen haben.«

»Was erlauben Sie sich, mit mir über Schuld zu reden?«

»Was hat McGladdery getragen?«, fragte Johnston, »wie war er gekleidet? Trug er einen hellen Anzug?«

»Ich hab nicht auf seine Kleidung geachtet«, sagte das Mädchen.

»Sind Sie sicher? Noch vor einer Minute haben Sie sehr genau hingesehen.«

»Das reicht«, sagte McCrink, »wir sind fertig mit Ihnen, Miss.«

Das Mädchen eilte mit niedergeschlagenen Augen aus dem Zimmer, als sei sie befreit von einem furchtbaren Dienst, den sie ihnen erwiesen hatte. Johnston ließ sich auf seinem Stuhl zurücksinken und knöpfte seine Uniformjacke auf.

»Ich komme mir vor, als hätte ich drei Stunden lang einem dieser Hölle-und-Schwefel-Kerle zugehört, wie er von der Kanzel herunterbellt«, sagte Speers.

»Wenn sie wirklich so anständig lebt, was hat sie dann in einer Lasterhöhle verloren? Das Gleiche wie der Kerl davor.«

»Denen gefällt es, in einem Heer von Ungläubigen die Stellung zu halten«, sagte Speers.

»Was halten Sie von der Geschichte dieser schorfigen Schlampe?«, fragte Johnston, »ist das erste Mal, dass ich höre, Pearl habe McGladdery an der Nase herumgeführt.«

»Wir könnten sie in den Zeugenstand rufen«, sagte McCrink.

»Jedenfalls habe ich zum ersten Mal was gehört, das auf ein Motiv hindeuten könnte. Pearl hat McGladdery zurückgewiesen, und er hat sich gerächt.«

»In der Art und Weise, wie er sie liegen ließ, finden sich mehr als genug Motive«, sagte Johnston, »was brauchen wir da noch mehr?«

Am Abend kehrte McCrink mit den Abschriften der Vernehmungen vom Vortag ins Great Northern zurück. Im Ballsaal des Hotels wurde getanzt. Die Tanzenden sahen aus, als kämen sie aus Mitteleuropa, Männer mit dunklen Augen, Frauen in Reifröcken und Satin. Klänge von Walzermusik drangen aus dem Ballsaal, über dem Abend lag eine Aura gedämpfter Machenschaften. McCrink überquerte den Teppich, Augen folgten ihm, dieser schlurfenden Erscheinung, die einen fremden Geruch mit sich brachte. Als er an der Rezeption stand, spürte er, wie jemand seinen Ellbogen berührte. Er erkannte den Mann, der hinter ihm stand, von Pressefotos. Innenminister Brian Faulkner. Faulkner trug einen Abendanzug. McCrink war sich bewusst, dass er Dreck an den Schuhen hatte. Er kam sich grobschlächtig vor, befleckt von seiner Beschäftigung mit dem Fall.

»Guten Abend, Inspector«, sagte Faulkner, »lassen Sie mich Ihnen zu Ihrer Ernennung gratulieren.«

»Danke, Herr Minister.«

»Sie sehen müde aus. Sie machen bestimmt Überstunden wegen dieses furchtbaren Gamble-Falles. Wie ich höre, ist ein Schuldspruch garantiert.«

»Wir tragen Beweismittel zusammen, Sir.«

»Man hat mich wissen lassen, dass eine rasche Aufklärung des Falles erwartet wird. Dass man einen Mann verdächtigt.«

»Ein Verdacht ist nicht dasselbe wie ein Schuldspruch, Sir, bei allem Respekt.«

»Sie haben noch an keinem Mordfall hier in Nordirland gearbeitet, Detective, nicht wahr?«

»Nein, meine Erfahrung beschränkt sich auf London.«

»Vertrauen Sie mir. Es wird einen Schuldspruch geben. Sie erledigen Ihren Job, ich meinen. Ich muss zurück zu meiner Gesellschaft. Aber ich möchte Ihnen noch einmal meine wärmste Gratulation aussprechen.«

McCrink sah Faulkner nach. *Sie erledigen Ihren Job, ich meinen.* Bei einem Todesurteil gingen Gnadengesuche über den Tisch des Innenministers. Faulkner wollte den Strick.

McCrink nahm die Akte mit auf sein Zimmer und setzte sich aufs Bett. Die Akte hatte bereits ihre eigene Geschichte, man sah ihr an, dass sie auf Polizeischreibtischen und in schmuddeligen Vernehmungszimmern gelegen hatte. Das Deckblatt war abgegriffen und voller Stockflecken, die Akte selbst sah aus, als beinhaltete sie etwas Zerbrechliches. Er ertappte sich dabei, an historische Schriftrollen aus Papyrus zu denken, die kurz vor ihrer Entzifferung standen und all das enthielten, was es über vergessene Zeiten, ausgestorbene Rassen, Aramäer und Phönizier, entlegene Sprachen und Dialekte zu wissen gab. Darin lag Potenzial für Ehrfurcht, das spürte er.

McCrink las bis um 23 Uhr, dann klappte er die Akte zu und ging in die Bar hinunter. Aus dem Ballsaal war noch immer Walzermusik zu hören. Bei einem Barkeeper in weißem Jackett bestellte er einen Whiskey-Soda. In der Lobby saßen Männer mit schwarzen Krawatten, melancholische, räuberische Gestalten. McCrink spürte, dass er sich in Gesellschaft einer untergegangenen Bourgeoisie befand. Zwischenkriegsstimmung lag im Raum.

Er blickte hoch und sah die Bibliothekarin auf sich zukommen. Sie trug einen Rock und eine bunte weite Bluse. Sie hatte ihre Schuhe ausgezogen und ging barfuß über den Teppich. Das Haar hing ihr bis auf die Schultern, ihre Augen waren vom Pony teilweise bedeckt. Er sah den ironischen Zug um ihren Mund und eine Koketterie in ihrem Verhalten, für die sie zu alt war. Sie hatte getrunken. Die verblasste Kleinstadt-Schönheit.

»Detective McCrink! Sind Sie zum Vergnügen hier oder geschäftlich?«

»Geschäftlich. Ich wohne hier.«

»Haben Sie den Mord an der armen Pearl schon gelöst?«

»Wir arbeiten dran.«

»Das passiert, wenn man einen Mann reizt, ihm den Kopf verdreht.«

»Hat Pearl das getan hat? Ihm den Kopf verdreht?«

»Das wird in der Stadt gemunkelt. Möchten Sie wissen, was man über mich munkelt? Da haben wir sie! Beinahe vierzig und noch immer keinen Mann. Ohne Kind und Kegel. Sie wispern, dass möglicherweise eine Verlobung in die Brüche ging. Entweder hat er sie einfach so sitzen lassen, oder er ist mit einer anderen durchgebrannt. Suchen Sie sich's aus. Sie sind der Detective. Finden Sie für mich das gebrochene Herz.«

»Ich denke, es ist eher so, dass Sie Herzen brechen.«

»Das ist genau die Art abgeklärte Galanterie, die ich hören will. In dieser Gegend ist man Frauen gegenüber nicht sehr höflich.«

Ihre Sätze klangen unecht, wie aus der Vergangenheit. McCrink war sich bewusst, dass er ihr Bild im Reporter unter den Fotos der Drama Society finden würde, Jahre zurückliegend. Eines der körnigen, unscharfen Gesichter. Eine, die sich aus dem Chor ihren Weg nach oben gebahnt hatte. Die in ihren

Zwanzigern in der Pantomime den männlichen Hauptdarsteller gegeben hatte, Strumpfhosen trug und einen Hut, übermütig schief sitzend, dass sie einen mit Filzstift aufgetupften Schnurrbart hatte und ein sprödes, bisexuelles Element in das Stück trug, umringt von Damen in gepuderten Perücken.

»Kommen Sie auf die Terrasse mit mir«, sagte sie.

Der Tanz war vorbei. Leute gingen über den Fußweg zu ihren geparkten Autos. Sie traten auf die Terrasse hinaus, von der man über den Meeresarm blickte. Am Kopf der Bucht sah er die Lichter Newrys, reflektiert von den Unterseiten der aufgewühlten Wolken. Die See war unruhig, stürmische Böen bliesen landeinwärts.

»Sie werden nie herausfinden, was in jener Nacht geschehen ist«, sagte sie, »Sie können hängen, wen Sie wollen. Es ist Sache der Stadt, und die Stadt wird sich darum kümmern.«

»Wie war noch mal das Wort, das Sie gebraucht haben? Das Wort, das Dieb bedeutet?«

»Nyuk.«

Sie verzog ihr Gesicht, um es auszusprechen, die Schultern gekrümmt. Für einen Moment sah sie aus wie eine dahinschlurfende Gaunerin, die ihm aus der Dunkelheit Zeichen gab.

Er wusste, dass sie mit ihm auf sein Zimmer kommen würde. Den Flur entlang lief sie jetzt mit langen Schritten vor ihm. Im Bett war sie ernsthaft, arbeitete mit sicheren, geschickten Berührungen und wollüstigem Gebärdenspiel, das einen berechnenden Eindruck machte, auf den Höhepunkt hin. Deine Hand. Warte. Sie führte ihn, mit harten Gesten und gekeuchten Anleitungen, auf das Eigentliche zu. Fügte die Episode in der Dunkelheit Stück für Stück zusammen.

Als sie eingeschlafen war, stand McCrink auf und trug die Akte zum Frisiertisch hinüber. Er schaltete das Licht ein und las eine Stunde lang. Versuchte, in den zurückhaltenden Aussagen über den Tanzabend das Profil eines Tatverdächtigen auszumachen. Die meisten Zeugen beschrieben vorsichtig, was sie in jener Nacht gesehen hatten, suchten ihren Weg durch die Schatten der Ereignisse. Busse, die aus dem Umland zur Halle des Oranier-Ordens fuhren. Die Gebote ländlicher Vereinigungen gegen Alkohol in ihren Köpfen.

Er schloss die Akte und ging zum Fenster hinüber. Er trat auf den Balkon, der auf die See hinausging. Er konnte die flachen Wellen sehen, die sich am Strand brachen. McCrink wusste, dass die Bucht gefährlich war. Es gab Gezeiten und Strömungen, Sandbänke, Scherwinde und tödliche Sturmböen, die über die Felsen am südlichen Ufer hereinbrachen. Es gab Geschichten von gesunkenen Vergnügungsschiffen, gestrandeten und verschwundenen Booten, von Selbstmördern, die auf die offene See hinausgetrieben wurden, von Betrunkenen, die über Bord gegangen waren. Jedes Jahr gab es drei oder vier Tote in der Bucht.

Sechs

Vernehmung von Agnes McGladdery, Corry Square, Hauptquartier der Royal Ulster Constabulary, 2. Februar 1961

Ich heiße Agnes McGladdery. Ich bin die Mutter von Robert McGladdery, der am 18. Oktober 1935 unehelich geboren wurde. Er war von Beginn an kränklich und hatte keinen Appetit, schon die Hebamme bemerkte das. Andere Frauen haben einen liebenden Mann, der ihnen in Zeiten der Qual hilft, aber ich war alleine, sobald man das Kind aus mir herausgezogen hatte.

Als Junge hatte er immer irgendwelche Einfälle und konnte einen um den Finger wickeln. Eines Tages nimmt er die Perlmuttschachtel aus dem Schlafzimmer und lässt sie die ganze Nacht im Regen. Als ich ihn frage, wieso hast du das gemacht, sagt er, um einen Meteoriten zu fangen, der nachts vom Himmel fällt. Was für ein Gedanke, dass die Sterne auf deinen Befehl hin aus der schwarzen Himmelsgruft fallen könnten.

Manchmal saß er so still da, dass man denken konnte, er wär tot. Die reden von Versäumnissen bei der Erziehung, aber wenn es etwas gibt, was ich versäumt habe, dann, ihm den Hintern zu versohlen, wenn er mir blöd kam. Die Schulaufsicht war Tag und Nacht hinter mir her, aber was soll man machen, wenn sich der Nachwuchs auf der Straße herumtreibt, obwohl er zur Schule müsste? Sie nannten es »der Schule fernbleiben«, und so wie er sich benahm, machte er sich aus dem Herzen seiner sorgenden Mutter genauso aus dem Staub wie sein Vater vor ihm. Als er aus London zurückkam, war er nicht mehr derselbe. Das sage ich als seine Mutter. Er ist dort mit dem Verbrechen in Kontakt gekommen. Gott weiß, was für Kreaturen nachts dort durch die Straßen streunen. Er arbeitete an Orten mit schlechtem Ruf. Er schrieb mir von Frauen, für die Anstand ein Fremdwort war und die an seinem Arbeitsplatz auftauchten, als wär alles bloß ein Witz und würde nichts ausmachen. Jetzt sieht er selber, dass es für ihn sehr wohl etwas ausmacht. Was ist das für ein Sohn, der mit seiner Mutter über so Sachen redet? Er hat mir von seinen Freunden erzählt, aber ich glaube, das waren Lügen. Er hatte schon immer einen Hang zum Lügen, wenn er wusste, dass ihn die Wahrheit in Schwierigkeiten bringt. Er redete von Russen und Agenten, wirres Zeug. Er hat schon als Kind viel gelesen, und wenn man mich fragt, hat er nur Durcheinander im Kopf.

Bevor er wegging, war er schüchtern mit Frauen, er brachte kein Wort heraus, wenn ihn eine nur schräg ansah. Danach redete und redete er, na, wie geht's uns heute, Mädels, und all so Zeugs.

In ein paar der Zeitungen stand, er würde gut aussehen. Gut aussehen ist ja schön und gut. Die sagten das Gleiche über seinen Vater, der war ein Tänzer, da blieb dir die Spucke weg, wenn du ihm nur zugeschaut hast. Das wird nicht das Einzige sein, was dir wegbleibt, wenn du ihn unter deine Fittiche nimmst, haben sie mir damals gesagt, aber ich hab nicht drauf geachtet. Am Anfang sagte er die ganze Zeit Sachen wie »ach, deine Augen«, »ach, deine Hände«, »ach, deine Lippen«, bis er hatte, was er wollte. Dann hat er mir auf der Straße die kalte Schulter gezeigt und wurde unverschämt.

Als Robert aus London zurückkam, war er verschlossen. Und er hat Literatur in seinem Zimmer aufbewahrt, über die ich lieber nichts sagen möchte, nur, dass es nicht richtig ist, so etwas ins Haus zu bringen. Er hat über nichts anderes mehr geredet als über London und über schicke Kleider, und man hat ihm angesehen, dass ihm alles zu Kopf gestiegen ist. Er war Tag und Nacht in der Stadt unterwegs und hat den Dandy markiert.

Sie möchten, dass ich über die Nacht des Mordes rede. Über Mord kann man nur reden, nachdem Fleisch und Blut von Sünde frei sind. Ich entsinne mich, dass er den ganzen Nachmittag in Pubs und Spelunken in der Stadt unterwegs war. Dann kam er mit Will Copeland heim, der seit der Kindheit sein Freund ist, um sich zum Ausgehen bereit zu machen. Er musste sich immer herausputzen. Ich sag ihm, du gehst doch bloß auf einen gewöhnlichen Schwof. Man weiß nie, sagt er, meine Prinzessin könnte dort sein. Prinzessin, vergiss es, sag ich, du wirst dir eine alte Krähe angeln.

Als Robert aus dem Haus ging, hat er einen schwarzen Anzug getragen. Was sein Kumpel Copeland anhatte, hab ich nicht gesehen.

Sieben

Agnes McGladdery erzählte allen, dass Robert einen Schlag gegen den Kopf erlitten habe, als er klein war. Sie sagte, eine Babysitterin habe ihn fallen lassen, als sie ihn in den Kinderwagen legen wollte.

»Sie war eine Mackie aus Brook«, sagte Agnes, »eine von denen aus den Fabriken.«

Das Mädchen aus der Fabrik, das ihn auf den Kopf hatte fallen lassen, wurde etwas zu oft erwähnt, als Robert jung gewesen war. Über die Jahre wurden ihr immer neue Eigenschaften zugeschrieben, bis sie in seiner Vorstellung schließlich eine ausgereifte Persönlichkeit war. Das Mädchen trank. Sie traf sich hinter dem Markt mit Männern. Agnes nannte sie eine Nutte. Sie brachte Kinder ausländischer Matrosen zur Welt. Das blasse, tollpatschige Mädchen, welches das Baby hatte fallen lassen, wurde zu einer Figur, die Juwelen trug, Gin und Heimtücke ausdünstete und den kleinen Robert mit umflorten Augen schlampig versorgte.

Deine Schwierigkeiten haben mit ihr angefangen, sagte Agnes. Dein Hang zu Abwegen.

Agnes' Tage wurden von Vorstellungen dieser Art bestimmt. Eine Galerie von Herumlungerern, Nichtskönnern und Nutznießern aus der Unterschicht. Frauen, die die Nacht zum Tag machten.

Robert sagte später, er sei ein Fall wie aus dem Lehrbuch.

Als Kind litt er unter Kopfschmerzen. Es gab Zwischenfälle in der Schule. Auf dem Pausenhof wurde ein Junge verprügelt. Als Robert im Gefängnis saß, bat er den Arzt, ihn auf krankhafte Veränderungen des Hirns zu untersuchen, Verletzungen der vorderen Gehirnlappen.

»Ich krieg immer diese Kopfschmerzen«, sagte er.

Er erzählte dem Arzt, es gebe Eingriffe, die man vornehmen könne. Es gebe Instrumente, um Dinge abzutrennen, wegzuätzen. Er hatte Darstellungen davon auf schwarz-weißen Bildern in medizinischen Fachbüchern gesehen, die er sich aus der Bücherei in Newry auslieh. Gegenstände aus Chrom und rostfreiem Stahl.

Agnes meinte, es wäre besser gewesen, er hätte sich von der Bücherei ferngehalten. Sie sagte, er habe sich den Kopf vollgestopft. Robert behauptete, in einem anderen Leben wäre er Doktor der Medizin geworden. Sagte, er hätte eine Tür mit Messingschild gehabt. Zu Hause machte er aus der Erinnerung Zeichnungen der weiblichen Geschlechtsorgane. Scheide, Uterus, die beiden Eierstöcke, wie ein beladener Baum.

Hinter dem Bahnhof an der Edward Street in der Stadt gab es ein Zugdepot. Agnes befahl Robert, sich von dort fernzuhalten. Es war ein Lieblingstreffpunkt der Slumkinder aus dem Marschland und der Zigeunerkinder aus dem Feldlager neben dem zerfallenen Zollamt am Quai. Auf dem Heimweg von der Schule kam Robert Tag für Tag am Maschenzaun an der Rückseite des Depots vorbei. Er hörte, wie die Kinder in ihrem heiseren Straßenslang einander zuriefen. Sie kletterten, sie schwärmten aus. Sie hatten Wunden, Geschwüre und missgebildete Gliedmaßen. Eines Nachmittags konnte er nicht ein einziges der Kinder auf dem Frachthof entdecken. Es war Juli, eine Hitzewelle herrschte.

Überall standen alte Ölfässer, lag Krimskrams von der Bahn herum, standen ausrangierte Waggons eingegangener Eisenbahngesellschaften, türmten sich Gleisschwellen, die in der Sonne Teeröl ausschwitzten. Ein teeriger, chemischer Geruch hing in der Luft des Nachmittags.

Er spähte in die Schuppen mit den Motoren, in die gewaltigen Innenräume mit den Werkbrücken und merkte, dass er damit ein Gespür für das Innenleben der Stadt bekam, für ihre eisengestützte Substanz. In den Ecken der Gebäude lagen aufgetürmte Trümmer, zerlegtes Frachtgut, das klein wirkte in den gewaltigen Schuppen.

Er kletterte über den Zaun, um zu den Nebengleisen zu gelangen, auf denen alte Eisenbahnwaggons standen. Zwischen den Schwellen wuchs Unkraut. Die Fenster der Waggons waren eingeschlagen, die Lokomotiven starr vor Rost. Er stieg in einen Führerstand und versuchte, die festgefressenen Griffe und blockierten Ventile zu lockern. Er schloss die Augen, stellte sich vor, der Kessel wäre eingeheizt und der Zug flöge durch die Dunkelheit. Er konnte vor sich sehen, wie er durch die Nacht davongetragen wurde.

Als er die Augen öffnete, waren fünf andere Kinder im Führerstand. Drei Jungen und zwei Mädchen. Eines der Mädchen wurde von den anderen geführt, weil es in beiden Augen den grauen Star hatte. Das andere Mädchen trug ein verdrecktes Baumwollkleid. Robert sah das blinde Mädchen an. Ihr leeres, milchiges Starren kannte keine Nachsicht. Er sprang vom Trittbrett und rollte unter das Rad der Lokomotive, wo sie ihn nicht erreichen konnten. Er hörte, wie sie redeten und lachten. Robert verbrachte den ganzen Nachmittag dort unten, verloren in der Konstruktion mit all den Verschalungen, den mit Schmieröl überzogenen Aufhängungen der Achsen, den schweren Schwungrädern. Robert, der das geheime Innenleben der Dinge entdeckte.

Nach einer Stunde linste er hervor und sah, wie die Kinderfüße sich entfernten. Die Stimmen verebbten. Er hob den Radschutz und kroch hervor. Das Mädchen mit dem dreckigen Kleid saß auf dem Fahrertrittbrett. Sie war älter, als er gedacht hatte. Er konnte die Form ihrer Brüste unter der dünnen Baumwolle des Kleides erkennen, dessen Stoff am Saum ausgebleicht war. Das fadenscheinige Material verriet ihm den Umriss ihres sehnigen Oberkörpers, mager, geschlechtsreif. Ihr Brustbein glänzte nass vor Schweiß, ihre Hüftknochen ragten hervor. Sie warf ihn zu Boden und schlang die Beine um seinen Nacken. Ihre Beine waren stark und muskulös. Er spürte die übelriechende Hitze, die von ihr ausging, an seiner Kehle, einen heißen Gestank, die Hitze des Slums.

Als Robert im Gefängnis saß, sagte er, er werde eine Biografie schreiben. Die kummervolle Saga eines Mannes, der vom Missgeschick verfolgt wurde. Die Geschichte überwundener Nachteile, vieler überwundener Nachteile, aber eben nicht aller.

*

Wenn man Newry verließ und sich südwärts wandte, befand man sich im Grenzgebiet. Agnes stellte sich ein unbereistes Territorium vor, von Ängsten beherrscht. Irgendwo da draußen war die Grenze, ein Ort ungebilligter Übergänge, schwach beleuchteter Grenzposten. Agnes stellte sich nächtliche Milizen vor, die die sanften Hügel durchkämmten, Milizen, von denen man erwartete, dass sie hasserfüllt töteten.

Als Robert zehn wurde, waren die McGladderys von Tinkers Hill nach Damolly umgezogen. Mervyn Graham, ihr nächster

Nachbar, hatte eine Modelleisenbahn in der Garage. Mervyn gehörte zu einem Modellflugzeug-Verein und hatte Modellbahn-Zeitschriften abonniert. An den Wochenenden traf er sich auf ausgedienten Flugplätzen mit anderen klein gewachsenen, leidenschaftlichen Männern. Sie begrüßten sich gegenseitig mit feierlichem Kopfnicken. Sie sahen sich als Bewahrer der Flugkunst, die ihre Flugzeuge, deren Anfälligkeiten sie genau kannten, durch den turbulenten Himmel steuerten, Experten darin, nicht vom Kurs abzukommen, nicht zu krängen. Während der Verhandlung wurde Mervyn als eine »Kraft des Guten« in Roberts Leben beschrieben. Er hatte Robert eine Lehre in seinem Schustergeschäft in der Stadt angeboten, und Robert hatte gelegentlich bei ihm ausgeholfen.

Mervyn erlaubte Robert, ihm bei der Modelleisenbahn zur Hand zu gehen. Agnes behauptete, Robert habe alles, was er anfasste, kaputt gemacht. Aber Robert sagte, er habe nie irgendein Bestandteil der Modelleisenbahn kaputt gemacht. Es gab Rangierbahnhöfe aus zusammengesteckten Schienen, aufgebaut auf einer Hartfaserplatte. Lokomotiven aus Spritzguss. Winzige Güterwagen. Robert gefiel das magnetische Schwirren der Züge, die durch die Anlage fuhren, der Geruch des Transformers nach Eisenspänen. Legte man seine Hand darauf, fühlte man die Hitze und das Summen der niedrigen Spannung. Es gefiel ihm, die Messingschräubchen und Kupferbeschläge der Kessel unter die Lupe zu nehmen.

Robert half dabei, Blattwerk und Brücken zu machen. Sie arbeiteten mit Balsaholz und spiritushaltigen Klebstoffen. Mervyn ließ Robert die Formen mit einem Bastelmesser aus dem Balsaholz ausschneiden. Die Klinge war scharf. Es gefiel Robert, wie sie ohne Widerstand durch das Holz glitt. Er strich mit dem Finger über die Schnittstellen, um die innere Beschaffenheit des

Holzes zu fühlen, und verbrachte Stunden damit, den richtigen Glanz hineinzuarbeiten, wobei er sich der Seele des Holzes bewusst war, der polierten Maserung.

Mervyn hatte ein Archiv mit Zeitungsausschnitten berühmter Morde. Gelegentlich breitete er die Ausschnitte auf der Werkbank aus. Es gab Fotos von Patricia Curran, der Tochter des Richters, die 1952 in Whiteabbey erstochen worden war. Fotos von Elizabeth Short, der schwarzen Dahlie, deren verstümmelte Leiche im Januar 1947 im westlichen Los Angeles gefunden worden war.

»Sie war sauber in zwei Stücke zerteilt. Ihre Kleidungsstücke fehlten. Er hat ihr die Mundwinkel zerschnitten und ein Lachen auf ihr Gesicht gezaubert. Hat ihre Organe herausgetrennt, ohne Zweifel eine satanische Praktik. Der Mann war versessen auf die Arbeit des Teufels.«

»Haben sie je rausgekriegt, wer's gewesen ist?«

»Keiner ist je verurteilt worden«, sagte Mervyn, »aber ein paar Berühmtheiten aus Hollywood gerieten unter Verdacht. Außerdem gab es Hinweise, dass möglicherweise Kerle aus der Unterwelt die Hände im Spiel hatten.«

Robert glaubte, er könne einen flüchtigen Blick auf den Mörder erhaschen, durch eine offenstehende Tür, eine Gestalt, die sich über eine Werkbank beugte, Werkzeuge in der Hand, das Gesicht der Arbeit zugewandt, ein Mann mit einem profanen Hobby. Eine Gestalt, die von anderen Enthusiasten erkannt wurde.

Roberts Blick kehrte immer wieder zur Fotografie von Patricia Curran zurück. Alle Zeitungen hatten das gleiche offizielle Bild der Neunzehnjährigen verwendet. Die Mundwinkel herabgezogen, die Augen im Schatten. Der verschleierte, diebische Blick. Robert war achtzehn, als Iain Hay Gordon des Mordes an

Patricia Curran angeklagt und aufgrund von Geisteskrankheit freigesprochen worden war.

»Ich weiß, was ich mit so einem Schwein machen würde«, sagte Mervyn, »ich würd es verdammt noch mal hängen, das würd ich. Das Schwein fix und fertig machen, nichts anderes.«

»Ich weiß nicht«, entgegnete Robert, »das Gehirn kann in der Kindheit Schäden abbekommen, wirklich. Manchmal wissen die gar nicht, was sie anstellen.«

Er hatte Darstellungen des menschlichen Gehirns im World of Wonder Magazin studiert. Er hatte gelernt, dass das Gehirn eine Rinde besaß, einen Stamm, hatte am Geländer des Strandbades in Warrenpoint gestanden, um den Quallen zuzuschauen, die im Stauwasser schwebten. So stellte er sich die Hirnrinde vor. Eine pulsierende, gallertartige Masse, ein malvenfarbenes Gewebe, das höhere Intelligenz zu besitzen schien, eine besser entwickelte Lebensform.

Betrachtet man Fotos von Pearl Gamble und Elizabeth Short, erkennt man Ähnlichkeiten. Short hatte einen deutlichen Spalt zwischen ihren Vorderzähnen. Sie hatte schlechte Zähne und bastelte sich gelegentlich Füllungen aus Wachsstücken. Während der Verhandlungen fing Robert an, sich zu fragen, ob Pearl das auch getan hatte. Sie hatte einen breiten Spalt zwischen ihren zwei Vorderzähnen und schmalere Abstände zwischen den anderen Zähnen, was bei einem flüchtigen Blick den Eindruck vermittelte, ihr fehlten Zähne.

*

In den Zwanzigerjahren hatte Mervyn in der Werft Harland and Wolff gearbeitet. Armeen von Männern, die sich durch das

Morgengrauen bewegten. Er erzählte Robert von den Männern, die die Kessel herstellten, die Werkzeuge und Niethämmer. Eine huldvolle Zunft gelernter Handwerker. Männer, die sich aufgemacht hatten, sich dem Material ihrer Wahl zu stellen, den Verkleidungsplatten aus Gusseisen, den gewalzten Blechverkleidungen aus Kupfer.

Es waren die Zeiten aufflackernder politischer Proteste, es gab Morde aus religiösen Gründen, man munkelte von Pogromen.

»Da waren die zwei Jungs von der Falls Road, die sich als Schiffszimmermänner anstellen ließen. Die hatten echt keinen Grund, dort zu sein, keine Notwendigkeit. Dachten wohl, sie könnten sich einfach in Luft auflösen. Könnten unsichtbar schuften.«

»Was ist mit ihnen passiert?«, fragte Robert.

»Ein paar aus der Bugmannschaft haben sie in die Finger gekriegt und ins Becken des Docks geworfen. Jedes Mal, wenn einer der Stutzer an den Rand des Docks geschwommen ist, hat ihm einer der Männer den Fuß auf die Hand gestellt und ihn zurück ins Wasser expediert. Dauert nicht lang, bis du müde wirst. Es war Februar und saukalt. Wir mussten mit Pickeln zu den Absperrhähnen, weil sie dick mit Eis überfroren waren. Werden so an die fünfhundert Männer um das Dock gestanden sein, und keiner hat ein Sterbenswort gesagt.«

Die Männer im Wasser verloren den Mut. Die Menge stand in Reihen um den Rand des Beckens. Alle waren sich bewusst, dass sich hier ein Spektakel anbahnte. Und die beiden wussten, was von ihnen erwartet wurde. Nämlich in die tiefe Dunkelheit abzusinken. Die Werft hatte eine ganze Menge Geister. Arbeiter, die von Schiffsgerüsten stürzten oder aus Versehen in luftdichten Rümpfen eingeschlossen wurden. Die zwei waren also durchaus am richtigen Ort. Sie würden dem Pulk der Toten beitreten und eine lobende Einführung erfahren. Als sie untergingen, standen die Männer mit ihren Mützen und Drecksjacken um das Wasser herum wie auf einem Fries von Arbeitern irgendeiner Sowjetinstitution.

Mervyns Schustergeschäft befand sich in der Ladenstraße mit Kopfsteinpflaster in der Nähe des Flusses. Robert war gerne dort. Schuhe herzustellen und zu reparieren sei etwas Rechtschaffenes, hatte ihm Mervyn erklärt. Einen Mann mit Schuhen in die Welt hinausschicken, etwas zu bewegen in seinem Verhältnis zum Grund und Boden, auf dem er wandle.

»Bankier oder Sozialhilfeempfänger, das macht keinen Unterschied für mich«, sagte Mervyn, »die brauchen alle Schuhe an den Füßen.«

Mervyn benannte die Teile der Schuhe. Die Lasche, der Rahmen. Er zeigte ihm den hölzernen Leisten, auf dem ein Schuh aufgebaut wurde. Robert liebte es, mit zwei Leisten zu spielen, er ließ sie auf dem gefliesten Boden des Ladens wie die Füße von Toten tanzen, gelenkig und klappernd.

Hinter Mervyns Arbeitsplatz lagen Hunderte von Schuhen im Regal, die niemand abgeholt hatte. Einige von ihnen standen seit vielen Jahren dort, ihr Leder war brüchig und verbeult. Robert stellte sich vor, dass die Schuhe auf ihre Besitzer warteten, dass eine hinkende, schlurfende Totenlegion sie zurückfordern und damit in der Nacht verschwinden würde.

Mervyn brachte Robert bei, wie man Stahlkappen auf Absätzen und solide Gummisohlen auf abgetragenen Schuhen anbrachte.

»Wenn ich mit der Schule fertig bin, werde ich Schuhmacher«, erzählte er Agnes.

»Den Schuhmacher möchte ich sehen«, sagte Agnes, »du

kannst doch noch nicht mal die rechte von der linken Hand unterscheiden.«

Mervyn kannte die Namen der Schiffe, die zu seiner Zeit in den Docks gebaut worden waren. The Nomadic. The Wessex. The Northumbria. Er konnte ihren Tiefgang herunterbeten, ihre Tonnage, den Schwenkbereich ihrer Netze. Er wusste Bescheid über ihre heroischen Seereisen.

»Mit Typen wie Mervyn Graham vergeudest du nur deine Zeit«, sagte Agnes zu Robert, »er wird dir nichts beibringen.«

Aber Robert hatte gelernt, dass Männer heroische Gedanken haben konnten. Sie konnten träumen, von langen Seefahrten ans andere Ende der Welt.

*

Das Jahrzehnt brachte Gangs auf die Straßen. Truppen, die in der nachindustriellen Landschaft für Alpträume sorgten. Skinheads, Fußball-Hooligans. Im Norden patroullierten Motorradgangs durch die Straßen. Schwangerschaften unter Teenagern nahmen genauso zu wie Abtreibungen in Hinterhöfen. Nachrichtenfilme aus jener Zeit zeigen junge Männer in weit geschnittenen Mänteln und junge Frauen in Söckchen und fliegenden Röcken. Die Jungs hatten spitz geschliffene Kämme in den Gesäßtaschen und nähten Rasierklingen in ihre Samtkrägen. Sie sahen sich selbst als gewiefte Jünger einer heruntergekommenen Modernität. Filmaufnahmen aus jener Zeit zeigen nicht die Frische, die man erwarten würde, vermitteln nicht die Ahnung, eine alte Ordnung werde bereinigt. Man sieht die Jugendlichen auf Landungsbrücken und Strandpromenaden, auf Fußballplätzen. Das ramponierte Filmmaterial und die schlechte Synchronisation der Vorführgeräte gibt ihnen etwas Geisterhaftes.

Es war eine Ära, in der Dinge falsch liefen, eine Ära mit einem schäbigen, gewalttätigen Sog. Die Kray-Brüder und andere Gangster trieben sich in den Nachtclubs von London herum. Unechter Glamour bestimmte die Nächte, Typen aus dem Showgeschäft mischten sich mit Typen aus der Unterwelt. Blondinen, spätere Opfer von Sexualverbrechen, sumpften mit Ronnie und Reggie Kray herum. Es war die Blütezeit für Stricher, Acidwerfer und Safeknacker.

Freitagnacht fuhr Robert normalerweise mit dem Zug von der Station an der Edward Street nach Warrenpoint. Der Zug durchquerte das Marschland und fuhr am seichten Gezeitenwasser des Meeresarmes entlang. In der Luft hing der Geruch nach dem Diesel der Lokomotive. Blickte man auf die Bucht hinaus, konnte man auf dem Kanal das Flackern der grünen und roten Navigationslichter sehen und dahinter die erstarrte Dunkelheit der Berge und der See. Der Meeresarm war bekannt für wandernde Sandbänke und ihre heimtückische Strömung.

In Cranfield, an der Mündung des Meeresarmes, gab es einen Campingplatz. Dorthin fuhr Agnes mit Robert übers Wochenende, wann immer sie einen Wohnwagen ausleihen konnte. Der Stellplatz befand sich auf dem Feld eines stillgelegten Militärflughafens aus dem Krieg. Unkraut wuchs durch den Beton. Nachts ließ der Wind, der vom Meer her kam, den Wohnwagen schaukeln und knarren. Robert lag wach und hörte Radio Caroline. Auf einer Sandbank an der Kanaleinfahrt stand der Leuchtturm von Haulbowline. Durch den Nebel, durch die dunklen Schwaden der offenen See waren die schweren Dieselmaschinen der Marine zu hören. Er las Artikel über die Vorzüge der Atombombe für die Menschheit. Wie die Bombe den Krieg beendet hatte.

In den Sanddünen stand ein verwaister Sherman-Panzer. Seine Fahrspuren waren verschüttet. Sandverwehungen bedeckten die gepanzerte Karosserie. Die Aufkleber auf dem Geschützturm waren verblichen, abgeschliffen von Wind und Sand, die Bolzen der Einstiegsluke voller Rost. Das bloße Metall im Inneren war zerfressen vom Salz. Robert kletterte auf den Sessel mit dem aufgeplatzten Leder hinab. Im Verschluss des Geschützes steckte ein Dorn aus Metall. Er bediente die klobigen Griffe der Steuerung für die Geschütze, schaute durch ihren Ausguck, nahm das Ziel ins Visier. Feine Korrekturen und Drehungen am Rändelrad des Entfernungsmessers. Mit einem Mal schien die Landschaft bevölkert von Ahnungen, in den Fängen des Todes, wie eine Salztonebene, wo man Bomben testet.

Eines Sommerabends nahm ihn der Lotse des Meeresarmes auf seinem Boot mit hinaus. Robert lauschte dem Gerede auf dem Navigationskanal, den statischen, entrückten Stimmen. Man musste in das Radio hineinkriechen, um zu verstehen, was los war, musste versuchen, die Geheimsprache der Schiffer zu entschlüsseln.

Tagesausflügler waren am Strand. Mädchen aus Belfast und Portadown. Sie trugen Kleider mit Gürteln und weiße Söckchen. Ihre Stimmen drangen aus den Dünen hinauf. Garnspinnerinnen, Arbeiterinnen, welche die Webmaschinen bedienten. Nylon-Girls.

Der Geruch von Plastik schien in ihre Haut eingedrungen zu sein. Ihr Atem roch nach Azeton, sie hatten einen näselnden Tonfall. Die Jungs waren begeisterte Anhänger der Kultur früher Straßengangs. Gangsterlook. Modische Haarschnitte. Umhänge. Sie hatten Rasierklingen dabei und Klappmesser.

Agnes war begeistert von Vom Winde verweht und meinte, die langen Haare und knielangen Mäntel gäben den Gangs das

Aussehen eines heruntergekommen Haufens, der auf Pferderücken von einer Plantage im Süden losgeritten sei, auf den Hund gekommener minderer Adel.

»Wär keine schlechte Idee, sich von dieser Truppe fernzuhalten«, sagte Agnes, »obwohl ich weiß, dass du mittendrin sein wirst.«

An einem Samstag stahl Robert Geld aus Agnes' Börse und fuhr mit dem Bus nach Belfast. Er fragte den Fahrer nach dem Weg zum Markt.

»Was will denn einer wie du auf dem Markt?«, fragte der Fahrer.

Er war Ende vierzig, hatte graue Haare und eine Anstecknadel der Gewerkschaft am Aufschlag.

»Ich such etwas für meine Ma«, sagte Robert.

»Du suchst Schwierigkeiten«, sagte der Mann, »ich will nichts damit zu schaffen haben.«

Auf dem Markt entdeckte Robert einen Stand, der ausgemustertes Armeezubehör verkaufte. Armbruste und Jagdmesser waren ausgestellt. Er kaufte ein Klappmesser mit Schildpattgriff und spitzer Klinge. Er drückte mit dem Daumen auf den Verschluss, und die Klinge sprang heraus. Das Messer in seiner Tasche sorgte dafür, dass er anders ging. Er bearbeitete die Klinge mit einer Feile. Er ging auf den Zehenballen, wiegte sich wie ein Straßenkämpfer. Er sah vor sich, wie er sich über einen Körper auf der Straße beugte. Er stellte sich Messerkämpfe im Regen vor. Sah sich alleine, Gnade und Erlösung die kalte Schulter zeigend, ein Mann, der sich durch regennasse Straßen treiben ließ, gleichgültig gegenüber der Welt. Als Agnes das Messer fand, warf sie es ins Meer.

Als Robert herausbekam, was sie getan hatte, »hatte er einen

Wutanfall«, sagte Agnes, »er fing an, sich selbst auf den Kopf zu hauen, etwas, das er schon seit seiner Kindheit macht«.

Mervyn führte einen Sport- und Boxclub in einer unbenutzten Lagerhalle am Ufer des Kanals. An der Wand hingen Poster von Kämpfen, das Papier war gewellt von der Feuchtigkeit, die durch den Mörtel drang.

»Die Stadt ist auf schwarzem Sumpf gebaut«, sagte Mervyn, »die haben Holzpfähle in den Schlamm getrieben und die Stadt obendrauf gesetzt.«

Robert stellte sich die im Moder versenkten Holzstämme vor, die Stadt, die auf diesem Gerüst errichtet worden war. Die Poster zeigten Rinty Monaghan in der King's Hall. Sonny Liston im Madison Square Garden. Die Boxer duckten sich hinter ihren Handschuhen; das Kinn gedeckt, blickten sie gewieft und wachsam in die Kamera. Der Fitnessraum roch nach Einreibemittel. Die scharrenden Geräusche der Boxstiefel von den Kämpfern im Ring und das Klatschen von Boxhandschuhen, die auf Fleisch prasselten, waren zu hören. Robert liebte es, an den Sandsäcken zu arbeiten. Das leblose Gewicht des schweren Sackes gefiel ihm genauso wie das verfleckte Leder, das für einen Moment die Form seines Handschuhs behielt, wenn er zuschlug. Er spürte den Schlag bis in die Schulter.

Mervyn zeigte ihm, wie man hüpfte, wie man aus dem Seil hinaus- und wieder hineinsprang. Es war wichtig, dass das Gesicht reglos blieb, während sich das Seil so schnell bewegte, dass es beinahe aussah wie ein Stroboskop.

Mervyn arbeitete mit Robert auch auf der Straße. Er besaß ein richtiges Rennrad mit Wechselkränzen. 1957 war er mit einem Radclub in Südfrankreich gewesen; er erzählte Robert vom Kasino in Monaco und vom Hôtel de Paris, dass man das

Dach des Fußballstadions meilenweit sehen konnte. Er erzählte Robert, wie er einen Sprint der Tour de France gesehen hatte, die großen Namen jener Zeit gingen ihm leicht von der Zunge. Zuschauermengen, die sich an Sommerabenden vor Radrennbahnen in der Provinz versammelten. Staub, der an den Begrenzungen aufgewirbelt wurde, während die Rennfahrer über die Bahn rasten. Die Endspurte. Er zeigte Robert Fotografien von den größten Fahrern aus jener Zeit. Männer aus dem Land hinter den Deichen, aus dem salzigen Marschland der Nordsee.

»Schau dir diese Jungs an«, sagte Mervyn.

Er versuchte, Robert die Werte klarzumachen, welche diese jungen gepflegten Männer, die die Tour de France oder andere große Rennen der Ära mitfuhren, in sich trugen. Sieh dir das Hauptfeld an, wie es in den Primärfarben vorbeizieht, hör das Schwirren der Räder auf Asphalt und wie leise sich die Fahrer unterhalten. Mervyn versuchte, Robert etwas Wichtiges klarzumachen, aber die Worte fehlten ihm. Er versuchte zu erklären, wie es war, auf der Straße zu stehen, und den Fahrern nachzusehen, nachdem sie vorbeigezogen waren und die Landschaft auf einmal der bunten und leuchtenden Gegenwart der niedergebeugten Radsportler beraubt war. Die Menge wollte sie zurückrufen, als sähen sie in ihnen glänzende Vertreter einer neuen aufstrebenden Welt.

Mervyn akzeptierte es, dass Robert Bodybuilding machen wollte, aber er verlangte, dass er es richtig machte.

»Wenn du Fleisch willst, geh zum Metzger«, sagte Mervyn, »Bodybuilding bedeutet Handwerk und Kunst.«

Er versuchte, Robert beizubringen, dass etwas Erhabenes darin lag. Er erklärte ihm die Muskelgruppen, Brustmuskeln, Gesäßmuskeln, die ineinander verwobenen Fasern und Proteine, das von Gott sichtbar gemachte Netz der Sehnen.

»Ich weiß nicht, ob ich zu dir durchdringe, mein Junge«, sagte Mervyn, »es geht nicht darum, bei den Frauen unten in Warrenpoint Eindruck zu schinden. Es ist etwas, das du für dich selber machst.«

Robert bestellte Bodybuilder International beim Zeitungshändler. Er kaufte einen Expander bei Smith's Gesundheits- und Fitnessstudio am Merchants Quay. Der Expander wurde von Charles Atlas, dem Weltmeister im Bodybuilding, angepriesen. Auf der Schachtel war ein Foto von Atlas; die Hände an die Bauchmuskeln gepresst, präsentierte er seine eingeölten Muskeln und seinen Bauch.

Robert machte Bankdrücken und arbeitete mit Hanteln, um seine Bauch- und Brustmuskeln auszubilden. Das ließ ihn an die Anatomieposter denken, die man im Behandlungszimmer des Arztes sah, die dargestellten Muskeln und abgehäuteten Körper mit den blauen Arterien und dem erbarmungslosen, geäderten Starren hervortretender Augäpfel.

»Stell dir den Fick vor, den du von so einer kriegen würdest«, sagte Will Copeland und deutete auf die weiblichen Bodybuilder.

Robert war sich da nicht so sicher. Sie sahen aus wie animierte Anatomieposter. Sie verfolgten ihn in seinen Träumen, halb nackt und profan.

Will Copeland war Roberts bester Freund. Er lebte im Viertel von Exchequer Hill. Sie gingen zusammen in den Bädern in Warrenpoint schwimmen. Robert kletterte auf das höchste Sprungbrett und posierte. Er tat so, als sei er einer der Athleten der Olympiade, die man in den Nachrichtenfilmen im Kino sah. Fremdländische Männer in einteiligen Badeanzügen und mit Schwimmkappen.

»Los, Robbie, du Vollidiot. Du traust dich ja doch nicht!«

Für Robert benutzte Will immer Anreden wie Vollidiot und Spast. Er sorgte dafür, dass er sich vorkam wie eines der Kinder, die im Sommer bei Ausflügen nach Warrenpoint gebracht wurden und in Rollstühlen am Wasser saßen, Kinder, die Köpfe auf eine Seite gelegt.

»Wie Tiere vom Feld«, sagte Agnes.

Sie wusste nicht, wie sie sich verhalten sollte, wenn sie die Kinder sah. Sie betrachtete sie als Wesen jenseits aller Menschengnade.

Das also waren die Zeiten mit Agnes, an die sich Robert erinnern würde. Softeis kaufen bei Genoa. Die Geräusche der Leute, die in den Becken schwammen und zur Promenade hochsahen, weil einer auf dem Sprungbrett balancierte. Das Federn des Brettes in der Abendluft und der Springer, den man nicht mehr sah, von unsichtbarer Hand weggezaubert. Aus dem Pavillon im Park war Musik zu hören, Männer in Weiß spielten Tennis. Diese Abende waren in Roberts Erinnerung eingebrannt wie Träumereien eines freundlichen normalen Lebens.

Will kaufte Zigaretten für sie im Mascot am Margaret Square, No. 6 und Embassy Regal. Sie hielten immer Ausschau nach neuen Orten, an denen sie rauchen konnten, und fanden Verstecke in der ganzen Stadt. Sie kamen sich vor wie bei einer Ausbildung für Heimlichtuer. Auskundschaften schlecht beleuchteter Areale. Es gab Stellen in der Stadt, die waren wie leergeräumte Viertel. Die Böschung am Kanal. Die Rückseiten der Kohlespeicher. Die Schleusentore. Sie liefen zu den Schuppen hinter dem Kanalbecken. Das Becken wurde nicht mehr verwendet, doch das Wasser war ruhig und ölig. Es gab Gerüchte, etwas Monströses lebe dort in der Tiefe.

Robert und Will wussten nicht, wozu die Schuppen gebraucht worden waren. Ein längst ausgestorbenes Handwerk war dort ausgeübt worden, von dem keiner mehr redete. Die Wände waren aus Wellblech, die Fenster zerbrochen. Auch das Dach war aus Wellblech, alles war bedeckt mit Graffitis. Im Innern herrschte ein Durcheinander aus alten Flaschen, leeren Farbkübeln, ramponierten Haushaltsgeräten. Die Leute hielten sich von dem Ort fern. Tagsüber lag die Ahnung schlechter Nachrichten über den Schuppen, die Ahnung von Jobverlust, von einer örtlichen Industrie, mit der es bergab ging.

Nachts war es anders. Auf dem Dach klapperten lose Asbestverkleidungen. In den leeren Fensterrahmen stöhnte der Wind, und Robert dachte an geheime Geschichten, an Botschaften, die zwischen den Ewigkeiten ausgetauscht wurden, an bruchstückhafte Geistergeschichten, die kaum zu hören waren. Städtische Geisterunterhaltungen.

In der Schule belauschte Robert die älteren Jungen, die über Mädchen redeten. Sie saßen auf der Mauer an der Steinbrücke und beobachteten die Mädchen, die von der High School nach Hause gingen. Diese Mädchen trugen hochhackige Schuhe und Nylonstrümpfe, sie wohnten in den Häusern um Windsor Hill und Drumalane. Häuser, deren Namen an Toreinfahrten standen. The Laurels. Auf dem Heimweg blieb Robert manchmal stehen, blickte die Einfahrten hoch und fragte sich, welches Leben sich hinter den Lichtern und windzerzausten Büschen verbergen mochte.

Die High School hatte einen Tennisclub hinter den Gebäuden um Windsor Hill. Ein grün gestrichener Pavillon mit Blick über die Plätze. Robert und Will verbargen sich hinter diesem Pavillon, um die Mädchen beim Tennisspielen zu beobachten.

»High School Lawn Tennisclub«, meinte Will, »wenn die Zeiten anders wären, dann würden die vor mir Schlange stehen. Ich bin der Junge, der ihnen gibt, was sie wollen.«

Es war Wills Idee, hochzuklettern und durch die Fenster in die Umkleidekabine zu sehen. Auf die gleiche Weise brachte Will Robert dazu, in der Schule Schwänze und Mösen auf die Innenseiten der Toilettentüren zu zeichnen. Robert brauchte Stunden dazu, deshalb sagte ihm Will, er mache etwas falsch. Die Zeichnungen, die Robert anfertigte, hatten keinerlei Ähnlichkeiten mit den plump gezeichneten Sexualorganen in den anderen Kabinen. Roberts Hieroglyphen, mit Tinte ausgeführt, waren gewissenhaft von Anatomietafeln aus Büchern der Bücherei abgezeichnet.

Will lag auf der grasbewachsenen Böschung auf dem Bauch und sah auf die Mädchen hinunter, die Tennis spielten.

»Stell dir die Möse bei der vor. Die Titten von der da.«

Möse. Riesentitten. Will redete immer ungehobelt. Robert wusste nicht, was er darauf erwidern sollte. Der Geruch des gemähten Grases, die Mädchenstimmen, die einander riefen. Forty-love. Deuce. Die Hofsprache der Tennisplätze. Flinke Gestalten in Weiß, die durch die Dämmerung rannten.

Es war Will, der mit der Spannerei anfing. Die Durchgänge hinter den Häusern um die Drumalane Road hochsteigen in der Hoffnung, im Fenster eines Schlafzimmers eine Frau zu sehen, die sich auszog. Die Welt bevölkern mit einsamen Hausfrauen und anderen Archetypen kleinstädtischen Begehrens.

»Die ganze Stadt treibt es«, sagte Will, »ich hab's dir als Erster gesagt. Du würdest es sonst ja gar nicht glauben.«

Will versuchte Robert zu überzeugen, dass die Welt da draußen vor Sex knisterte, ein beständiges Geraschel und Geflüster. Seidenunterwäsche.

Im Oktober gingen sie immer nach Einbruch der Dunkelheit nach draußen. In der Luft hing der Geruch nach Feuerwerk, übelriechend und schweflig. Will verlangte, dass Robert in eines der Häuser eindrang, indem er ein Fenster aufdrückte. Will drängte ihn die ganze Zeit über, stachelte ihn auf. Er besaß ein Brecheisen, das er in den Schuppen gefunden hatte, und er zeigte Robert, wie man es zwischen Tür und Rahmen zwängte.

Sie wählten ein Haus am Ende einer der typischen Reihenhauszeilen.

»Du gehst rein«, sagte Will, »ich steh Schmiere.«

»Nach was suche ich überhaupt?«

»Na, nach allem! Juwelen. So was in der Art. Alles, was wir verkaufen können. Beim Stausee wohnt dieser Kerl, mein Dad sagt, der wär ein Hehler.«

Will verwendete Gangstervokabular, weil er wusste, dass Robert sich leicht in einer mystischen Unterwelt verlor.

Robert setzte das Brecheisen an der Hintertür des Hauses an und spürte, wie der Türrahmen nachgab. Weiter kam er nicht. Er hörte ein Geräusch hinter sich. Er drehte sich um und sah einen Polizisten namens Johnston hinter sich stehen. Johnston war ein schwer gebauter Mann, gefürchtet in der ganzen Stadt.

»Was sucht denn der ungezogene Balg von Agnes McGladdery nachts in Drumalane mit einem Brecheisen in der Hand?«

Johnston nahm Robert das Brecheisen ab und fing an, mit einer Taschenlampe auf ihn einzudreschen. Johnstons Lampe hatte ein Gummigehäuse, dessen Dichtung dick mit Blei umwickelt war. Die Prügel waren gründlich und brutal. Johnston nahm sich vor allem die fleischigen Stellen vor, Schultern, Schenkel und Hintern. Durch den Schmerz hindurch merkte Robert, dass sich Johnston auf die Muskulatur konzentrierte, um etwas Bleibendes zu hinterlassen. Robert begriff, dass

Schmerz eine Methode kannte, dass man sich tiefer und tiefer in etwas Krankhaftes hineinsteigern konnte.

»Läufst du mir noch mal über den Weg, werd ich dich verdammt noch mal beerdigen, Junge«, sagte Johnston.

Mervyn gab ihm Boxersalbe und wunderte sich über die Ausdehnung und Verfärbung der Blutergüsse.

»Unser Johnston ist ein mieser Hund«, sagte er, »nicht einmal seine eigene Mutter hat ihn gerngehabt. Wenn du willst, kannst du Schuhe flicken, denn die Gesellschaft, mit der du dich rumtreibst, bringt dich in Johnstons Schusslinie.«

Robert hatte keine Ahnung, wohin Will in jener Nacht verschwunden war. Als er ihn das nächste Mal sah, verhielt er sich, als wäre nichts gewesen. Er hatte bereits einen neuen Plan. Sie würden die Filiale der Northern-Bank an der Hill Street ausrauben. Er sagte Robert, sie würden sich bei den Schuppen treffen. Robert wartete auf ihn, bis es beinahe dunkel geworden war. Er warf Steine ins schwarze Wasser des Kanals und hoffte, dadurch etwas Abscheuliches aus der Tiefe aufzuwühlen.

Will hatte Nylonstrümpfe dabei, die er in der Schublade seiner Schwester gefunden hatte.

»Die brauchen wir als Masken.«

»Ich überfalle keine Bank«, sagte Robert.

Will zog sich einen der Strümpfe über den Kopf. Robert hätte ihm gern gesagt, dass er ihn wieder ausziehen soll. Wills Gesichtszüge wurden so stark zusammengedrückt, dass er aussah wie eine Missgeburt. Er zeigte Züge schwerer genetischer Schäden.

»Probier's«, sagte Will und hielt ihm einen Strumpf hin.

Robert fiel Wills Schwester ein. Sie war um die zwanzig und arbeitete in der Fabrik. Er zog sich den Strumpf über den Kopf.

Der Nylonstrumpf war abgetragen und ausgeleiert, roch aber immer noch nach Mädchen. Robert versuchte, sich an den Namen der Schwester zu erinnern. Sharon oder Heather. Die Dunkelheit unter dem Strumpf mit der Naht gab ihm das Gefühl, er sei in ein Geheimnis eingeweiht worden. Der Geruch war ranzig und abgestanden.

Er stellte sich vor, wie sie die Strümpfe über ihre Beine hochrollte, wie sie ihre Glieder umspannten, er dachte an die geschickte Effizienz weiblicher Handlungen, die Sparsamkeit in Bezug auf die eigene Person.

Will redete mit ihm über nichts anderes mehr als über den Banküberfall. Er entwarf ein Banditenleben, beschrieb Banktüren, die aufflogen, gebrauchte Verbrechersprache. Hände hoch. Aus dem Weg. Robert sah sich, wie er von einem Tatort davonraste, höhnische Worte auf den Lippen.

»Man muss bereit sein, für einen Freund zu töten«, sagte Will, »jeder, der dich anfasst, kriegt's mit mir zu tun. Kriegt richtig was auf die Ohren.«

Will fragte Robert immer wieder, was er für ihn tun würde. Würde er sich von der Wut mitreißen lassen? Würde er sich für ihn eine Kugel verpassen lassen? Er sagte, dass sie Sachen teilen sollten. Sie würden Frauen teilen. Es waren ohnehin alles Schlampen und Nutten, darum spielte es sowieso keine Rolle.

Aber die Frauen mochten Robert. Er wusste, wie er sie zum Lachen bringen konnte, Komplimente gingen ihm wie selbstverständlich über die Lippen. Es fiel ihm auf, wenn eine beim Friseur gewesen war. Sie sorgten sich um ihn, schüttelten die Köpfe und meinten, was ist bloß los mit dieser Mutter, was für ein Jammer.

Will fiel das natürlich auf, und er sagte ihm wieder und

wieder, er solle aufhören, mit den alten Schnepfen an Verkaufstheken zu reden.

»Komm schon, du beschissener Herzensbrecher.«

Will redete immer davon, nachts übers Feld hinter der Klosterschule zu gehen und die Girls aus dem Schlafsaal zu holen. Er wollte von Robert wissen, ob er glaube, dass alle Klosterschülerinnen lesbisch seien? Alles an ihm waren Andeutungen, hingeflüsterte Bemerkungen und ein na, was hältst du davon?

*

Robert beobachtete Agnes dabei, wie sie sich an ihrem Schminktisch zum Ausgehen bereit machte. Sie war halb angezogen, und er konnte ihre Unterwäsche sehen, deshalb sah er weg. Auf dem Sprung in die Bars am Hafen. Sie würde in Newry anfangen und nach Warrenpoint weiterziehen. In den Bars bei den Docks trinken, in den Hallen in Warrenpoint tanzen. Verwickelt in verstohlene Handlungen mit Männern in Uniform. Robert machte die Augen zu und konnte vor sich sehen, wie sie sich eine Zigarette anzündete. Er konnte es an ihren Kleidern erkennen, wenn sie nach Hause kam. Die strapazierten Reißverschlüsse und Haken. Der fehlende Knopf. Risse in Stoffen, Laufmaschen in Strümpfen. Ihre korrekten Linien verwischt. Sie schien auf heldenhafte Weise ruiniert, roch nach Gin und Rauch, saß auf der Bettkante, und Mascara lief ihr über die Wangen. Dann streichelte sie sein Gesicht und murmelte seinen Namen.

Acht

Corry Square, 2. Februar 1961

Johnston betrat den Raum. Er hatte seinen Uniformrock ausgezogen und die Ärmel des Hemdes nach oben gekrempelt.

»Wir haben McGladderys Kumpel hergeschafft. Hat 'ne ganze Weile gedauert, um den kühnen Mister Copeland ausfindig zu machen. Treibt sich normalerweise bei Hollywood's oder beim Gebäude der British Legion herum. Endlich haben wir ihn gekriegt. Vielleicht kriegen wir was aus ihm raus.«

»Wollen Sie dabei sein?«, fragte Speers.

Copeland befand sich in einer Arrestzelle im Erdgeschoss. McCrink öffnete die Tür einen Spalt und sah ihn sich an. Copeland ließ sich nicht anmerken, ob er sich McCrinks prüfenden Blicks bewusst war. Seine blonden Haare waren nach hinten gekämmt. Er rauchte, hielt die Zigarette zwischen den Knien. Haare, blond wie Stroh, anmaßend.

»Ich hab ihn eine Weile da sitzen lassen«, sagte Johnston, »damit er einen Eindruck von dem Ort hier kriegt.«

»Er ist nicht verhaftet«, stellte McCrink fest.

»Das weiß er aber nicht.«

McCrink folgte Speers hinein. McCrink setzte sich auf einen Holzstuhl im Hintergrund. Johnston stand an der Tür. Copeland war dünn, misstrauisch, feindselig.

»Du bist mir ein ganz Ausgekochter«, sagte Johnston.

»Ich hab noch nie was getan.«

»Wo warst du am 28. Januar nachts?«

»Beim Tanzen, wie all die anderen auch.«

»Mit McGladdery?«

»Stimmt.«

»Bist du den ganzen Tag mit Robert McGladdery zusammen gewesen?«

»Wir haben was getrunken. Danach sind wir zurück zu ihm.«

»Was habt ihr dort gemacht?«

»Ich kann mich nicht erinnern.«

»Das reicht nicht. Hat er dir irgendwas gezeigt?«

»Hab keine Erinnerung.«

»Hat er dir 'nen Vortrag gehalten über irgendwelche Bodybuilder-Geräte?«

Speers war zwar der ranghöhere Offizier, aber Johnston führte die Vernehmung, im Dunkeln gegen die Wand gelehnt.

»Er hatte dieses neumodische Ding mit Federn und Zeugs.«

»Einen Expander.«

»Genau.«

»Ist irgendwas passiert damit?«

»Ich weiß nicht mehr. Vielleicht. Hatte ganz schön was getankt. Er hat die ganze Zeit vom Bodybuilding gequatscht.«

»Wieso bist du überhaupt mit zu ihm?«, fragte Speers.

»Wir wollten uns für den Tanz umziehen.«

»Umziehen für den Tanz. Habt ihr Kleider getauscht oder was?«

»Ganz wie zwei Ladies«, sagte Johnston, »was hat er denn für Kleider angehabt?«

Johnston kam immer wieder darauf zurück, was Robert getragen hatte. Johnstons Fragen hatten eine Form: Sie waren wie eine Stahlfalle. Er kehrte zu einer Frage zurück, die einem als unwichtig erschienen war und nun plötzlich mit Bedeutung aufgeladen wurde.

»Ich weiß nicht mehr. Er hatte diese Sachen, die er sich in London besorgt hat. Modisches Zeugs.«

»Er glaubt also, er wär der große Macker mit den Sonntagsklamotten aus der großen Stadt? Macht sich an Miss Gamble ran, und sie lässt ihn abblitzen. War's so?«, sagte Speers.

»Was hat er angehabt?«, fragte Johnston, »einen hellen Anzug?«

»Wo waren Sie die letzten zwei Tage?«, fragte McCrink.

Speers drehte sich auf seinem Stuhl, um ihn anzusehen. Er hörte, wie Johnston im Hintergrund des Raumes sein Gewicht verlagerte.

»Was?«, fragte Copeland.

»Sergeant Johnston sagt, dass Sie dort, wo Sie sich für gewöhnlich rumtreiben, nicht zu finden waren. Hat das Gebäude der British Legion erwähnt.«

»Na und?«

»Spuck hier keine großen Töne«, sagte Johnston mit sanfter Stimme, »wir können's nicht ab, wenn Typen, die bei uns zu Besuch sind, zu Beamten frech sind.«

»Ist doch eine simple Frage. Wo waren Sie?«

»Da und dort. Bei Muttern. Spazieren mit den Hunden. Oben beim Leichenschauhaus, um zuzusehen, wie sie Pearl nach Hause bringen.«

Copeland hob zum ersten Mal den Kopf und schaute McCrink ins Gesicht. Seine Augen waren blass und farblos. Die Augen eines Reisenden, der durch die Hölle fährt. Ich weiß, auf was für einer Reise du die letzten Tage warst, dachte McCrink, und ich weiß auch, welch traurige Route sich dabei ergeben hat.

»Wir hören auf für heute«, sagte Speers.

Sie gingen aus der Zelle. Als sie das Ende des Korridors erreichten, blickte McCrink zurück. Er sah, wie Johnston wieder in der Zelle verschwand.

*

Als McCrink am nächsten Morgen auf die Wache am Corry Square kam, waren überall Männer. Er fand Speers in seinem Büro.

»Was ist denn hier los?«

»Anweisung von Kennedy. Wir sollen McGladdery mit einer Überwachung rund um die Uhr belegen.«

»Was soll das denn für Polizeiarbeit sein?«, fragte McCrink.

»Kennedy nimmt an, dass wir ihn so weichklopfen. Am Ende wird er aufgeben. Und uns zur Mordwaffe führen.«

»Kennedy ist ein Vollidiot«, sagte Johnston, »McGladdery wird doch nicht so blöd sein, sich mit einer Horde Bauerntölpel im Schlepptau auch nur in die Nähe der Mordwaffe zu wagen. Ein paar zusätzliche Männer kann ich trotzdem brauchen.«

Die wochenlange Überwachung von Robert McGladdery erregte das Interesse der nationalen Medien. Reporter von Londoner Zeitungen interviewten ihn. Er wurde als »Bodybuilding-Fanatiker« beschrieben und beschwerte sich über die Polizeischikane, wie er sich ausdrückte. Vom Daily Mail wurde er mit nacktem Oberkörper fotografiert, Hanteln in den Händen, die er aus Betonklötzen und einer eingegossenen Metallstange selbst gemacht hatte.

Das Bild zeigt einen gut aussehenden jungen Mann, der seine Muskeln spielen lässt. Mit seinen nackten Fäusten wirkt er wie die altmodische Darstellung eines Boxers ohne Handschuhe, wie eine Figur aus einer anderen Zeit, in gestelzter Pose.

»Der arbeitet bereits an seiner Verteidigung«, sagte Speers.

»Woran erkennen Sie das?«, fragte McCrink.

»Er hat uns erzählt, dass die Kratzer in seinem Gesicht vom Expander stammen. Wenn er sich selbst als Hochleistungs-Bodybuilder darstellt, stärkt das seine Aussage.«

»Ich bin mir nicht sicher, ob er so schlau ist.«

»Da haben Sie vielleicht recht. Ein schlauer Kandidat würde nicht der ganzen Welt zeigen, wie sehr er die Aufmerksamkeit genießt, die er bekommt. Wenn mich jemand im Visier hätte für das, was dem Mädchen angetan wurde, würde ich den Kopf senken und schön brav mein Maul halten.«

»Der kleine Bastard gefällt sich sehr, kein Zweifel.«

»Ich durchschau ihn nicht.«

»Wenn wir doch bloß einen Lügendetektor hätten.«

Speers interessierte sich für die Verwendung von Technologie und Forensik bei Ermittlungen. Der Polygraf sah irgendwie selbstgemacht aus, der filigrane Arm und der sich drehende Zylinder strahlten eine spinnenartige Autorität aus. Speers hatte die von Polygrafen erstellten Messungen in Kriminologiebüchern studiert. Herzschlag und Absonderungen, wissenschaftlich gemessen, die aufgezeichnete Schuld.

Roberts Verhalten, seit er wusste, dass er unter Verdacht stand, blieb McCrink ein Rätsel. Die gespielte Tapferkeit. McCrink wusste aus Erfahrung, dass diejenigen, die die größte Verachtung zur Schau stellten und keine Anzeichen dafür zeigten, irgendwann aufzugeben, am Ende ihre Schuld eingestanden. Aber nicht Robert. Angeber. Extrafeiner Heini.

Speers teilte die örtlichen Beamten in vier Mannschaften mit je zwei Mann ein. McGladdery wurde an sieben Tagen die Woche vierundzwanzig Stunden überwacht. Robert schien die Überwachung von Anfang an auf eine durchtriebene, wissende

Weise willkommen zu heißen. Die ganze Stadt schien Teil eines offenen Intrigenspiels zu sein. Leute traten aus Geschäften, um zuzusehen, wie die Detectives Robert folgten. Sie latschten grollend hinter ihm her. Robert sorgte dafür, dass sie aussahen wie Dummköpfe. Sie selbst verstanden sich eigentlich als Verfolger in einer Welt voller Schatten, mit Verdächtigen, die versuchten, ihnen zu entkommen, Hüter des Gesetzes auf dem Pfad der Gerechtigkeit. Stattdessen standen sie vor dem Arbeitsamt, während Robert unterschrieb, und Männer in der Schlange Arbeitsloser ihnen spöttische Blicke zuwarfen. Wenn Robert aus dem Gebäude trat, spielte er den Überraschten und machte für die Zuschauer eine große Sache daraus. Fotografen der nationalen Presse trieben sich in den Straßen herum. Einheimische wurden fotografiert und befragt.

»Er ist ein unverschämter kleiner Scheißer«, sagte Speers.

»Kann man so sagen.«

McCrink schaute dem Treiben schweigend zu. Er hätte McGladdery am liebsten geschüttelt und ihm erklärt, dass der Mord an Pearl Gamble keine Kulisse war, vor der er sein Leben darstellen konnte, sondern ein Schlund, der seine Existenz verschlingen würde.

Die Zigeuner hatten bei den aufgegebenen Kohlensilos auf der Südseite des Beckens eine Art Außenposten ihres Lagers. Sie lebten unter Segeltuchplanen, die zwischen Eisenbahnschwellen aufgespannt waren, und in Zelten aus Tuchbahnen. Man sah Lumpensammler und Schrotthändler. Halb verhungerte Doggen streiften durch das Lager, nachts waren lahme, gescheckte Pferde angekettet. Männer tranken Äther auf einer Abfallhalde neben dem Markt; sie traten aus dem Rauch des Lagerfeuers und verschwanden wieder darin, als führten sie ein stümperhaftes Ritual auf. Frauen karrten alte Teppiche und Möbel auf klapprigen Gestellen von Kinderwägen durch die Stadt und bettelten in Hauseingängen. Sie sahen nicht aus, als gehörten sie zu dieser Stadt oder zu diesem Land. Sie sahen aus wie Emigranten aus Osteuropa, Gruppen auf Wanderschaft. Die Frauen trugen Kopftücher, ihre Lippen bewegten sich, als wiederholten sie das Mysterium des Talmud.

Die Kinder der Fahrenden folgten McGladdery und seiner Gefolgschaft durch die Stadt. Sie scharrten mit den Füßen über den Boden, wenn sie gingen, redeten miteinander in ihrem zweideutigen Straßenslang, ihrer Gaunersprache.

»Was für ein beschissenes Chaos«, sagte Speers, »läuft durch die Stadt wie der Rattenfänger von Hameln.«

»Der verhält sich wie keiner von den Schuldigen, die ich bis jetzt zu sehen bekommen habe. Die sind sonst zerfressen von Schuld oder dreist, aber so was ist mir noch nie begegnet.«

McCrink hatte die Reumütigen und die, die Publikum suchten, ebenfalls erlebt. Die Verwirrten und die Berechnenden. Ein finsterer Stamm der Schuldigen, versammelt in Gerichten und Gefängniswagen.

»Die Gerichtsmedizin wird herausfinden, ob er schuldig ist oder nicht«, sagte Speers.

»Was denn für Gerichtsmedizin? Der riecht mir nicht danach.«

»Er riecht wie einer, bei dem etwas nicht stimmt, Sir.«

»Ich weiß nicht so recht.«

McCrink fragte sich, ob es jemanden gab, der die Prüfung bestehen würde, der man McGladdery gerade unterzog. Er nahm an, dass sich McGladdery selbst als Figur einer Geschichte verstand, ein umhertollender Narr, der irgendeiner mittelalterlichen Saga aus den Zeiten der Pest entsprungen war. In jener Ära schien die Stadt über sich selbst hinauszuwachsen, sie entdeckte

Ecken, die es vorher scheinbar gar nicht gegeben hatte. Gallows Hill. Chancellors Road. Die Kälte war wie eine Last. Die Stadt schien sich die dunklen Orte einer größeren Stadt angeeignet zu haben. Der kleine Kirchhof an der Kilmorey Street wirkte wie ein von Geistern verfolgter Kreuzgang einer Kathedrale. Einsame Männer, die über den offenen Platz nach Hause gingen, warfen Schatten wie von unheimlichen Spaziergängern. Am Kohlenpier legten jeden zweiten oder dritten Tag fremde Schiffe an.

»Man schnappt immer wieder Fetzen merkwürdiger Sprachen auf«, sagte Margaret, »und man weiß nie, wen man als Nächstes zu sehen bekommt. Ich halte die ganze Zeit Ausschau nach Hausierern und so. Gruppen herumziehender Juden, die aus dem Wald auftauchen, verstehst du.«

»Die Leute sehen ihre Umgebung mit anderen Augen, wenn ein Mord passiert ist«, sagte McCrink, »sie hören auf, dem, was sie umgibt, zu vertrauen.«

»Die Leute hier haben nichts je vertraut, was sie umgibt«, sagte sie.

McCrink hatte am Fenster seines Hotelzimmers gestanden, als ihr Renault draußen hielt. Margaret hatte sich umgesehen, während sie ausstieg, dann war sie mit gesenktem Kopf schnell über den Parkplatz gegangen, ungeniert den unziemlichen Wünschen ihres Herzens nachgebend. Sie hatte ungeduldig an seine Zimmertür geklopft, und nachdem er sie hereingelassen hatte, war sie sofort zum Bett hinübergegangen, auf dem die Fotos von Pearls Habe ausgebreitet lagen. Die Bilder waren nummeriert und unten mit dem Fundort des abgebildeten Gegenstandes beschriftet. McCrink betrachtete die Aufnahme eines braunen Schuhs mit flachem Absatz. Ein gewisser Charles Ashe hatte einen braunen Schuh am Damolly Cross gefunden.

»Ronnie Whitcroft, eine Freundin, behauptet, dass sie beim Tanz schwarze Sandalen trug«, sagte McCrink.

»Sie hat die braunen Schuhe wohl für den Heimweg nach dem Tanz mitgebracht«, sagte Margaret.

Im Stoppelfeld zwischen der Kreuzung und Weir's Rock war Pearls blutbefiecktes Taschentuch gefunden worden. McCrink las in Johnstons Notizen: »Das Taschentuch sah aus, als wäre es in einem Becken voller Blut eingeweicht worden. Ihre Bluse und ihr Büstenhalter lagen im Stoppelfeld, zusammen mit den Sandaletten, die sie zum Tanzen getragen hatte. Ihr Rock und ihre Unterwäsche lagen am oberen Ende des Feldes.« *Das Rascheln. Seidenunterwäsche.*

»Was ist das hier?«

Das letzte Bild war mit »Stoppelfeld« beschriftet. Es zeigte einen einfachen Blecheimer. Margarets Finger folgten den schauerlich zweckmäßigen Umrissen des Eimers.

»Johnstons Idee. Er hat einen Eimer voll blutbesudelter Erde aus dem Feld gegraben. Ich weiß nicht genau, was er sich dabei gedacht hat.«

Das Scheppern des Eimergriffs, der vom Stoppelfeld getragen wurde, während die Nacht anbrach. Der nasse, kalte, befleckte Eimer. Voll bis zum Rand.

»Im Labor haben sie bis jetzt keinerlei Spuren als Beweis gefunden. Keine Fingerabdrücke. Keine Haut unter den Fingernägeln. Sie suchen nach Haaren auf ihrer Kleidung. Wenn er keine Spuren auf ihrem Körper hinterlassen hat, dann bestimmt an sich selbst. Sie ist verblutet, sagt der Pathologe. Die ganze Sache macht mir Kopfzerbrechen.«

»Warum?«

»Weil er keine Fingerabdrücke hinterlassen hat, keine physischen Spuren.«

»Warum macht dir das Sorgen?«

»McGladdery hat ihr aufgelauert, weil sie ihn in der Halle zurückgewiesen hat. Er hat sie geschlagen, ausgezogen, dann hat er auf sie eingestochen und sie gewürgt. Er hat sie fast eine halbe Meile weit weggeschleppt. Und dabei hat er keine physischen Spuren an ihr oder am Tatort hinterlassen. Das ergibt keinen Sinn.«

»Vielleicht war er einfach nur sehr vorsichtig.«

McCrink gab keine Antwort. Er dachte an die Londoner Nackt-Morde. Die Vorsicht, die der Täter bei jedem einzelnen der Morde hatte walten lassen. Die Art und Weise, wie er spurlos vom Tatort verschwunden war. Er wollte nicht erwischt werden, aber dahinter verbarg sich noch mehr. Es war wichtig, dass er sich nicht in die Geschichte drängte, die er für seine Opfer erfunden hatte, die befreit war vom Durcheinander in deren Leben und in eine für sie eigens erdachte Dunkelheit hinüberglitt.

»Wir müssen McGladderys Haus durchsuchen«, sagte McCrink, »um an die Kleider zu kommen, die er in der Nacht anhatte.«

»Schon geschehen, Sir«, sagte Johnston, »wir haben den Durchsuchungsbefehl, an dem Tag, an dem Sie in der Stadt waren, bei einer kurzfristigen Sitzung im Polizeigericht von Newry gekriegt.«

»Ich erwarte, dass man mir so was mitteilt.«

»Sie haben nicht gefragt.«

»Was haben Sie gefunden?«

»Einen schwarzen Anzug. McGladdery behauptet, dass er ihn zum Tanz getragen hat. Wir wissen's besser. Keine Mordwaffe.«

»Das hier haben wir in seinem Haus auch gefunden«, sagte Speers.

Er hielt einen kleinen Stapel von Büchern und Magazinen in die Höhe. Die Magazine waren schlecht gedruckt, das Papier billig. Die pornografischen Geschichtchen waren mit schlecht entwickelten Schwarz-Weiß-Aufnahmen verdrossener Aktmodelle mit Fünfzigerjahre-Frisuren bebildert. Die Umschläge der Romane zeigten Strichzeichnungen junger Frauen, die sich in gespieltem Entsetzen duckten. Auf einem war eine Frau abgebildet, deren Blick in die Ferne gerichtet war. Sie trug eine Baskenmütze und eng anliegende Stiefel. Sie wirkte niedergeschlagen, aber aufreizend.

»Schauen Sie sich das nur an, Sir«, sagte Johnston, »kostet nichts. Davon gibt's noch mehr. Gehört alles zum Dienst. Nicht, dass einer behauptet, die Polizei von Newry lebe in Sachen Nacktheit und Perversion hinterm Mond.«

»Alles deutet auf McGladdery. Daran gibt es keinen Zweifel«, sagte Speers, »er hat offensichtlich nicht bekommen, was er in jener Nacht wollte, dann hat er es sich eben geholt.«

»Wir haben mit dem Sänger der Band geredet. Bevor McGladdery mit dem Mädchen getanzt hat, hat er um den Song It's Now or Never gebeten. Er hat das Mädchen sein ganzes Leben lang gekannt. Sie war nicht scharf drauf, mit ihm zu tanzen. Nach Aussage von Zeugen hatte er seine Pfoten überall, und sie wollte, dass er aufhört.«

»Und das Motiv?«

»Ein sexuelles. Wie Sergeant Johnston schon gesagt hat, hat er nicht bekommen, was er wollte. Er ließ sich von seiner Gier übermannen. Hat dem Mädchen auf dem Heimweg aufgelauert, dann hat er sie angegriffen.«

»Es gab keinen sexuellen Übergriff.«

»Sie war splitternackt«, sagte Johnston, »sie hat sich aus dieser Welt verabschiedet, wie sie sie betreten hat. Er ist nur nicht weitergegangen, weil er gestört wurde oder weil er sich die Ware nur ansehen wollte, ohne sie zu kaufen. Es gibt welche, die auf so was stehen.«

Agnes McGladdery hatte den Polizeibeamten die Tür geöffnet, und sie hatten ihr den Durchsuchungsbefehl ausgehändigt.

»Hab gedacht, ihr seid der Trupp von der Staatslotterie«, sagte sie.

McCrink hatte schon mit anderen Angehörigen in der gleichen Situation zu tun gehabt. Mehr an kläglicher Bereitwilligkeit als einen geistesgegenwärtigen flotten Spruch konnte man nicht erwarten. Er nickte grimmig, lächelte angespannt und bemüht freundlich, bevor er sich an ihr vorbei ins Haus schob.

»Robert ist nicht da«, sagte sie, »aber das wisst ihr Jungs ja schon. Er kann ja nicht mal auf die Toilette, ohne dass da schon ein Spanner wäre, der ihm sein Dings hält.«

Das Haus war ungepflegt. Roberts Zimmer durchsuchten sie zuerst. Er hatte Illustrationen aus Bodybuilder International ausgeschnitten und über seinem Bett an die Wand geklebt. Glänzende, geäderte Oberkörper, die McCrink nur ansehen konnte, wenn er sich dazu überwand. Die ganze Rückseite der Tür war mit einem Spiegel bedeckt. McCrink stellte sich vor, wie Robert davorstand, sich hin und her bewegte und versuchte, seine Muskeln zu spannen und mit winzigen selbstgefälligen Zuckungen zum Hüpfen zu bringen. Neben der Tür lagen ein Expander und selbst gefertigte Hanteln.

Eines Nachts ging Robert zu Mervyns Garage hinaus. Er zündete eine alte Karbidlampe an. Oben auf dem Gestell mit den Werkzeugen lag ein Koffer. Der lederbezogene Kasten war alt, die Beschläge zerfressen. Er öffnete den Koffer und nahm einen

Stapel vergilbter Hefte heraus, Penthouse und Carousel. Die Seiten hatten sich mit der Zeit verfärbt, die Druckqualität war schlecht. Seite um Seite stummer, vom Licht getroffener nackter Mädchen, die benommen wirkten, in einem zwielichtigen Sog gefangen.

Neun

In der gleichen Nacht nahm Speers McCrink mit zum Haus der Gambles, nördlich des Bahndamms.

McCrink und Speers parkten unterhalb des Damms und sahen den 18 Uhr 10-Zug vorbeifahren, die eisenverkleidete Diesellokomotive. McCrink spürte das Rollen der schweren Achsen im Boden unter seinen Füßen, während der nordwärts fahrende Zug die Steigung hinter sich brachte. Er konnte die Fahrgäste sehen, die durch die Dunkelheit transportiert wurden. Speers starrte dem Zug nach, der in der Nacht verschwand.

Nachbarn standen in der Dunkelheit und traten beiseite, als die zwei Ermittler auf das Haus zugingen. Keiner sagte ein Wort. McCrink konnte das Weiß in Speers Augen erkennen. Er sah aus wie ein Mann auf dem Weg zu einem Urteilsspruch. In der Ferne ertönte das Horn des Zuges, der die Fahrt vor Newry-Station verlangsamte, und McCrink spürte Speers neben sich aufschrecken, weil der bedrückende schrille Klang wie das Schreien eines Aasgeiers durch die Nacht schallte.

Die Gaffer schlossen die Reihen hinter ihnen. Sie fühlten sich offenbar dazu aufgerufen, sich schweigend in der Dunkelheit zu versammeln. Sie hatten dieses grässliche Amt auf sich genommen. Männer standen vor dem Eingang des Hauses, das der Gemeinde gehörte, und rahmten die einfache, hölzerne Tür mit ihrer Masse und Autorität. McCrink begriff, dass der Mord die

Doppelhaushälfte verändert hatte. Die Leute, die sich flüsternd unterhielten, den schmucken Zaun, den Kiesweg.

Die Polizeibeamten traten ins Haus. Türen standen offen, Leute saßen auf Treppenstufen. McCrink bemerkte die Mutter als Erster. Sie saß im Wohnzimmer auf der Kante des Sofas. Sie hatte schräg geschnittene Augen und den schmalen, spitzen Mund ihrer Tochter. Sie hielt den Blick abgewendet, als betrachtete sie eine persönliche Qual aus nächster Nähe und wäre besorgt, diese Qual nicht mehr wiederzufinden, sobald sie aufhörte, sie mit ihrem Blick zu fixieren.

Der Kamin war mit Nippes verziert, Porzellanhunden, Statuetten, es sah aus wie Grabschmuck. Pearls Vater saß der Mutter in einem Ledersofa gegenüber. Ein kleiner Mann mit zurückgekämmtem Brillantine-Haar. McCrink bemerkte Öl unter seinen Fingernägeln. Er trug einen blauen Mechanikeroverall. McCrink stellte ihn sich in einer Hinterhofwerkstatt vor. Ein Mann mit geschickten Händen, der einen Abschleppwagen besaß, der gut in Schuss war. Werkzeuge, sauber geordnet. Die Verkörperung des guten Engels bei Autopannen. Bestimmt war der Mann Anhänger einer Welt kunstvoll gefertigter Maschinenteile, feiner Funktionsspielräume. Er betrachtete seine Hände, als könnten sie den Kummer, der ihn auffraß, in eine Form bringen. Als ließen sich selbst an einem Verlust feine Berichtigungen anbringen. Angesichts des Unheils, das ihr Haus heimgesucht hatte, waren die Eltern hilflos.

McCrink bemerkte Unruhe in der Diele, Bewegung unter den Trauernden. Eine Gestalt im Schwarz der Geistlichen betrat das Zimmer, ein Mann mit schwarzem, nach hinten gekämmtem Haar und hohen Wangenknochen. Er forderte sie auf, sich hinzuknien, und zog eine ledergebundene Bibel aus der Tasche. Er las aus dem Fünften Buch Mose, und er las von Jesaja. Er las aus den Büchern des gerechten Gottes. Er versuchte, das Göttliche in den Raum zu bringen, sie zu bergen in dessen gefühlvoller, vergeltender Gegenwart. Aus der Diele drang Wehklagen.

Als er seine Aufgabe zu Ende gebracht hatte, ging er wortlos aus dem Zimmer. Pearls Mutter erhob sich; sie verließ das Zimmer, die Hand vor dem Mund, wobei sie den Raum so durchquerte, als müsse sie einem fallenden Gegenstand aus dem Weg gehen.

Sie folgten dem Pfarrer nach draußen. Über die Bahngleise wehten Graupelschauer. Der Pfarrer ging auf einen dunklen Ford Zephir zu, der am Straßenrand geparkt war. Sein Ornat wehte um ihn herum. Er blieb vor dem Wagen stehen, ohne die Tür zu öffnen. Im Graupelgestöber, das von der Böschung her über seinen Kopf hinwegwirbelte, schien er eine Quelle für Träumereien zu sehen.

»Ich hoffe nur, er fängt nicht an, für uns aus der Bibel zu zitieren«, flüsterte Speers.

»Entschuldigen Sie, Hochwürden«, sagte McCrink.

Der Mann drehte sich nach ihm um. Seine Schultern und seine Haare waren mit Graupel bedeckt. Für einen Moment sah er aus, als trüge er zum Zeichen der Totenehrung einen Hermelinkragen.

»Meine Herren«, sagte der Geistliche.

Er blickte von einem zum anderen, als sei er mit der Einschätzung dieser Begegnung bereits fertig und habe sie vorsorglich in seiner frostigen Seele abgelegt.

»Eine schlimme Sache, Hochwürden«, sagte McCrink und wechselte in umgangssprachlichen Tonfall, »der Verlust einer Tochter ist schrecklich.«

»Sie ist an den Ort gegangen, der für sie vorbereitet war«,

sagte der Priester und stieg in den Wagen, »sobald die Leiche der Familie überbracht ist, halte ich den Trauergottesdienst. Ich erfülle der Toten gegenüber meine Pflicht. Ich gehe davon aus, dass Sie das auch tun.«

»Wir tun unser Bestes«, sagte Speers.

Sie sahen zu, wie der Wagen wegfuhr.

»Er hat gesagt, sie ist an den Ort gegangen, der für sie vorbereitet war«, sagte Speers, »aber er hat nicht gesagt, welcher Ort das ist.«

Ronnie Whitcroft stand seit der Mordnacht unter Beruhigungsmitteln. Es wurde Mittwoch, bis man sie für stabil genug hielt, um sie zu vernehmen. Ein uniformierter Wachtmeister brachte sie bis zur Tür des Vernehmungszimmers. Johnston deutete auf den leeren Stuhl. Sie setzte sich hin. Sie sah aus, als hätte sie nicht geschlafen. Ihr Haar hatte die Form eines Bienenkorbes und war dabei, sich aufzulösen. Unter dem Saum ihres Kleides war ihr Schlüpfer zu sehen. Ihre Augen waren gerötet. Johnston hielt sich hinter ihrem Rücken die Nase zu und drehte die Augen zur Zimmerdecke. Ronnie wusste genau, was ihnen durch den Kopf ging. Wir wissen, aus welchem Milieu du stammst, dachten sie. Billiger Geruch, zweifelhafte Lebensführung, dachten sie.

»Ronnie Whitcroft, geboren am 15. April 1942«, las McCrink vor, »Freundin der Verstorbenen. Sie haben Miss Gamble zum Tanz in der Henry Thompson Memorial Orange Hall begleitet.«

Ronnie sah sich selbst in der Zukunft vor sich, sah, wie sie in den Jahren, die folgten, am Tatort fotografiert werden würde und zum Jahrestag des Todes ihrer Freundin tränenreiche Interviews geben würde, älter und weiser.

Speers hielt eine Fotografie von Ronnie und Pearl in die Höhe.

»Das hat man in ihrer Handtasche gefunden«, sagte er.

Ronnie erinnerte sich daran, wie sie die Bilder in einem Fotoautomaten auf dem Rummelplatz in Warrenpoint gemacht hatten. Auf dem einen Bild starrt Ronnie düster und mit unbewegten Augen in die Kamera. »Mann oh Mann«, hatte sie damals gesagt, »wir sehen ja aus wie Leichen.«

»Sag nicht solche Sachen«, hatte Pearl gemeint und die Oberfläche des Fotostreifens aus Schellack mit den Fingerspitzen berührt. Auf den vier Bildern hatten die Mädchen die Köpfe zusammengesteckt, Ronnie schnitt Grimassen, beide lachten. Ronnie hatte ihren Pullover über die Schulter gezogen und Pearl hatte sie mit gespieltem Entsetzen angesehen und sie im Fotoautomaten an der Küste vielsagend in die Seite geknufft.

»Haben Sie McGladdery gesehen, als Sie in der Halle ankamen?«

»Nein. Er kam später rein. Alle wollten mit ihm tanzen«, sagte Ronnie zu McCrink, »er kann tanzen wie die Typen in Filmen. Sogar diese ganze versnobte Truppe vom Tennisclub wollte mit ihm tanzen. Aber das war auch alles, was die mit ihm machten. Tanzen.«

»Und warum?«

»Weil er ihnen nicht gut genug war. Das konnte man schon daran sehen, wie sie mit ihm auf die Tanzfläche kamen. Die hätten den nicht mal mit der Beißzange angefasst.«

»Hat McGladdery in jener Nacht mit Pearl getanzt?«

»Zwei oder drei Mal«, sagte Ronnie und setzte sich aufrecht hin, »ich war mit meinem Liebsten da.«

»McKnight?«

»Ja. Und Pearl hat uns begleitet.«

»War Ihnen das nicht ein bisschen zu viel?«

»Zu dritt ist man in Gesellschaft.«

»Später haben Sie Pearl dann ihrem Schicksal überlassen?«

»Sie hat sich nicht beklagt. Jedenfalls nicht am Anfang.«

»Ist etwas passiert?«

»Nichts ist passiert. McGladdery hat mit ihr getanzt, dann ist die andere Bande reingekommen. Die Tennistruppe. Die haben McGladdery gern in ihre Mitte genommen. Sie haben nämlich einen ziemlichen Ruf.«

»Haben die beiden viel miteinander geredet? Pearl und McGladdery?«

»Sie kannten sich nur vom Sehen. Pearl meinte, sie hätte ihn vielleicht zwei oder drei Mal gesehen, als sie klein war. Sie hat gelacht, das hab ich gesehen. Er hat was zu ihr gesagt, und sie hat gelacht.«

»Tatsächlich«, sagte Johnston, »dann kannte er Miss Gamble also?«

»Das würde ich nicht sagen.«

»Für mich klingt es aber so. Was für eine Art Mädchen war sie denn?«

»Was soll diese Frage?«

»Ich meine, hat sie viel Zeit auf dem Rücken verbracht?«

»Sie reden über sie, als wäre sie irgendein Tier vom Acker. Pearl war ein anständiges Mädchen.«

»Hat sie ihn an der Nase herumgeführt?«

»Sie war nicht der Typ, der irgendwen an der Nase rumführt.« Ronnie blickte sie nicht an. Vor ein paar Monaten hatte sie sich nach einem Tanz in der Town Hall von Warrenpoint mit Pearl gestritten. Pearl hatte sich schlecht gefühlt, und McKnight hatte ihr angeboten, sie nach Hause zu bringen.

Eine Meile außerhalb von Warrenpoint hatte McKnight versucht, bei ihr zu landen, während sie das Schwemmland an der Meeresenge entlangfuhren. Regen ging auf die Frontscheibe nieder, der Wagen war erfüllt vom Geruch von McKnights Rasierwasser, einem herben Männerduft. Er sagte ihr, sie sehe wunderschön aus und es stehe ihr gut, wie der Ledergürtel ihr weißes Leinenkleid in der Taille zusammenraffe. Er hielt auf einem Parkplatz und legte den Arm um ihre Schulter. Auf dem Parkplatz standen andere Autos. Im schwachen Licht der Hafenlampen bewegten sich Umrisse hinter den Scheiben, geisterhafte Bewegungen hinter beschlagenem Glas. Von den Kiefernwäldern an diesem Teil des Meeresarmes hieß es, dass es dort spuke. Es war die Rede von einer weißen Frau, einem toten Minnesänger und Okkultisten, die sich in dem übersinnlichen Unterholz herumtrieben.

»Hör auf damit«, hatte Pearl zu McKnight gesagt. Er fasste ihr ans Knie, beugte sich über sie und sagte ihr, sie sei ganz anders als Ronnie. Sie habe Stil, sei eine richtige Lady. Pearl hatte sich an einen anderen Ort gewünscht, McKnights Atem an ihrem Ohr, seine Hände auf ihrem Körper. Sie besaß die Gabe, aus sich selbst hinauszutreten. Sie hatte von Leuten gelesen, die ihren Körper während Operationen verließen. Sie schwebten an die Decke empor und blickten auf das Team der Chirurgen und Krankenschwestern hinab, die sich mit ihrem Körper abmühten wie Anatome in alten Büchern. Sie konnte die roten und grünen Markierungslichter im Kanal sehen, die Schiffe hinter den Sandbänken, wie sie durch die Nacht glitten.

McKnight ließ von ihr ab, sank auf seinen Sitz zurück und zündete sich eine Zigarette an.

»Ronnie hat doch recht gehabt«, sagte er, »du bist wie ein verdammter Eisberg.«

Pearl erzählte Ronnie nichts von dem Zwischenfall, aber am darauffolgenden Samstag hatte McKnight Ronnie gegenüber behauptet, Pearl habe ihn in jener Nacht küssen wollen, aber er habe sich nicht darauf eingelassen.

Ronnie begegnete Pearl in den Toiletten der Town Hall. Die Toiletten waren voller Mädchen, die sich Festiger in ihre Haare sprühten, großes Augen-Make-up vor halb blinden Spiegeln auflegten. Mädchen, mit denen sie einst zur Schule gegangen waren. Mädchengekeife, Mädchengefauche, eifersüchtige Boshaftigkeit. Die Hierarchie der Mädchen zeigte sich in den vernichtenden Blicken, die von Kopf bis Fuß gingen, den Bemerkungen, die folgten. Irgendeiner war immer schlecht, irgendeine weinte immer in einer der Kabinen, das Gesicht von Wimperntusche verschmiert, in Erinnerungen verstrickt in ihrem clownesken Aussehen, vergrämt, wieder und wieder den Namen eines Jungen wiederholend.

»Was hast du dir dabei gedacht, deine Flossen nicht von meinem Typen zu lassen?«, fragte Ronnie.

»Hab ich gar nicht, er hat auf dem Parkplatz angehalten. Das würd ich niemals tun, Ronnie, ich schwör's!«

»Du glaubst also, du bist zu gut für ihn?«

»Lass es bleiben Ronnie, bitte.«

»Er passt zu so einer wie ich, was?«

»Ist es das, was du denkst?«, sagte Pearl, »das nächste Mal lass ich ihn vielleicht ran, dann kannst du mir nicht mehr so was an den Kopf werfen.«

Pearl wollte weggehen, aber Ronnie rief sie zurück, und sie versöhnten sich wieder. Gelegentlich war Ronnie eifersüchtig auf Pearl. Sie bekam diesen Blick, wenn sie sich unbeobachtet fühlte.

»Mit diesem Blick hätte man richtig Geld machen können«, sagte Ronnie.

Pearl sah fremdländisch aus, als stammte sie aus einer weit

entfernten Republik. Sie sah aus wie eine dieser Frauen aus Japan, die man in den Nachrichtensendungen sah, hastig trippelnd in Kimonos, die Augen niedergeschlagen.

Johnston befragte Ronnie darüber, wie sie die Halle verlassen hatten. Sie erzählte ihm, dass Pearl mit einem Mann namens Joseph Clydesdale für zehn Minuten die Church Avenue hinaufspaziert sei. In dieser Zeit war Ronnie mit McKnight zusammen gewesen.

»Sie hatten also auch Ihren Spaß, was, Ronnie«, sagte Johnston und zwinkerte komplizenhaft.

Nun legte sich ein verschlagener, erregter Ausdruck in Ronnies Augen. Ronnie wurde von etwas Krassem und Innerlichem, von lustvollen Gefühlen mitgerissen. McCrink hatte diesen Ausdruck früher schon in den Gesichtern Verdächtiger entdeckt, er bedeutete, dass ein Ehemann betrogen worden, einem Liebhaber der Laufpass gegeben worden war. Ein tief verborgener Ausdruck, der gesetzeswidrige Kuppelei verriet, heimliche Vergnügungen, die nachklangen, aber nicht bedauert wurden.

»Wir wissen, dass Sie zusammen mit Pearl, Rae Boyd, Derek Chambers und Evelyn Gamble in Billy Mortons Auto nach Hause gefahren sind«, sagte McCrink. »Haben Sie auf dem Weg nach Damolly Cross irgendjemanden gesehen?«

»Nein«, sagte Ronnie, »aber nachdem wir Pearl abgesetzt hatten und wieder zurückgefahren sind, kam ein Wagen die Straße hoch.«

An diesem Tag wurden keine weiteren Zeugen vernommen. Nach einem Gottesdienst in der Kirche der Presbyterianer sollte Pearls Beerdigung stattfinden. McCrink saß ganz hinten in der Kirche, von wo aus der Gottesdienst kaum zu hören war. Als der Sarg vorbeigetragen wurde, hielt er den Kopf gesenkt, dann blickte er hoch und sah, dass Speers dem Leichenzug mit gebeugtem Haupt folgte. Als der Letzte an ihm vorbei war, stand McCrink auf und schloss sich dem Zug hinaus in den Schatten der Bäume an. Der Leichenzug ging ihm voran, an Grabmälern und schief stehenden Grabsteinen unter den Eiben vorbei, eine geschlossene Prozession.

McCrink fuhr vom Friedhof zurück auf die Wache am Corry Square. Um 5 Uhr verließ er die Wache wieder und ging über die Metallbrücke auf die andere Seite des Kanals. Die Brücke war so gebaut, dass man sie zur Seite schwenken konnte, doch das war schon seit vielen Jahren nicht mehr gemacht worden, die Mechanik funktionierte nicht mehr. Er überquerte den Soho-Parkplatz Richtung Einkaufszentrum und betrat Mervyn Grahams Schustergeschäft. Der Laden roch nach Leder und Gummi, schwere biologische Düfte. Aus dem Hinterzimmer war eine Drehmaschine zu hören. In den Fächern hinter der Theke waren Dutzende von Schuhen, die zusammengehörten, darunter Hunderte alter Schuhe, die niemand abgeholt hatte, ohne Schnürsenkel, brüchig, schrundig. Er erinnerte sich, dass Speers sämtliche Schuhe von Robert ins Labor gesandt hatte, damit das Material, das an ihren Sohlen klebte, analysiert wurde. Sie suchten nach Spuren von Blut, nach Schlamm, Sediment.

Die Drehmaschine hielt an, und Mervyn kam aus dem Hinterzimmer in den Laden.

»In der Stadt macht ein Gerücht die Runde. Ihr sucht nach Roberts Anzug.«

»Wir suchen nach Beweisen, die zu einer Verurteilung führen«, sagte McCrink.

Mervyn nahm einen Frauenschuh von der Theke und strich mit den Fingern über den Spann.

»Frauen sind Weltmeister darin, Absätze abzubrechen oder Nähte zu verschleißen«, sagte er, »es gibt nichts, was sie nicht abnutzen und zerreißen.«

»Dann mögen Sie die Frauen nicht.«

»Ich mag sie schon, außer wenn sie Schuhe schlecht behandeln.«

»Mag Robert Frauen?«

»Sein junges Alter lässt das wohl nicht vermuten. Seine Mutter hat jedenfalls oft genug grundlos die Hand gegen ihren Sohn erhoben. Frauen weht die eigene Unzufriedenheit und Not mal in diese, mal in jene Richtung. Wehe dem Mann, der ihnen in die Quere kommt.«

»Sie meinen, dass er Angst hat vor Frauen? Dass er unter Umständen handgreiflich wird?«

»Sie legen mir Worte in den Mund, Mr McCrink. Sie wären nicht der erste Polizeibeamte, der einem Mann Worte in den Mund legt.«

»Was wollen Sie damit sagen?«

»Der Mann, der für den Mord an Richter Currans Tochter verurteilt worden ist. Man sagt, der Detective, der das Verhör leitete, habe ihm gesagt, was er sagen soll. Es heißt, er hätte ihm beim Unterschreiben die Hand gehalten.«

»Und wie soll er das hingekriegt haben?«

»Detective Capstick sagte, er würde der Mutter erzählen, dass ihr Sohn ein Homo ist. Und der hatte solche Angst vor seiner Mutter, dass er lieber einen Mord gestand.«

»Vielleicht sagen Sie mir, wer Pearl umgebracht hat, wo Sie doch so ein großer Experte in Sachen Mord sind.«

»Zu mir brauchen Sie gar nicht erst zu kommen, wenn es darum geht, McGladdery an den Galgen zu bringen. Niemand hat gesehen, dass er irgendwas getan hat. Sie haben einfach beschlossen, wer's war, und gar nicht erst nach jemand anderem gesucht.«

»Hat er irgendwelche Freundinnen?«

»Nicht, dass ich wüsste. Allerdings gefällt er den Frauen. Er ist ein guter Tänzer, und er weiß, wie man sich benimmt. Vielleicht hatte er welche, als er in London war.«

Zehn

Ronnie pflegte Pearl zu sagen, der Spalt zwischen ihren Vorderzähnen sei attraktiv, wie bei Filmstars, deren Aussehen einen kleinen Makel oder eine Eigenart habe. Ronnie nahm Pearl mit ins Kino Aurora und lachte über sie, wenn sie sich wunderte, dass alles so riesig war. Cowboys, die über die Leinwand ritten, festgewachsen auf Traumpferden, Schauspielerinnen, die sich riesengroße Küsse auf ihre makellosen Lippen geben ließen.

Ronnie brachte Pearl in die Bücherei. Sie schlugen Wörter nach im Französisch-Wörterbuch. *Vierge* bedeutete Jungfrau. Ronnie meinte, der Französischlehrer wäre ein guter Ritt. *Un rideau*. Das ist kein Französisch, du Depp, sagte Pearl. *La mort*, sagte Ronnie. Das ist das Wort für Tod.

Nach der Schule gingen Ronnie und Pearl für gewöhnlich in die Stadt. Die Jungs aus der Abbey Grammar School und der High School warteten bei der Steinbrücke und vor dem Einkaufszentrum auf die Busse. Die Unmenge Jungs machte Pearl Angst, das Gefühl von Mob, so als stehe alles kurz davor, außer Kontrolle zu geraten. Aber genau darauf legten es die Jungs an, wenn sie zusammengedrängt durch die engen Gehwege walzten. Ronnie pflügte sich mitten durch sie hindurch, zog ihre Aufmerksamkeit auf sich und genoss die Rempeleien und erahnten Anzüglichkeiten. Sie genoss die Vorstellung, was die Jungs mit ihr anstellen würden, ihr gefiel es, wenn sie an ihren BH-Trägern zogen und die Haarspange wegschnappten. Pearl wollte ihr sagen, sie solle aufhören, weil sie damit schreckliche Sehnsüchte wecke.

»Vor den Frischlingen hab ich keine Angst«, sagte Ronnie trocken, »schon eher vor denen, die sie gezeugt haben.«

»Die haben keine Ahnung, wer sie sind«, erklärte ihr Pearl, »die wissen nicht, wozu sie fähig sind.«

Als könnte Pearl das Schicksal der Jungen voraussehen, das Drama des Erwachsenwerdens, das sie heimsuchen würde, die Gefahr, von einem Verbrechen mitgerissen zu werden. Finstere Schicksale wie Selbstmord im Teenageralter, tödliche Badeunfälle, Jungenstreiche, die aus dem Ruder laufen, oder die Gefahr, morgens um 2 Uhr leblos über dem Steuerrad in einem Straßengraben zu hängen. Die Beleidigungen und unanständigen Sprüche klangen wie Klagelieder, die zu ihrem Alter passten.

»Die wissen, was sie erwartet«, sagte Ronnie, »wissen, was auf dem Spiel steht.«

»Jungs sind dumm wie Bohnenstroh«, sagte Ronnie zu Pearl, »Mädchen nicht. Ich zumindest nicht. Eigentlich bin ich ein altmodisches Mädchen. Du bist anders, Pearl. Die Leute sehen dich anders an als mich. In zehn Jahren schiebt unsereins den Kinderwagen die Hill Street runter, und zu Hause hat sie einen nutzlosen Ehemann, der ihr zum Hals raushängt. Unsereins muss es sich so schön wie möglich machen, solange noch Zeit ist.«

Ronnie sah für Pearl ein gemütliches Zuhause voraus. Wie sie in Foster Newell's Haushaltsabteilung hübsche Möbel aussucht. Eine exklusive Doppelhaushälfte im Stadtteil Meadow. Ersehnte Grundfeste eines gepflegten Heims.

Abends tranken sie oft Kaffee im Falloni's oder im Satellite. Sie gingen die Unterhaltungsseiten des Belfast Telegraph durch und stellten sich vor, wie sie vor den Musikclubs der Stadt anhielten, vor dem Boom Boom Room, dem Maritime Hotel, dem Orchid Blue.

»Du wirst all die Orte besuchen, Pearl«, sagte Ronnie dann, »früher oder später.«

Ronnies Mutter kaufte das True Crime Magazin und Ronnie brachte es mit in die Schule, um es Pearl zu zeigen. Darin wurde über grässliche Taten berichtet. Betrüger, die sich bis ins Herz einer Familie vorgearbeitet hatten, um ihre monströsen Triebe zu befriedigen. Unterschiedliche nachindustrielle Stätten wurden heraufbeschworen. Haltebuchten. Raststätten an Autobahnen. Übeltäter schienen in Wäldern und Mooren zu lauern. Es war von Zerstückelung die Rede, Verstümmelung. Es gab Geschichten hartnäckiger Polizeiarbeit, glücklicher Durchbrüche.

Ronnie fand, Pearl sei eine Einzelgängerin. Zum Beispiel fuhr Pearl im Winter mit dem Bus zur Landzunge hinaus. Wie Robert fühlte sie sich von Seebädern angezogen. Wie viele andere aus Newry hatte sie dort schwimmen gelernt. Über den Winter waren die Bäder geschlossen, und der Wind wehte Wellen über die Mauern. An den Geländern hingen Girlanden von Seegras, auf den gesprungenen Fliesen sammelte sich Meerwasser. Die Bassins waren mit hereingespültem Gezeitenwasser gefüllt. Vor der Tiefe hatte sie immer Angst gehabt.

Pearl liebte es, über Brigitte Bardot zu lesen, und wenn sie in Warrenpoint am Wasser entlangging, sah sie sich manchmal selbst in Südfrankreich. Monaco und Nizza. Die Promenade des Anglais. Sie stellte sich dabei immer vor, dass Winter war, die Städte kaum bevölkert und die Touristen wieder zu Hause bis zum folgenden Jahr. Aufeinandergestapelte Stühle vor den Lokalen auf der Promenade. Sie stellte sich vor, an einer abgelegenen Hafenmauer zu stehen und dem kalten Mistral zuzuhören, der Sand über die Badestrände, die Mole und die leeren Lidos trug.

An den Wochenenden reihte sich auf dem Platz vor den Spielhallen in Warrenpoint Auto an Auto. Hillmans, Sunbeams, Cortinas. Männer kämmten sich vor Seitenspiegeln. Mädchen aus Newry liefen vor ihnen auf und ab. Pearl gefiel es, sie aus der Entfernung zu beobachten. Zierleisten aus Chrom schimmerten, ein tiefes Glänzen in den aufgewühlten Nächten. Männer übernahmen den Haarschnitt der GI's. Gingen am Samstagmorgen zum Friseur, um sich Tollen verpassen zu lassen; sie hofften, mit dem Haarschnitt und den richtigen Hosen käme auch die Großspurigkeit.

Pearl nahm jeweils den letzten Zug von Warrenpoint nach Newry und ging über den Friedhof in der Kilmorey Street nach Hause. Auf den Gräbern standen Konservengläser mit verwelkten Blumen. Vom alten Teil des Friedhofs hielt sie sich fern. Dort spürte man die Aura strenger Calvinisten, ihre kalten Vorväter. Vor den Kindergräbern hielt sie kurz inne. Daran zu denken, dass sie allein in der Finsternis lagen, trieb ihr Tränen in die Augen; manchmal ließen ihre Mütter Spielsachen oder bunte Kleidungsstücke auf den Gräbern zurück. Sie sah kleine weiße Särge vor sich, Spielzeug darauf. Stellte sich ihre eigene melancholische Beerdigung vor und wer da sein und wer eine Träne vergießen würde, eine Träne, von niemandem bemerkt, außer von einem. Einem heimlichen Liebhaber, für immer und ewig. Pearl gefiel es, sich stürmischen Gefühlsregungen hinzugeben. Manchmal las sie Ronnie Geschichten aus Magazinen vor, die vom Triumph junger Liebe handelten, die allem trotzte.

Mit fünfzehn besuchte Pearl das Newry Technical College, um Buchhaltung zu lernen. Nach ihrem Tod sagte Ronnie aus, es habe eine Seite an ihr gegeben, die sie nicht gekannt habe. In den Pausen fing Pearl an, sich zu den Jungs zu gesellen, die hinter dem Chemiegebäude rauchten. Sie standen vor der Giebelwand unter der Entlüftung der Chemielabore. An windstillen Tagen hingen schwefelhaltige Wolken in der Luft, und wenn sie in die Klassen zurückkehrten, rochen sie nach den Dampfschwaden. Pearl rauchte ihre Zigaretten bis zum Wappen des Herstellers herunter. An Winterabenden pafften sie nach der Schule in einem verlassenen Haus an der Straße, während sie auf den Bus warteten und der Abend von der Nacht abgelöst wurde, die Raum bot für Kleinstadtschauder. Pearls Stimme nahm einen rauchigen Ton an. Ronnie gegenüber gab sie zu, dass sie nachts vor dem Spiegel im Bad übte, dass sie ihre Lippen formte, um diesen modischen Tonfall hinzubekommen.

Alleine in der Bibliothek am Tech fuhr Pearl damit fort, das Oxford-Französisch-Wörterbuch aus dem Regal zu holen und französische Ausdrücke nachzuschlagen, die Worte mit dem Zeigefinger markierend. *Vierge* hieß Jungfrau. *Froide* frigide. Ein Wort, das sie immer wieder zu hören bekam. Ronnie behauptete, dass es die Jungs nur zu ihr sagten, weil sie Angst vor ihr hätten. Pearl hatte den Hang, sich in sich selbst zurückzuziehen. Sie strahlte eine Ruhe aus, die ihre zunehmend spürbare Fremdartigkeit zu unterstreichen schien. Ronnie nannte es ihr chinesisches Aussehen. Es war gebieterisch, beinahe hochmütig. Schau bloß nicht an deinem großen langen Schnabel entlang auf mich herab, sagte Ronnie gelegentlich, und wenn Pearl dann anfing zu lachen, verschwand der Ausdruck.

In der Schule brachte Ronnie ihren langen plissierten Rock zu Pearl, damit sie ihn für sie hochsteckte. Ronnie achtete darauf, ihren Rock kürzer zu tragen als alle anderen Mädchen an der Schule. Die anderen Mädchen machten spitze Bemerkungen in den Gängen, aber sie kümmerte sich nicht darum. Sie hatte eine ganz besondere Art, durch die Gänge zu gehen. Stolzieren, nannte sie es. Ich werd mal eben zur Garderobe runterstolzieren. Machte jemand Bemerkungen über Pearl, stand Ronnie für sie ein.

»Mach dir nichts aus den unverschämten Schlampen. Beachte sie einfach gar nicht«, sagte Ronnie.

Pearl ging mit Davy Higgins vom Stadtteil Meadow aus; er führte sie die Shannon Avenue hoch.

»Pearl macht einen an«, sagte er, »und kann nicht von dir lassen und will dann plötzlich nichts mehr wissen. Setzt sich mittendrin auf und sagt, sie geht jetzt nach Hause.«

Musicals hatten Tradition in der Stadt. Pearl wollte mitmachen und bat Ronnie, sie zu begleiten.

»Ich wette, dort hat es haufenweise Talente«, sagte Pearl.

»Nichts als Homos, wie ich das sehe«, sagte Ronnie.

Trotzdem willigte sie ein, sie zu den Proben der Schauspielgruppe Newpoint zu begleiten.

Pearl gefiel das Town Hall Theatre. Ein verschnörkelter Bau aus roten Backsteinen, der sich in drei Bögen über den Fluss spannte. Man bekam einen Eindruck davon, wie die Gesellschaft der Provinz funktionierte, sah die Wohlhabenden der Stadt, die sich mitten im Winter versammelten, lokale Größen in verschnörkelten Logen, plump und bestechlich, Fabrikbesitzer und Schiffsmakler. Männer mittleren Alters, die einen von oben bis unten musterten, die Vorstellung provinzieller Maskenbälle mit Leuten aus dem Umland, die die Ahnung davon mit sich brachten, dass irgendwo da draußen, knapp außer Sichtweite, ein Leben gelebt wurde, wie man es sich nicht vorstellen konnte. In den Blicken, die einem durch das Theater folgten, lag sexuelle Tücke. Und auf der Bühne Showmelodien und komische Opern, Stücke, die unter den flinkzüngigen Versen eine traurige und unheilvolle Botschaft transportierten.

Etwas, das im Schweigen hinter der Bühne im Anzug war, in den staubigen Lagerräumen und Probelokalen.

Pearl hatte vor, im Chor mitzumachen, fand aber heraus, dass ihr das nicht zusagte. Mrs Hollywood, die Leiterin der Theatergruppe, verstand sie.

»Ronnie ist diejenige, die aus sich herausgeht«, sagte Pearl.

»Aus sich herausgehen ist auch ein Wort dafür«, sagte Mrs Hollywood, »mit deinem Fachwissen kannst du mir beim Schminken helfen. Wir sind die Girls hinter der Bühne.«

Mrs Hollywood stellte es dar wie einen vergnügten Dienst während des Krieges. Sie hatte zu viel Make-up aufgetragen, Klümpchen davon klebten in ihren Haarwurzeln. Sie roch nach Veilchen.

Wenn die Darsteller die Nerven verloren oder kurz davor waren, in Tränen auszubrechen, zwinkerte sie Pearl zu. Sie brachte Pearl die Traditionen des Theaters bei, weihte sie ein in dessen Aberglauben. Auf Holz klopfen. Auf keinen Fall Macbeth erwähnen. Mrs Hollywood bezeichnete Pearl als ihre ›rechte Hand‹, und Pearl war zufrieden damit, Teil des Teams hinter der Bühne zu sein. Ronnie fing voller Enthusiasmus an, aber nach ein paar Wochen tauchte sie nicht mehr auf.

Pearl erzählte Ronnie, dass sie eines Tages weit, weit weg gehen wolle. Sie erzählte ihr, dass sie nachts allein zur Bahnlinie hinaufgehe. Sie blicke den Zügen nach, die auf dem Viadukt vorbeifahren. Sie frage sich, wer die Fahrgäste seien. Ihre Anwesenheit im Zug scheine sie in eine andere Form der Existenz zu tragen. Sie hätten andere Sorgen. Die beleuchteten Waggons auf ihrer romantischen Fahrt durch die Nacht.

*

Als Pearl von der Schule abging, fand sie einen Job in der Kosmetikabteilung von Foster Newell's Warenhaus an der Hill Street. Die Zeit der Kürzungen und Rationierungen ging gerade eben zu Ende, die Zeiten, bei denen es immer nur um den Nutzen ging, die freudlosen Nachkriegsjahre lagen hinter ihnen. Pearl arbeitete an einer verspiegelten Theke mit Leuchtstofflampen darüber. Sie verkaufte Produkte von Rimmel und Givenchy. Vorboten der Jahre, die kommen würden, der Freizügigkeit, die sich abzeichnete.

Die Ladies kamen zu ihr. Die Ehefrauen und Töchter der Kaufmannsfamilien der Stadt. Sie hatten etwas Verwüstetes an sich, die Ausstrahlung von Glück, das zur Neige geht. Pearl verwendete die angeheirateten Namen, wenn sie Bestellungen notierte. Die Initialen ihrer Ehemänner waren in den Namen enthalten. Mrs J.A. Graham. Mrs D.B. Stapleton. Das gab den Namen großstädtisches Gewicht, fand Pearl. Es klang, als würden sie am oberen Ende einer Marmortreppe ausgesprochen, bevor man schwungvoll in die glitzernde Nacht hinabrauschte. Pearl sehnte sich danach, wie sie zu sein. Sie stellte sich vor, vor dem Orchid Blue zu stehen und einen Hut mit Schleier und lange Handschuhe zu tragen. Sie wünschte sich genau das Aussehen dieser Frauen. Den Anschein, von melancholischer Bürde niedergedrückt zu sein.

Die Verkaufstheke der Kosmetikabteilung ging auf die Hill Street hinaus. Abends lehnte Pearl an dieser Theke und schaute auf die dunkel werdende Straße hinaus, über die Regengarben geweht wurden. Der Verkehr war spärlich. Fußgänger gingen schnell. Es galt, schwerwiegende Dinge in ihrem Innern abzuwägen, und diese Tageszeit war dafür geeignet, wie sie fand. Pearl, dem Gefühl ausgesetzt, ihr Leben bewege sich am Abgrund. Als laufe es ohne sie ab.

Die Kundinnen nahmen Pearl kaum wahr. Sie hielt Handspiegel für sie, damit sie den Lippenstift ausprobieren konnten. Sie reichte ihnen Papiertücher, damit sie sich das Überschüssige abwischen, ihre Lippen darauf zusammenpressen und einen Abdruck zurücklassen konnten. Pearl fragte sich, ob man sie aufgrund des Abdruckes auf dem Papier identifizieren könnte, indem man Windungen und Linien prüfte, wie es Polizeibeamte bei Fingerabdrücken taten.

»In dieser Stadt gibt es Männer, die würden dir das ganze Gesicht wegreißen und die Lippen sowieso«, sagte Ronnie, »und die Fingernägel sind auch nie ganz sauber.«

Später hieß es, dass Pearl bei den Ladies beliebt gewesen sei. Sie sei offen und ehrlich gewesen. Pearl erzählte Ronnie, dass sie gerne wie eine der verheirateten Frauen wäre. Sie erzählte Ronnie, dass es ihr gefalle, wie sie die Initialen ihrer Männer als Teil ihres Namens verwendeten. Mrs D. G. Waring. Ronnie hatte als Kellnerin im Golf Club angefangen.

»So denkst du also«, sagte Ronnie, »du wärst also gern mit den Ehemännern zusammen. Die haben ihre Hände überall, wenn sie glauben, dass niemand hinschaut. Mr A. D. Fummler. Mr X. B. Arschgrapscher.«

Das hielt Ronnie nicht davon ab, mit einem der Clubmitglieder in seinem Auto rumzumachen, einem Bankangestellten namens McKnight mit Haus an der Mall. An den Wochenenden bekam Pearl Ronnie kaum mehr zu sehen, außer im Wagen des Bankangestellten.

»Er hat immer einen Pariser in seinem Geldbeutel«, sagte Ronnie, »er hat ihn mir gezeigt. ›Immer bereit, lautet mein Motto‹, sagt er. Meinetwegen kann er so bereit sein, wie er will. Wenn er so ein Mädchen will, soll er zur Fabrik. Mit so einem will ich nix zu tun haben. Der kann bei mir nicht landen.«

Pearl ging davon aus, dass Ronnie angefangen hatte, es mit Mr McKnight zu machen. Die Art, wie McKnight sie von oben bis unten taxierte, machte sie nervös. Er hatte einen Schnurrbart und trug Anzüge von Burton oder C&A. Er war gerissen und raffiniert. Ronnie wollte sich nach der Arbeit im Satellite Café mit ihm treffen, und schaffte es, dass Pearl sie begleitete.

»Er kommt immer zu spät«, sagte Ronnie, »ich hab keine Lust, allein dort zu hocken und mir einen Kopf zu machen, während ich auf so einen warte.«

Im Satellite Café an der Kilmorey Street bekam man Fish and Chips. An die Giebelwand war das Bild eines Satelliten gemalt, ein Sputnik. Ronnie hielt das für unheilvoll. Pearl dagegen interessierte sich dafür; sie hatte Artikel über Weltraumexpeditionen gelesen. Sojus-Raketen, die in Sibirien starteten. Ihr gefiel das bedrohliche, aeronautische Aussehen der Rakete, die ihre Lasten tief ins All trug. Sie dachte, wie alleine man sich fühlen müsse dort draußen hinter dem Asteroidengürtel, im Spiralnebel. Als sie das erwähnte, lachte Ronnie nur.

»Allein sein kann man auch hier unten prima, dafür braucht man kein Weltall.«

Doch Pearl interessierte sich weiterhin für die wissenschaftlichen Hintergründe. Sie erinnerte sich, über Marie Curie gelesen zu haben. Die Entdeckerin von Radium. Wie die Radioaktivität ihr die Knochen zerfressen und sich tief in die Struktur ihrer Zellen vorgearbeitet hatte, die Französin aber trotzdem bis zum Ende weitergearbeitet hatte, ihre Gesichtszüge in kränkliches Licht gebadet.

So konnte sich Pearl auch sich selbst vorstellen. Wunderschön, dem Untergang geweiht.

McKnight war eine halbe Stunde zu spät. Ronnie sah immer wieder zur Tür. Sie saßen auf Bänken aus Kunstleder und tranken Kaffee mit aufgeschäumter Milch. Als McKnight hereinkam, setzte er sich zwischen Pearl und Ronnie. Er legte seinen Arm um Ronnie. Pearl roch sein Old Spice. Er hörte nicht auf, Ronnie darauf anzusprechen, wie sie angezogen war, er redete über Rocklängen, den Farbton ihres Lippenstifts, darüber, wie viel Dekolleté sie zeigte, und über die sommersprossige Hautfläche, die zur Begutachtung einlud. Sie strahlte ein sinnliches Selbstbewusstsein aus, das den Männern gefiel.

Pearl spürte, wie er sein Bein gegen ihres drückte. Er hatte die Angewohnheit, sich einem Zentimeter um Zentimeter zu nähern. Ronnie war keine Hilfe. Sie war zu beschäftigt, McKnights Zigaretten zu rauchen. Pearl fiel auf, dass Ronnie Knutschflecken am Hals hatte, knapp unter dem Kragen ihrer Bluse. Sie sorgten dafür, dass sie verwundet und gefährdet aussah, eine grün und blau geschlagene Prinzessin. Um von McKnight wegzukommen, stand Pearl immer wieder auf und ging zur Wurlitzer-Musikbox hinüber. Elvis Presley gefiel ihr. Sein Sound, die imposanten Akkorde. Sie drückte immer wieder It's Now or Never. McKnight lächelte sie an.

Sie sah Robert und Will hereinkommen. Sie setzten sich an den Tisch am Fenster. Sie kannte Robert vom Sehen, doch er war sieben Jahre älter als sie, und sie hatte nie mit ihm geredet. Er war für eine Weile in England gewesen, und sie wusste, dass er mit dem Gesetz in Konflikt geraten war. Durch die Art, wie er sich anzog, fiel er auf. Er trug Röhrenhosen und Wildlederschuhe und kämmte seine Haare zu einer Tolle.

»Diese McGladderys«, sagte ihre Mutter, »keine Kinderstube, aber immer mittendrin.«

Robert hatte die Schule geschmissen. Er hatte ein Haus in Drumalane ausgeraubt. Er hing mit anderen bei den Poolhallen und Bars der Stadt herum. So lief es in Kleinstädten. Hatte man sich den Makel des Schulschwänzers und den Ruf des Kriminellen erst einmal eingehandelt, wurde man ihn nie mehr los.

Will sah, dass sich Pearl wegen McKnight unwohl fühlte und immer wieder aufstand und zur Musikbox hinüberging.

»Dieser McKnight versucht, sich an die Gamble ranzumachen, lass es dir gesagt sein«, sagte Will, »wieso versuchst du's nicht? Mal sehen, ob sie dich die Straße raufbegleitet. Wetten, du kriegst sie rum?«

Das gehörte zu Wills Gerede. Mit Mädchen die Straße raufgehen. Rumkriegen. Titten. Mösen.

Als Pearl das nächste Mal zur Jukebox hinüberging, war Will vor ihr da.

»Ich halte nicht viel von deiner Gesellschaft. Der Kerl bedeutet Probleme.«

»Da sieh einer an«, gab Pearl zurück, so richtig schön schnippisch, sagte sie Ronnie später.

»Lass deine spitze Zunge, Miss Oberschlau«, sagte Will.

»Gefällt dir Elvis?«

»Was geht das dich an?«

»Vergiss es.«

Sie betrachteten die Jukebox. Die protzige Mechanik, die die 45er auswählte, sah aus wie ein Roboter der Fruhzeit.

»Ich hab in London als Jukebox-Mechaniker gearbeitet.«

»Angeber.«

»Ich schwör's bei Gott. Ich kann alles reparieren.«

Sie hörten Elvis zu, beugten sich der Dunkelheit seiner Stimme, den ausgewählten Akkorden und Road-Harmonien. Den in die Länge gezogenen anrüchigen Vokalen.

»Du und ich, wir könnten zusammen abhauen«, sagte Will, »ab auf den Highway. Wir lassen das hier hinter uns. Eine wie du.«

Pearl sah ihn an und fragte sich, ob er sie auf den Arm nahm. Sie war den Highway-Träumereien der Amis noch nicht begegnet, ihrem Mythos, den Road-Legenden. Sie sahen zu, wie die Single in der Jukebox an die richtige Stelle fiel und der zittrige Arm hinüberschwenkte.

»In Alaska haben sie eine Straße, die ist tausend Meilen lang, pfeilgerade. So was hast du noch nicht gesehen. Die haben Züge, die hören gar nicht mehr auf, es braucht einen Tag, bis sie vorbei sind.«

»Der Einzige, der hier nicht aufhört, bist du«, sagte Pearl.

Sie war zufrieden mit sich selbst, weil sie spürte, dass sie die Situation begriffen und den Tonfall getroffen hatte, dass sie den Ton angab. Sie versuchte, sich selbst als Stadtmädchen zu sehen, eines, das gern eine große Lippe riskierte. Das schlagfertig war.

»Nicht auf den Mund gefallen, was?«, sagte Will.

Er lächelte sie an. Ließ Pearl spüren, dass sie ihn am Haken hatte, ein Kleinstadt-Charmeur, auf ein sexuelles Abenteuer aus. Pearl sagte sich, dass das nichts schaden konnte.

»Machst du einen Spaziergang mit mir?«, fragte Will.

»Ich mach keine Spaziergänge mit Jungs, die ich nicht kenne«, sagte sie.

»Machst du sonst irgendwas mit ihnen?«, sagte Will und lehnte sich zu ihr hinüber.

Pearls Gesicht wurde leer, sie wandte sich von ihm ab und wartete auf seine Reaktion, auf das gezischte Wort: frigide.

»Nein«, sagte sie, »ich geh zu meinen Freunden zurück.«

»Mach nur«, sagte er, »mit Gelben geh ich sowieso nicht aus.«

Als sie an den Tisch zurückkehrte, rümpfte Ronnie die Nase. Sie hielt nicht viel von Pearls Wahl in Sachen Begleiter. Sie behauptete, Will sei ein Perverser und McGladdery ein Aufschneider. Ein Mode-Heini. Das sagt die Richtige, dachte Pearl. Du hast doch selber Dreck am Stecken, ging es ihr durch den Kopf.

»McKnight hat gesagt, dass er seine Frau verlassen wird«, erzählte Ronnie Pearl später. Wer's glaubt, dachte Pearl.

Will konnte nicht aufhören, über Pearl zu reden, nachdem sie das Café verlassen hatten.

»Hast du gesehen, wie die mich angesehen hat, dieses Schlitzauge von einer Schlampe! Die ist fast gestorben vor Lust. Bei den Japsen und Chinesen sind die Frauen anders gebaut. Die haben den Schlitz andersrum.«

*

Etwa zu dieser Zeit fing Will an, bei Foster Newell's aufzutauchen. Er tat so, als sehe er die Abteilung mit der Unterwäsche gar nicht, die Auslagen mit den Drahtgestellen, die Kunststoffbeine mit den darübergestreiften Strumpfhosen. Das atemberaubende Vokabular der Wäsche. Fleischfarben. Opaque. Er warf verstohlene Blicke auf die Nylonstrümpfe mit Naht und die Frauen, die sich über die Zellophanverpackungen beugten. All die geheimnisvollen Verschlüsse, Haken, Knöpfe und Druckknöpfe. Die hier versammelten Märchen zu Frauenkleidern.

»Er kam direkt zu mir an den Schminktisch, um mit mir zu reden«, erzählte Pearl Ronnie, »ich hab nicht mehr gewusst, wohin ich schauen soll. Alle anderen Verkäuferinnen haben gekichert. Ich hab schon befürchtet, der Chef kommt.«

Will fragte Pearl nach dem Make-up. Sie war sich nicht sicher, ob er sich über sie lustig machte. Er erkundigte sich nach den Bürstchen und Puderdosen. Wollte wissen, wie man das Make-up auftrug, wozu es gut war. Das Auftragen der Grundierung, und wie man darauf aufbaut, das Geschick, das dazugehört.

»Geh bitte weg«, sagte sie, »die Theke hier ist nur für Frauen.«

»Wir sind in einem freien Land«, sagte Will.

Also beobachtete er sie aus der Entfernung. Sie war dabei, einer jungen Frau die Nägel zu lackieren, sie steckten in absichtlicher Zweisamkeit ihre Köpfe über der Theke zusammen, als verbände sie so etwas wie Freundschaft. Als Pearl nicht hinsah, steckte er ein Fläschchen Rimmel-Nagellack und mehrere Lippenstifte ein. Das war etwas, das er sich angewöhnt hatte. Er stahl Sachen und gab sie dann an Robert weiter. Ihm gefiel die Rolle des spendablen Banditen.

»Sie gibt mir jede Menge Zeugs«, sagte Will, »sie hat gesagt, sie will sich eines Nachts mit mir auf dem Treidelweg treffen.«

Robert gab die Lippenstifte und den Nagellack an Mervyn weiter.

»Du könntest sie für die Züge brauchen«, sagte er, »falls du etwas in Pink machen willst.«

»Ich hab ja schon 'ne ganze Menge Züge gesehen«, sagte Mervyn, »einen in Rosa aber ganz bestimmt nicht.«

*

Etwas später im selben Jahr ging Robert nach England; er nahm das Postschiff von Warrenpoint nach Liverpool.

»Er hatte diese fixe Idee, nach England zu gehen«, sagte Will später, »er hat dauernd drüber geredet und behauptet, dass man es dort drüben zu was Großem bringen kann.«

Robert hatte Bilder aus dem Bodybuilder International von den Weltmeisterschaften in Earls Court ausgeschnitten und an seiner Wand aufgehängt. Er stellte sich vor, zusammen mit Charles Atlas und anderen Weltmeistern auf der Bühne zu stehen. Reihen von Männern, die Muskeln gespannt und eingeölt, die Kameradschaft gemeinsamer Erinnerungen an Fitnesssäle kurz vor der Dämmerung, an Trainingseinheiten mit Gewichten und Hanteln, Klimmzüge und Kniebeugen, an all die Schinderei, die nötig war, um Masse zuzulegen, das Geräusch der Menge im Earls Court im Ohr. Robert sah sich im Sportslip, spürte die bewundernden Blicke der anderen Wettkämpfer. Er sagte Mervyn, er werde ihn mit nach drüben nehmen, als seinen Trainer, damit er zusammen mit den anderen älteren Weisen des Bodybuilding-Geschäftes in den Kulissen stehen und feierlich blicken könne.

»Achte darauf, in welche Fitnessstudios zu gehst«, riet ihm Mervyn, »es geht nicht nur darum, Muskeln aufzubauen. Das kann jeder Narr. Es geht um den Tonus. Du musst auf die Fußballen hochgehen und geschmeidig sein. Vergiss das Zeug mit der Schublehre und den ganzen Gewichten. Einen Bodybuilding-Wettkampf gewinnst du hier«, sagte Mervyn und tippte gegen die Mitte seiner Stirn.

»Die brauchen weder deine großen Brustmuskeln zu sehen noch deinen großen Arsch, den du wie ein Mädchen zusammenkneifst. Die sollen in dein Herz sehen.«

Mervyn lieh Robert zwanzig Pfund für das Boot von Warrenpoint nach Liverpool. Von Liverpool nach London nahm Robert den Nachtzug. Er schickte eine Postkarte aus London, die Big Ben zeigte und einen roten Linienbus im Vordergrund. Mervyn hatte ihm die Adressen mehrerer Pensionen an der Holloway Road mitgegeben.

»Es ist wie an der Canal Street!«, schrieb Robert an Mervyn.

Es roch nach Kanalisation, in den Straßen sah man chassidische Juden, Männer mit Käppchen, und andere mit Turban. Aber es war auch genauso verraucht und gotisch wie an der Canal Street, und man hatte das Gefühl, man wäre in irgendeiner osteuropäischen Metropole voller Türmchen gestrandet. Die Straße ließ einen an Friedhöfe denken und an Dinge, die einen aus dräuendem Nebel bedrohten.

In der Pension wohnten mehrere Russen. Kleine Männer mit Schnurrbärten. Solchen Menschen war Robert noch nie zuvor begegnet. Finstere Fast-Alkoholiker mit schwerem Akzent. Sie gingen abends weg und kamen spätnachts zurück. Robert hörte ihre Schritte vor seinem Zimmer vorbeigehen, ihren schweren zögerlichen Gang, belastet von slawischen Nöten. Tagsüber blieben sie bei geschlossenen Gardinen in ihren Zimmern.

Mrs Pieloski, die Hauswirtin, war eine kleine dünne Frau, die Embassy Red rauchte. In einer Vase in der Küche lagen Zigaretten-Coupons und Briefmarken. Sie war in der Marrowbone Lane aufgewachsen und sprach den Kehllaut der Straßenhändler, das ausgespuckte Kauderwelsch der Gegend um Whitechapel im Osten der Stadt.

»Diese Russkies führen nichts Gutes im Schilde. Sie und ihre beschissene Bombe. Alles Spione, würd ich mal sagen.«

Robert fing an, gegen Trinkgeld als Bedienungshilfe in einem Restaurant zu arbeiten. Er konnte sich kaum die Miete leisten. Wie alle Neuankömmlinge war er für die Sensationen der Großstadt empfänglich, die Anonymität, die einen zermalmte. Wenn er Geld hatte, fuhr er mit der U-Bahn. Er liebte es, unter der Stadt zu sein, die freigelegten Leitungen und das Mauerwerk zu sehen und sich vorzukommen wie einer der Werktätigen der Stadt. Es gefiel ihm, wenn die Waggons an Geschwindigkeit zulegten und durch die Dunkelheit schwankten, wenn blaue Blitze von den Leitungen hochsprangen, als seien unsichtbare Kräfte am Werk.

Robert arbeitete hart daran, so zu klingen, als gehörte er dazu.

Er nahm den Straßendialekt der Griechen an. Er fing an, über Spanner, Nutten, Schwuchteln und Zuhälter zu reden.

Die Londoner Zeitungen waren voller Berichte über Spione. George Blake. Der Spionagefall um Gordon Lonsdale. Robert stellte sich vor, Undercover in Soho zu sein, er spürte, die Nacht, die ihn umgab, war bevölkert von Verschwörern, verstohlenen Gestalten mit osteuropäischen Akzenten.

Robert bekam einen Job als Kellner in einem Restaurant an der Berwick Street. Der Besitzer des Lokals war Franzose. Hinter der Kasse hatte er ein Anschlagbrett, auf das Küchenzettel geheftet waren, jeder einzelne trug den Lippenstift-Abdruck einer Frau und darunter eine Unterschrift.

Der Besitzer brachte die Mädchen dazu, für ihn einen Abdruck ihrer Lippen auf die Zettel zu machen, dann bezahlte er ihnen einen Drink. Zwischen den Schichten stand Robert in der Hintertür und schnappte frische Luft. Die Gasse hinter dem Restaurant wurde von Paaren aufgesucht. Man konnte sie kaum erkennen in der Dunkelheit, Männer und Frauen, die sich im Schatten miteinander abmühten. Am Morgen lagen benutzte Kondome auf dem Boden.

Das Restaurant war beliebt bei unbedeutenden Leuten aus dem Showbusiness, die in den Theatern an der Shaftesbury Avenue arbeiteten. Auch von den Girls aus der Raymond Revuebar, die Semi-Nackt-Shows zeigte, wurde es besucht. Die Revuebar wurde wegen Erregung öffentlichen Ärgernisses immer wieder angezeigt und geschlossen. Robert fühlte sich unter den Darstellern wohl. Viele von ihnen waren Ausreißer. Er hörte Geschichten von rauen Kindheiten auf dem Land, häuslicher sexueller Gewalt. Robert erzählte ihnen, er werde ihre Geschichten von Mühsal, die mit Bravour besiegt worden war, und dem Überwinden aller Schwierigkeiten niederschreiben.

Er bot ihnen mutig ein romantisches Märchen an, etwas, das sie der Zerstörung entgegensetzen konnten, die sie von innen her ergriff.

Doch ab einem bestimmten Zeitpunkt der Nacht ließen sie sich gehen. Sie verschwanden mit einem der männlichen Gäste in der Nacht, einem, der zur nächtlichen Stammkundschaft der Gauner und Zuhälter gehörte.

»Es ist, als wollten sie wie Dreck behandelt werden«, sagte Robert und sah zu, wie sie in die Nacht verschwanden.

Die anderen Mädchen wurden dann jeweils still. Robert mochte reden, aber ihre Geschichten wurden von anderen geschrieben. In den Erzählungen der jeweils anderen erkannten sie an sich selbst die Wegzeichen billiger Existenzen. Die falschen Männer. Die unbezahlten Zimmermieten und Abtreibungen in Hinterhöfen. Sie zeigten Robert, wie man einen blauen Fleck oder eine Schnittwunde mit Gesichtspuder abdeckte, wie man ein blaues Auge mit einer medizinischen Augenklappe verbarg, damit es aussah, als sei man beim Arzt gewesen. Sie waren wegen Kuppelei und Ladendiebstahl verurteilt. Sie waren auf eine Art unzuverlässig, diebisch und arglistig, die sich Robert noch nicht einmal vorstellen konnte.

An der Berwick Street gab es Geschäfte, die Titbits und andere schlüpfrige Magazine über die Theke verkauften. Wenn sie einen erst einmal kannten, holten sie andere Publikationen in braunen Papiertüten unter dem Tresen hervor. Die Ladenbesitzer grinsten anzüglich, machten Anspielungen auf unaussprechliche Verderbtheiten. Die Magazine enthielten qualitativ erbärmliche Fotoserien von Minderjährigen. Robert suchte auch die Buchläden in den Sträßchen hinter dem Bahnhof am King's Cross auf und kaufte Bücher mit Titeln wie ›Souvenir aus dem Internat‹ oder ›My Secret Life‹. Dieses Material wurde gefunden, als die Polizei Roberts Haus in Newry durchsuchte, was zu den Gerüchten über seine sexuellen Vorlieben führte, die in der Stadt die Runde machten.

Die Mädchen, die in dem Restaurant arbeiteten, hielten Robert für weltfremd. Sie deckten ihn, wenn er zu spät war oder die Glocke nicht hörte, die erklang, wenn es galt, Bestellungen in der Küche abzuholen. Er erzählte ihnen, russische Agenten hätten versucht, ihn in einem Fitnessstudio an der Tottenham Court Road anzuwerben. Er deutete eine frühere Anstellung in geheimen Regierungsprogrammen an. Er erzählte ihnen, sein Kopf sei voll von gefährlichem Wissen. Er träumte von U2-Spionageflugzeugen, die durch die Ionosphäre schwebten, als könnten sie über den Rand der bekannten Landmasse hinausdriften. Er sah sich Nachrichtenfilme über das Aufflackern des Kalten Krieges und sowjetische Divisionen, die sich zusammenzogen, bis zum Ende an. Er vertiefte sich in Literatur über Spione und Informanten.

Montags und dienstags arbeitete Robert nicht. Dann nahm er den Zug aufs Land hinaus, um sich den Spionage-Stützpunkt in Menwith Hill und die Abhöranlagen anzusehen. Aber es waren die Nuklearraketen, die ihn anzogen, die Bunker und Silos. Die silbernen Flugzeugrümpfe, die sich sacht drehten, gesteuert von Stützpunkten in den USA, fesselten ihn. Er stellte sich vor, wie sie in die Atmosphäre flogen, wie ihre parabolischen Flugbahnen auf die Bevölkerungszentren der Sowjetunion, auf unbekannte Städte in der Tundra zielten.

Er nahm den Zug nach Greenham Common und stahl im Bahnhof ein Fahrrad. Er radelte um den Stützpunkt herum, sah zu, wie die B52 starteten und landeten, und lauschte dem Brüllen der Triebwerke, wenn sie sich langsam in die Luft erhoben. Er machte die Reise mehrmals. Beim zweiten Mal wurde er von

Mitgliedern der Militärpolizei verhaftet und auf die Polizeiwache in Greenham gebracht, wo er befragt wurde, bevor man ihn wieder freiließ. Eine Minolta-Kamera und ein Spiralblock, wie ihn Reporter verwendeten und auf dem er die Start- und Landezeiten der B52 aufgezeichnet hatte, wurden ihm abgenommen.

Es ist nicht bekannt, ob diejenigen, mit denen Robert in London zusammenarbeitete, von seiner Haft und dem Mordprozess erfuhren. Vor seiner Verhaftung wurde in mehreren Londoner Tageszeitungen über ihn berichtet, aber die Leute, die in Soho arbeiteten, wechselten ständig. Leute verschwanden, ohne Adressen zu hinterlassen. Für die meisten war Soho etwas, das sie gern hinter sich ließen. Die Marktschreier, die Sex in Seitengassen anpriesen, die Clubs, in denen man übers Ohr gehauen wurde, die billigen Striplokale und die zwielichtige Kameradschaft waren nach ein, zwei Jahren genug.

Robert verbrachte zehn Monate in London, aber er vermisste Newry und seine trüben, eleganten Malls und die rückständigen Fabriken. Er vermisste das Stadtzentrum und die leeren Hallen und zerbröckelnden Herrenhäuser der Industriellen an den Ufern des Kanals. Er sah die Stadt leer vor sich, wie eine von der Pest heimgesuchte Stätte früherer Zeiten, als feuchter Dunst aus den Beinhäusern durch die Straßen strich und einsame Seevögel über den nebelverhüllten Biegungen des Meeresarmes schrien.

Als er einen Brief von Mervyn erhielt, der ihn an sein Angebot für eine Ausbildung zum Schuhmacher erinnerte, kehrte er nach Newry zurück.

Die erste Person, die er nach seiner Rückkehr traf, war Will. Robert trug einen modischen schwarzen Anzug, den er kurz vor seiner Abreise aus London gekauft hatte.

»Hab dich ja kaum erkannt, du Riesenspast«, sagte Will, »in dem modischen Londoner Aufzug.«

»Was ist so los in der Stadt?«, wollte Robert wissen.

»Hat sich nichts verändert«, sagte Will, »was man von dir nicht grade behaupten kann, du Schwächling.«

Elf

Newry, 3. Februar 1961

McCrink hatte den Wagen beim Gerichtsgebäude abgestellt. Er ging jetzt zu seinem Auto zurück. Als er näher kam, sah er, dass die Eingangstür der Henry Thompson Memorial Orange Hall offenstand. Er betrachtete die verblichene, getäfelte Front der Halle des Oranier-Ordens mit den Bibelzitaten auf Anschlagzetteln. Er trat ein. Die Wände waren mit Seidenbannern und ramponierten Ordensketten der Oranier zugehängt. Über der Bühne hingen Wappenbilder der Freimaurer, an der hinteren Bühnenwand Plaketten des Flötenorchesters. Rising Sons of The Valley. Wahrhaftige Protestanten.

Er war mit Margaret im Musikpavillon im Park von Warrenpoint verabredet. Sie kam zu spät, und er stand beim Tennisplatz und sah einem gemischten Doppel zu. Als Margaret eintraf, hängte sie sich bei ihm ein.

»Was ist das nur mit dem Tennis?«, sagte sie, »die Spiele scheinen immer in der Vergangenheit stattzufinden.«

»Sie sehen immer aus wie zu Zeiten von König Edward«, sagte er, »man denkt unwillkürlich an eine verloren gegangene Generation. Junge Männer in Tennishemden aus Flanell, die losgeschickt werden, sich deutschen Gewehren zu stellen. Als ich in der Zentralbibliothek arbeitete, hab ich stundenlang Hockeyspielern zugesehen. The Malone Hockey-Club. Man konnte bis dicht an den Rand des Spielfeldes und durch den Zaun zuschauen. Die Töchter der feinen Häuser, die in kurzen Röckchen Hockey spielen.«

Der Inbegriff von Nostalgie. Mädchen aus dem Gymnasium, die an Sommerabenden Hockey spielten, gertenschlank und flink. Mädchen von Malone, anmutige Wesleyanerinnen. Stimmen gut erzogener Mädchen schallten über die Hockeyplätze, sie spielten, während die Dämmerung hereinbrach, lernten, wie wichtig es war, ernsthaft zu sein und sich im Leben enge Grenzen zu setzen und sich daran zu halten, ihre langen ausdrucksvollen Gesichter dem Spiel zugewandt, während der Abendwind durch das kurz geschorene Gras strich. Gelegentlich sah man eines der Mädchen alleine dastehen, niedergeschlagen, bestürmt von nie ausgesprochenen Sehnsüchten, wie ausgesetzt in dem kultivierten Park.

»Diese Dinge wirken unschuldig, wenn man sich an sie erinnert.«

Margaret sagte, dass die Hockeymädchen mehr vom Leben wüssten, als sie sich anmerken ließen. »Das ist dein Problem«, sagte sie, »du idealisierst diese Leute.«

Es stimmte. Es fiel ihm schwer, die dunkle Hand des Unglücks in den Vierteln der Stadtkaufleute zu sehen, die üblen Absichten hinter den Lorbeerbäumen der Vorstadt.

»Patricia Curran war eines deiner Hockeymädchen. Denk dran, was ihr zugestoßen ist.«

Siebenunddreißig Mal war auf sie eingestochen worden, auf der Einfahrt zu ihrem Zuhause. Es waren so viele Stichwunden, dass der Arzt, der sie zuerst untersuchte, glaubte, sie sei von einer Schrotladung getroffen worden.

»Du weißt davon?«

»Hier weiß jeder davon.«

»Aber es ist nicht das Gleiche wie das, was den Mädchen in London angetan worden ist.«

»Welchen Mädchen?«

»Der letzte Fall, an dem ich arbeitete. Die Londoner Nackt-Morde. Das waren Prostituierte.«

»Glaubst du vielleicht, einer von denen macht es nichts aus, wenn sie nachts allein nach Hause geht und hinter sich in der Dunkelheit Schritte hört? Wie groß das Haus ist, in das sie heimkehrt, spielt keine Rolle, wenn ein Mann etwas will und es nicht kriegt. Es endet immer gleich.«

»Vielleicht. Und was passiert, wenn eine Frau nicht kriegt, was sie will?«

»Hört sich so an, als würdest du aus Erfahrung sprechen.«

»Meine Exfrau.«

McCrink erinnerte sich an die Nacht, in der ihm seine Exfrau von ihrer Untreue erzählt hatte. Sie nannte es eine Affäre und ließ das Wort in seiner ganzen geschmacklosen Bedeutung zwischen ihnen in der Luft hängen.

»Wenn du mir mehr Beachtung geschenkt hättest, wäre dir aufgefallen, was vorgeht.«

»Dann ist es jetzt also mein Fehler.«

Sie gab keine Antwort. Stand in der Tür, was Rückschlüsse zuließ auf im Flur stehende gepackte Taschen.

Es hatte angefangen, als er auf der Polizeiakademie gewesen war, und war die ganze Ehe durch weitergegangen. Sie erzählte ihm, wie sie John Speers auf einer Polizeifeier in Belfast kennengelernt hatte.

»Du hast damals versucht, dich beim Chief Constable lieb Kind zu machen«, sagte sie.

Sie erzählte ihm, wie sie mit Speers zu einer ausgeliehenen Wohnung in einem Wohnblock in Larne gefahren war, etwa zwanzig Meilen nordöstlich von Belfast. Sie beschrieb die Zimmer, die Tapete, beschrieb, wie die Gardinen durch die offenen Fenster geweht wurden, die Regenspritzer. Die Struktur des Betrugs. Wie sie beide auf jene Melancholie zusteuerten, die, das wussten sie, am Ende alles war, was von ihrer Liebesgeschichte bleiben würde. Sie blickten zum Fährhafen hinunter, lauschten, wie die Schiffe über Nacht beladen werden. Das Getöse der Kranbrücken. Container, die aufeinandergeschichtet werden. Anne hatte schon immer Details loswerden müssen. Details ihrer Liebe wurden vertieft. Sie nannte die Namen der Cafés, in denen sie gegessen hatten. Sie erzählte, dass sie jeden Abend mit Speers über die Promenade spaziert war. Sie war penibel in ihrem Bericht. Es war für sie beide wichtig, dass das Ausmaß ihres Verrates offengelegt wurde. Jeder Aspekt ihres gemeinsamen Lebens musste umgegraben, jede Zweideutigkeit und verborgene Bedeutung ans Licht gebracht werden. Die Fahrten zurück nach Belfast, die Telefongespräche spätnachts. Sie verbrachten Wochen damit, neue Ebenen des Verrats freizulegen. Der betrogene Ehemann. Um noch mehr herauszukriegen, entwickelte er eine Durchtriebenheit, von der er gar nicht gewusst hatte, dass er sie besaß. Sie berichtete von Gelegenheiten, bei denen sie beinahe erwischt worden wären, von Sex in Schlafzimmern, die man ihnen zur Verfügung gestellt hatte, einer Paarung auf der Treppe vor McCrinks Wohnung in Belfast. Sie begriffen beide, dass sie sich um McCrinks Schmerz kümmern mussten, dass das Ganze eine dicht verwobene Angelegenheit mit einer eigenen Struktur, einem eigenen Plot und eigenen Umwegen war.

»John Speers«, sagte Margaret und nahm seinen Arm, »mit dem arbeitest du jetzt doch zusammen.«

»Ich weiß.«

Eine Weile lang hatte sie das Wissen um ihre Untreue sexuell erregt. Sie entdeckten die Erotik des Ekels. Sie drängten einander dazu, widerwärtige Gelüste auszuleben. Sie schickte ihn los, um bei einem Zeitungshändler in der Stadt billige Pornos zu kaufen. Mürrische Nackte, schlecht fotografiert. Es gefiel ihr, oben zu sein, während er Geschichten erzählte, Stories von obszönen Begegnungen mit Matrosen, von Schwarzen, die kopulierten. Er zog in eine billige Wohnung in Kilburn. In den Aufzügen hing der Geruch nach Urin, man hörte, wie in anderen Wohnung Toiletten gespült wurden, roch die Kanalisation. Das alles wurde Teil ihrer Begegnungen. Eines Morgens verließ sie ihn schließlich. Zuletzt hatte er gehört, dass sie in Blackpool lebte, schwer trank und einmal wöchentlich kurz in ihrer Wohnung auftauchte.

»Was willst du unternehmen?«

»Ich weiß nicht. Ich überweise jeden Monat Geld auf ihr Konto. Es wird sich zeigen.«

Sie nahm seinen Arm. Sie standen mit dem Rücken zum Gericht und blickten über das dunkle Wasser des Meeresarmes.

*

Am vierten Tag der Überwachung von McGladdery, die rund um die Uhr angesetzt war, wurde Special Constable John Morris in der Ortschaft Damolly postiert. Er sah, wie Robert das Haus durch die Vordertür verließ und mehrere Felder überquerte, bis er den Fluss Clanrye erreichte. Constable Morris beschrieb, wie sich McGladdery umschaute, bevor er in den hochstehenden Fluss stieg. McGladdery watete durch den Fluss, wobei ihm das Wasser bis zur Brust reichte. Dann ging er durch einige weitere Felder und kam zu der Fußgängerbrücke, die über den

Kanal führt. Auf der anderen Seite des Kanals betrat er ein halb zerfallenes Haus und hielt sich mehrere Minuten lang darin auf.

Als er es wieder verließ, verschwand er hinter der Damolly-Fabrik aus dem Blickfeld; einige Minuten später sah Sergeant Johnston, der mit dem Auto Richtung Stadt fuhr, wie er die Belfast Road entlangging. Wie Johnston aussagte, lud er McGladdery ein, auf die Wache am Corry Square mitzukommen und sich »trockene Kleider zu besorgen«, weil ihm auffiel, dass McGladdery durchnässt war. Laut Johnston blieb McGladdery auf der Wache, »bis er trocken war«.

Die Hinweise der beiden Polizeibeamten wurden nie genauer erläutert. Wurde Robert bereits am Morgen nach dem Mord überwacht? Eine naheliegende Schlussfolgerung ist die Annahme, dass Robert Beweismittel zerstören oder auf irgendeine Art und Weise verändern wollte. Nach dem Mord befand sich die Stadt in Aufruhr. Freiwillige durchkämmten das Umland auf der Suche nach Beweisen. Es blieb offen, ob das halb zerfallene Haus nach Roberts gemeldetem Aufenthalt durchsucht wurde. Was die Aussage der beiden Polizisten betrifft, gibt es weitere Ungereimtheiten. Was meinte Johnston damit, als er aussagte, dass Robert auf der Wache geblieben sei, »bis er trocken war«?

Die Aussagen der Polizisten deuteten an, Robert habe sich in den Tagen nach dem Mord heimlichtuerisch verhalten. Er habe am Ufer des Flusses gezögert und »sich für eine Minute oder länger in beide Richtungen umgeschaut«, bevor er ihn durchwatete.

Wie bei vielen anderen Beweismitteln auch gibt es subtile Anspielungen in den Aussagen der Polizeibeamten, die der Anklagevertretung aufgefallen sein müssen. Die Tatsache, dass Robert zu einem »halb zerfallenen Haus« gegangen war. Das halb zerfallene Haus am Rand der Stadt war etwas, das in den

Aberglauben der Gegend Eingang gefunden hatte. Das halbdunkle Innere, die Räume, in denen Abfall verstreut war, die verblichene Tapete. Die Leute glaubten, in dem Haus herrsche eine sensitive Spannung, sei eine alte Zauberkraft am Werk. Es war einer der Orte, die Geschehnisse beherbergten, an die man sich nur undeutlich erinnerte, folkloristischer Terror. Kinder bevölkerten diese Stätten mit einem Aufgebot dunkler Kräfte und Figuren. Die rote Frau. Der einarmige Mann. Verlassene Räume, vom Wind bewegte Gardinen. Indem Robert zu dem verlassenen Haus ging, wurde er selbst Teil einer unheimlichen Menagerie.

*

Auf Anordnung von Chief Constable Kennedy wurde Robert McGladdery am Morgen des 22. Februar 1961 um 7 Uhr 45 in seinem Haus in Damolly Villas verhaftet.

Die Vollmacht für McGladderys Verhaftung war in der Wache am Corry Square vorbereitet worden. McCrink und Johnston fuhren in Speers Auto mit nach Damolly, gefolgt von zwei uniformierten Beamten in einem Streifenwagen. Sie hatten nicht angekündigt, was sie vorhatten. Die Straße war menschenleer, als sie in Damolly vor dem Haus anhielten. McCrink und Speers gingen zur Haustür und klingelten. Agnes McGladdery öffnete. Sie hörten ein Transistorradio aus dem Wohnzimmer. Agnes trug einen Morgenrock. Sie war unfrisiert. Sie wirkte schlampig und trotzig. Speers hielt die Vollmacht in die Höhe. Agnes drehte sich zurück ins Haus und redete in die Dunkelheit hinein.

»Die Polizei ist hier. So, wie die aussehen, würd ich eine Tasche packen. Du wirst das Haus hier ’ne ganze Weile nicht zu sehen kriegen.«

Robert kam aus dem Wohnzimmer. Er trug ein offenes Hemd

mit hochgekrempelten Ärmeln und hielt eine offene Ausgabe des Daily Mirror in der Hand. Das war das Bild, das McCrink von Robert bewahren würde. Ein Mann, der eben von der Arbeit nach Hause gekommen ist, duldsam, einverstanden mit seinen Beschränkungen, und dessen Gesicht sich veränderte, als er die Polizisten sah, und der wegen der bedauerlichen Sache, wegen der sie an seine Tür klopften, die Stirn runzelte. Er schien seine Schultern zu straffen und sich auf die erdrückenden Überraschungen zu konzentrieren, die bedrohlich vor ihm auftauchten.

»Packst du mir eine Tasche, Ma?«

»Ich pack dir auch zehn, wenn ich nur weiß, dass du dann für immer auf und davon bist.«

»Du bist ein Schätzchen, Ma. Das einzige Problem ist, dass es nichts zu packen gibt. Die Bullen haben schon die meisten Kleider von mir eingesackt.«

»Passen Sie bloß auf, Sergeant. Der klaut ihnen das Hemd vom Leib.«

»Haben Sie meine Ma gehört, Mr McCrink? Welch großes Herz sie doch hat. Schon mal was von Mutterinstinkt gehört? Davon gibt's in dem Haus hier nicht allzu viel.«

»Nein«, sagte Agnes, »dafür gibt's hier 'ne ganze Menge von die Ganze-Nacht-Durchsaufen und Deiner-Alten-nichts-von-der-Stütze-Abgeben. Das gibt es hier!«

Hier brodelte tiefsitzender Familienhass, das spürte McCrink. In den Frotzeleien zwischen Mutter und Sohn lag etwas ungesund Verwahrlostes, das bei ihm einen schlechten Geschmack hinterließ. Speers blickte zwischen Mutter und Sohn hin und her. McCrink wusste, dass Speers verschiedene Mordfälle bearbeitet hatte, in die große Familienclans involviert waren, die in abgeschiedenen Gemeinden an der Küste lebten. Er wusste, was Hass im Blut von Familien über Generationen anrichtete, kannte die Territorien von Familienfehden.

»Robert John McGladdery, ich verhafte Sie wegen Mordes an Pearl Gamble am 29. Januar dieses Jahres.«

»Krieg ich Handschellen?«, fragte Robert.

»Steig in den verdammten Wagen, McGladdery«, antwortete Johnston.

Er wurde an diesem Morgen um 8 Uhr 45 auf die Wache der Royal Ulster Constabulary am Corry Square gebracht, wo man ihn des Mordes an Pearl Gamble anklagte, begangen in Damolly am 29. Januar 1961, zwischen 1 Uhr nachts und 9 Uhr am nächsten Morgen. Nach der offiziellen Anklage sagte Robert »eindeutig nicht schuldig. Ich bin ein unschuldiger Mann«.

Als McGladdery verhaftet wurde, war ein einziger Fotograf vom Newry Reporter anwesend gewesen. Als Robert abgeführt wurde, standen Nachbarn vor ihren Türen. Er hatte einen wissenden Ausdruck auf dem Gesicht gehabt, als habe er eine boshafte Nebenbemerkung für diesen Augenblick vorbereitet, ein hemdsärmeliger Übeltäter, der unter einem unheilschwangeren Mond aus der Tür tritt.

An der Wache am Corry Square hatten Reporter aus der Stadt und Presseleute aus dem ganzen Land auf ihn gewartet. Sie kannten Roberts Namen und riefen nach ihm. Man hatte die Anklagepunkte verlesen und ihn gefragt, ob er einen Anwalt verlange. Das wolle er, hatte er gesagt, und Luke Curran, ein Anwalt mit Büro in Trevor Hill, wurde berufen. Johnston fragte Robert, warum er Curran ausgesucht habe.

»Weil er den gleichen Namen hat wie der Richter, dessen Tochter ermordet worden ist.«

»Ich gehe mal davon aus, dass du dir nicht wünschst, Richter Curran für deinen Prozess zu kriegen.«

»Das wär mir egal. Ich denke, man müsste ihm bloß auf die Finger schauen, damit er fair ist.«

»Den Richter hast du dir ja nun schon ausgesucht, willst du dir jetzt auch noch die Geschworenen aussuchen oder was?«

»Sie sind ja vielleicht ein Komiker, Sergeant.«

»Der Komiker hier bin nicht ich, McGladdery.«

»Falls ich die Geschworenen auswählen dürfte, wen würd ich denn da nehmen? Glauben Sie, meine Ma würde bei den Geschworenen mitmachen?«

»Das würde man nicht zulassen.«

»Nein, Sie wär zu scharf darauf, mich unter die Erde zu bringen.«

Anwalt Curran, der in Wahrheit kein Verwandter von Richter Curran war, kam gegen 10 Uhr 15 auf der Wache an. Er verbrachte eine halbe Stunde allein mit seinem Klienten. Danach erklärte er, McGladdery plädiere auf nicht schuldig in allen Anklagepunkten und bestreite vehement jede Beteiligung am Mord an Pearl Gamble.

Robert McGladdery wurde am 22. Februar 1961 des Mordes an Pearl Gamble angeklagt. Die Tat hatte zu unbekannter Uhrzeit am 29. Januar desselben Jahres in Weir's Rock, Upper Damolly, stattgefunden. Er hatte eine außerordentliche Anhörung vor dem Gericht in Newry und blieb in Verwahrung, um am 4. April vor dem Downpatrick-Crown-Gericht zu erscheinen. Inspector Speers sagte vor Gericht aus, er glaube, er könne den Angeklagten mit dem Mord in Verbindung bringen. Er glaube zudem, McGladdery könnte versuchen, zu fliehen.

Die Verhandlung wurde verschoben. Die Hecklichter des fensterlosen Gefängniswagens, der von der Rückseite des Gerichtes losfuhr und McGladdery wegtransportierte, verschwanden in der Dunkelheit, die in der bitteren Kälte des Februars früh hereingebrochen war. Es hatte an diesem Tag weitere Verhandlungen am Gericht gegeben, wegen Schmuggelei und anderen Grenzdelikten. Die verschiedenen Angeklagten verließen den Gerichtsbezirk, um nach Hause zurückzukehren, dunkle Figuren, die sich gegen die Kälte stemmten, und es hätte durchaus sein können, dachte McCrink, dass man sie bewaffnete und an irgendeine Grenze karrte, wo sie ihr Unwesen treiben konnten.

»Die Typen würden sogar Leichen oder Säcke voller Katzen schmuggeln, wenn nur ein Pfund dabei herausspringt«, sagte Speers.

Als McCrink und Speers das Gerichtsgebäude verließen, regnete es. Auf der Treppe des Gerichtes standen Vertreter der nationalen Presse. McCrink und Speers drängten sich mit gesenkten Köpfen durch die Reporter. Sie wussten, welche Fotos am nächsten Tag in den Zeitungen erscheinen würden. Nordirische Polizeibeamte – mürrische Männer in Trenchcoats. Einheimische, verdrießlich und verbittert. Am Morgen hatte McCrink im Radio gehört, wie Brian Faulkner dem Moderator sagte, dass sie Scotland Yard nicht bräuchten. Faulkner hatte dem Mann erklärt, sie bräuchten keine Hilfe. Sie schafften es auch so, ihre eigenen Leute an den Galgen zu bringen.

McCrink, Johnston und Speers überquerten die Straße und betraten den Copper Grill. Das Restaurant war voll. McCrink erkannte Polizisten, Juristen, Anwälte. McGladderys Fall war ganz zuoberst auf der Liste der besprochenen Verbrechen.

Mehrere der nationalen Zeitungen beschrieben das Benehmen des Angeklagten. Sein Lächeln. Die Tatsache, dass er Freunde auf der Zuschauertribüne begrüßte.

»Kapiert der Bock eigentlich, was hier vorgeht?«, fragte Johnston.

»Sieht nicht danach aus«, sagte McCrink.

»Wenn er sich weiterhin so verhält, wird er bei lebendigem Leib verspeist«, sagte Johnston, »die Regenbogenpresse kläfft nach Blut, wie ich das sehe.«

»Dann lass sie kläffen.«

»Lass sie kläffen?«, sagte Johnston und sah McCrink an, »es ist ja nicht Ihr Blut, Sir.«

»Er wird nach den Gesetzen verurteilt.«

»Nach den Gesetzen, am Arsch! Bis er vor den Crown Court kommt, weiß doch jeder einzelne Mann im Raum, was ihn erwartet.«

»Wir haben nicht genug für eine Verurteilung.«

»Wir werden genug finden«, sagte Speers.

»Und dass wir ihn mit dem Verbrechen in Verbindung bringen können, ist eine glatte Lüge«, sagte Johnston, »alles, was wir haben, sind Indizien, ziemlich schwache Indizien, wenn wir schon dabei sind.«

»Wir wissen, dass er bei dem Tanz war, sich an Pearl rangemacht hat und dass ihn keiner mehr gesehen hat, nachdem er gegangen war. Und wir haben die Kratzer in seinem Gesicht«, sagte Speers.

»Er hat kein Alibi.«

»Wir brauchen mehr, um ihn dranzukriegen. Wir brauchen die Kleider, diesen Anzug, den er anhatte.«

»Wissen Sie irgendetwas über diesen Anzug, Sergeant?«, fragte McCrink, »Sie fragen immer wieder danach.«

»Nicht mehr als Sie, Sir.«

Sie gingen die Zeugen durch, die behauptet hatten, McGladdery auf dem Tanz gesehen zu haben. Die meisten dieser Zeugen hatten ausgesagt, er habe einen hellen Anzug getragen, wobei sie sich bei der Farbe nicht einig waren.

»Und was, wenn McGladdery die Wahrheit sagt? Wenn er diesen hellen Anzug in dieser Nacht gar nicht getragen hat?«, fragte McCrink.

»Das würde bedeuten, dass alle Zeugen lügen«, sagte Speers.

»Oder dass sie sich täuschen. Sie können sich nicht auf eine Farbe einigen. Auf der Tanzfläche war es ziemlich dunkel. Da ist es schon möglich, sich zu täuschen«, sagte McCrink.

»Könnte sein. Das sind doch alles inkarnierte Krämerseelen. Vom Licht verblendet. Sag denen, der Kanal sei der Jordan, und die glauben es. Wissen Sie was, in den Staaten hat man Tests gemacht, mit Zeugen. Das FBI. Leute sehen die Dinge gar nicht, die sie zu sehen meinen. Der Verstand spielt uns was vor. McGladdery ist der Hauptverdächtige. Er freut sich, dass er im Mittelpunkt steht, und tut so, als ob er der große Mörder wäre. Und bald hat er auch alle anderen überzeugt, dass er's war.«

»Wir müssen uns mit unserem Freund McGladdery unterhalten«, sagte McCrink, »wir machen ein richtiges Verhör.«

»Aus dem werden Sie nichts rauskriegen, Sir«, sagte Johnston.

»Weshalb sagen Sie so was, Sergeant? Haben Sie bereits mit ihm geredet?«

»Nur, als wir ihn hierherbrachten, damit er trocken wurde.«

»Ich höre zum ersten Mal, dass McGladdery schon mal auf der Wache war.«

»Er hatte sich verdächtig verhalten. Hat den Fluss durchquert. Zwei von der Streife haben ihn hergebracht, um seine Kleider trocken zu kriegen. Das ist alles.«

»Mehr ist da nicht?«

»Absolut!«

»Ich will, dass man mir solche Sachen berichtet.«

»Verstanden, Sir.«

McCrink verließ das Restaurant und ging durch die Stadt. Arktische Luft überquerte das Land, es war eine frostkalte Nacht. »Luft aus Sibirien«, hatte Margaret am Vorabend von Roberts Verhaftung gemeint. Tiefdrucksysteme, die sich von der Steppe, von Gebieten mit Permafrost, langsam auf sie zubewegten. In der ganzen Stadt war es eiskalt. In den Leitungen gefror das Wasser. Der Kanal war mit Eis bedeckt. Das Wasser im Hafenbecken wurde milchig. Am Dock streuten Arbeiter Sand und Salz auf die Straße.

Im Lager der Zigeuner brannten träge Feuer. McCrink sah dunkle Umrisse vor den Flammen, die sich unruhig hin und her bewegten. Manchmal blieb jemand stehen und schien in Richtung der Stadt zu sehen, andere taten das Gleiche, Gruppen, reglos in der Dunkelheit, notleidende Standbilder.

Man hatte McCrink Büroräume in der größeren Wache an der Belfast Road angeboten, aber er hatte sich entschieden, am Corry Square im Stadtzentrum zu bleiben. Über dem Platz, von roten Ziegelmauern eingefasst, hing die Ahnung von wirtschaftlichem Niedergang. Zwischen den Schwellen der Bahnlinie auf der anderen Straßenseite wuchs Unkraut. Auf dem Hügel über der Kaserne befand sich ein Frauenkloster; auf der anderen Seite der Stadt war die Abbey, die Abtei, ebenfalls auf einer Anhöhe. Die Hügelflanken hatten etwas Schauerliches an sich. Der Kanal war keine hundert Meter entfernt. Hinter den Häusern am Corry Square standen bis zum Fluss hinunter aus Stein gebaute Lagerschuppen. Sie wurden nicht mehr verwendet, um

Güter zu lagern, die per Bahn oder auf dem Kanal transportiert wurden, sondern sie beherbergten jetzt kleine Autowerkstätten und Handwerker.

Er ging an dem diensthabenden Beamten vorbei zum Einsatzraum und blieb im Türrahmen stehen.

Da war Pearls Tod, und hier war ihre Geschichte, ihre Epistel und zugleich die von Roberts Schuld oder Unschuld. Die Zeugenaussagen. Die stockenden Berichte. Das Geklapper der Remington-Maschinen war verstummt. Es herrschte ein Durcheinander aus verstreuten DIN-A4-Seiten. Abschriften, über denen gebrütet wurde. Jede einzelne von einem Zeugen. Jede einzelne konzentriert auf ihre eigene Fabel, Gegenstand von Erfindung, die zu weit ging. Wie Spione, die in der Nacht herumschlichen und denen nicht zu trauen war.

McCrink nahm die Akte mit den Fotos vom Tatort mit in sein Büro und breitete sie auf dem Tisch aus. Die Fundorte von Pearls Kleidern waren nummeriert und aufgelistet, ihr zusammengekrümmter Körper war gerade noch zu erkennen an der Stelle, an die er geschleppt und teilweise hinter den Felsen versteckt worden war. Er ließ die Augen über die Liste nach unten wandern. Ein hautfarbener Strumpf, zerrissen, voller Laufmaschen. Ein weißes Höschen der Marke Ladybird, verschmutzt. Weißer Büstenhalter, Haken zerbrochen. Die einzelnen Kleidungsstücke, die Intimwäsche, wie sie auch genannt wurde, vermessen und in einer Liste aufgenommen.

Geschlagen. Gewürgt. Erstochen.

McCrink wurde das Gefühl nicht los, dass der Mord an Pearl Gamble einiges gemein hatte mit den Morden an den Nackten, bei denen er in London ermittelt hatte. Die Morde wirkten durchgeplant, als folgten sie einem Drehbuch, als flüsterten sie dem Publikum etwas zu. Bei den Londoner Nackt-Morden waren alle Mädchen ausgezogen und erwürgt worden. In allen Fällen waren die Leichen zwei Tage lang irgendwo aufbewahrt worden, bevor man sich ihrer entledigt hatte. Auf dieses Detail kamen die Ermittler immer wieder zurück. Warum behielt man eine Leiche für achtundvierzig Stunden? Sie suchten den Rat von Psychologen und Kriminologen, die aber unfähig waren, eine Erklärung dafür zu liefern. McCrink bekam die Aufgabe, alte Akten durchzugehen, um festzustellen, ob es in der Vergangenheit ähnliche Verbrechen gegeben hatte. Er bekam ein Büro im Hauptquartier in Chiswick. Er verbrachte ganze Tage allein mit den Akten, arbeitete sich durch Fotostrecken. *Zuletzt gesehen, als sie in einen blauen Ford Perfect einstieg.* Die Leben der Opfer schienen von ihren letzten Sekunden an wie verblassende Kondensstreifen zu verschwinden.

Er arbeitete sich wochenlang durch eng getippte DIN-A4-Seiten. Tatorte. Autopsien. Text.

Er las sich die Namen der Opfer laut vor. Elizabeth Figg, auch bekannt als Ann Phillips. Gwynneth Rees, auch bekannt als Tina Smart. Hannah Tailford, auch bekannt als Terry Lynch. Aus dem Aufsagen dieser Namen wurde bald der klare Rhythmus eines Chorals. Das war seine Aufgabe. Die Toten zu befragen. Sie dazu zu bringen, über sich Auskunft zu geben. Immer wieder verspürte er das Bedürfnis, die Orte, an denen die Leichen abgeladen worden waren, aufzusuchen. Orte, die durch die Anwesenheit der ermordeten Mädchen und durch die Tatsache, dass der Mörder dort gewesen war, mit etwas Unheimlichem, mit einer geheimnisvollen Kraft aufgeladen waren. Er spürte die Struktur jedes einzelnen Mordes. Seine finstere Grammatik.

In ihrem innersten Kern herrschte bei den Morden in London dieselbe Stille wie bei dem Mord an Pearl Gamble. Nackt ausgezogen, aber nicht missbraucht. Geschlagen, gewürgt und erstochen, während einer ganz offensichtlich unkontrollierten Attacke. Und doch hatte der Killer keine Spuren am Tatort hinterlassen. Alles deutete auf einen geplanten Mord hin, auf geduldiges und methodisches Vorgehen. Der Mörder hatte sich nicht nur die Mühe gemacht, die Leiche zu verbergen, sondern auch die Mordwaffen zu entfernen – das Instrument, mit dem Pearl erstochen worden war, und den wie auch immer beschaffenen Strick, mit dem man sie erwürgt hatte.

*

Am folgenden Tag fand die erste formelle Vernehmung von McGladdery statt. Anwesend waren Detective Sergeant Johnston, Detective Inspector Speers und der Inspector of Constabulary McCrink. McGladdery bestritt von Anfang an, etwas mit dem Mord an Pearl Gamble zu tun zu haben. Johnston übernahm die Leitung des Verhörs.

»Warum hast du Miss Gamble umgebracht?«

»Ich hab sie nicht umgebracht.«

»Vielleicht kannst du dich nicht dran erinnern. Vielleicht hast du sie in einem Anfall von geistiger Umnachtung getötet.«

»Kein Haar hab ich Pearl gekrümmt. Getanzt hab ich mit ihr, das ist alles.«

»Die Beweise sprechen aber eine andere Sprache.«

»Sie haben von Anfang an beschlossen, dass ich es gewesen bin, soviel zum Thema Beweise. Sie haben sich einen Scheiß bemüht, einen anderen zu finden. Der wirkliche Mörder treibt sich irgendwo da draußen herum und kommt davon.«

»Alle, die beim Tanz waren, sagen, dass du Miss Gamble belästigt hast.«

»Dann lügen sie. Oder sie waren betrunken.« Robert lachte. »Dass die an einem solchen Ort betrunken waren, ist aber nicht sehr wahrscheinlich, stimmt's, Mr Speers? Das ist eine fromme Horde, nicht wie Sie und ich.«

»Hier drin gibt's kein Sie und ich, mein Junge.«

»Ach kommen Sie, Mr Speers. Sobald Sie den richtigen Mann erwischt haben, werden wir zwei lachen, wenn wir uns an das hier erinnern. Ich könnte Ihnen helfen, ihn zu finden. Ich kenn mich mit Ermittlungen und der Wissenschaft dahinter aus.«

»Mach mal halblang, McGladdery«, sagte Speers.

»Motiv, Gelegenheit, Mittel, darum geht es doch, nicht? Geben Sie mir nur genug Zeit, dann lös ich den Fall für Sie.«

»Wir haben Bücher bei dir zu Hause gefunden. Perverse Literatur. Hefte. Widerliches Zeug. Wir wissen, was du für einer bist.«

»Ich interessier mich für Anatomie, das ist alles.«

»Ich würd auch sagen, dass du dich für Anatomie interessierst. Was glaubst du wohl, halten die Geschworenen von dem dreckigen Zeug? Was hattest du für eine Beziehung zu der Verstorbenen?«

»Ich und die Verstorbene hatten überhaupt nie so was wie eine Beziehung.«

»Zeugen sagen, dass du sie beim Tanz belästigt hast.«

»Bringen Sie mir diese Zeugen her! Wieso hat sie drei Mal mit mir getanzt, wo ich sie doch belästigt haben soll? Erklären Sie mir das, Detective, Sir.«

»Du bist ein richtiger kleiner Angeber, nicht wahr, McGladdery? Kommst hierher zurück mit lauter modischen Anzügen aus London. Also, wo ist der Anzug, den du in der Nacht getragen hast?«

»Sie haben den Anzug. Den dunklen Anzug.«

»Jeder, der bei dem Tanz war, sagt, dass du einen hellen Anzug anhattest und eine beige Windjacke. Wo ist die?«

»Nehmen wir mal an, ich hatte eine solche Jacke an«, sagte Robert, »ich sag nicht, dass das stimmt. Geben Sie mir sechsunddreißig Stunden, und ich ruf Sie an und erzähl Ihnen, wo sie die Jacke finden.«

Robert lehnte sich auf seinem Stuhl nach vorn. Er lächelte Johnston an. McCrink fragte sich, was wohl in seinem Kopf vorging, was ihn so ungerührt und ihn Ironie, die niemand sonst wahrnahm, in der Situation sehen ließ.

»Was spielst du für Spielchen?«, fragte Johnston, »wo sind die Windjacke und der Anzug?«

»Du hast nicht gekriegt, was du wolltest, darum hast du ein Fahrrad geklaut, bist damit bis Damolly Cross gefahren und hast dort auf sie gewartet. Dann hast du sie angegriffen.«

»Hab ich nicht. Ich bin nach Hause gegangen und ins Bett.«

Die Behauptungen der Zeugen, er habe einen hellen Anzug getragen, wurden ihm noch einmal unterbreitet, aber er zuckte mit den Schultern und sagte, dass die Zeugen entweder etwas verwechselten oder logen. Die Anschuldigung der Lüge hatte etwas Kindliches, sein Tonfall war nicht sicher. Er klang wie ein trotziges Kind.

»Hast du je gesehen, wie ein Mann gehängt wird, McGladdery?«, fragte Speers, »hast du je den Knall gehört, wenn sich die Falltür unter seinen Füßen öffnet? Ich hab gesehen, wie sie Evans in Cardiff für den Mord an Rachel der Waschfrau hängten. Schade, dass du nicht gehört hast, wie er gequiekt hat. Er wollte wohl sagen, dass er unschuldig war, aber am Ende quieken sie alle. Sag die Wahrheit und beschäm den Teufel. Du willst doch nicht damit enden, am Strick nach Luft zu schnappen.«

»Man schnappt nicht nach Luft. Der Knoten bricht einem den Nackenwirbel. Durchtrennt das Rückgrat. Der Tod tritt auf der Stelle ein«, sagte Robert, »hab ich gelesen.«

»Ich werd schon dafür sorgen, dass du nach Luft schnappst, McGladdery«, sagte Johnston, »genau darüber werd ich mit dem Henker reden.«

Teil Zwei

In der Crumlin Road wurde Robert von einem Gefängnisarzt untersucht. Der Arzt befahl ihm, sich auszuziehen und auf die Waage zu stellen. Das erinnerte Robert an das Schwimmen im Bad von Warrenpoint. Die weißen Fliesen, der Chlorgeruch, der in der Luft hing. Nackte Männer, die zwischen den Holzbänken herumlatschten. Robert wurde gewogen und gemessen. Der Arzt blickte in seine Augen und Ohren. Als er Roberts Hoden in der Hand hielt, trug er Handschuhe. Robert betrachtete sich selbst im Spiegel über dem Waschbecken.

»Ich arbeite an meinem Körperbau«, erklärte er dem Arzt, »ich mach in meiner Zelle vor dem Frühstück hundert Klimmzüge.«

Mehr als fünfundzwanzig Klimmzüge hatte er noch nie geschafft. Er fand, dass es wichtig war, den richtigen Eindruck von sich selbst zu vermitteln. Der Welt mitzuteilen, hier steht ein Mann, der trotz einer ungerechten Inhaftierung nicht bereit ist, klein beizugeben. Er fing an, die Tage seiner Gefangenschaft in die Wand der Zelle einzuritzen. Er fütterte Tauben durch die Gitterstäbe. Er hatte von Männern gelesen, die viele Jahre in Gefängnissen verbracht hatten. In den Mickey Spillane-Büchern hatte er über die Bedeutung gelesen, die es hatte, seine Zeit abzusitzen. Harte Zeiten. Gute Zeiten. Er hatte über den Vogelmann von Alcatraz gelesen. Er stellte sich einen Mann in einer staubigen Zelle vor, die einsamen Jahre, die vor ihm lagen. Er wünschte sich, an einem Ort wie Alcatraz zu sitzen. Ihm gefiel die einsame Größe, ein Gefängnis auf einer Insel, umspült von tödlichen, unberechenbaren Meeresströmungen, Nebelbänke, die einen umschlossen.

»Als Kind hatte ich eine Kopfverletzung«, sagte Robert dem Arzt.

»In deinem Arztbericht steht nichts, das auf eine Schädelverletzung hinweist«, sagte der Arzt.

Er war ein kleiner Mann, der einen unzufriedenen Eindruck machte. Robert fragte sich, wie er wohl dazu kam, als Arzt in einem Gefängnis zu enden. Er sagte sich, dass es wohl bedeutete, dass man an keinem anderen Ort praktizieren durfte. Robert betrachtete die Haare des Mannes, gefärbt und mit Brillantine nach hinten gekämmt. Der Arzt erzählte Robert, übertrieben häufiges Masturbieren sei ein Hinweis auf ein Sexualverhalten, das von der Norm abweiche.

»Ich bin kein Perverser«, sagte Robert.

Der Arzt vermaß Roberts Schädel mit einem Set Stechzirkel aus Messing, dann schrieb er in ein spiralgebundenes Notizbuch.

»Kann ich meinen Körper der Wissenschaft überlassen, falls sie mich hängen?«, fragte Robert, »man könnte einiges lernen, wenn man einen wie mich untersucht.«

Er stellte sich einen bedeutenden Arzt vor, der sich über seine Leiche beugte, eine Augenbraue überrascht und verwundert in die Höhe gezogen.

»Die Leiche eines Exekutierten ist Besitz Ihrer Majestät«, sagte der Arzt, ohne Robert anzusehen, »nach dem Tod wird er auf dem Gefängnisgelände beigesetzt. Es gibt keine Aufzeichnung über den Aufenthaltsort der Leiche.«

Immer wieder erzählte Robert den anderen Insassen, was mit

einem Exekutierten passiere. Die unerschütterliche Herzlosigkeit beeindruckte ihn ebenso wie die Tatsache, dass die Leiche der Familie vorenthalten wurde. Einer der Wärter erzählte ihm, man schütte im Grab ungelöschten Kalk über die Leiche, um sicherzustellen, dass sie vom Erdboden verschwand. Wenn er die Augen schloss, konnte er die weiß glühende Leiche in der dunklen Erde sehen.

»Der Gefängnisarzt sieht aus wie ein Nazi auf der Flucht«, erzählte er Mervyn während der Besuchszeit.

Er fand, der Arzt sehe aus wie Josef Mengele. Robert hatte von den Nazis gelesen, die aus Deutschland verschwunden waren.

»Südamerika. Chile und solche Länder. Das sind die Orte, an denen du Nazis findest«, sagte Mervyn, »mit Panamahüten im Dschungel.«

Robert war nicht überzeugt. Er behielt den Arzt im Auge, wenn er sich durch sein Sprechzimmer bewegte. Robert fand, er sah böse aus. Als führe er abscheuliche Experimente durch.

Mervyn interessierte sich dafür, wie es im Gefängnis zuging, interessierte sich für die vorgeschriebenen Essenszeiten und das geräuschvolle Mampfen, für die Männer, die wie eine Prozession durch den Innenhof zogen.

»Ich verhalt mich einfach ruhig und sitze meine Zeit ab. Die Schließer sind nicht allzu schlimm.«

Robert ließ den Gefängnisjargon zwischen ihnen stehen. Er wusste, dass das im Fall von Mervyn verschenkt war. Er war nicht fähig, sich im Gefängnislärm zu konzentrieren, in dem Geklirr der Eisentüren, dem Gerassel der Schlüssel, den erhobenen Stimmen, dem ganzen anstrengenden Klamauk des Knastlebens. Eisen und Stein. Robert wusste, dass Will die Geheimsprache des Gefängnisses geschätzt hätte. Sträflinge. Knackis. Er wartete darauf, dass Will ihn besuchte, doch er tauchte nicht auf. Mervyn, verschlossen und mit weißem Gesicht, war der Einzige, den er hatte.

Er bekam jeden Tag neue juristische Unterlagen ausgehändigt, und die Geschichte seines Lebens eröffnete sich ihm in neuen Dimensionen. Robert kam sich vor, als habe er Zugang zu gänzlich neuen Sprachen. Sein Anwalt brachte ihm eidesstattliche Erklärungen und Gerichtsurkunden, die er auf dem blanken Gefängnistisch ausbreitete. Man konnte sich vorstellen, sie seien auf altertümlichem Material niedergeschrieben worden, Pergament und Vellum, aufgezeichnete Weisheit von Jahrhunderten. Robert liebte den Klang der lateinischen Ausdrücke in seinem Mund. Habeas corpus. Er hätte sich nie gedacht, dass die dürren Ereignisse jener Nacht auf diese Weise nacherzählt werden könnten. So etwas konnte man nur in böser Absicht tun. Er las bis spät in die Nacht in den Unterlagen. Die Wärter, die durch den Spion ein Auge auf ihn hatten, fanden ihn vor wie einen Gelehrten, über die Papiere gebeugt.

*

Nach einer Eingewöhnungszeit in einer Einzelzelle wurde Robert in eine Zelle mit einem jungen Gefangenen namens Hughes verlegt. Hughes war Lehrling in der Druckerei des Belfast Telegraph gewesen. Er war dünn, hatte Tätowierungen an beiden Armen und eine mit Tinte eingestochene Träne unter dem rechten Auge. Er hatte versucht, Buchstaben auf seine Finger und die Handrücken zu tätowieren, doch die Tinte war unter der Haut zerlaufen, weshalb seine Hände aussahen, als habe er versucht, sich in einer vergessenen Sprache auszudrücken.

»Warum sitzt du?«, fragte Robert.

»Wegen Fummelei«, sagte Hughes.

Der Gefängnispsychiater attestierte Robert durchschnittliche Intelligenz. Gegen seine Mutter schien er Feindseligkeit zu hegen. Er wurde als überheblich und arrogant beschrieben, wobei er damit vielleicht sein geringes Selbstwertgefühl überspielte. Er war anfällig für überbordende Fantasie, für urplötzliche Ambitionen, Weltmeister im Bodybuilding zu werden. Er redete auch über einen angeblichen Anwerbungsversuch des russischen Geheimdienstes während seiner Zeit in London. Robert besaß ein rudimentäres Wissen über Psychiatrie, das er sich aus Büchern aus der Bibliothek angelesen hatte, und hatte die Angewohnheit, unvermittelt medizinische Ausdrücke zu verwenden. Er befragte den Psychiater nach Blackouts als Resultat von Schlägen gegen den Kopf. Er redete über Aneurysma und versuchte, den Psychiater in ein Gespräch über Schizophrenie zu verwickeln, und über eingebildete Stimmen, die einem befahlen, falsche Dinge zu machen. Obwohl emotionale Unreife festgestellt wurde, erklärte man Robert für verhandlungsfähig. Ein mildes Antidepressivum wurde verschrieben.

*

Agnes hatte erwartet, dass man der Mutter eines Kriminellen aus dem Weg ging, aber das war nicht der Fall. Natürlich gab es gewisse Frauen in der Stadt, die sich hochnäsig verhielten, wenn sie an ihnen vorbeiging, doch sie wusste, dass diese Nasen ganz bewusst nach oben gehalten werden mussten und nicht einfach von sich aus in die Luft standen. Es war sogar so, dass man Agnes vorerst mehr Respekt entgegenbrachte als jemals zuvor. Zum ersten Mal begriffen die Leute, was für ein schwieriges Kind Robert gewesen war, und zwar nicht etwa, weil sie zu nachsichtig gewesen war. Auf der Straße brachte man Verständnis für sie auf, doch wenn sie den Gambles begegnete oder anderen Bewohnern von Upper Damolly, schaute sie weg. Der Mann vom Daily Mail führte sie ins Shelbourne Hotel, andere Presseleute brachten sie ins Great Northern Hotel. Ein Mann von der Press Association führte sie ins Crown Hotel in Warrenpoint und spendierte ihr die ganze Nacht Courvoisier im Schwenker. Er war hinter mehr her als nur einer Geschichte, und sie hatte durchaus Neuigkeiten für ihn.

Agnes war Skorpion, liebenswürdig, aber auch leidenschaftlich. Sie las jeden Tag ihr Horoskop. Oft gab es mysteriöse Andeutungen auf eine Bürde, die sie in ihrem Leben zu tragen habe. Eine Bürde, unter der sie Robert verstand. Allerdings wartete scheinbar auch eine Romanze auf sie, gleich um die Ecke.

Zwölf

Am 19. März 1961 wurde der zweiundzwanzigjährige George Bratty verhaftet und des Mordes an der zwanzigjährigen Josephine Fitzsimmons angeklagt. Fitzsimmons Leiche war am 17. März unter einer Hecke in der Nähe von Hillsborough gefunden worden, fünfundzwanzig Meilen von Newry entfernt. Constable Robert Hodge hatte die Leiche entdeckt. Ein Band war um den Hals des Mädchens gelegt, das so stark angezogen war, dass er seine Finger nicht darunterzwängen konnte. Hodge bemerkte ein Fahrrad, das sechs Meter entfernt am Boden lag, und eine schwarze Damenunterhose neben der Leiche.

In der vorgerichtlichen Vernehmung beschrieb Brattys Anwalt ihn als ein schwaches und unreifes Individuum, das bis zu seinem zwanzigsten Lebensjahr das Bett nässte. Er hatte das ermordete Mädchen sein ganzes Leben lang gekannt, konnte sich aber nicht daran erinnern, es angegriffen zu haben. Der Anwalt erklärte dem Gericht, sein Klient sei zum Zeitpunkt des Mordes nicht bei Sinnen gewesen. Er hatte vor, wegen Unzurechnungsfähigkeit auf unschuldig zu plädieren. Bratty kam in der Crumlin Road in Untersuchungshaft, wo auch Robert inhaftiert war, danach wurde er ins Downshire Mental Hospital verbracht. Er war in einem anderen Flügel untergebracht als Robert. Er sah Bratty nur ein einziges Mal, als dieser zum Gefängniswagen geleitet wurde, der ihn in die Psychiatrische Anstalt überstellte. Er war ein bleicher junger Mann mit schwerem Knochenbau und schlurfendem Gang. Robert verfolgte den Fall genau und besprach ihn mit Hughes.

»Für mich sieht er gestört aus«, sagte Hughes.

»Das könnte er auch spielen. Immerhin war er schlau genug, ihr irgendwie das Höschen runterzuziehen.«

»Er kriegt den Strick, wenn du mich fragst.«

»Ich nehm mal an, er macht das Gleiche wie Gordon. Unschuldig, weil unzurechnungsfähig.«

Robert hatte Gründe, dies zu sagen. Er hatte Iain Hay Gordons Aussage gelesen, in der er Chief Inspector Capstick erklärte, dass er Patricia Curran umgebracht habe, und zwar »nur, weil ich ein Blackout hatte«. Robert fragte sich, ob Bratty bewusst war, dass die Behauptung, ein Blackout erlitten zu haben, ausreichte, falls es denn von einer Geschworenenjury akzeptiert wurde, um das Urteil »schuldig, aber unzurechnungsfähig« zu gewährleisten. Bratty erzählte der Polizei erst nachträglich, eine Schwäche sei über ihn gekommen.

»Schlau wie die Füchse, einige dieser Jungs«, sagte Hughes.

»Eine Schwäche ist nicht das Gleiche wie ein Blackout«, sagte Robert, aber er wusste, was Bratty meinte, wenn er sagte, eine Schwäche sei über ihn gekommen. Er redete dabei nicht von einem Geisteszustand, in dem er nicht mehr wusste, was er tat. Er redete davon, vom Bösen übermannt worden zu sein, verschlungen von der tiefen Dunkelheit.

»Das könntest du doch auch machen«, sagte Hughes, »nicht schuldig wegen Unzurechnungsfähigkeit.«

»Würde nicht passen bei mir«, sagte Robert, »das funktioniert nur, wenn du den Mord wirklich begangen hast. Und ich hab Pearl nicht angefasst.«

»Er kommt nie durch damit. Das ganze Gerede von wegen Bettnässen und so!«

»Hier heißt es, er sei errettet worden. ›Ich habe Gott gebeten, mich zu retten‹, sagt er.«

Bratty hatte dem Gericht erzählt, er sei vor dem Tod von Josephine Fitzsimmons religiös bekehrt worden. Er sagte aus, er habe begonnen, Bibelstellen zu lesen, aber als man ihn zur Rede stellte, was der Inhalt dieser Texte gewesen sei, sagte er: »Es waren hauptsächlich Worte, die ich nicht verstanden habe, darum musste ich sie überprüfen.«

»Die werden den Arsch ganz nach oben hängen«, sagte Hughes, »wenn sie ihn hängen, dann hängen sie dich nicht und umgekehrt.«

»Die werden mich nicht hängen, weil ich's nicht war.«

»Dann beweis es.«

»Ich beweise es dort, wo es zählt. Vor dem Gericht. Mein Tag wird kommen.«

Robert verhielt sich immer so, als gebe es im Zusammenhang mit Pearls Mord ein großes Geheimnis, das nur er kannte. Hughes sagte später, das sei ihm auf die Nerven gegangen. Geheimnisvolles Lächeln und eine Haltung von Kümmer-dich-um-deinen-eigenen-Kram. Er erzählte Robert nicht, dass im Gefängnis gewettet wurde, er werde bis Weihnachten gehängt.

In seiner Funktion als Inspector of Constabulary hatte man McCrink ein Büro im Geschäftshaus gegenüber der City Hall von Belfast überlassen. Es gab noch andere in dem Gebäude, die er allerdings fast nie zu sehen bekam. Er kam sich vor wie im Zentrum einer Geisterverwaltung. Das Gebäude bestand aus lauter langen Korridoren, finsteren Bürogängen. Seine Sekretärin war eine großgewachsene Frau um die vierzig, elegant angezogen, mit der Ausstrahlung einer verlassenen Liebhaberin. Sie wirkte verkniffen und misstrauisch. Wenn er hereinkam, betrachtete sie ihn von oben bis unten, eine lüsterne Prüfung, kühl und desinteressiert. McCrink vermutete, dass sie Harry West Bericht über ihn erstattete.

Er fing an, die verschiedenen Polizeiwachen der Stadt zu kontrollieren. Er besuchte die Wache an der North Queen Street, wo er die neuen Vernehmungsräume besichtigte. Sie hatten ein System entwickelt, um die Anrufe, die innerhalb eines Tages eingingen, zu verzeichnen. Als er die aufgelisteten Ereignisse durchlas, fiel ihm der Eintrag *The Glen, Whiteabbey (Curran)* auf. Er erinnerte sich daran, dass Patricia Currans Leiche auf dem Grundstück ihres Elternhauses The Glen gefunden worden war.

»Was bedeutet das hier?«, fragte er.

Der diensthabende Beamte erklärte ihm, dass ein gewisser Constable Rutherford um die Erlaubnis ersucht hatte, The Glen zu überprüfen, nachdem der Bauunternehmer, der an dem Haus arbeitete, bei der Polizei angerufen hatte.

Constable Rutherford hatte Richter Currans Telefonanruf auf der Wache in Whiteabbey in der Nacht von Patricia Currans Mord vor neun Jahren entgegengenommen. Er war mit dem Fahrrad zum Haus der Currans hochgefahren, nur um festzustellen, dass Patricias Leiche von Desmond Curran und seinem Vater im Auto des Familienanwalts entfernt worden war. Desmond bestand darauf, dass sie immer noch atmete, obwohl Rutherford bemerkte, dass die Totenstarre bereits eingesetzt hatte. Die Leiche, sagte er, war steif wie ein Brett.

Rutherford saß im Dienstzimmer für die Zivilpolizei. Er war ein schwerer Mann Mitte fünfzig. Sein Auftreten war förmlich, und er bezog sich auf sein Notizbuch. Er sagte, dass Richter Curran Whiteabbey nach der Trennung von seiner Frau verlassen habe. The Glen sei für lange Zeit auf dem Immobilienmarkt gewesen, bis es schließlich verkauft worden sei. Die neuen Besitzer, die vorhätten, es als Hotel zu betreiben, hätten mit den Umbauarbeiten begonnen. Am vergangenen Tag hatten sie die Renovierungsarbeiten unterbrochen und die Wache in Whiteabbey angerufen.

Sie fuhren in McCrinks Wagen nach Whiteabbey. Sie gingen die Zufahrt zu dem Anwesen hoch, und Rutherford zeigte auf die Stelle, an der Patricias Leiche gefunden worden war. Das Gras am Rand war zerfurcht und ungepflegt. Rutherford berichtete von den Ereignissen der Nacht des 13. November 1952, beschrieb die Szenen, die sich in jener Nacht abgespielt hatten. Die Bäume, die die Zufahrt säumten, waren ohne Blätter und trugen Krähennester in den obersten Ästen. McCrink fühlte sich an London erinnert. Man hatte das Gefühl, beobachtet zu werden. Man stellte sich einen Drahtzieher vor, der sich im Schatten verbarg. Das eingerüstete Haus wuchs aus den Bäumen empor, der Verputz und die Regenrinnen waren entfernt worden, auf der Wiese stapelte sich Baumaterial.

Rutherford öffnete die Eingangstür, und sie traten ein. Das Haus war kalt und leer. Helle Flecken an den Wänden zeigten, an welchen Stellen Gemälde entfernt worden waren. Auf Fenstersimsen lagen tote Schmeißfliegen.

»Seit Mrs Curran das Haus sich selbst überlassen hat, ist es heruntergekommen«, sagte Rutherford, »aber ich finde, es war schon immer ein kalter und abweisender Ort.«

McCrink folgte Rutherford die Treppe hoch auf den ersten Absatz. Wolken wurden vom Meer her übers Land getrieben, und es wurde dunkel im Haus. McCrink betätigte einen der Lichtschalter, aber der Strom war abgedreht worden. McCrink kam sich vor, als folge er einem Dienstboten der Nacht, einem schlurfenden Faktotum, das zu den Schatten des Hauses gehörte. McCrink sah seinen eigenen Schatten an der Wand, eine rätselhafte Figur. Die Bodenbretter des Treppenabsatzes waren entfernt worden, und sie mussten sich von Balken zu Balken über die freiliegenden Rohre und Leitungen fortbewegen. Er folgte Rutherford bis ans Ende des Absatzes und ins Schlafzimmer der Currans. Die meisten Möbel waren aus dem Zimmer weggebracht worden. Der Federrost des Bettes lehnte an der Wand. Der Teppich war zusammengerollt worden, und man sah einen großen dunklen Fleck auf dem Fußboden.

»Die Handwerker haben ihn gefunden«, sagte Rutherford, »einer von ihnen hat früher mal in der Schlachterei gearbeitet. Er sagt, dem Geruch nach sei es Blut.«

McCrink kniete neben dem Fleck nieder. Er berührte ihn mit den Fingerspitzen und spürte den Staub und die Maserung der hölzernen Planken. Rutherford hielt sein Feuerzeug in die Höhe. Der Fleck bedeckte die Mitte des Zimmers.

»Könnte alles Mögliche sein«, sagte McCrink.

»Der Mann, der ihn gefunden hat, war Schlachter, das hab ich Ihnen doch gesagt«, sagte Rutherford, »er kennt sich aus mit Blut.«

Im flackernden Licht des Feuerzeuges hatte Rutherford eine Autorität entwickelt, die er zuvor nicht besessen hatte. Er schien fähig, Drohungen auszustoßen. Er sah aus, als überkämen ihn unaufgefordert Prophezeiungen.

»Es gibt einiges, was wir machen können«, sagte McCrink, »Wasserstoffperoxid sorgt dafür, dass Blut Blasen bildet. Das würde uns wenigstens beweisen, dass es keine andere Substanz ist. Man ist dabei, Techniken zu entwickeln, um Blutgruppen in alten Flecken festzustellen.«

»Und wozu?«, fragte Rutherford, »um was zu beweisen?«

»Um zu beweisen, wessen Blut es ist«, sagte McCrink.

»Der Richter hat erklärt, sie sei im Freien umgebracht worden«, sagte Rutherford, »und der Angeklagte Gordon ist als Verrückter verurteilt worden. Das kommt in den Augen der meisten einem Schuldspruch gleich.«

*

Margaret sagte ihm, sie komme nicht gern in sein Hotel. Sie wählte Pensionen und Hotels aus, die ihre beste Zeit hinter sich hatten. Am Tag, nachdem er in The Glen gewesen war, trafen sie sich im Grand Hotel in Bangor. Auf dem Weg dorthin fuhren sie an tausendjährigen Sprüchen vorbei, die auf Scheunenwände gepinselt waren. Sie hatte sich angewöhnt, ihr Haar kurz zu schneiden und ein rotes Beret und eine blaue Jacke zu tragen. Sie sah aus wie eine junge Pionierin der Kommunisten. Er nahm ein Zimmer, und sie gingen zusammen nach oben. Das Bettzeug war feucht, und es stank nach Kanalisation. Regen hämmerte gegen das Fenster. Sie wollte, dass er sie dazu brachte, sich zu schämen, er sollte sie demütigen, anrüchige Szenarien erfinden, die sie beide daran erinnerten, wie wertlos sie waren. Feuchte Matratzen, ungeheizte Speisezimmer. Er wusste, nach was sie verlangte. Er tauchte unrasiert auf, unwirsch, mit Flecken auf dem Hemd.

»Ich werd mir den Fall Curran vornehmen.«

»Meinst du, dass das klug ist?«

»Nein. Aber irgendwas ist da faul.«

»Glaubst du, Mrs Curran ist verrückt?«

»Sieht mittlerweile fast so aus. Aber wer weiß schon, was der Verlust eines Kindes mit einem anstellt?«

»Das weiß ich auch nicht. Ich bin unfruchtbar. Nicht fähig, eine Frucht auszutragen, so sagt man doch? Klingt irgendwie biblisch. Vielleicht könnte ich ja eine Art Prophetin werden. Eine, die, das Haar zerzaust, mit flammenden Zungen redet.«

»Lass es.«

»Irgendetwas am Fall Gamble klingt krank. Dieser rasende Angriff. Wie weit ist die Leiche geschleppt worden?«

»Eine halbe Meile.«

»Da haben wir's! Kräfte wie Superman. Ein rasender Angriff und übermenschliche Kraft. Das gehört doch immer zusammen, nicht?«

»Findest du das komisch?«

»Ich versuch gar nicht, komisch zu sein. Menschen können wahnhafte Störungen haben. In einem klinischen Sinn. Sie können glauben, dass jemand der Teufel ist.«

»Glaubst du wirklich, der Teufel ist in der Nacht, in der Pearl getötet wurde, oben am Weir's Rock gewesen?«

»Nein. Aber in der Stadt gibt es eine Menge Leute, die das glauben.«

»Ich glaube nicht an den Teufel. Und ich glaube nicht, dass jemand mit Kräften wie Superman sie da hochgeschleppt hat.«

»Sondern?«

»Ein Auto. Jemand mit einem Auto, das ist die logische Antwort. Entweder sie ist eingestiegen, oder sie wurde hineingezerrt. Wahrscheinlich gezerrt, schließlich lag einer ihrer Schuhe an der Kreuzung.«

»Keiner hat ein Auto gesehen.«

»Ronnie. Ronnie, sagt, sie hat ein Auto gesehen, als sie die Straße runtergingen, nachdem sie Pearl an der Kreuzung rausgelassen hatten.«

McCrink stand auf, trat ans Fenster und blickte auf die Promenade hinunter. Die verriegelten Vergnügungsbuden, die salzzerfressenen Geländer. Er wusste, was Margaret an Küstenorten anzog. Sie strahlten etwas Enttäuschtes aus mit ihren windgepeitschten Bootsweihern und unbeleuchteten Bingohallen, als würden sie sich mit dem Trostpreis zufrieden geben. Am Pier waren einsame Spaziergänger unterwegs, Einzelgänger, berauscht von der prüden Schwermut der Stadt.

»Halt dich an McGladdery«, sagte Margaret, »und halt dich fern von den Currans.«

*

Am Montag fuhr McCrink ins Hauptquartier des Special Branch, des nationalen Abwehr- und Abhördienstes, in Castlereagh, wo er das Gesuch einreichte, Einsicht in Lance Currans Akte zu erhalten. Er stieg in den Aktenraum hinunter, machte die schwere, mit Asbest verkleidete, feuersichere Tür hinter sich zu. Der Ort vermittelte den Eindruck eines Atombunkers, als stünde in seinen Gängen mit den langen, beunruhigenden Perspektiven etwas bevor. Alles war rein funktional. Die Fußböden aus nacktem Beton, die Geländer aus Stahl, die an den Decken angebrachten fluoreszierenden Streifen. Es gab nichts, was einen vom Inhalt der Akten hätte ablenken können.

Ihm fiel die Größe des Raumes auf, und er fragte sich, wie viele Leute über offenen Akten saßen. Der Kontorist brachte ihm Currans Akte, und er setzte sich an einen der Resopaltische. Alle vertraulichen Berichte waren auf Kanzleipapier getippt, datiert, nummeriert und mit dem Stempel »geheim« versehen worden. Es schien, als sei für alle Dokumente die gleiche Schreibmaschine verwendet worden, aber es war unmöglich, herauszufinden, ob sie vom selben Autor verfasst worden waren.

Auf den ersten Seiten war der Tonfall unsicher. »Geburtsort unbekannt.« Nach dem Vermerk »Geburtsdatum 1900« stand ein Fragezeichen. Die Jahre von Currans Jurastudium standen fest. Es gab ein frühes Bild von ihm, aufgenommen in einer

Wahlnacht. Curran stand vor einem Wahllokal und verteilte Flugblätter. Der Mann neben ihm war sein Wahlkampfhelfer Harry Ferguson. Ferguson sah unauffällig aus und zielbewusst, der typische Hintermann in der Welt der Politik. Es schneite auf dem Bild, Schneeflocken wurden an der Linse vorbeigeweht, was die Dunkelheit hinter den beiden Männern nur hervorhob. Curran wirkte reserviert und kalt, auf eine persönliche amoralische Kampagne konzentriert.

Die ersten Jahre waren unvollständig. Ganze Zeitabschnitte fehlten. Die politische Ausrichtung des Richters war nicht, was McCrink erwartet hatte. Er hatte Verbindungen mit unwichtigen Figuren, mit religiösen Eiferern, Evangelisten, die an Straßenecken predigten, Hetzern des Oranier-Ordens. Während seines Aufstiegs war Ferguson immer an Currans Seite, MP, Chairman of the Bar Council, Attorney General.

Die Jahre seiner Ehe mit Doris. Die Kinder. Patricia. Desmond. Desmonds religiöse Überzeugungen wurden dargelegt. Seine Nähe zur Moralischen Aufrüstung und anderen rechtsextremen Bewegungen. Die Hinweise auf Patricia waren spärlich. Ihr Ruf, sie sei sexuell freizügig gewesen, war nicht ausdrücklich erwähnt, aber McCrink meinte sich erinnern zu können, darüber in den Zeitungen gelesen zu haben. Da war der Schatten unausgesprochener Bemerkungen gewesen.

Auch Currans Spielsucht wurde nicht direkt angesprochen. Die Nächte im Reform Club wurden erwähnt, genauso seine Reisen auf die Isle of Man. Es war vermerkt, dass er »in der Gesellschaft eines römisch-katholischen Buchmachers gesehen worden war«. Auch Hinweise auf Schwierigkeiten mit seiner Frau gab es. Die Akten, die diese Phase behandelten, schienen mit schalkhaften Hinweisen durchsetzt.

Die Seiten zum Jahr 1952 waren anders. Man bekam den Eindruck, der Nachrichtenoffizier habe die Kontrolle über sein Material verloren. Die Berichte über den Mord an Patricia und die Nachforschungen waren nicht chronologisch eingeordnet. Ausschnitte aus Zeitungen waren zerrissen und voller Flecken. Ganze Aspekte der Untersuchung waren geschwärzt worden. Seiten fehlten. Namen waren wahllos durchgestrichen. McCrink blätterte zwischen dem Mord und der Gerichtsverhandlung hin und her. Der Text schien voller Anspielungen und versteckter Bedeutungen. Es gab Berichte von Doris Currans Hausarzt (»äußerst erschöpft«) und scheinbar wahllos ausgewählte Augenzeugenberichte. »Patricia wurde gesehen, wie sie mehrmals von einem Mann mit Narbe bedrängt wurde. Sie schien verängstigt.« Eine Notiz von Capstick, dem Beamten, der die Untersuchung geleitet hatte, hielt fest, dass er den »der Selbstbefriedigung« beschuldigten Mann »erwischte« bevor dieser gestand. Am Rand waren mit Kugelschreiber unleserliche Notizen hinzugefügt worden. McCrink ertappte sich dabei, dass er die Lippen bewegte, während er las. Eine düstere Bürorezitation.

Im hinteren Teil der Akten fand McCrink den Kohledurchschlag der Anweisung, Doris Curran in die Nervenheilanstalt in Holywell einzuliefern. Es gab Zeitungsausschnitte zu Iain Hay Gordons Verurteilung für den Mord an Patricia Curran. Das Ungesagte am Rand der Seiten.

Danach waren die Berichte karg und sauber abgetippt. Als weiche man zurück, als sei die Kraft erloschen. Die Ambition Richter Currans, Privy Council, Kronrat zu werden, wurde erwähnt. Dass er bei der Priesterweihe seines Sohnes in Rom gewesen war, wurde mit Erstaunen vermerkt.

McCrink fiel auf, dass der Name des Wahlagenten Ferguson seltener erwähnt wurde, als der Mord an Patricia Curran zum Thema wurde. Zuletzt fehlte er ganz. McCrink fing an, sich zu fragen, ob Ferguson der Verfasser des Berichtes war. Ob er entschieden hatte, sich aus den Akten zu löschen. Sein Verschwinden hatte vorsichtig stattgefunden. Eine ausgeprägte Neigung, sich im Hintergrund zu halten.

*

An jenem Montag, auf den McGladderys erste Anhörung festgesetzt war, rief Speers McCrink an, um ihn auf dem Laufenden zu halten. Er hatte die Ereignisse in der Tanzhalle zusammengefügt. McGladdery und Copeland waren gemeinsam aufgetaucht. Sie hatten tagsüber in Newry getrunken, waren aber nach Hause zurückgekehrt, um sich umzuziehen.

»Sie haben getrunken«, sagte Speers, »waren aber nicht besoffen.«

»Sind also nicht unangenehm aufgefallen.«

»Und trotzdem ist McGladdery jedem auf die Nerven gegangen, wie alle bestätigen.«

»Ist kein Verbrechen, sich wie ein Klugscheißer aufzuführen.«

»Er hat mit der Verstorbenen getanzt. Mehr als ein Mal, laut Zeugenaussagen.«

»Er sagt, er hat zwei oder drei Mal mit ihr getanzt.«

»Das sagt doch etwas über Pearl. Man tanzt nicht mit einem, der einem nicht gefällt.«

»Das stimmt.«

Am nächsten Tag erhielt er einen weiteren Anruf von Speers. Er fuhr nach Newry hinunter. Speers hatte vom Pathologen den Bericht erhalten. Die Verletzungen auf Pearls Körper passten zur Form einer sechskantigen Feile, wie sie Schuhmacher benützen.

»Man hat McGladdery gesehen, wie er am Tag vor dem Mord bei Woolworth eine solche Feile gekauft hat«, sagte Speers, »jetzt haben wir was.«

»Das reicht noch nicht. McGladdery hat eine Schuhmacherfeile gekauft. Das Mädchen ist mit einer ähnlichen Waffe erstochen worden. Das ergibt noch keine direkte Verbindung, es sei denn, wir finden die Waffe und können sie mit McGladdery in Verbindung bringen.«

»Das reicht. Die Kratzer, die er in seinem Gesicht hatte. Die Geschworenen lieben ein zerkratztes Gesicht. Ihnen gefällt die Vorstellung eines Opfers, das sich wehrt. Sie können sich die Szene ausmalen. Eine beherzte Verteidigung. Die Schreie des Opfers, die leiser werden. Und am Schluss ist nur noch der Atem des Killers zu hören.«

McCrink stellte sich die Szene vor. Der Mörder, der auf die Leiche, zusammengekrümmt, nicht länger ein Mensch, hinabblickte. Er konnte sich denken, wie die Geschworenen darauf reagierten.

Sie fuhren noch einmal zu McGladderys Haus, um nach der Waffe zu suchen. Die Erkenntnis, dass die Wunden von einer Schusterfeile verursacht worden waren, machte das Verfahren mit einem Mal noch eindringlicher. Die Feile war ein einfacher Handwerksgegenstand, der altmodische Werte heraufbeschwor. Etwas, das man sich auf dem Regal einer Werkstatt vorstellen konnte, gegen den Rost mit Öl behandelt. Etwas, das zu den letzten Dingen gehörte, die sorgfältig hergestellt worden waren, für die Ewigkeit. Man bekam den Eindruck, ein ganzes Wertesystem befinde sich in Gefahr.

Dieses Mal durchsuchten sie das Haus ohne jede Zurückhaltung. Bodendielen wurden herausgerissen, Hohlräume in

Wänden aufgestemmt. Zuletzt kroch McCrink mit einer Taschenlampe in der Hand über den Dachboden. Hier war etwas Tiefergreifendes als Polizeiarbeit im Gange. Der Garten wurde umgegraben. Die Wasserzisterne geleert und durchsucht. Polizisten in blauen Overalls nahmen den Schuppen hinter dem Haus auseinander und öffneten sein Fundament.

In der Stadt sprach sich herum, dass nach der Mordwaffe gesucht wurde, und die Leute fingen an, mit landwirtschaftlichen Arbeitsgeräten und Metallstücken auf der Wache am Corry Square aufzutauchen, die sie im Freien gefunden hatten. Verrostete Türangeln und alte Schraubenschlüssel, die jahrelang herumgelegen hatten und den Charakter eines Beweismittels angenommen hatten. Zerkratzt, verrostet. Die Leute wollten Teil der Geschichte und der sich zusammenballenden Energie sein.

Der Kanal und das Becken wurden mit Netzen durchkämmt. Leute wateten bei Ebbe durch den Schlick des Flusses. McCrink erhielt einen Brief von einem Medium, das behauptete, die Feile würde in der Nähe von Wasser gefunden werden. Die Handschrift des Mediums war kritzelig und nicht einfach zu entschlüsseln. Das Medium erwähnte Hilfestellung aus der Geisterwelt, deutete Schwierigkeiten an, undurchlässige psychische Kanäle.

Genau wie im Fall von Patricia Curran wurde die Mordwaffe nie gefunden. Im Fall Curran hatte der Verurteilte Iain Hay Gordon in seinem widerrufenen Geständnis ausgesagt, er habe vielleicht sein Dienstmesser gebraucht und es danach ins Meer geworfen. McGladdery gab zu, zwei Schusterfeilen gekauft zu haben, genau wie die Polizeibeamtin Margaret McCane aussagte, die ihn bei Woolworth gesehen hatte.

McCrink war mit den Beweismitteln gegen McGladdery immer noch nicht zufrieden.

»Ruf ihn in den Zeugenstand, und der Staatsanwalt nimmt ihn auseinander«, sagte Speers.

»Es gibt keine Garantie dafür, dass die Verteidigung McGladdery in den Zeugenstand beruft«, sagte McCrink, »und wenn das nicht passiert, haben wir nichts als Indizienbeweise.«

»Wir müssen mit dem arbeiten, was wir haben«, sagte Speers, »Kennedy hat morgen früh die Presse für einen öffentlichen Appell einberufen.«

»Wer redet mit ihnen?«

»Sie und ich.«

»Wir dürfen McGladderys Anzug nicht erwähnen. Damit liefern wir ihn aus.«

»Wenn wir bloß seine Klamotten von jener Nacht hätten.«

»Dann könnte es hinhauen.«

»Ich find den Anzug. Ich mach den schlüpfrigen Scheißkerl fertig«, sagte Johnston, »ich sorg dafür, dass er den Strick um den Hals kriegt.«

»Sogar dann, wenn wir nicht genug Beweismittel haben?«

»Ich bring alle Kriminellen, die hier landen, an den Galgen, Sir, so sieht das aus.«

McCrink traf sich mit Margaret im Ballyedmont Castle, einem schlossähnlichen Hotel aus Sandstein mit Türmen und Zinnen an der Nordseite des Meeresarmes. Bevor es dunkel wurde, überredete sie ihn zu einem Spaziergang durch den Wald zwischen dem Hotel und dem Ufer. Im Gehölz hinter dem Hotelgebäude gab es baufällige Bootshäuser und ausgetrocknete Brunnen, aus denen Bäume wuchsen. Sie stolperten über zerbrochene Steinfiguren und landeten auf einem überwachsenen Spielplatz.

»Was zum Teufel haben die Leute hier bloß mit Märchenschlössern? Alles hat Türmchen und Zinnen!«

»Es ist die Grausamkeit in den Märchen, die die Leute anzieht. Spieglein, Spieglein an der Wand!«

»Die pfeifen auf das Gerichtsverfahren und knüpfen McGladdery am nächstbesten Baum auf, wenn sie die Chance dazu kriegen.«

»Äpfel, die tödlich vergiften; Finger, die sich an Spindeln stechen; Augen, die von Dornen herausgerissen werden. Rapunzel, Rapunzel, lass dein Haar herunter. Das sind die Märchen, die denen hier gefallen. Ich bin übrigens der Kampagne gegen die Todesstrafe beigetreten.«

»Ich hab mich schon gefragt, wie lange das wohl dauert.«

»Halt mir bloß keine Vorträge.«

Sie gingen in den Speisesaal. Die Wände waren mit Eiche verkleidet, in den Ecken des Raumes standen Rüstungen, von der Decke hingen Kronleuchter. In einem gewaltigen Kamin brannte ein Holzfeuer. Sie waren die Einzigen in dem Raum. Eine Frau in einem schwarzen Kittel mit weißer Schürze bediente sie. Sie blieben bis weit in die Nacht sitzen, Margaret sah blass aus und erschöpft, überwältigt von künstlicher feudaler Schwermut.

*

Auf der Titelseite des Belfast Telegraph und auf den Seiten der nationalen Presse erschienen Berichte über die Pressekonferenz. Man kann sich den Bericht im Zeitungsarchiv der Zentralbibliothek in Belfast heute noch ansehen. Das frühere Archiv ist auf Mikrofilme kopiert. Das Gerät, mit dem man sich die Mikrofilme ansieht, wirkt antiquiert. Das Plastikgehäuse ist mit Fingerabdrücken übersät, die Bedienungselemente sind schlecht proportioniert. Es braucht Fingerspitzengefühl, um den Mechanismus zu bedienen, die Bilder rasen hastig an einem vorbei, immer in Gefahr, auszufädeln. Die Zeitungsseiten sind von oben aufgenommen worden, schlecht beleuchtet und deswegen gelegentlich nicht zu entziffern.

Man kann auch auf das Originalarchiv zurückgreifen, das sich in einem Hinterzimmer befindet. Die gebundenen Bände der alten Ausgaben wirken Respekt einflößend. Das Papier ist gelb und zerknittert, die Seiten sind teilweise zerrissen. Es gibt Wasserflecken und verschimmelte Stellen. Die archivierten Zeitungen haben eine Authentizität, die den Mikrofilmen fehlt. In Stenografie aufgenommen und schmalspaltig gedruckt, scheinen die Berichte durch das Alter des Papiers und die verschnörkelten Schriften beglaubigt.

Die Fotografien der Pressekonferenz sind verwischt, unscharf und grobkörnig. McCrink trägt eine Brille mit einem schweren schwarzen Gestell. Er hat eine Zigarette in der rechten Hand, in der anderen hält er ein DIN-A4-Papier. Mit der Brille sieht er aus wie ein Wissenschaftler, ein Physiker im weißen Mantel. Er beantwortet eine Frage der Presse und wirkt abwesend wie ein Geheimwissenschaftler. Speers steht hinter ihm und sieht bleich aus, krank. Johnston sitzt zwischen den Reportern, trägt eine sportliche Lederjacke und hat einen Gesichtsausdruck, als verstehe er keinen Spaß. Ohne Uniform sieht er aus wie ein Mitglied der Fliegenden Truppe, einer berüchtigten Polizeieinheit, der man Brutalität und Korruption nachsagt.

Der Bericht hat die Schlagzeile »Inspector of Constabulary McCrink und Detective Inspector Speers bitten um Ihre Mithilfe!«. Der Bericht führt weiter aus, dass sie »nach einem Kleidungsstück suchen, das ihnen bei ihren Ermittlungen dienlich sein könnte«. Sie bitten um die Mithilfe der Bevölkerung, die gebeten wird, die »Augen offen zu halten«.

Chief Constable Kennedy sitzt rechts von McCrink und

Speers. Vertreter der Londoner Presse befragten Kennedy nach der Todesstrafe und ob er sie befürworte. Kennedy antwortete, er sei Staatsdiener und in dieser Funktion dazu da, das amtierende Recht zu vertreten. Die Gesetzgebung sei Sache des Parlaments. Allerdings wünschte er sich, die Straßen wären befreit von gewalttätigen Sexualstraftätern.

»Er hätte genauso gut sagen können: ›Knüpft McGladdery auf und geht zum Teufel‹. Er hat den Journalisten ja schon fast vielsagend zugezwinkert, als er uns allen von seinem schönen Wunsch erzählt hat, die Straßen von gewalttätigen Sexualtätern befreit zu sehen«, sagte Johnston, »die schreiben sich jetzt die Finger über uns wund.«

»Und das mit dem Kleidungsstück war auch eine Meisterleistung«, sagte Speers, »die werden uns mit dem Inhalt ihrer Wäschekörbe eindecken. Wir kriegen jeden Fetzen Stoff, den sie in irgendeinem Graben finden.«

»Sie haben die Leute jetzt schon wochenlang wegen McGladderys Anzug befragt. Das ganze Land weiß, nach welchem Kleidungsstück wir suchen«, sagte McCrink.

Die Journalisten aus London standen Schlange in der Eingangshalle, um ihre Berichte am Telefon durchzugeben. Der eine oder andere nickte McCrink zu. Len Barrett vom Express unterhielt sich mit Kennedy und rief McCrink zu sich. Barrett trug Anzug und Hut. McCrink war ihm vor den Londoner Nackt-Morden in der Bow Street und im Old Bailey über den Weg gelaufen. Barrett war im Gefolge von den Kray-Zwillingen und von Jack McVitie im Black Cat und im Top Hat gesehen worden. Er streute Ausdrücke in seine Sätze, die er für Gaunerslang aus dem Westend hielt, redete über Raubüberfälle und geknackte Safes. McCrink erinnerte sich daran, dass Barrett nach Dukes Meadow geschickt worden war, um über den Mord an Elizabeth Figgs zu berichten, und sich übergeben hatte, als er ihre Leiche sah, nackt bis zur Hüfte, die sie alle mit offenen Augen anstarrte, kalt, hexenhaft.

»Du bist hier nicht in deinem Element«, sagte McCrink.

»Der Ressortleiter sieht in der Geschichte einen Mord mit Todesurteil. Widerwärtiger Sexualmord an einer unschuldigen Verkäuferin. Soll Harry Allen den perversen Mörder doch in die Finger kriegen. Sieht fast so aus, als hättest du das große Los gezogen, McCrink. Nach Nordirland versetzt, und schon fällt dir das Richtige in den Schoß. Ein Fall Elizabeth Short, mit allem, was dazugehört, und dazu von nationalem Interesse. Die Jungs in London sind ganz heiß drauf. Hilft ihnen bei ihrem Feldzug für die Todesstrafe.«

McCrink ließ Barrett stehen, der sich dem Mann neben ihm zuwandte: »Eddie McCrink hat es nicht geschafft, den Mörder der Nackten zu erwischen. Und jetzt will er unsere Hilfe, um dessen Cousin vom Land zu fassen.«

*

Am nächsten Tag fuhr McCrink in die Nervenheilanstalt in Holywell. Das Grundstück der Anstalt war gepflegt, die harten Linien des roten Backsteingebäudes durch Buschwerk aufgelockert. Patienten, die keine besondere Aufsicht nötig hatten, kümmerten sich um die Blumenbeete. Man konnte den Eindruck eines freundlichen und wohlgeordneten Ortes bekommen. Korridore, die kein Ende nahmen. Die Schwestern trugen altmodische gestärkte Uniformen und Hauben, ihr Habit erinnerte an Nonnen aus dem Mittelalter, Heilsbringer, verhüllte Bettelmönche.

McCrink war mit einem Aufseher namens Malcolm Hume verabredet. Hume war ein kleiner Mann mit einem exakt gestutzten Bart. Er trug eine Tweedjacke mit Lederflicken auf den Ellbogen sowie Ledersandalen. Er war genau das, was man von jemandem erwartete, der mit psychisch Kranken arbeitete. Unkonventionell. Jemand, der sich auf den unsicheren Boden des Ichs gewagt hatte und nicht unbeeindruckt zurückgekehrt war.

Der Aufseher bestätigte, dass Iain Hay Gordon im vergangenen Dezember entlassen worden war.

»Wenn man mich fragt, hat Gordon nie unter irgendeinem psychischen Defekt gelitten. Das habe ich schon damals gesagt, als man ihn einlieferte. Und unter diesem Aspekt hatte er hier in dieser Anstalt nichts verloren.«

»Trotzdem wurde er wegen Unzurechnungsfähigkeit für unschuldig erklärt.«

»Das liegt außerhalb meiner Kompetenz, Mr McCrink.«

Hume ließ sich auf seinem Stuhl zurücksinken und schlug die Beine übereinander. McCrink kam sich vor, als werde er beobachtet, als werde er professionell unter die Lupe genommen. Hume suchte nach Ticks und Krämpfen, winzigen Nervenfehlern.

»Wissen Sie, was aus ihm geworden ist?«

»Man hat ihm geraten, nach Schottland zurückzukehren und einen neuen Namen anzunehmen. Ich glaube, man hat in einem Verlag eine Arbeit für ihn gefunden. Man hat uns aber keine neue Adresse gegeben.«

McCrink fragte sich, weshalb Gordon dazu aufgefordert worden war, seinen Namen zu ändern, und wer diese Anweisung gegeben hatte. Unter praktischen Gesichtspunkten erschien dieses Täuschungsmanöver unnötig. Es spielte keine Rolle, ob jemand Gordon erkannte und mit dem Fall in Zusammenhang brachte. Die Verwendung eines neuen Namens schien andere Gründe und einen anderen Zweck zu haben. Es fügte dieser an düsteren Details reichen Geschichte ein weiteres Ornament hinzu. »Ich würde mich gerne mit Doris Curran unterhalten«, sagte McCrink.

»Mrs Curran steht unter schweren Medikamenten. Das sorgt dafür, dass sie ausgeglichen ist, führt aber auch dazu, dass sich ihre Gedanken verlieren.«

»Ich verstehe.«

Hume begleitete McCrink zur Station mit den Langzeitpatienten im hinteren Teil der Anstalt. Die Atmosphäre wurde gedämpfter, je weiter sie in die Tiefen des Gebäudes vordrangen. Er sah niemanden mehr in gewöhnlicher Kleidung. Die Leute trugen Anstaltskleidung und gingen wie auf Watte über die klinisch sauberen Fußböden. Das Auf- und Zuschließen der Türen geschah in aller Stille. Der Psychiater wurde von anderen Angestellten mit ernsthaftem Nicken begrüßt, die Aura der innersten Sphäre anerkannt. Die Außenwelt existierte nicht länger. Gelegentlich gab ein Fenster die Sicht frei in den Garten draußen, und der flüchtige Anblick des Grüns schien künstlich arrangiert, um die Gedanken nach innen zu richten.

»Manchmal frage ich mich, ob ein medizinisches Umfeld dagegen arbeitet, dass unsere Patienten gesund werden«, sagte Hume, »oder ob es ihnen nicht besser ginge in einer Umgebung, die ihnen vertraut ist. Andererseits müsste Holywell Mrs Curran gewissermaßen vertraut sein.«

»Wieso das denn?«

»So sonderbar es auch erscheinen mag, aber ihr Vater war Leiter der Anstalt für psychisch kranke Straftäter in Broadmoor. Dort ist sie im Haus für den Leiter aufgewachsen.«

Das war eines jener Details, die unweigerlich auftauchten,

wenn man sich mit dem Fall Curran befasste. Wieder ein Detail. Broadmoor ließ einen an Wind denken, der aus dem trostlosen Moor hinunterheult, an ein Gebäude, das drohend aus dem Nebel aufragt. Eine Anhäufung von Masse. Als wäre die Anstalt ein Ort, an dem die Kranken in eine andere Sphäre gehoben wurden. Ein Ort, an dem man sie dem Schöpfer nahe wähnte, mit kurzen blind machenden Einsichten.

Doris Currans Zimmer grenzte an einen kleinen, fensterlosen Korridor. Hume schloss den Korridor auf, und sie betraten eine tiefe, von Medikamenten herrührende Stille.

»Vielleicht redet Mrs Curran mit Ihnen, vielleicht nicht. Ihre Krankheit wird von einer Kombination aus Drogen und Psychopharmaka in Schach gehalten, aber sie hat klare Momente. Sie hat ihre guten und schlechten Tage.«

»Psychopharmaka? Hatte Mrs Curran nicht so was wie einen Zusammenbruch?«

»Mrs Curran leidet an paranoider Schizophrenie. Manchmal glaubt sie, jemand anders zu sein. Eine historische Figur aus der Vergangenheit. Es gibt bestimmte historische Persönlichkeiten, auf die der Verstand der Verrückten sich gern einlässt – die Zarin, Amelia Earhart, solche Leute.«

Doris saß alleine neben einem Eisenbett. Sie trug eine Brille und einen Schlafrock. Das Zimmer war karg. McCrink fiel ein Raum ein, in dem man Buße tat.

»Ich habe einen Besucher mitgebracht«, sagte Hume, »Mr McCrink. Mr McCrink ist Inspector Ihrer Majestät.«

Doris Curran wirkte zerbrechlich. Ihre Bewegungen waren behutsam. Als müsse sie mit ihren Kräften haushalten. McCrink hatte gedacht, er sei vorbereitet auf die Begegnung mit dem Wahnsinn, auf Durchtriebenheit und wahnhafte Störungen, unterbrochen von Ausbrüchen von Hochmut und Zorn. Doch

Doris sah aus, als sei sie gerade eben aus einem freundlichen Traum herausgerissen worden. Ihre Hände bewegten sich unermüdlich auf dem Bettüberwurf. Ihr Blick sprang durch den Raum, vom Kontrollfensterchen in der Tür zum Tisch, der am Boden festgeschraubt war. Es gab keine scharfen Gegenstände in dem Zimmer, jedes Möbelstück war fest verschraubt. Sie trug Hausschuhe, der Gürtel ihres Schlafrockes war entfernt worden.

»Mr McCrink, es ist sehr gut von Ihnen, dass Sie gekommen sind. Nehmen Sie bitte Platz.«

Doris wirkte besorgt und unkompliziert. Sie sah sich beunruhigt um, und McCrink wünschte sich, es gäbe eine einfache Haushaltsarbeit, die man ihr geben könnte. Er setzte sich auf die Bettkante.

»Ich habe im Radio von dem Mädchen gehört«, sagte sie, »wie war doch gleich ihr Name?«

»Pearl Gamble«, sagte McCrink.

»Ihre armen Eltern. Wie alt war sie?«

»Neunzehn, Mrs Curran. Pearl war neunzehn.«

»Neunzehnjährige Mädchen sind halsstarrig, finden Sie nicht?«

»Der Angeklagte ist verhaftet worden.«

»Ach ja? Lance wird die Verhandlung übernehmen.«

»Glauben Sie?«

»Ja. Er wird es so wollen. Und mein Ehemann bekommt immer, was er will.«

Ihre Stimme war eintönig. Es war einfach, zu sehen, dass Doris ihrer Rolle nicht gerecht wurde. Mord und Irrsinn hatten sie ihr Leben lang verfolgt. McCrink fand, dass mehr dazugehörte. Sie müsste vor- und zurückschaukeln. Es müsste geisterhafte Stimmen geben, die verstörende Botschaften verkündeten.

»Warum sollte er die Verhandlung übernehmen wollen?«

»Wegen Patricia. Er hatte sich gewünscht, jemand wäre für Patricia gehängt worden. Desmond wird es erfahren wollen. Haben Sie meinen Sohn Desmond kennengelernt?«

»Nein, habe ich nicht.«

»Er ist römisch-katholisch geworden, wissen Sie.«

McCrink wusste, dass Desmond nach dem Mord der katholischen Kirche beigetreten und Priester geworden war. Er war einem Missionsorden beigetreten und nach Südafrika geschickt worden. *Mein Sohn ein Priester des Papstes, meine Frau eingeliefert in eine Irrenanstalt und meine Tochter seit neun Jahren im Grab.*

Doris redete über die frühen Jahre ihrer Ehe. In diesen frühen Tagen hatten Doris und Lance mit dem Lord Chief Justice und seiner Frau Bridge gespielt. Doris hatte Tee in Minton-Porzellan serviert. Man sprach über Ferien mit dem Auto in Schottland, bewunderte neue Automodelle. Der Richter redete von der Idee, hinter dem Haus einen Tennisplatz zu bauen. »Leben in kultiviertem Luxus« war eine Formulierung, die Doris gefiel.

»Wissen Sie, wer ich bin?«, fragte Doris.

»Natürlich, Mrs Curran.«

»Ja«, sagte sie, »aber wissen Sie, wer ich wirklich bin? Ich bin ziemlich berühmt, müssen Sie wissen.«

McCrink spürte, wie die Psychose das Zimmer überflutete und die fehlgeleitete Persönlichkeit sich breitmachte. Wer war sie? Amelia Earhart?

»Wer sind Sie?«, fragte er.

Sie sah ihn verschmitzt an und winkte.

»Die Antwort liegt im Blut«, sagte sie, »die Antwort liegt immer im Blut.«

Dreizehn

In den Wintermonaten reiste Richter Curran jede dritte Woche auf die Isle of Man, wo das Glücksspiel erlaubt war. Er flog von Aldergrove. Die DC-10 der British Airways machte den Eindruck, als sei eine Evakuierung im Gange und man verlasse mit der letzten Maschine eine eingeschlossene Stadt. Der Klang der Motoren schwoll an und ab, sie trafen auf ein Tiefdruckgebiet, das von Grönland herunterfegte, und am Flughafen Douglas wehten Regenböen über die Lichter der Landepiste.

Frühabends spielte Lance Curran jeweils zuerst in den Colony Rooms in Douglas, später zog er dann weiter ins Vogue Casino an den Roulettetisch.

Nach McGladderys Anklageerhebung Ende Februar begleitete Ferguson Richter Curran. Er war vorher noch nie auf der Insel gewesen, aber da er als junger Mann in Nutts Corner und Tyrella Motorrad gefahren war, wollte er die Rennstrecke auf der Isle of Man sehen. Alles, was er sich immer zu wissen gewünscht hatte, fand sich dort, Geschwindigkeit und innere Erhebung. Ray Amm und Mike Hailwood, die vor der Ballaugh Brücke hinunterschalteten, hinter die Verschalung aus Plexiglas geduckt. 1955 war Ray Amm in Imola von seiner MV-Augusta geschleudert und getötet worden. Hailwood sollte im Regen außerhalb von Birmingham ums Leben kommen. Ferguson erinnerte sich daran, wie er Fotos von ihnen auf dem Siegerpodest ausgeschnitten und in ein Buch geklebt hatte. Düstere, mit Blumen bekränzte Männer.

Ferguson schloss sich Richter Curran auf einen Drink in der Bar des Grand Hotels an. Andere Vertreter der Anwaltskammer waren ebenfalls anwesend. Anwälte, die Ferguson zunickten, als er sich seinen Weg durch die Tische bahnte.

Er bemerkte Isaac Hanna, einen Kronanwalt aus Antrim-Town. Ferguson hatte gehört, dass Hanna vor Kurzem Land gespendet hatte, auf dem eine fundamentalistische Kapelle errichtet wurde.

»Hast du gehört, dass Iain Hay Gordon freigelassen wurde? Der Bock, der Currans Tochter umgebracht hat?«

»Nein. Wann ist das passiert?«

»Du bist eben überhaupt nicht auf dem Laufenden, Ferguson. Der Mörder ist vor achtzehn Monaten freigekommen und nach Schottland zurückgeschickt worden. Man hat ihm geraten, er soll den Schnabel halten, falls er wisse, was gut für ihn sei.«

»Mit welcher Begründung?«

»Mit der Begründung, dass er Patricia Curran wahrscheinlich gar nicht umgebracht hat. Hätte erwartet, dass Curran dir das erzählt hat.«

»Weiß er Bescheid?«

»Was denkst du denn? Natürlich. Der Richter weiß genau, was vor sich geht, da kann er seine Nase noch so hoch tragen. Er erzählt dir nicht alles, Ferguson!«

»Warum sollte er das, Isaac?«

»Brian Faulkner hat Gordons Freilassung angeordnet. Vielleicht hat Curran ihm das eingeblasen. Vielleicht weiß Richter Curran ganz genau, wer seine Tochter umgebracht hat. Wie auch immer. Schnee von gestern. Im Vordergrund steht ohnehin viel eher die Frage, ob der Richter deswegen nicht vom Fall McGladdery abgezogen werden müsste. Darüber wird in der Anwaltskammer geredet.«

»Der Richter macht das mit sicher selber aus.«

»Das ist eine Tatsache. Hoffen wir mal, er nimmt dich mit, wenn er ins House of Lords einzieht.«

»Wieso sollte er?«

»Weil die Position des Lord Justice of Appeal frei wird. Hat er dir das auch nicht erzählt? Unser Lance ist aufgeblasen genug, um sich selbst im guten alten Hermelinpelz zu gefallen, meinst du nicht auch, Ferguson? So ein Pelzkragen würde doch ganz gut um den Hals dieses ausgekochten alten Vogels passen!«

Ferguson entdeckte Curran an der Bar und ging auf ihn zu. Curran hatte ihm von der Möglichkeit eines Sitzes im House of Lords erzählt, aber von der Freilassung von Iain Hay Gordon hatte er ihm nichts gesagt.

Der Barmann hatte zwei Black & White-Whiskeys auf den Tresen gestellt und einen Sodaspender daneben.

»Das hat Patricia immer gern gemacht, erinnern Sie sich daran, Ferguson?«

Es war das erste Mal seit dem Tod seiner Tochter, dass ihr Name zwischen ihnen ausgesprochen wurde.

Ferguson erinnerte sich, dass Patricia als Kind immer gefragt hatte, ob sie ihre Gläser mit Soda füllen könne. Er erinnerte sich auch an den konzentrierten Ausdruck auf ihrem Gesicht, wenn sie den Spender aufnahm, den Kolben in der Hand spürte, das Zischen des Ventils hörte und der Inhalt des Glases aufschäumte.

»Ich habe nicht gewusst, dass Gordon freigelassen wurde«, sagte Ferguson.

»Freigelassen, mit einem neuen Namen versehen und in eine erbärmliche Mietskaserne in Glasgow verfrachtet.«

»Das scheint mir angesichts dessen, was er getan hat, nicht richtig zu sein.«

»Nein«, sagte der Richter, »angesichts dessen, was er getan hat. Wenn Patricia noch am Leben wäre, wäre sie jetzt achtundzwanzig Jahre alt. Würden Sie auf die Wahrscheinlichkeit von Gordons Schuld wetten, Ferguson?«

Ferguson blickte in seinen Drink. Wer wettete auf den Tod seines eigenen Kindes? Was wäre der Einsatz bei dieser Wette? Wer würde dafür zahlen müssen?

»Ich halte es für keine gute Entscheidung«, sagte Ferguson, doch der Richter ignorierte ihn.

»Ich würde vielleicht auf acht zu eins setzen. Höher nicht.«

»Das ist nicht recht, Judge.«

»Und wenn die Wettquoten gegen den verurteilten Mann so hoch stehen, wie hoch sind sie dann gegen andere, Mr Ferguson? Glauben Sie etwa, ich weiß nicht, was in der Anwaltskammer gemunkelt wird? Mein Sohn ein Priester des Papstes, meine Frau eingeliefert in eine Irrenanstalt und meine Tochter seit neun Jahren im Grab. Und Sie verwenden das Wort ›recht‹, Ferguson!«

Ferguson war sich des Verkehrs bewusst, der draußen im Regen auf der Promenade herrschte. Aus der Bar in der Lounge war Lachen zu hören. Er fragte sich, was ihn bloß hierhergeführt hatte. Er betrachtete die Gesichter in der Lounge. Schlaue Männer in dunklen Anzügen, die sich einander zuneigten. Bestimmt erzählten sie sich Anekdoten aus dem Gericht. Als Richter Curran noch Kronanwalt gewesen war, war Ferguson abends oft wegen Angelegenheiten, die den Wahldistrikt betrafen, in der Anwaltskammer gewesen. Die Kronanwälte, die die Gerichtsfälle des nächsten Tages vorbereiteten und die schweren Bände mit den Präzedenzfällen zusammenstellten. The All England Law Reports. The Criminal Law Review. Die Neonröhren waren ausgeschaltet gewesen, die Bibliothek einzig beleuchtet durch die Tischlampen, die da und dort brannten. Es wurde gemurmelt. Männer bewegten sich im Dämmerlicht der Andacht durch die Schatten. Man dachte an Gegenstände, die von Generation zu Generation weitergereicht wurden. Die Beleuchtung beschwor den Eindruck, die Bücher würden heilig gehalten. Die Bücher der Justiz.

Curran war Fergusons Blick gefolgt.

»Verschwenden Sie an die nicht Ihr Talent. Das sind bloß die korrupten Diener einer korrupten irischen Provinz. Keiner von denen war Manns genug, Gordon zu verteidigen. Die sind verbandelt durch Familie, Schule und Beruf. Die haben seine Verteidigung einem Stipendiaten zugeschoben.«

»Sie wollten Sie nicht beleidigen. Sie oder ihre Kanzlei.«

»Diese Gerüchte hab ich auch gehört. Ich weiß, dass Gordon seine Verteidigung gewechselt hat. Ich weiß, dass er im privaten Kreis seine Schuld gestanden hat und dass ihn die ursprünglichen Verteidiger auf dieser Basis nicht länger vertreten konnten.«

»Es wäre von ihnen unrecht gewesen, weiterhin seine Unschuld zu beteuern, wenn sie von seiner Schuld wussten.«

»Genau. Aber was, wenn das gar nicht der Fall war? Was, wenn dieses Geständnis gar nicht stattgefunden hat? Was, wenn diese ganze Geschichte bloß erfunden wurde, um die Tatsache zu verheimlichen, dass sie zu feige waren, ihren Vorgesetzten zu verärgern? Was, wenn sich jemand die Geschichte kühl überlegt ausgedacht hat, nur um sich zu schützen?«

Man erzählt sich auch, dass deine Tochter nicht an der Stelle gestorben ist, wo man sie gefunden hat. Dass sie im Haus umgebracht und ihre Leiche auf die Zufahrt geschafft wurde. Siebenunddreißig Stichwunden. Und trotzdem fand man auf dem Boden in ihrer Nähe kein Blut.

»Was wollen Sie mir damit sagen?«

»Ich will damit sagen – deren Blut ist von Zynismus verdorben, Ferguson. Wenn ich den Fall McGladdery nicht übernehme, würde es dann einer von denen machen? Was glauben Sie? Einer von denen würde doch den Fall als Richter übernehmen, oder?«

»Es müsste schon ein Einheimischer sein, stimmt.«

»Und sie würden McGladdery hängen, nur um mir eine Freude zu machen, nicht wahr? Ihrem Vorgesetzten, dessen eigene Tochter ermordet worden ist. Sie wären fähig, Rache für mich zu nehmen, jetzt, da Gordon dem Galgen entkommen ist, stimmt's?«

»Das wäre ihnen zuzutrauen.«

»Also gebe ich McGladdery wahrscheinlich die besseren Chancen auf eine faire Verhandlung, wenn ich den Fall selber übernehme.«

»Darum übernehmen Sie den Fall. Um McGladdery eine faire Verhandlung zu garantieren.«

Du musst wirklich glauben, ich sei von gestern, dachte Ferguson. Graupelschauer, vom Norden heruntergeweht, prasselten auf die Oberlichter über ihren Köpfen, als begehre ein durchgedrehtes Wesen, eingelassen zu werden. Sie schauten beide nach oben.

»Es ist Winter«, sagte der Richter.

»Das kann man wohl sagen.«

»In den Herzen der Männer herrscht eine Kälte, die sich nicht aus der Welt schaffen lässt, ob ich ein Urteil verhänge oder nicht.

Recht mit Gerechtigkeit gleichzusetzen ist ein Fehler. Eine faire Rechtsprechung ist ein Nebenprodukt unserer Justiz, nicht ihr Sinn und Zweck.«

Ferguson dachte an zwei neunzehnjährige Mädchen, die umgebracht und im Freien liegen gelassen worden waren, und fragte sich, ob sie auch ein Nebenprodukt waren.

»Sollen wir gehen?«, fragte der Richter, »ich spüre, dass das Glück heute Nacht auf meiner Seite ist.«

Er erhob sich, um zu gehen. Die Regenschauer hämmerten beharrlich auf das Oberlicht über ihnen. Ferguson blieb noch einen Augenblick sitzen, den Blick auf die Fenster und die dahinter liegende Winternacht gerichtet, ohne etwas zu sehen.

*

Sechsunddreißig Stunden nach dem Aufruf, die Suche nach einem Kleidungsstück zu unterstützen, wurde ein Brief im Corry Square abgegeben. Das anonyme Schreiben war an McCrink adressiert und mit Schreibmaschine auf ein einzelnes DIN-A4-Blatt getippt worden. Es wies die Ermittler an, eine Sickergrube etwa zweihundert Meter hinter McGladderys Haus zu durchsuchen.

In den Wochen nach dem Mord hatte die Polizei Dutzende von anonymen Briefen erhalten. Einige beriefen sich auf Gottes Urteil, das Pearl getroffen habe. Andere wiesen auf das verdächtige Verhalten verschiedener Männer aus der Gegend hin. Das Ufer des Kanals und die öffentlichen Toiletten in der Fußgängerzone wurden als Treffpunkte für Homosexuelle gemeldet. Diese Art von Korrespondenz war offensichtlich ein unumgänglicher Bestandteil bei Mordermittlungen. Sie erinnerten die Ermittler daran, dass ihre Untersuchungen in einem größeren Zusammenhang standen. Sie sollten die psychische Beschaffenheit der Stadt kennenlernen. Erscheinungen wurden gemeldet, Geisterwelten beschworen. Sie bekamen Artikel zugestellt, die aus der lokalen Presse ausgeschnitten worden waren, einzelne Wörter waren mit Kugelschreiber eingekreist.

Speers las den Brief zuerst. Auf die Wegbeschreibung war Sorgfalt verwendet worden. Der Schreiber hatte sich offenbar die Mühe gemacht, die erwähnten Distanzen auszumessen oder zumindest abzuschreiten. Anders als in anderen Zuschriften war der Schreibstil schnörkellos. Speers untersuchte das Buchstabenbild mit einem Vergrößerungsglas, um Beschädigungen der Typenhebel zu finden und die Schreibmaschine dadurch identifizieren zu können. Unter dem Vergrößerungsglas wirkte jeder Buchstabe gigantisch und defekt. McCrink sah einen spärlich möblierten Raum vor sich, eine Schreibmaschine auf einem leeren Tisch, eine Remington, grau wie das Metall einer Pistole.

»Dem hier sollten wir nachgehen«, sagte Speers, »an dem ist eindeutig was dran.«

»Stell ein paar Uniformierte hier aus der Gegend zusammen. Wir sehen uns die Sache morgen früh als erstes an.«

Speers war begeistert von dem Brief. Der Text hatte eine Sparsamkeit, die ihm gefiel. Als nehme der Schreiber Fäden einer Geschichte auf, um Themen daraus zu entwickeln. Es war möglich, dass sie Fortschritte machten. McCrink war sich weniger sicher. Der Briefschreiber handelte nicht aus bürgerlichem Pflichtbewusstsein. Ihm sagte die Furcht der anderen anonymen Briefeschreiber und ihre Ahnung, unsichtbare Kräfte seien am Werk, mehr zu.

Sie verließen Corry Square am 24. in der Morgendämmerung. Johnston hatte Mitglieder der Special Constabulary einberufen.

Ihm gefiel das dramatische Element daran, die Andeutung eines repressiven Staatsapparates, uniformierte Polizisten, die in der Kälte der Morgendämmerung in nicht gekennzeichnete Lieferwagen kletterten. Das ließ einen an eingetretene Haustüren denken, an Stiefel auf Haustreppen.

Sie fuhren im Konvoi zur Belfast Road und parkten auf der Standspur. Techniker aus dem Labor in Belfast entluden ihre rudimentäre forensische Ausrüstung. Sie verteilten sich über die Felder und fanden die Sickergrube innerhalb weniger Minuten. Die Techniker untersuchten den Betondeckel, danach wurde er fotografiert. Als sie den Deckel anhoben, fanden sie ein Bündel dreckiger Kleider, das an einem Strick hing. Ein Teil des Bündels hing in die Sickergrube.

McCrink und Speers begleiteten die Techniker ins forensische Labor in Belfast. Das Labor befand sich in einem Gebäudekomplex in einem Wohngebiet nahe der Universität. Die Laborräume waren in unscheinbaren Gebäuden aus rotem Backstein untergebracht … McCrink begriff, dass die Wissenschaftler das vorzogen. Ihnen gefiel die Atmosphäre wissenschaftlicher Fortschritte in bescheidener Umgebung. Die Wissenschaftler trugen weiße Arbeitsschürzen und waren reserviert. Sie gingen still und zu zweit durch die Korridore und vermittelten den Eindruck, ganz auf ihr Inneres konzentriert zu sein. Poster, die an der Wand befestigt waren, zeigten das Periodensystem und den Aufbau eines Atoms. Die Atmosphäre war still und klösterlich.

Das Kleiderbündel war in ein Labor im oberen Stock gebracht worden. Als McCrink und Speers dort ankamen, waren Techniker dabei, das Bündel mit Pinzetten zu öffnen und dabei gleichzeitig Proben zu entnehmen. Einer der Techniker wies auf das Burton-Etikett hin.

Als das Bündel offen dalag, schüttelte Speers den Kopf.

»Aus dem Zeug hier kriegen wir niemals irgendwelche forensische Beweise.«

Das Bündel bestand aus einer kurzen Jacke, die um ein Paar schwarze Schuhe und eine rot-schwarze Krawatte gewickelt war. Durch den Inhalt der Sickergrube, mit dem sich die Jacke vollgesogen hatte, war ihre Farbe verblichen und kaum mehr zu erkennen. McCrink sagte nichts. Er hatte Körper gesehen, die gewaltsam ums Leben gekommen waren, die mit ihren ausdruckslosen, leeren Gesichtern Stille ausstrahlten und denen die Wucht dieser verwüsteten Kleider fehlte, dieser zusammengeknüllten Jacke, die nach organischem Material stank. Diese Jacke, die den Raum mit ihrem Leichengestank verpestete, schien den Vorkommnissen des 28. Januar gerecht zu werden, dem Verbrechen, das in jener Nacht begangen worden war. Die Schultern waren steif und verklumpt, die Ellbogen nach hinten gefaltet. Die Jacke schien auf die Existenz eines Täters hinzuweisen, der ihrer Form entsprach, ein Mörder, der in der Nacht tötete, heuchlerisch, dämonisch. McCrink dachte an den Verfasser des anonymen Briefes, den doppelten Zeilenabstand.

Die Ermittler warteten, bis die Techniker bestätigten, dass die Taschen der Jacke leer waren. Währenddessen zeigte Speers auf Flecken und redete kenntnisreich über verschiedene Stadien der Verwesung und Blutspritzer.

Bis sie wieder in Newry waren, war es beinahe Nacht. Uniformierte Beamte waren bei der Sickergrube postiert worden. Als sie auf der Belfast Road vorbeifuhren, konnten sie in den Feldern ein Licht sehen und Männer, die herumstanden. McCrink fand, sie sahen aus wie Fahrende, beleuchtet von Lampen, aus der Ferne hierhergesandt.

»Man riecht es sogar hier im Auto«, sagte Speers.

»Was?«

»McGladderys Anzug. Den Gestank, mit dem er sich vollgesogen hat. Wie etwas, das man nie wieder los wird.«

Vierzehn

McCrink wurde vom Telefon geweckt. In London war man abgehärtet, wenn ein solcher Anruf kam. Der Tod, der sein Unwesen in der Nacht treibt, Tatorte in der Morgendämmerung. Männer, die rauchend und mit regennassen Mänteln um eine Leiche herumstehen, durchdrungen vom ungebetenen Bösen, vom süßlichen Leichengeruch. Männer mit dem Hang zu lakonischen Bemerkungen, Geprahle und sarkastischen Sprüchen, wie es sie nur an Tatorten gibt und die sie sich in ihrem Beruf angeeignet hatten.

»McCrink.«

»Hier spricht Harry West, McCrink.«

»Was kann ich für Sie tun, Mr West?«

»Ich würde gern wissen, was Sie beim Haus der Currans gemacht haben.«

»The Glen?«

»Sie sind da hin und haben einen lokalen Polizisten über einen Fall vernommen, der vor acht Jahren abgeschlossen worden ist.«

»Vernommen? Es hat keine Vernehmung gegeben. Wachtmeister Rutherford hat mich zum Haus begleitet.«

»Und wieso waren Sie überhaupt in dem Haus?«

»Wir bekamen einen Bericht über einen Blutfleck auf dem Boden. Rutherford hat die Sache routinemäßig überprüft, und ich habe ihn begleitet.«

»Es wird keine neuen Ermittlungen um den Mord an Patricia

Curran geben. Haben Sie überhaupt eine Ahnung, in was Sie sich da einmischen? Richter Curran ist drauf und dran, Kronrat zu werden.«

»Es war ein Routinebesuch.«

»Lance Curran wird der Richter im McGladdery-Prozess sein. Ein Polizeikommissar, ein Mann, der mit den Ermittlungen im Fall McGladdery zu tun hat, mischt sich in einen abgeschlossenen Fall ein, in dem es um den Mord an der Tochter des Richters geht. Wenn ich damit keine Aufmerksamkeit erregen würde, würde ich Sie hier und jetzt vom Fall McGladdery abziehen und zu Ihren Hinterhof-Morden zurückschicken. Tote Landstreicher und Ganoven sind Ihr Metier. Sie sind hier, um McGladdery dorthin zu bringen, wo er hingehört. Auf die Falltür mit einem Strick um den Hals. Kümmern Sie sich um den Fall, um den es geht, McCrink. Und denken Sie bloß nicht, Sie könnten den Fall Curran wieder vor Gericht bringen.«

West legte auf. McCrink hielt den schweren schwarzen Hörer in der Hand und lauschte dem Freizeichen. Er kam sich vor wie ein Funktionär in einer abgeschiedenen Ecke eines Kaiserreiches. Die Anweisungen kamen aus der Hauptstadt, er stellte sich Telefonleitungen vor, Hunderte von Kilometern lang, die durch Wälder und die noch immer gefrorene Tundra liefen.

Er zog sich an und fuhr nach Newry. Auf Warrenpoints Straßen war niemand unterwegs. Verliebte Paare hatten ihre Autos im Schatten des Schlosses am Narrow Water geparkt. Er fand es einfühlsam und rücksichtsvoll von ihnen, diesen Ort zu wählen, um zusammenzukommen und einander zu trösten.

Am Stadtrand von Newry brannten im Lager der Fahrenden Feuer. Er sah Mondlicht durch das Gebälk der Gebäude scheinen. Das Prüfungsamt, das Kontor. Personen bewegten sich zwischen den Gebäuden, als wäre eine Zunft zur Nachtschicht inmitten der Ruinen beordert worden. *Nyuk.* Alte Sprachen heraufbeschwörend.

Er fand Speers in der Bridge Bar. Speers saß alleine in einer Ecke der Bar.

»Das ist der Grund, warum Polizisten ihre eigenen Bars haben«, sagte McCrink und nahm auf dem Barhocker neben ihm Platz, »die Leute wollen nicht neben ihnen sitzen. Man meidet sie.«

»Sie laufen eher vor uns weg, als dass sie uns meiden. Aber ich weiß, was Sie meinen.«

»Haben Sie gehört, wer den Fall bekommen wird?«

»Nein, noch nicht.«

»Richter Curran, heißt es. Er hat anscheinend den Privy Council, den Kronrat, im Auge.«

»Da kann es ihm nicht schaden, wenn er noch rasch einen an den Galgen bringt. Vielleicht wird er damit die tote Schlampe von Tochter los, die verrückte Frau und den Sohn, der zum Priester geworden ist. Ich würde mal sagen, McGladdery ist endgültig am Arsch, ob er es nun getan hat oder nicht.«

»Ich bin im Haus der Currans gewesen. Im Schlafzimmer gibt es einen großen Blutfleck auf dem Boden.«

»Lassen Sie es, McCrink. Es wird Ihnen nichts als Ärger einbringen.«

»Patricia Curran ist verblutet. Aber auf dem Boden rund um ihre Leiche gab es keine Blutflecken.«

»Gordon hat es getan, und selbst wenn er es nicht gewesen sein sollte, hat es keinen Sinn, der Sache nachzugehen. Glauben Sie, man wird den Fall nochmals aufrollen, bloß weil Sie einen Blutfleck im Haus gefunden haben?«

»Wir werden sehen. Irgendwelche Neuigkeiten, was die Jacke betrifft?«

»Wie wir angenommen haben. Sie ist zu verschmutzt für irgendwelche forensischen Beweise.«

»Macht nichts. Sie war hinter dem Haus versteckt. Das werden die Geschworenen begierig zur Kenntnis nehmen.«

»Ohne Geständnis bin ich nicht glücklich.«

»Von McGladdery werden Sie keins bekommen.«

»Sie wissen, was passiert, wenn es McGladdery nicht getan hat? Bei dem Blutfleck im Schlafzimmer.«

»Was sollte passieren?«

»Ein Schuldiger wird einen Unschuldigen hinrichten.«

*

Im Sommer vor der Gerichtsverhandlung wurde Roberts Name auf Pausenhöfen Thema von Gesängen und Drohungen. McGladdery wird dich kriegen. Man stellte ihn als langbeinige, bösartige Gestalt dar, die nachts Frauen und Kinder jagt. Jugendliche behaupteten, ihn hinter dem Gaswerk, auf dem Treidelpfad und all den anderen verwunschenen postindustriellen Orten gesehen zu haben. Er griff mit seinen langen, drahtigen Fingern nach ihnen. Nachts pilgerten Jugendliche aus der Stadt nach Damolly, um Steine an die Fenster von McGladderys Haus zu werfen. Agnes jagte im Nachthemd hinter ihnen her. Eines Nachts verfolgte sie die Jugendlichen quer durch Damolly bis zur Belfast Road. Sie sah aus wie eine Irre, die ausgebrochen ist. Die Haare standen ihr zu Berge, sie wirkte wie eine Frau, die von Träumen und Visionen verfolgt wird.

Über die Sommermonate mietete McCrink einen Wohnwagen in Cranfield. Margaret blieb an den Wochenenden bei ihm. Langsam füllte sich der Platz um sie. Wohnwagen aus weit entfernten Industrievororten wurden auf den Campingplatz gezogen. Motorradbanden aus der Stadt bummelten auf der Strandpromenade. Die Leute reisten gut ausgerüstet an, mit Thermosflaschen, Gasöfen und Klappmöbeln. In ihren Öljacken machten sie lange Strandspaziergänge im Regen. Sie brachten Hunde mit, robuste, zähe Tiere. Es gefiel ihnen, als belastbare und tüchtige Leute angesehen zu werden, die in einer improvisierten Bleibe auf Achse leben. Im Geist fühlten sie sich ein wenig wie Vortrecker auf ihren Exkursionen. Ihr Ziel lag an der Mündung der See. Der exponierte Campingplatz war dem harschen Ostwind ausgesetzt, das Klima war rau.

Margaret fand Ausreden, damit sie unter der Woche nicht zum Campingplatz hinausfahren musste.

»Du beschwerst dich immer, wenn wir zusammen im Wohnwagen sind.«

Es stimmte. Sie mochte weder den Campingplatz noch den gedämpften Sex in der engen Unterkunft. Ihre Reaktionen, die ihm das Gefühl gaben, sie müsse die Situation hinnehmen, erregten ihn.

»Was reden sie in Newry über McGladdery?«

»Dass er ein Sexbesessener ist. Es gibt Gerüchte über die Sachen, die in seinem Haus gefunden wurden. Bücher, Peitschen und anderes Zeug. Man sagt, im Keller sei ein Verlies. Es gibt welche, die behaupten, sie hätten nachts Schreie gehört.«

Margaret gefiel es, kein Blatt vor den Mund zu nehmen, wenn in einem Gespräch Sex erwähnt wurde. Sie verwendete die korrekten anatomischen Bezeichnungen. Sie redete über Cunnilingus, sprach das Wort Penis laut aus und benutzte aufs Wesentliche reduzierte klinische Wendungen.

»Manchmal komm ich mir vor wie in einer Klinik für Geschlechtskrankheiten«, sagte er.

»Das ist die Bibliothekarin in mir«, sagte sie, »ich kenn die richtigen Wörter. Ich schlag sie nach.«

»Machen Frauen das?«

»Was?«

»Im Wörterbuch blättern. Nach schmutzigen Wörtern suchen.«

»Es gibt keine schmutzigen Wörter«, sagte sie.

Aber er wusste, dass es sie gab. Wörter mit einer verletzenden Klangfarbe. Er betrachtete die Fotos von Elizabeth Figg, Patricia Curran und Pearl Gamble und wusste, dass sie die verletzenden Wendungen in der Dunkelheit gehört hatten. Ausgesprochen im Schatten, geflüstert, herausgeschrien von ihren Mördern, die tief in ihrem Innern nach okkulten Phrasen gesucht hatten.

»Was ist los?«

»Ich hab gestern die Abschrift von McGladderys Vernehmung durchgelesen.«

»Du sagst das so, als ob du jemand im Krankenhaus besucht hättest. Einen alternden Verwandten, der sich freut, wenn er sieht, wie du dich schuldig fühlst, weil du ihn nicht öfter besuchst.«

»So kommt es mir vor. Er redet ständig vom Mörder. Ob er damals wohl aufgeregt war? Er hat gesagt: ›Ich frag mich, ob ihm der Horror seiner Tat langsam klar wurde, als er über der Leiche stand.‹ Er hat zu mir gesagt: ›Glauben Sie, der Mörder ist an dem zerbrochen, was er diesem jungen Mädchen angetan hat?‹«

»Du hast erzählt, dass er im Gefängnis Krimis liest.«

»Taschenbücher.«

»Das hab ich vermutet.«

»Er sagt, dass er eine Geschichte schreibt.«

Eine Geschichte schreiben. Dialoge rasen durch Roberts Kopf.

»In der Abschrift, die ich gelesen habe, fragt er immer wieder nach forensischen Details auf dem Körper des Opfers. Robert sucht nach mikroskopisch kleinen Spuren.«

»Mikroskopischen Spuren wovon?«

»Ich weiß es nicht.«

Robert verlor sich in der verwirrenden Mechanik des Verbrechens. Sah sich selbst vor sich, wie er in ein Mikroskop spähte, den Details und Geheimnissen des Verbrechens auf der Spur.

»Glaubt er, dass er den Mord aufklären kann?«

»Sieht fast so aus.«

»Was passiert, wenn er herausfindet, dass er selbst der Mörder ist?«

An Sonntagen fuhren Sie nach Warrenpoint. Die Stadt war voll mit Tagesausflüglern aus Newry, von Sehnsucht überflutet. Die besten Zeiten der Stadt konnten nur in der Vergangenheit liegen, und die Menschen suchten nach Postkarten und Erinnerungsstücken aus besseren Tagen. Die Männer auf den Postkarten trugen Schnurrbärte, die Frauen Krinolinen und Sonnenschirme, die Gesichter waren ernst, weil sie wussten, was ihnen beschert wurde. Sie mussten die Vergangenheit bewahren, Sehnsüchte verkörpern und gegen die Fabrikmädchen und Arbeiter aus der Färberei, die stündlich aus den Zügen strömten, geschlossen zusammenstehen.

McCrink sah Agnes McGladdery mehrmals an den Glücksspielautomaten auf dem Rummelplatz oder wenn sie aus dem Crown of Victoria kam. Sie redete laut, zog die Aufmerksamkeit auf sich und war sich bewusst, dass ihr ein Gewisper vorauseilte. *McGladderys Mutter.*

»Sieht aus, als hätte sie keine Probleme mit männlichen Freunden«, sagte Margaret und fiel dabei in den Dialekt von Newry, dieses raue, salzige Idiom. *Nyuk.*

»Sie ist Robert jedenfalls keine Hilfe. Zum Glück suchen sie die Geschworenen nicht hier in der Gegend. Die würden eine Grube ausheben und sie direkt nach ihm hineinwerfen, wenn sie könnten.«

»Was hatte er mit so einem Hintergrund überhaupt für eine Chance im Leben?«

Agnes bahnte sich den Weg durch die Menge auf dem Rummel. Großmäulig, nach Gin stinkend. Die Leute sahen sie an, ein furchterregendes Weibsbild.

Die Männer in ihren Gehröcken und die Frauen in ihren Reifröcken hätten ihnen erzählen können, was da gerade passierte, dachte McCrink. Sie trugen es in ihren wissenden Augen. Es war der Grund, weshalb sie alle auf den Rummelplatz kamen und nach der Show des altmodischen Schaustellers suchten, die in einem Zelt gezeigt wurde, das erst bei Anbruch der Nacht geöffnet wurde. Sie drängten vorwärts, um ein Auge auf die wimmernde, groteske Zurschaustellung im Stroh zu werfen.

Überall, wo sie hinkam, hörte Agnes unterschiedliche Geschichten. Was Robert Pearl angetan hatte, als er mit ihr alleine war. Die Leute fragten unverfroren, was ihnen gerade so einfiel, fanden, es sei ein Wunder, dass sie mit ihm im Haus geblieben sei, bei dem, was er ihr, seiner eigenen Mutter, alles hätte antun können.

Dem war alles zuzutrauen. Sie traten auf der Straße auf sie zu und versuchten, ohne jedes Schamgefühl, Neues über den Fall in Erfahrung zu bringen.

Sie sagten, Richter Curran übernehme den Fall, wo doch seine eigene Tochter erstochen worden war. Falls Robert Gnade suche, wäre dies der falsche Weg. Es gab Zeiten, in denen die Stadt nicht die Stadt zu sein schien, in der sie aufgewachsen war, sondern ein anderer Ort, ein Ort, den sie nie zuvor gesehen hatte und in dem die Leute fremd waren wie Ausländer. Als würde ihr an einem anderen Ort eine Geschichte über die Stadt erzählt. Agnes ließ sich weiterhin durch die Stadt treiben und fand sich an Orten wieder, an denen sie noch nie gewesen war, in den Werkstätten hinter Sands Mill oder von Abbey Yard, weshalb sie sich fragte, in welcher Stadt sie sich hier eigentlich befand.

Sie wusste genau, dass die Leute sagten, sie hocke mit gesenktem Kopf zu Hause, weil sie sich schäme. Zum Trotz fuhr sie sonntags nach Warrenpoint, um sich in aller Öffentlichkeit zu zeigen.

Doch dann war da diese Nacht, in der sie von angsteinflößendem Geflüster auf der Straße geweckt wurde. Laute, die einem das Blut in den Adern gefrieren ließen. Sie schaute aus dem Fenster und sah die Schmuddelkinder der Stadt versammelt, die sie mit Hohn und Spott überschütteten. Agnes richtete ein Licht auf sie, und sie stoben in alle Winde davon; an den Wochenenden kamen sie allerdings zurück. Manchmal standen sie einfach bloß ruhig da, aber eines Morgens fand sie ein gezeichnetes Schafott an ihrer Tür. Für Robert war es einfach, er saß in Belfast, die Augen aller auf ihn gerichtet, über sich selbst hocherfreut. Es hatte ihm schon immer gefallen, alle Aufmerksamkeit auf sich zu ziehen, und sie hatte schon damals gewusst, dass das sein Untergang sein würde. Er war schon immer an Büchern und Geschichten interessiert gewesen, jetzt befand er sich im Mittelpunkt einer eigenen Geschichte und zerrte sie ebenfalls mit hinein.

Es wurde darüber geredet, dass sie nicht ins Gefängnis an der Crumlin Road ging, um ihren eigenen Sohn in der Zelle zu besuchen, dabei hatte er sie Gott sei Dank in einem Brief gebeten, ihn nicht zu besuchen. Es würde dir hier nicht gefallen, schrieb er, der Gestank würde dich zum Würgen bringen, außerdem sind viele der anderen Frauen, die zu Besuch kommen, grob. Die anderen Gefangenen erzählen mir von geschmuggeltem Tabak und anderem Zeug und glaub mir, du möchtest nicht wissen, wo sie die Waren verstecken, Mutter! Er war grob, er konnte nicht anders, denn er hatte schon immer ein loses Mundwerk gehabt. Auf die Anschuldigung der Leute, sie vernachlässige ihn, antwortete sie, sie vernachlässige ihn nicht, sie akzeptiere den Wunsch, den ihr Sohn niedergeschrieben habe.

Er beschwerte sich auch über das schreckliche Essen. Ich fühle mich wie zu Hause, Kochen war ja nie deine Stärke. Die Briefe trugen den Stempel des Zensors, und es wäre gut gewesen, wenn die Zensurabteilung all die verletzenden Stellen geschwärzt hätte, die eine Mutter trafen, die allein gelassen worden war.

Sie fragte sich oft, was es wohl für einen Unterschied gemacht hätte, wenn Roberts Vater ihr eine Tochter geschenkt hätte. Nicht einmal dazu war er fähig gewesen. Eine Tochter wäre einer Mutter eine große Hilfe, beim Einkaufen oder um nächtelang zu reden und Geheimnisse auszutauschen. Auf Bemerkungen der anderen Frauen der Stadt hätten sie vielsagende Blicke ausgetauscht. Eine Tochter, um herauszufinden, was für Schlangen die anderen in Wahrheit waren. Eine Tochter, um mit femininen Geschenken nach Hause zu kommen, statt ein Sohn, der unter die Diebe gefallen war. Sie hätte diese Tochter fragen können, warst du jemals einkaufen und hast dich dabei wie in einem anderen Land gefühlt, vielleicht in einer jener großen Städte biblischer Zeiten, mit Menschen, die an dir vorbeispazieren und dich komisch ansehen?

Wie nimmt eine Mutter ihren Sohn an die Brust, fragte sich Agnes, einen Mann mit den angeborenen Eigenschaften seines

Vaters? Wie kann so etwas eine Frucht des eigenen Körpers sein? Ein Sohn ist etwas Schreckliches, das schlecht passt.

*

In jenem August wurden Rekordtemperaturen gemessen. Hochdruckgebiete von den Azoren. Die Strandpromenade in Warrenpoint war Nacht für Nacht voller Menschen. Die Züge brachten sie aus Portadown, Belfast, Craigavon. Gangs bildeten sich. Teddys und Suedeheads trieben sich am Strand von Cranfield herum. In der Abendhitze versammelten sich Mitglieder des Oranier-Ordens in abgelegenen Hallen. Piloten und Armeeangehörige, die in Ballykinlar einquartiert waren, wurden abends in den Ort gekarrt. Im Zentrum von Kilkeel gab es Messerstechereien, in entlegenen ländlichen Gebieten religiös motivierte Übergriffe. McCrink hatte die Vorstellung, dass sich Milizionäre im Schutz der Dunkelheit herumtrieben, Geheimbünde unbekannter Herkunft. Auf öffentlichen Toiletten tauchten Schmierereien über McGladdery und den Mord mit detaillierten Angaben zum Verbrechen auf. Es war wichtig, Obszönes niederzuschreiben, die dunkelsten Fantasien der Stadt aufzuzeichnen.

McCrink fand, es seien mehr Fahrende im Lager als jemals zuvor. Kinder schwammen im Becken. Die Frauen der Fahrenden, eingehüllt in Decken, streiften durch die Stadt. Die Menschen erwarteten gemurmelte Weisheiten von ihnen, den Trost der Wahrsagerin. Sie erwarteten, dass Fahrende alte Flüche heraufbeschwören konnten und Handzeichen zur Abwehr des Bösen kannten. Margaret wies McCrink auf Schnitzereien an Torpfosten und Türrahmen hin, eckige Symbole, Runen.

»Informationen für die Nächsten, die vorbeikommen«, erklärte Margaret, »ob es ein guter Ort ist, um sich niederzulassen, wie die Leute sind. Sie sollen in der Lage sein, das Zeichen gegen den bösen Blick zu machen. Ich frage mich immer wieder, wie das wohl aussieht.«

McCrink hielt seinen Finger in das eingeritzte Symbol im Türrahmen eines Geschäftes und spürte, dass es mehr verriet als nur die Beschreibung der Bewohner. Eine Art Warnung auf einer viel tieferen Ebene, eine Bedeutung, die über Generationen weitergegeben wurde. Er glaubte, Gesänge und Bittgebete zu vernehmen, Torpfosten und Türrahmen als Wegweiser für die Seele.

»Die Fahrenden werden schlechter behandelt als Tiere«, sagte Margaret, »die Kindersterblichkeit ist vergleichbar mit der in Afrika.«

Sie glaubte, Dinge zu verstehen, indem sie sie zu Anliegen machte. Sie führte ihn zurück zu ihrer Wohnung und zeigte ihm Flugblätter über das vierzig Meilen entfernte Kernkraftwerk in Windscale. Ihre Stimme klang ehrfürchtig, als sie die Seite umdrehte. Magnox, Reaktor, Kernfusion, Entladung. Sie stimmte das technische Vokabular an, den Wortschatz der Zukunft, der sich rund um die kuppelförmigen Meiler an der schieferfarbenen Küste entwickelt hatte.

Danach gingen sie nach oben in ihr Schlafzimmer. Das Fenster war offen, die Luft im Zimmer heiß. McCrink konnte die Leute auf der Straße hören, die unter dem Fenster vorbeigingen, ihre nächtlichen Gespräche, die emporstiegen. Margaret gefiel die Vorstellung, aus dem Blick zu sein und zu flüstern. Wenn sie durch die dunkle Stadt fuhren, nahm sie seine Hand und legte sie auf ihre Brust. In Restaurants tastete sie unter dem Tisch nach seiner Hand. Saßen sie auf der Strandpromenade in Warrenpoint, legte sie ein Tuch über ihren Schoß und führte seine Hand darunter.

McCrink fing an, sich zu fragen, ob verhuschter Sex zum Selbstverständnis der Stadt gehörte und ob sie es alle trieben, Fummler und Forscher im Verborgenen.

Sie übernahm die Führung und sagte ihm, was er als Nächstes zu tun hatte, gab ihm mit gehauchter Stimme ausführliche Instruktionen. Leg deine Hand dahin. Langsamer. Sie arbeitete daran, schweigend zu kommunizieren, mit Blicken, Lauten, wortlosen Aufforderungen und kaum wahrnehmbaren Angeboten in den Randgebieten der Liebe. Danach nahm sie eine Schachtel Zigaretten aus dem Nachttisch. Gitanes. Das passte zum folkloristischen Wandbehang und zum Bettüberwurf aus Indien in ihrem Schlafzimmer. Kleinstädtische Boheme. Der Zigarettenrauch hing in der warmen Nachtluft, scharfer gallischer Duft.

»Meinst du, McGladdery hat Pearl umgebracht?«

»Wahrscheinlich.«

»Wieso macht ein Mann so was?«

»Ich weiß es nicht. Ich hab's schon so oft gesehen und weiß es immer noch nicht.«

»Arme Pearl. Sie passte einfach perfekt in diesen Laden. Perfekt wie eine chinesische Puppe. Pearl war exakt der richtige Name für sie.«

»Da fällt mir ein, dass ich dich nie gefragt habe, ob du McGladdery kanntest.«

»Klar hab ich ihn gekannt. Er war ja dauernd in der Bibliothek.« McCrink stützte sich auf die Ellbogen. Er glaubte, Donnergrollen über den Bergen zu hören. Unter dem Fenster gingen zwei Männer vorbei. Während sie an der nachempfundenen venezianischen Fabrikfassade von Thompson's Mill an der Canal Street entlanggingen, sprachen sie leise miteinander. Eine Nacht der Ahnungen. Geheimnisse, unterwegs in der drückend heißen Nacht. Der maskuline Geruch der Zigarette hing in ihrem Zimmer.

»Wieso hast du mir niemals was gesagt?«

»Du hast mich niemals danach gefragt.«

Sie verfiel in den kehligen Dialekt der Stadt. Er setzte sich auf und sah auf sie hinab. Er fing an, die Stadt zu begreifen, diesen Ort an der Grenze. Seine Bewohner mit Herzen, die unterwandert waren. Ihre Art, wie sie niemals Informationen anboten. Man musste nach ihnen forschen, musste sie aus dem Verschwiegenen und Vorenthaltenen heraushören. Ihm war aufgefallen, dass die Leute dieser Stadt das Telefon abhoben, ohne sich zu melden. Am anderen Ende blieb einem nichts anderes übrig, als ins Leere zu reden.

»Hast du mit ihm geredet?«

»Manchmal. Wenn er sich Bücher auslieh.«

»Gibt's bei euch so was wie die Schweigepflicht der Bibliothekare? Kann ein Bibliothekar auf Schweigepflicht plädieren? Wie ein Arzt oder so?«

»Er war immer höflich. Nannte mich Fräulein.«

»Darf ich fragen, was für Bücher er ausgeliehen hat, oder fällt das unter die Schweigepflicht?«

»Alles Mögliche. Er hat mir mal gesagt, er habe einen Verstand, der sich für vieles interessiere. Er hat sich verschiedene Sachen ausgeliehen. Bodybuilding, Kriminalromane.«

»Ich kann einfach nicht fassen, dass du mir das vorenthalten hast.«

»Das Ganze fühlt sich wie eine Geschichte an«, sagte Margaret, »der schreckliche Mord. Die Bibliothekarin, die dem grüblerischen Detective aus der großen Stadt verfällt.«

»Ich grüble nicht. Und aus der großen Stadt bin ich auch nicht.«

»Jedenfalls nicht mehr.«

»Was soll das heißen?«

»Du erzählst nie von dir. Von deiner Zeit in London.«

»Da gibt's nichts zu erzählen.«

»Die Leute reden. Wie kommt's, dass er den Job in London aufgegeben hat, wo er doch so eine heiße Nummer war. Die sagen, McGladdery kommt vielleicht ungeschoren davon.«

»Ach ja?«

»Warum hast du London verlassen?«

»Ich hatte keine Lust mehr. Hatte genug von der Mordtruppe. Den Morden der Gangs, den Leichen, die bei Autobahnpfeilern abgelegt wurden. Genug von der ewigen Flut häuslicher Gewalt, von Ehemännern und Liebhabern als Mörder, den Kämpfen der Gangs im West End. Den Morden an den Nackten.«

»Und Anatomie.«

»Bitte?«

»Anatomiebücher. McGladdery hat sich die immer ausgeliehen.«

Kriminalromane und Anatomie. Eine Gestalt beugt sich in der Nacht über Pearl, so stellt man sich den finsteren Täter aus einem Roman vor, dachte McCrink.

Fünfzehn

Bei Roberts zweiter Anhörung während seiner Untersuchungshaft in Newry benutzte der Gerichtsschreiber eine manuelle Schreibmaschine. Der Belfast Telegraph berichtete, dass »der Angeklagte aufgeregt schien und sich über das Klappern der Schreibmaschine beschwerte«.

Robert reagierte möglicherweise auf den Lärm der Maschine, auf das scharfe Knallen der Typenhebel und das Aufschlagen der Buchstaben auf Papier. Vielleicht regte er sich aber auch darüber auf, dass die Geschichte fortgeschrieben wurde, dass sich Themen abzeichneten und die Story sich ausbreitete, als trüge sie selbst Material zusammen.

Wenn die Leute in Newry über den Fall reden, beziehen sie sich immer auf McGladdery und Pearl Gamble. Pearl wird jeweils mit ganzem Namen erwähnt, McGladdery nur mit seinem Nachnamen. Die Erwähnung beider Namen deutet eine Intimität an, obschon laut Gerichtsprotokoll die einzige Beziehung der beiden darin besteht, dass McGladdery Pearl umgebracht haben soll. Dennoch erwähnen die Leute immer beide Namen.

Im Archiv stößt man auf den Klatschseiten der Zeitungen auf Hochzeitsfotos. Braut und Bräutigam lachen ihr fünfzigjähriges Lachen in die Kamera. Sie schauen in den Blitz, als wären sie geblendet vom Versprechen des Lebens, das sie erwartet.

Robert und Pearl sind das düstere Gegenteil dieses Versprechens. Festgehalten im dämonischen Licht des Mordes.

*

McCrink verbrachte mehr und mehr Zeit in den zwei Räumen über der Wache am Corry Square. Speers wurde nach Belfast zurückbeordert, um wieder am Fall Bratty zu arbeiten. Anweisungen kamen von Harry West genauso wie von Brian Faulkner. Sie verlangten, täglich über den neusten Stand und sämtliche Entwicklungen informiert zu werden. McCrink ging wieder und wieder seine Notizen durch. Die Kratzer auf McGladderys Gesicht, die vom Expander stammten, wie er behauptete. Sein rätselhaftes Verhalten in den Tagen nach dem Mord. Sein in der Sickergrube versteckter Anzug. Die Wunden an seinen Händen, die sternförmig angeordneten Wunden auf Pearls Leiche.

Er fand eine Aussage zwischen den Unterlagen der Pathologie, die er noch nicht gelesen hatte. Die Aussage stammte von einer Fabrikarbeiterin, die Robert bei einem Tanz drei Wochen vor dem Mord in Warrenpoint kennengerlernt hatte. Sie beschrieb, wie Robert sie auf der Promenade begleitet hatte. Sie kamen bis zum Park, und sie war bereit gewesen, sich mit dem Rücken an die Wand der öffentlichen Toilette pressen zu lassen, und hatte den Körper erwartet, der sich an sie drückte, die Hände, die zu weit gingen, all die üblichen kleinstädtischen Zeremonien der Begierde eben. Stattdessen hatte Robert die Hände an seine Schläfen gelegt und den Kopf hin- und hergeschüttelt, als widerspreche er einer inneren Stimme, und ihr war bewusst geworden, dass sie ganz alleine hier war mit Robert, der sie plötzlich an einen Bösewicht erinnerte, der sich unter schrecklichen Schmerzen in einen Werwolf verwandelte.

»Was ist? Stimmt was nicht?«, hatte sie gefragt.

»Kopfschmerzen«, sagte er. »Oh mein Gott, all die Lichter.«

Es hatte zehn Minuten gedauert, bis Robert sich imstande fühlte, zur Bushaltestelle zurückzugehen, wo sie den Nachtbus nach Newry nahmen. Er war bleich, zitterte und sagte kein Wort. Sie ließ ihn zuerst in den Bus einsteigen und setzte sich einige Reihen hinter ihm hin. Er schlief im Bus ein, und der Busfahrer musste ihn wecken, als sie die Haltestelle in Newry erreichten. McCrink fragte sich, ob die Aussage mit Absicht zwischen den Unterlagen der Pathologie versteckt oder einfach nur falsch abgelegt worden war.

McCrinks Zimmer schien gefüllt mit dem Müll längst vergangener Ermittlungen, ein staubiger, versiegelter Ermittlungsraum, eine verbrecherische Angelegenheit, die ein schwermütiges Ende gefunden hatte. Die Fotos der Tatorte an der Wand wölbten sich an den Ecken, das Aktenpapier vergilbte. Die Fotografie von Pearl war ein elegischer Gegenstand aus einer Epoche längst vergessener Eleganz.

Er ordnete die Berichte der Autopsie, der Ermittlungen und des Kriminallabors und las sie noch einmal durch. Es gab Verletzungen an den Händen, die darauf hinwiesen, dass sie sich gegen ihren Angreifer gewehrt hatte. Die Lippen waren geschwollen, das Gesicht und der Hals blutunterlaufen. Hinter dem Ohr gab es eine Einstichwunde. Die rechte Herzkammer war durchstochen worden. Doch die Wunden waren nicht die Todesursache. Die Todesursache war Strangulation.

Als Speers an einem Mittwoch spätnachmittags ins Zimmer kam, war er allein. Er hielt ein Telegramm in den Händen.

»Die Geschworenen wollen Bratty am Galgen«, sagte er.

McCrink war überrascht. Man hatte vermutet, dass Bratty wegen Unzurechnungsfähigkeit für nicht schuldig erklärt würde. McCrink hatte ihn im Gericht beobachtet, eine große kreidebleiche Gestalt, die »sich in gedämpftem, aber gefasstem Tonfall äußerte, der keine Variation kannte«, wie es der Evening Standard beschrieb. Ein Doktor namens Kurt Sax, von der Verteidigung berufen, deutete auf eine psychomotorische Epilepsie.

»Das Hinrichtungsdatum ist abhängig von der Berufung«, sagte Speers, »mit etwas Glück sehen wir dieses Jahr zwei baumeln.«

*

McCrink besuchte Doris Curran den ganzen Sommer über. Der oberste Aufseher erzählte ihm, dass sie keine anderen Besucher habe. Der Richter tauchte nicht auf, und Desmond hatte seine Pfarrgemeinde in Soweto übernommen, wo er sich durch Tapferkeit im Kampf gegen die Apartheid auszeichnete. Manchmal hatte Doris lichte Augenblicke, manchmal versetzten sie die Medikamente in tiefe Stille. McCrink sagte wenig, um Doris reden zu lassen. Das hatte er in Newry gelernt. Man hielt den Mund. Man ermunterte Leute, zu schweigen.

Als Doris klein war, wollte sie Krankenschwester werden. Sie hatte Bilder von Florence Nightingale und anderen gütigen Personen aus der Vergangenheit im Kopf. Sie würde ein Instrument der Hygiene und Tugendhaftigkeit, gäbe sterbenden Männern Geborgenheit. Angesichts ihrer Einkerkerung im Holywell Mental Hospital auf Geheiß ihres Ehemannes, Richter Lance Curran, war diese Vorstellung der pure Hohn. Er hatte über sie geurteilt, hatte sie in einem selbst eingesetzten Schwurgericht verdammt und verurteilt.

Sie wusste, dass man im Trakt oft auf sie zeigte. Da geht sie, die Mutter von Patricia Curren, die ermordet wurde. Die Frau des Richters. Der Richter hat sie nach dem Mord an der Tochter weggesperrt. Sie hatten keine Ahnung, wer sie wirklich war und welche Geheimnisse sie in ihrer Brust verbarg.

In dem Augenblick, in dem sie vom Mord an Pearl Gamble erfahren hatte, wusste sie, dass Lance da sein würde, um sich, in eine Robe gewandet, zu rächen. Lance Curran waren eiskalte Beweggründe nicht fremd.

Andere Patienten bezeichneten Holywell als das schwebende Hotel, aber Doris verstand nicht, was daran schwebend sein sollte, und außerdem war ein Hotel ein Ort der Erholung und der Freizeit. Holywell war ein Krankenhaus, ein Ort der Ruhe.

Sie hört die Leute reden. Die Leute denken, sie hört sie nicht, aber sie hört sie doch. Seine lange blasse Richtergestalt. Seine lange schwarze Richterrobe. Sein schwarzer Richterverstand. Treten Sie zu mir in die Dunkelheit meines Verstandes, Euer Ehren. Doris hatte Patricias Art als Kind gestört, sie war eigenwillig gewesen. Eigenwillig wie die Schatten in diesem Krankenhaus, die nicht machten, was ihnen befohlen wurde.

Sie hatten sie auf Haloperidol und andere Psychopharmaka gesetzt. Das medizinische Personal in Holywell war überrascht von ihren Kenntnissen in Sachen Medikamente und deren Anwendung. Sie fühlte sich verpflichtet, das Personal darüber zu informieren, dass sie auf dem Gelände des Broadmoor Krankenhauses für psychisch kranke Straftäter aufgewachsen war, das ihr Vater geführt hatte, weshalb sie ihre Umgebung und all ihre kleinen Tricks durchschaute.

Doris gefiel es, über den Unterschied der medizinischen Behandlungsweisen zu diskutieren, die sie in Broadmoor und in Holywell beobachtet hatte. In Holywell waren die Angestellten wohlgesittet und respektvoll. Die Krankenschwestern trugen

Weiß. In Broadmoor fragte man sich gelegentlich, wer Pfleger und wer Patient war.

Die Ärzte nahmen an, sie kenne die Wirkung der Medikamente nicht, aber sie kannte sie. Sie kannte die Dosierungen und die Gegenanzeigen, kannte den Unterschied zwischen Beruhigungsmitteln und Neuroleptika. Sie gaben ihr die Medikamente in einer Nierenschale aus Edelstahl, sie musste sie hinunterschlucken und dann flüssige Medizin aus einem Plastikbecher trinken. Broadmoor war voller Mörder gewesen, die nicht bei Verstand waren. Sie hatte diese Leute bei der Gartenarbeit gesehen, aber jeder von ihnen sah fremd aus, wie ein Reisender, den man in der Ferne wahrnimmt.

Einmal hatte ihr Vater sie in die Wäscherei der Frauenabteilung mitgenommen. Die Frauen beachteten sie nicht, und anschließend stellte sie sich die Frauen in ihren Zellen vor, wie sie über ihre einsamen Verbrechen wie Kindstötung und Giftmord nachdachten.

Mit zehn Jahren hatte sie den Wortschatz von Gestrauchelten, von Untersuchungshäftlingen und Weggesperrten gelernt, den andere Mädchen ihres Alters oder ihrer Schicht nicht kannten. Ihr war bewusst, dass die Welt aus den Fugen geraten konnte. Ihrer Tochter Patricia konnte sie das nicht klarmachen. Sie brachte es einfach nicht in ihren Kopf.

Ihr Vater hatte mit ihr Gespräche über Herkunft und Ursache von Geisteskrankheit geführt. Er wünschte sich, dass sie mit einem seltsamen Wissen im Kopf in die Welt hinausging. Er hatte einen Schädel aus Bakelit auf seinem Schreibtisch, auf dem er die Grate, Knochenvorsprünge, Konturen und Besonderheiten aufzeigte, die auf kriminelle Energie hinweisen.

An gewissen Tagen war Doris bei klarem Verstand und erinnerte sich an The Glen. Patricia hatte sie dazu überreden wollen, ins Kino zu gehen. Sie hatte gesagt, sie solle sich Bette Davis ansehen. Sie sagte, The Glen in Whiteabbey, in dem sie lebten, sei wie ein Haus aus einem Film gewesen, etwas bewegte sich im Gebüsch. Patricia lachte und meinte, dass sie Doris vor ihrem geistigen Auge sehen könne, allein in dem großen Haus, blass und geisterhaft am Feuer sitzend. »Ich stelle mir dich allein in dieser mörderischen Nacht vor, Mutter«, hatte Patricia gesagt.

Als Patricia siebzehn Jahre alt war, nahm sie, aus Trotz gegen ihre Mutter, eine Anstellung als Lastwagenfahrerin bei einem Bauunternehmer an. Beim Wort »Lastwagen« verspürte Doris noch immer Brechreiz. Manchmal fragte sie sich, ob die Ärzte, die sie besuchten, über Patricia und den Lastwagen des Bauunternehmers Bescheid wussten? Hatte sie ihnen von dieser Tatsache, die alles veränderte, erzählt? Patricia trug eine Arbeiterjacke und fuhr einen mit Ziegelsteinen beladenen Lastwagen durchs Land. Doris sprach am Telefon mit Patricias Arbeitgeber, aber er war ein ungehobelter Mann, der sie nur auslachte, darum verschloss Doris ihre Tür vor Patricia. Nachts weinte Patricia und bettelte: »Mutter, lass mich rein!«, doch sie hatte ihr die Tür nicht geöffnet.

Ihr Sohn Desmond war etwas anderes. Sie widersprach ihrem Mann nicht, wenn er von Pfaffentum und Aberglaube redete, obschon es sie mit großem Stolz erfüllte, dass ihr Sohn Geistlicher geworden war, auch wenn sie seiner Priesterweihe nicht beiwohnen konnte. Desmond war momentan in Südafrika, und sie konnte sich seine Lebensbedingungen nicht einmal annähernd vorstellen, und auch nicht die Menschen, für die er sich unter der sengenden Sonne aufopferte. Es brach ihr das Herz, daran zu denken.

Die anderen waren blind dafür, wie Patricia einen angeschaut hatte, blind für ihr eigensinniges Starren, ihre schnippische, schlagfertige Art. Doris pflegte sie zu tadeln, was zur Folge hatte, dass im ganzen Haus Türen geknallt und Gegenstände nach ihr geworfen wurden.

Doris erzählte McCrink, wie sie in London aufgeblüht war. Doris im Ausland, in London, mit Lance, das war ein Anblick gewesen. All die großartigen Hotels. Das Ritz. Das Majestic. Doris in einem Kleid, das sie nach einem Kleid im Vogue Magazin geschneidert hatte. Doris, die in den Armen bemittelter junger Männer durch Ballsäle schwebte.

Ihr Vater fuhr einen Humber, und Doris erinnerte sich an den Ledergeruch der Sitze. Sie dachte an die Schuhe, die Samstagnacht poliert und in einer Reihe für die Messe am Sonntag bereit standen. Samstagabend schickte sie ihr Vater jeweils in den Laden an der Ecke, um Guardsman-Schuhpolitur zu kaufen. Dort schickte man sie durch die Regale mit Seifen, Waschpulver und Desinfektionsmittel. Seifen von Daz und Sunlight, flüssige Reinigungsmittel. Mr Roberts, dem das Geschäft gehörte, bewahrte die giftigen Mittel auf dem obersten Regal auf. Warfarin, Paraquat, Natriumchlorat.

Mr Roberts erzählte ihr von Leuten, die Gift eingenommen hatten. Kinder, die Gift aus Limonadeflaschen ohne Etikett tranken. Wie sie starben. Dem Erbrechen nahe, mit schwarzen Lippen.

Sie erzählte McCrink, dass es ihnen in Holywell nicht gestattet sei, das Telefon zu benutzen. Sie kam immer wieder darauf zurück, dass es ihnen nicht erlaubt sei, das Telefon zu benutzen, und dass man doch nicht denken würde, dass ein Telefon und die Stimmen anderer Menschen zu hören derart schädlich sein könne. Wenn sie über das Telefon redete, schaute sie immer verschlagen. McCrink sagte sich, dies sei einfach eine Wahnvorstellung von Leuten, die sich für etwas Besseres hielten, und also ein weiteres bedeutungsloses Geheimnis.

*

McCrink hatte das Gefühl, die Ermittlungen im Fall McGladdery würden am Corry Square ohne ihn geführt. Johnston war fast nie auf der Wache anzutreffen. Viele Unterlagen waren an die Staatsanwaltschaft weitergeleitet worden. Er reiste mehrmals die Woche nach Belfast, doch das Büro dort schien selbstständig zu arbeiten. Er fing an, Zeit in der Bibliothek in Newry zu verbringen. Er bemerkte, wie die Einheimischen erst ihn und dann Margaret ansahen und vielsagende Blicke tauschten, dabei ignorierte sie ihn während der Arbeit. Sie gab ihm die Bücher mit gesenktem Blick heraus.

Er ertappte sich dabei, wie er alte Landkarten der Stadt anschaute, grübelnd Akten studierte, Listen von Steuerzahlern und Wählern. Er spürte, dass in der Stadt über den Mord an Pearl Gamble gemunkelt wurde und dass die Leute Gespräche führten, zu denen er keinen Zugang hatte.

Er hatte begonnen, sich Bücher über psychische Erkrankungen auszuleihen. Margaret fragte ihn, ob er glaube, McGladdery sei verrückt?

»Ich hab gedacht, die Psychiater hätten ihn im Krankenhaus untersucht und ihm einen gesunden Verstand attestiert!«

Einen gesunden Verstand. Das herausposaunte Wort, formell und archaisch.

McCrink erzählte ihr nicht, dass er die Bücher nicht wegen McGladdery auslieh. Er beschäftigte sich mit den Symptomen von paranoider Schizophrenie.

Wahnvorstellungen von Verfolgung, höher gestellter Geburt oder auserwählter Mission und körperlicher Veränderungen. Halluzinogene Stimmen, die drohen oder Befehle erteilen. Auditive Halluzinationen. Halluzinationen von Gerüchen oder Geschmackswahrnehmungen, sexuellen oder anderen körperlichen Empfindungen. Visuelle Halluzinationen, die aber selten dominierend sind.

Es gab überlieferte Fälle von Patienten, die Angehörige angegriffen oder gar getötet hatten, im Glauben, sie seien der Teufel. Das waren die Sagen der Verwirrten aus den Annalen der Tollhäuser.

Sechzehn

Nach Roberts Festnahme sah Agnes Ronnie häufig auf der Hill Street. Die Zeit der tief ausgeschnittenen Oberteile und kurzen Röcke war vorbei. Sie war ein Mädchen, das wusste, was Sache ist. Agnes sah, was für ernste Gesichter die Leute schnitten, wenn sie mit Ronnie redeten, als wollten sie sagen, »das bricht einem zwar das Herz, aber du wirst drüber wegkommen«. Ronnie schaute sie mit diesem weichen Blick an, der wohl zeigen sollte, dass sie voller Trauer war. Agnes wusste, dass Ronnie lediglich über die Tatsache traurig war, keinen Mann aus seinem Ehebett zu sich gelockt zu haben. Wäre es nach Agnes gegangen, dann hätte McKnight gezittert vor Angst, vernommen zu werden. Wo waren sie in der Nacht vom 14. dieses Monats? In der Nacht des 15. dieses Monats?

Agnes hätte schwören können, dass all die Bücher und die ganze Leserei Robert in Schwierigkeiten gebracht hatten. Er nahm sich so wichtig, dass sie innerlich schrie, vergiss es, für Leute wie dich und mich gibt es in diesem Jammertal keine Würde, sondern nur Verachtung.

Sie hatte schon immer geahnt, dass sie in einer unbarmherzigen Stadt lebte, aber wie unbarmherzig sie wirklich war, hatte sie nicht erkannt. Ein Ort, in dem die Männer dachten, sie hätten Anspruch auf sie, ein Ort, in dem die Frauen in den Tea-Rooms am Strand sie anschauten, als wäre sie Dreck. Mrs McDonald, deren Ehemann Anwalt war, und Mrs Keenan, deren Ehemann Doktor war, trugen, wann immer sie Agnes begegneten, die Nasen hoch. Ihre faltigen Gesichter sahen aus, als klebte Scheiße an ihrer Nasenspitze, weshalb Agnes eines Tages auf sie zumarschierte und sie aufforderte, ihre Grimassen zu unterlassen, oder sie würde mit ihren eigenen Händen dafür sorgen.

*

Laut Bericht fügte sich Robert gut in den Gefängnisalltag ein. Am 21. Mai untersuchte ihn Gefängnisarzt James Newell: »McGladdery zeigt eine heiteres und ausgeglichenes Äußeres. Er hat den Wunsch formuliert, ›das Beste‹ aus der Situation machen zu wollen, und ist zuversichtlich, dass ›die Wahrheit ans Licht kommen wird‹.«

Newells medizinischer Bericht kam zu dem Schluss, dass Robert in einem »akzeptablen« Gesundheitszustand war, obwohl es Anzeichen auf Unterernährung in der Kindheit gab. Sein Oberkörper bewies, dass er Krafttraining machte. Sein Blutdruck war normal, die Wunden im Gesicht waren verheilt. Da er ausgeprägte Karies hatte, wurde im geraten, den Gefängniszahnarzt aufzusuchen.

Der Häftling, mit dem er die Zelle teilte, beschwerte sich über sein asthmatisches Schnaufen, das offenbar durch eine Schwächung der Lungenfunktionen hervorgerufen wurde, und das weitere Untersuchungen nach sich zog.

»Solange er nicht Scheiß-Typhus kriegt«, sagte McBride, der oberste Wärter, »lassen wir das so.«

Hughes empfahl Robert, sich nicht in die Nähe des Gefängniszahnarztes zu wagen.

»Er ist die meiste Zeit angesoffen oder verkatert. Er reißt dir den Kiefer aus und lässt dich in deinem eigenen Blut liegen.

Erspar dir die Tortur, mein Junge. Wenn Allen dich in die Fänge kriegt, brauchst du sowieso keine Zähne mehr.«

Robert sagte Hughes, dass er etwas gemein habe mit Pearl. Sie beide hätten ungewöhnlich geformte Zähne.

»Herrgott noch mal, hörst du endlich auf?«, sagte Hughes, »das Mädchen ist tot und unter der Erde. Das hast du auch mit ihr gemein, wenn du weiter rumerzählst, dass du die gleichen Zähne hast wie sie.«

Robert las Bücher über persönliche Weiterentwicklung, die er aus der Gefängnisbücherei mitnahm. Er erklärte Hughes, wie wichtig es sei, gut drauf zu sein.

»Eine fröhliche Persönlichkeit wird immer erfolgreich sein«, sagte er, »während der eher niedergeschlagene Charakter kämpfen muss, um auch nur die einfachsten Aufgaben zu verrichten.«

Nach seiner Inhaftierung fuhr Robert mit dem Schreiben fort. Er schrieb von Hand auf unliniertes Druckerpapier. Er nahm erstaunt zur Kenntnis, dass Papier unterschiedlich schwer und in Bögen und einzeln lieferbar war sowie unterschiedliche Formate hatte. Es gab eine ganze Industrie, von der er nichts gewusst hatte. Papiere mit Prägedruck und Wasserzeichen. Das schien seinen Worten auf dem Blatt mehr Gewicht zu geben. Er fing an, sich wegen seiner Rechtschreibung und seiner Grammatik Sorgen zu machen. Er dachte an Fachmänner, Meister ihres Faches, an ihre europaweiten Gilden. Es gab Dimensionen im Geschäft des Schreibens, über die er sich bisher keine Gedanken gemacht hatte. Er stellte sich vor, wie sich die Fachwelt versammelte, freie Männer in Arbeitsschürzen.

Er wollte seine Geschichte erzählen, aber einzelne Aspekte fingen an, ihm zu entgleiten. Es gab Dinge, die er als selbstverständlich betrachtet hatte.

Hughes berichtete, dass Robert über den Schuldspruch im Fall Bratty nicht erschrocken sei.

»Bratty wird nicht baumeln«, sagte er voller Überzeugung, »die Öffentlichkeit ist dagegen, Schwachsinnige zu hängen.«

Hughes war sich da nicht so sicher.

»Deine sogenannte Öffentlichkeit wäre glücklich, Bratty an den Fußknöcheln baumeln zu sehen, um nur ja sicherzustellen, dass sein Genick gebrochen ist.«

Roberts Anwalt hatte James Brown engagiert, einen Kronanwalt aus Belfast, um ihn zu vertreten. Brown hatte den Ruf, alle seine bisherigen Mandanten vor dem Galgen verschont zu haben. Brown übernahm das Mandat am Tag von Brattys Urteilsspruch. Am darauffolgenden Tag ging er ins Gefängnis an der Crumlin Road, begleitet von einem älteren Angestellten aus der Kanzlei in Newry. Ein Wärter führte ihn durch schlecht beleuchtete Gänge ins Wartezimmer. Er öffnete die Türen mit Schlüsseln, die er an einer Kette um die Hüfte trug. Der Angestellte, der an seiner Seite blieb, war sich der Theatralik des Ortes bewusst, des untergangsgeweihten Gerassels, des bedeutungsschwangeren Marsches durch gesicherte Räume und der Architektur, die dazu diente, Missetäter an sich selbst zu erinnern. Die Backsteinmauern, vergitterten Fenster und verschnörkelten Schmiedearbeiten sorgten in der leeren Haupthalle für eine trübselige Stimmung. Im düsteren Licht waren die blassen Gesichter der Insassen kaum zu erkennen.

»Ich wüsste, was ich mit einem Mann machen würde, der fähig ist, einem Mädchen so was anzutun«, sagte der Wärter, der wie ein Laienprediger aussah.

»Er landet ohnehin am Strick«, sagte der Angestellte, »das wird ihm den Teufel austreiben.«

»Er sagt, dass er es nicht getan hat.«

»Das sagen sie alle, bis sie das Schafott sehen«, sagte der Wärter. Die Männer redeten den ganzen Weg bis zu Roberts Zelle.

»Sie haben ihn im Trakt B«, sagte der Angestellte, »im Hochsicherheitstrakt.«

»Er ist im Flügel für Sexualstraftäter«, sagte der Wärter, »aus Angst, die anderen Gefangenen machen den Job des Henkers.«

Die Männer schienen den schwermütigen Dialog als Teil ihrer Aufgabe zu sehen, als hätte es Brown enttäuscht, wenn sie im Schatten des Galgens nicht ihre düsteren Späße getrieben hätten.

Der Wärter öffnete die Tür zu McGladderys Zelle, und Brown sah ihn zum ersten Mal. Dieser erste Eindruck sollte ihn über viele Jahre begleiten. McGladdery sah aus wie ein bleichgesichtiger, einsamer Charismatiker, der sich von allen Seiten bedrängt fühlt.

Der Wärter und der Angestellte traten zur Seite, und Brown ging in die Zelle. McGladdery saß auf seinem Bett. Brown fand, dass diese Räume immer wieder etwas Andächtiges hatten. Die Fenster waren hoch oben in die Wand eingefügt, weshalb das Licht in einer Bahn herabströmte. Das blasse Gesicht des Gefangenen stach heraus wie das eines Bittstellers auf einer mittelalterlichen Bilderhandschrift, der, in Gottes Licht getaucht, nach oben blickt.

McGladdery saß also auf dem Bett. Bücher lagen auf der Decke, Romane mit rissigen Buchrücken, die Umschläge verfleckt und mit Eselsohren. Brown hatte schon einige verteidigt, die zur Todesstrafe verurteilt worden waren. Einige von ihnen waren verloren in ihrer eigenen mörderischen Erhabenheit, doch McGladdery war anders, knabenhaft und interessiert.

»Ich will meine Geschichte erzählen, Mr Brown. Ich schreibe sie auf, damit es die Leute verstehen.«

»Genau das machst du, Robert.«

Brown hatte schon andere Mandanten getroffen, die im Gefängnis ihre Geschichte aufschrieben. Üblicherweise waren es Sexualstraftäter, Männer mit Brille, die in sich selbst komplizierte seelische Verstrickungen aufdeckten. Die sich in den einsamen Mechanismen der Begierde verloren fühlten. Ihre Werke waren voller Selbstrechtfertigung.

»Gib einfach nichts zu.«

»Ich hab nichts zuzugeben. Ich habe sie nicht angerührt.«

»Das Gericht hat eine Menge Indizienbeweise.«

»Das Gericht hat verdammt noch mal rein gar nichts, denn ich war es nicht. Wenn die Leute meine Sachen lesen, können sie sich ihr eigenes Urteil bilden.«

»Es gibt leider einige, die sich ihr Urteil schon gebildet haben, Robert. Das ist das Problem. Vielleicht erzählst du mir, was am 29. Januar passiert ist?«

»Ich fang mit dem Tag an. Wir hatten ganz schön was getankt.«

»Mit wem hast du getrunken?«

»Mit Will Copeland. Wir waren im Hollywoods. Dann sind wir runter zur Legion. Haben bei Hughes was gewettet.«

Ein Samstagnachmittag im Winter. Die Rennen, die über Lautsprecher ins Wettbüro übertragen werden. Haydock. Sandown Park. Pferde, die sich durch die Dämmerung plagen, die Seidentrikots der Jockeys und Hufschläge, die im Nieselregen verschwinden. Männer lassen sich in eine unerwartete Schwermut fallen, in den Straßen breitet sich die Dunkelheit aus.

»Was passierte dann?«

Brown kam sich vor, als würde er in jenen Tag hineingezogen.

»Da waren wir dann fertig.«

»Hast du irgendwas gekauft?«

»Was meinen Sie?«

»Warst du an dem Tag in irgendwelchen Geschäften?«

»Ich weiß nicht mehr.«

»Die Staatsanwaltschaft behauptet, du hättest bei Woolworths Werkzeuge für Schuhmacher gekauft. Eine Polizistin, die nicht im Dienst war, behauptet, sie hätte dir dabei zugesehen, wie du sie gekauft hast.«

»Dann wird es wohl stimmen.«

»Was passierte dann?«

»Ich und Will sind zu mir nach Hause. Ich hab ihm angeboten, den Expander auszuprobieren.«

»Expander?«

»Vergrößert die Brustmuskulatur. Haben Sie Charles Atlas schon mal gesehen? Mit Charles Atlas legt sich keiner an. Stimmt doch, oder nicht?«

»Das weiß ich nicht.«

»Ich hab mir damit fast fünf Zentimeter mehr Brustumfang antrainiert. Und an den Oberarmen und am Genick hab ich auch zugelegt. Das wird Harry Allen ins Grübeln bringen.«

»Harry Allen?«

»Der Henker. Er muss das Genick und das Gewicht messen, um den Sturz zu berechnen.«

»Wer hat dir denn das erzählt?«

»Der Wärter. Der Bursche, der Sie hierhergebracht hat. Er sagt, der Kopf kann komplett abgerissen werden, wenn sie's nicht richtig machen. Wenn man auf die Falltür knallt. Ich hab gehört, Allen hat ein ganzes Buch voll mit Berechnungen für jedes Gewicht. Man sagt, es sei schwerer, eine Frau zu erhängen. Ein Frauenkörper hat eine andere Masse. Das Genick einer Frau kann man brechen wie einen dünnen Zweig.«

Geschlagen. Erstochen. Erdrosselt. Robert musste immer wissen, wie Dinge funktionierten. Um die ganze Sache mit Berechnungen in Schach zu halten. Fasziniert davon, dass das Erhängen eine eigene dunkle Wissenschaft war und dass es Männer gab, die Sklaven dieser Kunst waren. Er konnte nicht aufhören, darüber zu reden.

»Ist in dem Zimmer irgendetwas passiert, während du den Expander benutzt hast?«

»Ich hatte meinen Fuß in einem der Griffe. Der Griff ist weggerutscht, ist mir direkt ins Gesicht geflogen und hat mich verletzt. Ich hab ein bisschen von Mas Make-up auf die Kratzer getan, um sie abzudecken.«

»Was hast du in jener Nacht getragen, Robert?«

»Eine beige Windjacke und den dunklen, modischen Anzug aus London. Und die blauen Schuhe aus Wildleder.«

»Das ist nicht, was die Zeugen sagen.«

»Und was sagen die Zeugen?«

»Die Zeugen sagen, du hast einen hellen Anzug mit einem weißen Hemd und eine schwarz-rote Krawatte getragen.«

»Das ist die Krawatte, die ich Will ausgeliehen habe. Diese Krawatte hat an der King's Road drei Pfund gekostet. Will hat andauernd davon geredet. Wie sich ihm die Frauen an den Hals werfen. Schlussendlich hab ich nachgegeben. Hier, hab ich gesagt, ich leih sie dir aus, wenn sie dir so viel bedeutet.«

»Die Zeugen haben nicht erwähnt, was Copeland getragen hat.«

»Den hellen Anzug und die schwarz-rote Krawatte. Der Anzug war geliehen.«

»In welcher Beziehung stehst du zu Mr Copeland?«

»Freunde. Blutsbrüder. Wir haben alles zusammen gemacht. Sagen Sie mir etwas, Mr Brown. Pearl ist eine halbe Meile von Damolly Cross gefunden worden.«

»Stimmt.«

»Hätte sie sich dahin schleppen können?«

»Eher nicht.«

»Ich hab von Leuten gehört, die angeschossen wurden und trotzdem noch weggelaufen sind. Hatten keinen Tropfen Blut mehr im Leib und sind trotzdem weggerannt wie Rennläufer. Die Nerven sorgen dafür, dass die Beine weiterarbeiten. Denken Sie, dass dies auch bei Pearl passiert sein könnte?«

»Ich denke nicht. Die Polizei meint, dass sie dorthin geschleift wurde.«

Das passte zu Robert. Den Tatort überprüfen, Szenarien konstruieren. Wurde Pearl zuerst geschlagen oder erstochen? War der Mörder Rechts- oder Linkshänder? Ging Brown davon aus, dass sie die Kleider »freiwillig« auszog, wie Robert es nannte, oder hatte der Mörder die Kleider in seiner Raserei zerrissen? Bisher war Brown noch nie einem Verdächtigen begegnet, der sich so verhielt. Robert schien hartnäckig und naiv zu sein.

Robert erzählte Brown, wie er mit Pearl und Joan Donergan getanzt hatte.

»Was passierte am Ende des Tanzabends?«

»Ich hab auf Joan Donergan gewartet. Als sie nicht rauskam, bin ich nach Hause.«

»Du hast kein Fahrrad vor der Halle der Oranier mitgenommen?«

»Hab kein Fahrrad gesehen. Ich bin nach Hause und ins Bett.«

Brown spürte, dass Robert etwas verschwieg. Es war, als könnte er Robert bis zur Tür der Tanzhalle folgen, während er sich alles, was danach geschah, nicht vorstellen konnte.

»Hast du Miss Gamble vor der Nacht der Ermordung gekannt?«

»Ich hab sie vielleicht schon mal getroffen, als wir klein waren, aber ich kann mich nicht dran erinnern.«

»Aber du kannst dich erinnern, an diesem Abend mit ihr getanzt zu haben?«

»Ich erinnere mich. Die Leute wollten mit mir tanzen.«

»Hast du dir It's Now or Never von der Band gewünscht?«

»Nein, hab ich nicht. Ich hab nach Chattanooga Choo Choo gefragt, aber sie haben's nicht gekannt und stattdessen It's Now or Never gespielt.«

Robert war ein guter Tänzer, wie schon sein Vater. Zeigte den Mädchen die neuen Tanzschritte. Den Jive, den Mashed Potato. Als er Pearl für den langsamen Song It's Now or Never zum Tanz aufforderte, lief Robert das Glück im Zwei-Drittel-Takt davon.

*

McCrink ging zum Schrank mit den Beweismitteln und nahm die Tüten mit den Büchern heraus, die sie aus McGladderys Haus mitgenommen hatten. Er kippte sie auf den Schreibtisch. Bücher über Bodybuilding, simple Selbsthilfebücher. Steigere deinen IQ in 90 Tagen. Ausgaben von Reader's Digest und National Geographics. Nummern von Mayfair. Ein Haufen Gesundheits- und Ausbildungsmagazine, die nackte Mädchen beim Volleyball zeigten. Die Mädchen waren blond und lachten. Sie sahen aus wie FKK-Anhänger vor dem Krieg, Arierinnen, die es liebten, in der Gruppe Gymnastik vorzuführen. McCrink bevorzugte die Modelle in Mayfair. Mädchen in Kostümen französischer Hausmädchen und Schuluniformen, verdorben und erfahren.

In der anderen Tüte waren Romane. McCrink kippte sie auf den Schreibtisch. Krimis und Western. Er sah sie sich kurz an, blätterte in ihnen. Riders of the Purple Sage. Ian Fleming. Er zog The Long Wait von Mickey Spillane heraus.

Der Umschlag zeigt einen Mann und eine Frau in einem nicht weiter erkennbaren Raum in einer Stadt. Im Hintergrund liegt etwas, das aussieht wie eine umgestürzte Seemannskiste. Der Mann ist an einen Stuhl gefesselt und zerrt an seinen Fesseln. Sein weißes Hemd ist an der Schulter zerrissen. Er hat schwarze Haare und einen kantigen Kiefer. Die Frau im Vordergrund liegt halb auf dem Boden. Sie hat blondes Haar, das bis zu ihren Schultern reicht, und trägt ein tief ausgeschnittenes Kleid. Das Bild ist so arrangiert, dass der Blick des Betrachters sofort auf ihr Gesicht und ihre teilweise freiliegenden Brüste fällt. Sie schaut jemanden oder etwas an, das sich knapp außerhalb des Bildes befindet. Ihre nachgezogenen Augenbrauen sind gewölbt, ihr starrer Blick ist berechnend. Sie wirkt ungepflegt, als wäre sie auf die schiefe Bahn geraten, und der gefesselte Mann schaut sie alarmiert an. Vielleicht bindet sie ihn los, bevor sie abhaut oder mit seinem Peiniger eine Verbindung eingeht. Beide waren am Ende schäbiger Affären zu oft in der Rolle des Opfers gewesen, deshalb ist der Ausgang schwer einzuschätzen.

Der neue Thriller vom Autor von The Big Kill hieß es im Untertitel des Romans. McCrink drehte das Buch um und las die Rückseite. Er strich mit der Hand über den Einband, spürte die Einstiche und öffnete das Buch. Die Stiche gingen durch den Karton. Er war von Löchern durchsiebt. Er zählte dreißig. Sie schienen sternförmig angeordnet zu sein. Er rief Speers an.

»Die Wunden auf Pearls Körper stimmen doch mit der Form einer Feile überein, wie sie Schuster verwenden, und die McGladdery womöglich bei Woolworths gekauft hat?«

»So ist es.«

»Ich hab was anderes. Ein Taschenbuch mit Messerstichen, dasselbe Muster.«

»Er hat das Erstechen zu Hause geübt.«

»Es beweist nur, dass er auf das Buch eingestochen hat. Es beweist nicht, dass er geübt hat, jemanden zu erstechen.«

»Sie werden das im Zeugenstand gegen ihn verwenden. Ich möchte zu gern hören, wie er das den Geschworenen erklärt.«

McCrink zog seinen Mantel an und ging nach draußen. Er lief auf der Mary Street bis zum Kanal. Es war feucht und neblig. Er dachte an den Mann und an die Frau auf dem Umschlag von The Long Wait. Er fragte sich, ob sich McGladdery in ihrer fiktionalen Gefahr verloren hatte. Ob er sich vorgestellt hatte, sich in ihrem von Nebelbänken getrübten Leben zu befinden.

Siebzehn

Richter Curran verfolgte in der Ruhe des Billardzimmers die Bahnen der Kugeln auf dem Billardtisch. Er versenkte eine isolierte rote Kugel und setzte die weiße Kugel via Bande direkt vor die schwarze, um diese als Nächste ins untere linke Loch zu versenken. Das Speisezimmer des Reform Club war an diesem Abend sehr gut besucht gewesen. Ferguson hatte beobachtet, wie der Richter zwischen den Tischen herumgegangen war; er hatte gesehen, wie der Richter nachprüfte, wer anwesend war. Die Aktionäre der Werft, die Vorsteher der Grafschaften, die Geistlichen. Er hatte gesehen, wie unbarmherzig die Aufmerksamkeit des Richters auf die Ehefrauen der Männer fiel und wie sie ihm, von freudlosem Begehren ergriffen, nachschauten, wenn er an ihnen vorbeiging. Ferguson hatte Gerüchte von Frauen gehört, die bei den Reisen des Richters nach London dabei gewesen sein sollten. Gerüchte, die ihn durch die Spielhallen des Piccadilly verfolgten.

Drei Tage zuvor war eine handgeschriebene Notiz ins Büro von Ferguson in Whiteabbey gebracht worden. Die Nachricht kam von Wachtmeister Rutherford, der ihm mitteilte, dass er dem High Court in Belfast am nächsten Tag als Zeuge beiwohnen werde und Ferguson gern treffen würde.

Rutherford wartete in der großen Halle auf Ferguson. Ferguson hatte ihn nicht mehr gesehen, seit er im Fall Patricia

Curran als Zeuge aufgetreten war. Er trug Dienstuniform. Viele Polizisten waren früher in der Armee oder in der Marine gewesen und hatten ein entsprechendes Auftreten. Stiefel und Gurt waren blitzblank poliert und mit Schellack behandelt. Ferguson schüttelte ihm die Hand.

»Was kann ich für Sie tun, Wachtmeister?«

»Ich habe vor einigen Monaten einen Besucher zu The Glen begleitet und musste immer wieder dran denken. Dann hab ich Mr West davon erzählt. Er findet, dass Sie und Euer Ehren davon wissen sollten.«

»Wer war es?«

»Polizeiinspector McCrink.«

»Und was zum Teufel hat er da gesucht?«

Rutherford berichtete ihm von der Entdeckung des Arbeiters, dem großen Blutfleck auf den Holzdielen des Schlafzimmers.

»Was halten Sie davon?«

»Ich war während des Krieges auf Geleitzügen durch die Antarktis. Ich habe Männer sterben sehen, Mr Ferguson.«

Rutherford hatte im Winter 1943 als Handelsmatrose auf Konvois von Southampton nach Spitzbergen gedient. Ein Konvoi war 120 Seemeilen nordwestlich Shetlands bei 14 Knoten Fahrt und starkem Wellengang von deutschen Stukas angegriffen worden. Das Salzwasser gefror auf Streben und Handläufen, und Männer wurden über Deck geschickt, um das Eis von den Echolotverstärkern und Masten zu schlagen. Basstölpel und Möwen folgten ihrem Kielwasser und warteten darauf, dass achtern Fischabfälle über Bord geworfen wurden. Sie folgten ihnen Tag und Nacht. In der Nacht klangen ihre Schreie, als würde im Kielwasser des Schiffes schrecklich ausgelassen gefeiert. Rutherford hatte gesehen, wie Männer bei den Angriffen unter Artilleriefeuer und durch Granatsplitter auf offenem Deck getötet worden waren.

»Ich war bei dem Gemetzel an Bord eines Schiffes dabei. Ich weiß, wie trockenes Blut auf einem hölzernen Deck aussieht. Es gibt nichts, was ähnlich aussieht.«

»Erzählen Sie keinem davon, Rutherford. Was vorbei ist, ist vorbei.«

»Der verurteilte Mörder Gordon ist freigelassen worden.«

»Man hat ihn entlassen und kümmert sich um ihn.«

»Dann gibt es da nichts zu holen.«

»Nein, Wachtmeister. Da gibt es nichts zu holen.«

Curran hörte ruhig zu, als Ferguson ihm von seinem Treffen mit Rutherford erzählte.

»Was wissen wir von diesem McCrink?«, sagte Curran.

»Ist in Nordirland geboren. Ein Karrierepolizist. Ist dem Morddezernat in London beigetreten. Wurde als Senkrechtstarter betrachtet. Bis er um seine Versetzung nach Ulster bat, ohne eine Erklärung dafür zu geben.«

»Gehen Sie dem nach. Ein Ermittler, der seinen eigenen Beweisen nicht traut, ist verheerend für einen Fall. Vor allem für einen Fall, der auf Indizienbeweise baut. Wer hat die Verteidigung übernommen?«

»Brown. Er hat den Ruf, dass noch keiner seiner Mandanten an den Galgen musste, wie Sie sicher wissen.«

Der Richter spielte die weiße Kugel entlang der Bande, um die schwarze zu treffen. Sie hing für einen Augenblick über dem Loch, bis sie fiel. Ferguson überprüfte die Position der Kugel, während der Richter ans Ende des Tisches ging und sich nach vorn beugte, um den Winkel für die nächste, die rote Kugel zu kalkulieren. Er versenkte sie und ging dann zu einem Beistelltisch hinüber. Er goss sich einen Whiskey ein und fügte Soda hinzu. Als er sich über Flasche und Glas beugte, erinnerte er Ferguson an einen Totenbeschwörer über seinem dekadenten Elixier.

»Was ist mit Bratty? Der Mann, der des Mordes an dem Mädchen in Hillsborough angeklagt worden ist. Da gab es doch ebenfalls einen sexuellen Aspekt oder nicht?«, sagte Curran.

»Ich habe mich mit dem Innenminister über Bratty unterhalten. Er erwägt, die Strafe umzuwandeln.«

»Dann ist McGladdery dran. Brown wird seinen Mann verlieren.«

*

Brown kam jeden Dienstag um 2 Uhr ins Gefängnis. Er saß stundenlang mit Robert zusammen, um die Vorfälle aus der Nacht des 28. Januar zu besprechen. Um wie viel Uhr traf er bei der Halle des Oranier-Ordens ein? Redete er mit irgendjemandem, während er hineinging? Wann sah er Pearl zum ersten Mal? Robert begriff, dass sie sich dem wichtigsten Vorfall des Abends nähern mussten. Roberts Heimweg von der Tanzhalle hatte Brown noch immer nicht rekonstruiert. Die Gespräche darüber verliefen zögerlich und waren nicht einfach. Als Erstes ging es darum, die Nacht wieder in Erinnerung zu rufen; Umstände mussten festgehalten und jeder einzelnen Figur eine klare Rolle zugewiesen werden. Der Abend war nicht so verlaufen, wie Robert ihn in Erinnerung hatte. Ein Tanzabend in einer Halle des Oranier-Ordens mit Fabrikmädchen und Arbeitern wurde zu einer schattenhaften, spärlich beleuchteten Maskerade. In Roberts Erinnerung sahen die Tänzer aus wie Menschen aus einer früheren Zeit, die ihn in einem stillen, gespensterhaften, finsteren Schreittanz umkreisten.

»Ich bin verpflichtet, dir zu sagen, dass es wahrscheinlich nicht zum Todesurteil kommt, wenn du auf ›schuldig‹ plädierst«, sagte Brown. »Und wenn doch, ist die Wahrscheinlichkeit größer, dass wir mit dem Gnadengesuch Erfolg haben.«

»Ich kann doch nicht auf ›schuldig‹ plädieren, wenn ich es nicht getan habe.«

»Das ist richtig. Trotzdem muss ich dich über alle Möglichkeiten aufklären.«

»Ich plädiere auf unschuldig.«

»In Ordnung. Dies bringt uns zur zweiten Sache.«

»Und die wäre?«

»Ob du als Zeuge auftrittst oder besser nicht.«

»Was meinen Sie?«

»Die Anklage der Krone ist auf Indizienbeweisen aufgebaut. Sie haben keine Zeugen des Mordes und natürlich kein Geständnis. In solchen Fällen sagt der Angeklagte meistens nicht aus.«

»Dann werd ich meinen Mund halten. Macht das keinen schlechten Eindruck auf die Geschworenen?«

Roberts Haltung zu seinem Fall war beeinflusst durch seine Vorstellung von Richtern in ihren beeindruckenden Roben und seinen falschen Vorstellungen von der Justiz.

»Der Richter wird sie dahingehend instruieren, dass sie sich nicht davon beeinflussen lassen, dass der Angeklagte nicht aussagt.«

»Warum sollte ich nicht aussagen, wo ich doch unschuldig bin? Ich kann denen alles sagen, was ich in dieser Nacht getan habe. Ich kann sie in die richtige Richtung lotsen. Ich hab ein paar Tricks auf Lager.«

»Das ist deine Entscheidung, Robert. Das Problem ist nur, dass dich ein erfahrener Staatsanwalt dazu verleiten kann, Dinge zu sagen, die du gar nicht meinst. Er kann Passagen deiner Aussage so betonen, dass sie dir schaden und die Aufmerksamkeit der Geschworenen von möglicherweise vorteilhaften Aspekten ablenken. Ich rate dir, dass du nicht in den Zeugenstand trittst. Aber ich überlass dir die Entscheidung. Denk ein, zwei Tage lang drüber nach.«

»Was hat er vor?«, sagte Hughes in dieser Nacht.

»Weiß der Henker«, sagte Robert.

»Der Junge denkt, dass du dich nicht selber verteidigen kannst. Es ist dein Recht, dich auf deine Hinterbeine zu stellen und da hochzugehen, um's denen zu zeigen. Du bist unschuldig. Das sieht man dir schon an.«

»Du verstehst aber nichts von juristischer Strategie.«

»Er wird dich mit seiner Strategie in Allen's Arme treiben, das ist alles, was er tun wird.«

»Mr Brown und ich haben lange über die Sache geredet.«

»Lange! Zwei Meter Hanfseil. Das ist die Länge, über die wir hier reden.«

Robert war nicht aufgefallen, wie Hughes ihn in letzter Zeit angesehen hatte. Hughes wurde langsam zum trügerischen Klischee des Handlangers. Er hatte ein halbes Jahr damit verbracht, Robert zuzuhören, und beschlossen, ihm einen Dämpfer zu verpassen, wie er gegenüber anderen Gefangen in der Küche sagte.

»Er glaubt, er ist selber Gefängnisanwalt. Lange über die Sache geredet, so ein Quatsch. Er macht dich krank mit seinem Gerede übers Bücherschreiben und russische Spione. Russische Spione, am Arsch! Er sagt, dass er Weltmeister im Bodybuilding wird. Da hat ja ein Sperling mehr Muskeln.«

Hughes sagte auch, dass ihm der Tonfall, in dem Robert über

Bratty redete, nicht gefiel. »Bratty hier und Bratty da, aber vor allem hat er gesagt, dass sie seine Strafe auch umwandeln müssen, wo sie doch die von Bratty umgewandelt haben. Außerdem sagt er, dass Bratty gestanden hätte, dass er es war, ich war's aber nicht.«

Robert lieh juristische Fachbücher aus der Gefängnisbibliothek aus. Lehrbücher über Zeugenaussagen und verbrecherische Absichten. Er fing an, juristische Ausdrücke zu benutzen, wenn er sich mit Hughes unterhielt. Er redete über Verteidigung im Allgemeinen und über Verteidigung bei verminderter Zurechnungsfähigkeit. Er verbrachte Tage damit, über berühmte Strafprozesse zu lesen. Regina gegen Cole. Regina gegen Dalton. Er erzählte Hughes, dass er in Sachen Verbrechen und Verbrecher und ihrer niedergeschriebenen Lebensgeschichten Sachkenntnis entwickle. Erzürnte Ehemänner, Giftmörder. Sich selbst stellte er sich als weltoffenen Mörder vor. Feinsinnig, sauber rasiert, fähig zu ausgeklügelten Gräueltaten, über die im Gericht von Männern, die Perücken trugen, gewählt debattiert werden würde. Er stellte sich langwierige Berufungen vor, höfliche Gespräche mit Mitgliedern höherer Instanzen. In Gerichten und der Bibliothek wurde sein Name mit dem gebührenden Respekt erwähnt. Frauen blickten fasziniert vom Publikumsrang herunter, sahen in Robert den Vollstrecker einer höheren Berufung.

Ende Juni sagte er Brown, er habe vor, sich selbst zu verteidigen.

»Ich würde mal sagen, er hat Brown mit seinem Gerede über die Justiz weichgekocht«, sagte Hughes.

Doch Brown verstand die Not, die ein Mann empfand, der um sein Leben kämpft. Er wusste, dass man keinen daran hindern sollte, der den letzten Versuch unternimmt, eine Heldentat zu vollbringen, und zielstrebig alles dafür tat.

»Wie können Sie jemanden verteidigen, von dem Sie wissen, dass er schuldig ist?«, hatte Robert Brown eines Tages gefragt.

»Du weißt nicht, ob er schuldig ist, bis das Gericht entscheidet, dass er schuldig ist. Das sind die Spielregeln der Justiz«, hatte Brown geantwortet.

Obwohl es ein warmer Tag war, war es im Verhörraum kalt. Seit Brown angefangen hatte, an der Crumlin Road zu arbeiten, litt er an chronischer Erkältung. Nachts schlotterte er im Bett. Wenn er das Gefängnis verließ, hatte er das Gefühl, etwas ins Hotel mitzutragen. Er ging zum Arzt und bekam Antibiotika verschrieben. Er fühlte sich, als leide er unter Malaria, die in den Gefängnissen des 19. Jahrhunderts häufig vorgekommen war; er war gepeinigt von Kälte und Fieberschüben.

»Das kommt vom Basalt in den Wänden«, sagte Robert, »es nimmt die Feuchtigkeit auf.«

Schwarzer Basalt, in den Bergen abgebaut und bei Dunkelheit mit Wagen in die Stadt transportiert, wo die abgetragenen Blöcke in Zweierreihen aufeinandergestapelt wurden und aussahen, als seien sie aus der Nacht herausgeschnitten worden. Der Stein wurde zum Material der Vergeltung. Material zur Bestrafung wurde auf dem Grundstück zusammengetragen und verbaut. Es war notwendig, dass die Bauweise des Gebäudes den Straftaten genügte. Die Konstruktion des Gefängnisses basierte auf den Plänen des Pentonville Gefängnisses in London, das als mustergültig angesehen wurde. Es galt, die Insassen zu isolieren, der Baustil sollte dafür sorgen, dass sich ihre Gedanken nach innen richteten. Man verordnete absolutes Schweigen, die Insassen hatten sich schweigend durch das Gefängnis zu bewegen, sonst wurden sie ausgepeitscht und ihnen wurde die Zeit für den Rundgang gekürzt. Die Augen nach oben gerichtet, ins Himmelslicht, das durch die Dachfenster flutete. Die Gefangenen bekamen Bibeln und erbauliche Texte. Sie mussten dem Himmel ihre Schuld offenbaren und ihre Sünden beichten.

Es war weiterhin Sommer, aber Roberts Gedanken wurden nicht leichter. Er dachte andauernd an den Keller im C-Flügel. Hughes erzählte ihm, dass der Galgen nach jeder Hinrichtung abgebaut und beim nächsten Mal wieder komplett neu errichtet wurde. Seine Gedanken kehrten immer wieder zu dem dunklen Raum zurück, in dem die zerlegte Hinrichtungsmaschine und die gestapelten Balken gelagert wurden. Immer wieder fragte er den obersten Aufseher McCulla, ob er sich das alles ansehen dürfe.

»Du wirst sie früh und ausgiebig genug zu sehen bekommen«, sagte McCulla.

Während der Gespräche mit Robert im Gefängnis an der Crumlin Road brachte Brown den Zwischenfall zur Sprache, bei dem er den Fluss in jener Woche überquert hatte, als er rund um die Uhr von der Polizei beobachtet worden war.

»Warum bist du durch den Fluss gewatet?«

»Die haben mich überallhin verfolgt. Ich hab dem Bullen vor dem Haus gesagt, wenn er mich verfolgen wolle, müsse er mir durch den Fluss folgen. Ich hab's aus Spaß gemacht.«

»Was passierte dann?«

»Dieser andere Polizist hat mich auf der anderen Seite des Flusses aufgegriffen. Johnston.«

»Was meinst du mit ›aufgegriffen‹?«

»Hat mir seine Waffe an die Schläfe gesetzt und gedroht, mir das Gehirn wegzublasen, wenn ich nicht ins Auto steige.«

»War er alleine?«

»Da war noch ein anderer Polizist beim Wagen. Er hat drauf geachtet, dass er sein Gesicht immer von mir wegdrehte, damit ich ihn nicht erkennen konnte. Sie brachten mich zum Corry Square.«

»Johnston behauptet, er war alleine. Dass er dich auf die Wache am Corry Square gebracht hat, um dir trockene Kleider zu geben.«

»Ich hab keine trockenen Kleider gesehen. Sie brachten mich dahin, damit ich sagte, ich sei es gewesen. Sie fragten mich immer wieder nach dem Anzug, dem hellen Anzug. Johnston und seine Truppe von hier. Haben mich in Gruppen bearbeitet. Versuchten es die ganze Nacht durch.«

»Was heißt ›die ganze Nacht durch‹? Gemäß Bericht bist du um 14 Uhr 20 in der Kaserne angekommen und hast sie um 16 Uhr 25 wieder verlassen.«

»Ich war gegen Mitternacht zu Hause! Gleich nachdem sie mich rausgelassen hatten.«

»Es gibt kein Protokoll dieser Vernehmung.«

»Protokoll hin oder her, Johnston sagte zu mir, dass er dafür sorgen werde, dass ich für Pearl hänge. Als ich ihm sagte, dass ich es nicht war, lachte er nur. Ich hatte das Gefühl, jemand anderer sagte ihm, was er machen muss. Er ging immer wieder aus dem Zimmer und kam mit neuen Fragen zurück.«

Sie schlugen mit den Fäusten auf den Tisch. Wo sind die Kleider, die du in jener Nacht getragen hast? Die Kleider. Deine noblen Klamotten. Die Ausrüstung aus London. Sag uns, wo sie sind, damit wir dich verdammt noch mal darin beerdigen können. Einer nach dem anderen bedrängte ihn. Du hast sie doch um einen Kuss gebeten, Robert, oder etwa nicht? Du wolltest mehr. Du wolltest ihre kleinen Titten sehen, aber sie hat sie dir nicht gezeigt! Wenn du uns nichts erzählst, wirst du dieses Zimmer hier in einer Kiste verlassen. McGladdery! Hier gibt es keinen ›Herrn-Polizei-Inspektor-Ihrer Majestät‹, um dir zu helfen, verdammt noch mal. Woher hast du die Verletzungen in deinem Gesicht? Hat dich Pearl gekratzt? Ist das der Grund, weshalb du sie geschlagen hast?

»Die haben dauernd versucht, ein Geständnis aus mir herauszupressen, Mr Brown, aber ich hab den Mund gehalten. Weil ich es nicht war.«

Achtzehn

In den letzten Wochen vor dem Prozess scheint Pearl in Vergessenheit geraten zu sein. In den Zeitungen erscheinen Fotos von Robert. Agnes wird zitiert, Brian Faulkner und Harry West machen unverbindliche Aussagen über die Rechtsprechung. Es wird spekuliert, ob Robert sich selbst verteidigen wird. Dann taucht eine weitere Fotografie von Pearl auf. Das Papier ist vergilbt und die Auflösung niedrig, was eine Beurteilung erschwert, doch scheint die im Archiv befindliche Aufnahme, gestellt und professionell ausgeleuchtet, in einem Studio gemacht worden zu sein. Pearl sitzt mit dem Rücken zur Kamera, sie hält den Kopf schräg und sieht in Richtung des Fotografen. Das Foto zeigt eine andere Person als das lachende Mädchen auf dem Bild, das üblicherweise verwendet wird. Auf diesem Bild sieht Pearl exotisch aus. Sie hat sich halb umgewandt und blickt über die Schulter in die Kamera. Das Bild hat den stilisierten Charakter eines japanischen Porträts, die Haut ist makellos, die stark geschminkten Augen sind nach oben in die Ecke gerichtet, die Lippen streng gespitzt. Das Gesicht ist ausdruckslos wie bei einer Geisha. Pearl könnte eine Figur aus Roberts Kriminalromanen sein. Man kann sie sich in einem orientalischen Ambiente vorstellen oder in einer Hafenbar in Hongkong, wo man in einem opiumgeschwängerten Raum einen Blick auf sie erhascht.

*

Eine Woche vor dem Prozess besuchte McCrink Doris Curran ein weiteres Mal. Am Tag davor hatte er sich bei einem Beamten des High Court in Belfast danach erkundigt, wie der Richter für den Fall McGladdery ausgewählt worden war.

»Das kommt auf die Liste an«, sagte der Beamte.

Er war ein großgewachsener, dünner Mann mit Leberflecken im Gesicht. McCrink konnte ihn nicht ansehen, ohne an Geschwüre zu denken, bösartige Wucherungen, die einen von innen zerfraßen.

»Bei einem Mordprozess muss es ein Richter des High Court sein. Und es gibt die Regel, dass im Turnus abgewechselt wird.«

»Aber kann ein Richter von sich aus verzichten?«

»Falls irgendeine persönliche Verwicklung besteht, normalerweise schon.«

»Und der Henker?«

»Verzeihung?«

»Der Henker. Wer bestimmt den Henker?«

»Der Scharfrichter wird von Her Majesty's Inspectorate of Prisons, dem Gefängnisinspektorat, in Rücksprache mit dem Gefängnisdirektor bestimmt.«

McCrink traf kurz vor Anbruch der Dunkelheit in Holywell ein. Das Autoradio berichtete von einem Sturm mit Windstärke zehn im Norden, und die Bäume, die den Parkplatz säumten, bewegten sich, als würde sich ein unbeholfenes riesiges Wesen einen Weg durch sie pflügen. Er konnte die Fenster des Krankenhauses, seine hell und fürsorglich beleuchteten öffentlichen Gebäude durch die Büsche erkennen.

In den Gängen der Klinik war es ruhig. Ein Mann in einem weißen Nachthemd ging an ihm vorbei, seine Lippen bewegten sich, als sei er nicht bei Sinnen. Doris war nicht in ihrem Zimmer, und eine Krankenschwester führte ihn zum Tagesraum, der sich in einem Wintergarten auf der Rückseite des Gebäudes befand. Doris war allein, sie saß in einem Lehnsessel und schaute durch die Fenster des Wintergartens in die stürmische Nacht hinaus. Sie trug einen Hausmantel, ihr weißes Haar war gekämmt. Sie bedeutete ihm, neben ihr Platz zu nehmen. Sie hielt den Kopf fortwährend geneigt, und McCrink fragte sich, welche entstellte majestätische Rolle sie gerade für sich gewählt hatte. Der geflieste Raum schien angefüllt mit ihrer Verrücktheit. Er erinnerte sich an eine Wendung aus einem der Fachbücher: Wahnvorstellungen von hoher Geburt.

»Guten Abend. Bitte nehmen Sie Platz«, sagte sie.

Ihr Tonfall war bestimmt. Es gab formelle Grenzen, an die man sich halten musste. Der Tisch vor ihr war mit billigem Schmuck, Fundstücken aus dem Meer und kleinen Porzellanfiguren bedeckt.

»Sind Sie von weit her gekommen?«, sagte Doris.

»Aus südlicher Richtung«, sagte er, »aus Newry.«

»Newry? Mein Mann, der Richter, ist vertraut mit diesem Teil des Landes.«

»Sie müssen sich irren. Ihr Mann ist ein Stadtmensch.«

Doris Curran wandte sich ihm zu, namenlose Boshaftigkeit in den Augen.

»Lance Curran wurde in den Bergen hinter der Stadt großgezogen. Hinter den Sümpfen, wie man sagt. Großgezogen oder mit Mühe aufgezogen? Ich möchte mich lieber nicht darüber auslassen. Diese ganze Sippe.«

»Seine Familie?«

»Von seiner Familie sind alle verstorben. Sie sind dort oben auf einem Friedhof beigesetzt. Sein Vater und sein Bruder haben ihn auf dem Pferd hinuntergebracht und bar bezahlt, damit er die Royal School besuchen konnte.«

McCrink stellte sich die Currans vor, Vater und Sohn, die gemeinsam die verwünschten Hügel hinuntergeritten waren, um das Geld bar auf den Tisch zu legen.

»Sie sind aus den Hügeln gekommen und dann zurückgeritten und nie mehr von dort weg. In der Nacht, in der meine Tochter starb, war mein Mann am Telefon«, sagte Doris.

Schon wieder das Telefon, dachte McCrink, sie redet immer über das Telefon. Es war das erste Mal, dass sie die Nacht von Patricias Tod direkt ansprach.

»Patricia war eigensinnig«, sagte Doris, »sogar Lance dachte, sie sei eigensinnig.«

»Was ist passiert?«, fragte McCrink.

»Ich weiß nicht, wie sie nach draußen gekommen ist«, sagte Doris, »sie war im Haus, dann war sie plötzlich draußen im Regen. Lance war am Telefon.«

»Und wo waren Sie?«

McCrink stellte sich das Haus der Currans in der Nacht des Mordes vor, hörte das Geräusch rennender Füße, von draußen Schreie aus dem Dunkeln, das Rauschen der Bäume im Nachtwind.

»Lance wusste es«, sagte Doris.

McCrink fixierte sie und versuchte, ihrer wirren Erzählung einen Sinn zu geben, die Struktur zu erkennen, die sie zusammenhielt. Doris erinnerte an eine schnatternde, vom Alter gebeugte Seherin, die getrocknete Kräuter ins Feuer schleudert, um Visionen heraufzubeschwören.

»Er wusste was?«

McCrink war bewusst, dass er sich der Szene hingab, ähnlich einem Bittsteller, der von alter Magie Gebrauch machen will.

»Er führte mich in die Vorratskammer«, flüsterte Doris, »dann war er für lange Zeit weg. Ich hörte, wie er Patricias Freund anrief, um ihn zu fragen, ob er Patricia gesehen habe. Aber er wusste, dass sie tot war, als er anrief. Er hat gelogen.«

»Weil er fragte, wo Patricia ist, nachdem er bereits wusste, dass sie tot war?«

»Er hat gelogen. Glauben Sie mir nicht?«

Doris' Tonfall änderte sich, wurde zänkisch.

»Überzeugen Sie sich selbst, wenn Sie mir nicht glauben«, sagte sie, »gehen Sie in den oberen Stock des Hauses. Er versteckte die Aufzeichnungen der Anrufe im Haus. Dort sind sie. In einer Schachtel im Zimmer des Dienstmädchens. Wo bleibt bloß diese Krankenschwester?«

Eine Krankenschwester trat durch die Tür und rief nach Doris. Doris stand auf und griff nach McCrinks Hand.

»Wie nett von Ihnen, dass Sie gekommen sind«, sagte sie, »bitte kommen Sie wieder. Meine Kinder besuchen mich nicht. Sie sind rücksichtslos.«

McCrink nickte. Er wies nicht darauf hin, dass Desmond in Südafrika war und Patricia seit neun Jahren in ihrem Grab lag. Er schaute zu, wie die Schwester Doris wegführte, diese schmächtige, schlurfende Gestalt. Die Krankenschwester trug das Tablett mit dem billigen Schmuck und den Figürchen. Sie erzählte McCrink, dass Doris das Tablett normalerweise in ihrem Zimmer aufbewahre. Sie schien das offenbar für normal zu halten. Sie verstand den Wert von Andenken, den Reiz von Amuletten gegen die innere Finsternis. McCrink sagte nichts. Er dachte darüber nach, wie Doris in die Vorratskammer von The Glen eingesperrt war, während Lance Curran die Fäden dieser schrecklichen Nacht verknüpfte. Doris, die in der Dunkelheit stand, die nach Reinigungsmitteln und Chemie roch. Der Geruch von Daz und Omo. Wie sie die sonderbare Mechanik der Geschehnisse spürte, ihre Chemie.

Neunzehn

Robert McGladderys Prozess im Mordfall Pearl Gamble begann am 9. Oktober mit der Herbstsitzung des Assize, des nordirischen Geschworenengerichts, in Downpatrick. Es waren Reporter aller großen nationalen und regionalen Zeitungen anwesend. Als Robert nach seinem Namen gefragt wurde, sprach er mit »lauter, klarer Stimme«. Er trug einen »dunklen Anzug, ein helles Hemd und Krawatte«.

McCrink saß auf dem öffentlichen Publikumsrang. Er konnte Agnes McGladdery in den oberen Reihen des Balkons sehen, Margaret saß einige Reihen von ihr entfernt, Ronnie unterhalb von ihr.

Der erste Verhandlungsmorgen galt Zeugenaussagen, die die Entdeckung von Pearls Leiche betrafen. Der sechzehnjährige Charles Ashe bezeugte, dass er bei Damolly Cross einen grünen Knopf, einen braunen Schuh und ein blutdurchtränktes Stofftaschentuch gefunden hatte, als er Windhunde spazieren führte. Er brachte die Sachen zum Haus der Gambles, wo Mrs Gamble sie als Pearls Eigentum identifizierte. Die Polizei wurde gerufen, und die Suche nach Pearl begann.

Der Jugendliche erzählte, wie er an der Straße auf den Streifenwagen gewartet habe. Er sagte aus, dass er fünf Windhunde mit Maulkorb an der Leine gehabt habe. Die Staatsanwaltschaft ging näher auf die Windhunde ein, für die Jagd gezüchtete Geschöpfe, die Schnauzen hinter Lederbändern verborgen, weshalb sie aussahen wie mittelalterliche Bluthunde. Ein Bild, das der Staatsanwalt entwarf und das wie eine schlechte Vorahnung in der Luft hing.

In Verbindung mit dem Fund von Pearls Leiche wurde auch Johnston als Zeuge aufgerufen. Er trug die volle Uniform, Gurt mit Schnalle und Messingknöpfen, seine Stiefel waren auf Hochglanz poliert, im Holster trug er einen schweren Revolver der Marke Smith & Wesson. Johnston betrat den Zeugenstand, sein Tonfall war streng. Er strahlte eine Autorität aus, die man nur mit einer Gerichtsbarkeit in Verbindung bringt, die mit Menschen nichts mehr zu tun hat. Er berichtete, wie andere Teile von Pearls Kleidung am Rande des Stoppelfelds gefunden wurden. Ein schwarzer Seidenschal, ein zweiter brauner Schuh, ein Paar schwarze Schuhe. Ihre Handtasche, ihre Bürste, ihr Kamm. Zu einem späteren Zeitpunkt des Verfahrens sollte Ronnie erklären, dass Pearl ein Paar braune Schuhe mitgenommen hatte, um darin nach Hause zu gehen. Ihr »Rock, ihre Bluse und Unterwäsche« lagen verstreut auf dem Stoppelfeld. Johnston beschrieb, wie er einen Blutfleck auf der Erde entdeckt, Eimer und Schaufel geholt und die blutgetränkte Erde in den Behälter gefüllt hatte. Pearls Leiche wurde um 12 Uhr 20 beim Weir's Rock gefunden. Die Fotos des Schauplatzes und von Pearls Leiche wurden den Geschworenen übergeben. McCrink wusste, was sie sich ansahen, er kannte das besondere Licht bei Aufnahmen dieser Art. Man konnte erkennen, wie sich die Gedanken der Geschworenen von den Fotos rückwärts zum Angriff und zur grässlichen Tat der Nacht vorarbeiteten. Die verstreuten Kleider führten zur Leiche und zur Unterwäsche, *raschelnde Unterwäsche.* Dann konnte man sehen, wie die Blicke der Geschworenen zu Robert auf der Anklagebank schweiften, der dasaß, als wäre er nur beiläufig in die Vorfälle verwickelt.

Johnston sagte aus, wie er Robert verhört hatte. Er beschrieb die »Hautabschürfungen« unter seinem rechten Auge, die Schnitte an Daumen und Zeigefinger seiner rechten Hand.

Der Pathologe erläuterte die Einzelheiten der Todesursache. Der Tod war nicht durch die Stichwunden eingetreten, von denen eine das Herz durchbohrte, sondern durch Zuschnüren ihres Halses.

Geschlagen, erdrosselt, erstochen.

Johnston sagte über die umfassende Observation von Robert in den zwei Wochen nach dem Mord aus. Brown befragte ihn über den Vorfall am Fluss, bei dem Robert triefend nass auf die Polizeiwache gebracht worden war. Johnston bestand darauf, trockene Kleider seien der einzige Grund gewesen, weshalb Robert auf die Wache gebracht worden sei. Er bestritt, Robert eine Pistole an die Schläfe gehalten und ihm gesagt zu haben, dass er ihm »sein Gehirn wegbläst«, wenn er nicht ins Auto steige.

Robert hörte der juristischen Beweisführung aufmerksam zu, während das Material präsentiert wurde, und studierte Lehrbücher. Wenn Zeugen in den Zeugenstand gerufen wurden, lehnte er sich mit ernster Miene in seinem Stuhl zurück. McCrink, der ihn vom Zuschauerrang des Gerichtes aus beobachtete, fand, dass er wie ein Unschuldiger posierte, bestrebt, dass die Geschworenen die Bestürzung eines fälschlicherweise angeklagten Mannes sahen, dass er gleichzeitig aber auch auf die Theatralik des Gerichts reagierte, das Schauspiel der Gesten, der Rhetorik. Der Tänzer, der Bodybuilder. Robert fühlte die Aufmerksamkeit des Publikums, ohne sich bewusst zu sein, welchen Preis diese Aufmerksamkeit hatte, ohne den Blutzoll zu erkennen.

Robert hatte Brown, seinen Kronanwalt zuvor nie in seiner

Robe gesehen. Er fand, dass er wie eine mittelalterliche Figur aussah, ein mit Perücke und Gehrock gekleideter Diener. Jeder Einzelne im Gericht erschien ihm wie eine Figur aus der Sagenwelt. Ein Gefühl, das in den sieben Tagen des Prozesses immer nachdrücklicher wurde. Die Leute auf den öffentlichen Rängen wirkten klein und weit entfernt, während die Leute, die vor den Richter gerufen wurden, in ihrer Bedeutung zu wachsen schienen. Er schaute zu Richter Curran empor und erinnerte sich, wie er die Ermordung von dessen Tochter mit Mervyn besprochen hatte und wie Mervyn ihm gesagt hatte, dass ein Mann, der eines solchen Mordes fähig sei, an den Galgen gehöre. Ihm fiel auf, dass Richter Curran nicht in seine Richtung blickte. Als er in jener Nacht in die Crumlin Road zurückgebracht wurde, erzählte er Hughes, er denke, der Richter führe den Fall fair.

»Er ist der gleiche Typ Mann, wie ich es bin«, sagte er, »alle anderen Kronanwälte sehen ganz schön ungepflegt aus. An Richter Curran ist alles perfekt. Bei dem sitzt die Robe. Da gibt es keine einzige Falte. Einen hellen Kopf hat er und ist dabei höflich mit allen, egal ob Anwalt oder Putzfrau. Und gerecht, wie's nur geht, ist er auch. Ein bisschen dröge, aber gerecht.«

McCrink hatte von der Tribüne beobachtet, dass der Richter höflich und pingelig gerecht war. Genau wie Brown kam er zu dem Schluss, dass es Curran weniger um Rechtschaffenheit ging als darum, alle Wege für einen Einspruch zu versperren.

Die Nachmittagsverhandlungen befassten sich mit den Vorkommnissen in der Nacht des 28. Januar. Man war sich einig, dass Pearl um 22 Uhr 30 mit Ronnie Whitcroft und dass Robert McGladdery um 23 Uhr 30 mit Will Copeland eingetroffen war. Es war unbestritten, dass Pearl zwei oder drei Mal mit McGladdery getanzt hatte und dass sie um 2 Uhr 15 nach »kurzem Gespräch« mit Joseph Clydesdale zusammen mit zwei Männern und drei Frauen in einem Auto weggefahren war.

Das Gericht tagte bis um 16 Uhr 30, und Richter Curran erklärte, dass man sich am folgenden Tag ausführlich mit den Geschehnissen der Nacht befassen werde. Margaret wartete vor dem Gericht auf McCrink, er stieg in ihren Renault.

»Du kümmerst dich gar nicht darum, wer dich sehen könnte?«, fragte er.

»Es wissen doch ohnehin alle.«

»Ich bin immer noch verheiratet.«

»Auch das wissen alle.«

Sie fuhren zurück nach Newry. Es war der erste kalte Tag des Jahres, Hagelböen wurden durch die Kluft der Berge getrieben, die die Grenze zum Süden markierten. Sie fuhren ins Stadtzentrum von Newry und über die Quais, wo sich Dockarbeiter mit Kohlesäcken auf den Schultern gegen den Graupel stemmten und durchnässte Zigeunerkinder von Hand verschüttete Kohle aufsammelten. Der Rauch ihrer vom Regen gedämpften Feuer wand sich durch die Dunkelheit und verwandelte die Szene in ein Bild, das von schwerer Arbeit und alten Zeiten einer in Dunkelheit gehüllten Stadt erzählte.

»Wir könnten genauso gut im Mittelalter sein«, sagte Margaret.

»Das Gefühl hab ich im Gerichtssaal auch. Irgendetwas stimmt an der Sache nicht.«

»Soll es die Stadt auf ihre Art regeln«, sagte sie.

»Auch wenn McGladdery unschuldig ist?«

»Du bist ein mutiger Junge, in diese Stadt zu kommen und von Unschuld zu reden.«

»Und wenn McGladdery unschuldig ist«, sagte er, »und der Richter schuldig?«

Zurück in ihrer Wohnung, wollte sie wissen, ob er schon einmal gesehen habe, wie ein Mann gehängt wurde. Sie drängte ihn, Einzelheiten sowie das Verhalten des verurteilten Mannes zu beschreiben. Sie stellte sich den Mann bleich und wie nicht von dieser Welt vor.

»Man sagt, dass Hinrichtungen Frauen erregen. Stimmt das? Dass es euch erregt?«

Ihr ausführliches, zynisches Gerede. »Sich erregen.« Als wäre es eine Entwicklung, die man durchlief. Sie führte ihn ins Schlafzimmer und legte sich aufs Bett. Sie stöhnte und rieb sich an seinem Körper, als versuche sie, sich von einem alten Schmerz zu befreien.

*

Dienstag, 10. Oktober. Das Geschworenengericht in Downpatrick unter dem Vorsitz von Richter Curran trat um 10 Uhr wieder zusammen. Die Anklage ließ den schmutzigen beigen kurzen Mantel, der zusammen mit anderen Kleidungsstücken in der Sickergrube gefunden worden war, als Beweismittel gelten. Während der Verhandlung lag der Mantel auf einem Tisch direkt vor Richter Curran, starr vom tiefsitzenden Dreck der Grube, in der er gelegen hatte. Die Blicke der Geschworenen waren auf den Mantel gerichtet. Sie hatten das Gefühl, dass sich etwas unvorstellbar Böses in jenem stinkenden Kleidungsstück draußen herumgetrieben und sich in jener Januarnacht Luft gemacht hatte. Die Anklage präsentierte auch den dunklen Anzug, den Robert getragen hatte, wie er behauptete. Sie riefen dreizehn Zeugen in den Zeugenstand, die bescheinigen sollten, was Robert in jener Nacht getragen hatte.

Maud Wilson, die Frau des Hausmeisters der Henry Thompson Gedenkhalle, sagte aus, dass Robert einen »grünlichen«

Anzug getragen habe. Eine Mechanikerin namens Edith Henry sagte aus, dass Robert einen »dunklen« Anzug getragen habe. Die Verkäuferin Maureen Mattiere sagte aus, dass der Anzug, den McGladdery trug, »dunkler« gewesen sei als derjenige im Gericht.

Teddy Coban sagte aus, dass Robert eine »kurze, beige Windjacke« getragen habe und sein Anzug »hellblau« gewesen sei. Heather Sybil-Kenny, die Leinenstoffe entwarf, sagte aus, dass Robert einen »schokobraunen kurzen Übermantel mit Lederknöpfen« trug und einen »wasserblauen Anzug, der viel leichter war als derjenige im Gericht«. Patrick Morrow sagte ebenfalls aus, dass der Anzug, den McGladdery trug, »viel leichter« gewesen sei als der im Gericht.

Die Strategie der Staatsanwaltschaft war es, Robert nachweisen zu können, dass er log, als er behauptete, einen schwarzen Anzug getragen zu haben. Die Geschworenen wurden gebeten, zu dem Schluss zu kommen, dass er einen hellblauen Anzug getragen hatte und dass er diese Tatsache verschleiert hatte, weil der Anzug vermutlich voller Blut war und er ihn versteckt oder zerstört hatte.

Esther Henning sagte aus, dass Robert einen »hellen Anzug« getragen habe. Samuel Moffit sagte aus, dass er einen Mann sah, der sich in den Büschen vor der Eingangstür herumtrieb, wo Fahrräder abgestellt waren. In jener Nacht war ein Fahrrad gestohlen worden, und man ging davon aus, dass der Mörder es benutzt hatte, um zum Damolly Cross zu gelangen, wo er auf Pearl lauerte. Moffit sagte aus, dass er dachte, der Mann, der sich herumtrieb, habe einen »Gabardinemantel« getragen.

Brown nahm jeden der dreizehn Zeugen ins Kreuzverhör. Er wies sie darauf hin, dass sie sich vielleicht irrten. Er sprach leise und ruhig und entschuldigte sich fortwährend. Er versuchte, die Zeugen von Gewissheiten abzubringen, die sie sich hart erarbeitet hatten. Er wusste, wie schwierig es war, als Zeuge aufzutreten, zu ausgewählten Aspekten von Pearls letzten Stunden eine Aussage zu machen, sich mit der unheilschwangeren Atmosphäre jenes Tanzabends mitten im Winter zu beschäftigen, mit jenen vom Tod überschatteten Stunden in der Halle des Oranier-Ordens.

»Da stimmt ebenfalls was nicht«, sagte McCrink im Freien. Er stand mit Margaret auf dem Gehsteig. Es war Abend, Regen wurde über die Fahrbahn geweht, der Rauch importierter Billigkohle, der den Regen verunreinigte, hing in der Luft.

»Was stimmt nicht?«

»Die erinnern sich alle zu deutlich. Augenzeugen sind sonst nicht so zuverlässig.«

»Denkst du, man hat sie dazu angestiftet?«

»Das glaub ich nicht. Aber manchmal erinnern sich die Leute an etwas, von dem sie denken, sie sollten sich dran erinnern.«

Sie standen im Regen, Fußgänger eilten an ihnen vorbei, die Köpfe unter den Schirmen und Hüten gesenkt, die Gesichter angespannt.

*

Nach Einbruch der Dunkelheit lagen Hughes und Robert meist wach und redeten. Sie sprachen leise, damit die Wärter sie nicht hörten. Sie redeten über Dinge aus ihrer Kindheit, an die sie sich erinnerten. Die nacherzählten Geschichten waren wie Gegenstände, die durch häufiges Berühren weich und glatt geworden waren. Bleibende Vertraulichkeiten bei ausgeschaltetem Licht. Das war ein anderer Robert, sagte Hughes später. Er hörte Hughes zu, interessierte sich für den Stoff und die dicht gewobenen Erzählungen aus der Kindheit. Robert erzählte ihm von Will

Copeland. Die Art Freunde, die sie gewesen seien. Blutsbrüder. So, wie Männer Sachen erledigten, sagte Robert. Sie erkannten, dass es Dinge gab, die lebenslang hielten, Freundschaften.

»Will sieht mich richtig«, sagte Robert, »all die Sachen, die wir zusammen gemacht haben. Wir waren Blutsbrüder.«

»Ich hab gehört, dass sich die Anklage bei ihm gemeldet hat«, sagte Hughes, »ich würd nicht mein Haus darauf verwetten, dass er zu dir hält.«

»Die Wahrheit wird ans Licht kommen, du wirst schon sehen«, sagte Robert.

Er sei so von sich selbst überzeugt gewesen, dass man ihm glaubte, sagte Hughes später. Er sagte immer wieder, alles, was er machen müsse, sei, in den Zeugenstand zu treten, um sich zu verteidigen.

In späteren Jahren kam Hughes immer wieder auf diese Nächte zurück. Er sagte, dass sie wie Männer aus der Vergangenheit gewesen seien, die sich am Feuer Geschichten erzählten, mit leiser Stimme erzählte, versponnene Geschichten, die man als Andenken an den anderen weitergab, als tradierte Weisheit der eigenen Zugehörigkeit.

*

Auch am dritten Tag des Prozesses konzentrierte sich die Anklage weiterhin auf die Geschehnisse der Nacht. Zuerst wurde Gladys Jones, eine Forstaufseherin, in den Zeugenstand gerufen. Sie beschrieb, wie sie Robert mit Pearl hatte tanzen sehen.

»Ich erinnere mich an das zweite Mal, dass McGladdery versuchte, Pearl an sich zu ziehen, und wie er seinen Kopf nach unten hielt, in Richtung ihres Gesichtes. Aber sie drehte ihren Kopf immer wieder weg von ihm.«

Brown fragte sie, wie oft Robert mit Pearl getanzt habe. Sie antwortete zwei oder drei Mal.

»Die hübsche dunkelhaarige« Joan Donergan wurde in den Zeugenstand gerufen. Sie wurde gefragt, was Robert anhatte. Sie sagte aus, dass er eine »kurze beige Windjacke« getragen habe. Brown nahm sie ins Kreuzverhör. Er fragte sie, wann sie Robert das erste Mal gesehen habe. Sie sagte, dass sie ihn das erste Mal in der Eingangshalle sah, wo er sie »mitnahm« und mit ihr »wild das Tanzbein schwang«. Brown fragte sie, wie oft sie mit Robert getanzt habe. Sechs Mal, antwortete sie.

McCrink begriff, dass sich hier eine weitere Geschichte entwickelte. Robert geht zum Tanz. Die Art, wie er Joan Donergan zum Tanz auffordert, sie herumwirbelt. Fröhlich, ausgelassen, die Belohnung der Nacht, ein lachendes, hübsches Mädchen, in Reichweite. Er sah vor sich, wie Robert lachte und mit dem Kopf nickte.

Doch die Aufmerksamkeit der Geschworenen kehrte zum schmutzigen Mantel auf dem Tisch vor dem Podium des Richters zurück. Sie waren noch immer davon überzeugt, dass er Teil der Geschichte war. Wie der Mann, der sich in den Büschen vor der Halle herumtrieb, wie die Vorstellung, die Halle selbst wäre eine Art Wachposten auf dem unheilvollen Pfad hin zum Stoppelfeld und zu Weir's Rock.

Ronnie wurde in den Zeugenstand gerufen, sie hatte dunkle Augenringe vor Erschöpfung. Sie legte ihre Hand auf die Bibel und sprach den Eid. Für einen kurzen Moment schien sie sich in einer Erinnerung zu verlieren. Als Kind hatte man sie zu Bibelzelten auf dem Land gebracht, doch das hatte keinen Einfluss auf sie gehabt. Sie war nicht religiös, trotzdem war etwas aus dieser Vergangenheit im Gerichtssaal zu spüren, als sie ihre Hand auf das Buch legte, da waren Bünde geschlossen worden,

Psalmen rezitiert, Hände auf die Heilige Schrift gelegt worden, da war in verschiedenen Sprachen gepredigt worden. Wenn sie redete, hatte ihre Stimme die Überzeugungskraft der Bibel. Robert erzählte Hughes, dass sie wie eine andere Person aussehe. Der beste Fick der Stadt, sagte er, redete wie eine von der Kanzel, die Erzählerin, die durch das Erzählen zu einer anderen wurde.

Die Geschworenen lauschten ihr. Ihnen war aufgefallen, was Ronnie trug, als sie den Gerichtssaal betrat. Der Lippenstift, der eine Spur zu hell war, die blondierte Bienenstock-Frisur, die schwarze Wimperntusche, die falschen Wimpern. Sie missbilligten sie so lange, bis sie zu reden begann und sie durch die Nacht führte, durch die mit Spannung aufgeladenen Momente. Der letzte Mensch, der mit Pearl geredet hatte, bevor sie ihren Mörder traf. Sie ließen sich von Ronnie führen, erteilten ihr die Erlaubnis, auffallend und übertrieben angezogen zu sein.

Sie erzählte, wie sie mit Pearl zu Fuß zur Halle gegangen sei und dass Pearl an jenem Abend verändert gewirkt habe, wie über sich selbst erhoben, mit wiegendem Gang und niedergeschlagenem Blick. Die Leute seien ihr ausgewichen, als kreuze eine Hofmätresse ihren Weg.

»Sie trauten sich nicht, sie zum Tanzen aufzufordern. Sie konnten die Augen nicht von ihr lassen, aber sie haben sich vor ihr gefürchtet«, sagte Ronnie, »bis McGladdery sie holte. So sieht das aus.«

»Wie oft?«

»Drei Mal, glaub ich. Das letzte Mal, als ich ihn gesehen habe, ist er zum Sänger der Band, um sich ein Lied zu wünschen.«

»Welchen Song spielte die Band, als er Miss Gamble zum letzten Tanz bat?«

»It's Now or Never.«

Die Geschworenen blickten sich an. Der Titel des Songs ließ

darauf schließen, dass Robert Pearl vor eine letzte Wahl gestellt hatte. Der Songtitel beinhaltete eine sexuelle Drohung, das triebhafte Vibrato von Elvis Presley, das ein sinnliches Ultimatum stellte. McCrink konnte sehen, dass Robert den Kopf schüttelte.

Ronnie beschrieb, wie sie um 2 Uhr 15 Uhr die Halle verließen. Sie erinnerte sich daran, wie kalt es war, wie das Wasser in den Regenrinnen gefror. Die Lichter in der Halle des Oranier-Ordens waren ausgeschaltet, und sie schlenderten im Schutz der Dunkelheit des kaum beleuchteten Ortes herum. Dies war der Teil der Nacht, der am schwierigsten in Erinnerung zu rufen war, die Halle des Oranier-Ordens in ihrem Rücken, über ihnen das ziegelrote gotische Gebäude. Paare hatten sich gefunden und gingen weg. Es wurde kaum geredet. Die ganze Arbeit war bereits drinnen erledigt worden, die verschämten Blicke, die Täuschungsmanöver. Jetzt war der Tauschhandel in vollem Gange, Brunst lag in der Luft. Sie hatten das Ziel der Nacht erreicht, das wollüstige Wesentliche, standen in Reihen an der Rückwand der Halle. Die Titte. Der Busch. Die Möse. Ronnie wurde von McKnight, der mit dem Rücken am Zaun des Kriegerdenkmals lehnte, an sich gezogen. Sie blickte zu dem bronzenen Infanteristen auf dem Sockel hoch, das Bajonett gezogen, als führe er vielleicht eine Armee der Nacht an.

»Wo war Pearl zu diesem Zeitpunkt?«

»Pearl ging mit Joseph Clydesdale die Church Avenue hoch.«

»War er ihr Freund?«

»Pearl hatte keinen festen Freund, aber es würde was fehlen, wenn man an einem Samstagabend keinen Macker hat.«

Einen Macker. Ronnie glitt in den Jargon der Hafenstadt, die Gaunersprache, den Slang.

Spears und Johnston hatten Clydesdale ausführlich dazu befragt. Clydesdale konnte nicht sagen, was ihn geritten hatte,

Pearl um den Spaziergang auf der Church Avenue zu bitten, und war davon ausgegangen, sie würde sich weigern. Aber sie war mit ihm mitgegangen und hatte ihn ruhig begleitet. Clydesdale waren ihr Make-up und ihr Kleid aufgefallen, die sie orientalisch aussehen ließen, eine Gestalt aus vergangenen Zeiten, die man mit wilder Ehe und anderen Diensten in Verbindung brachte.

»Ich hab nicht gewagt, sie anzufassen, als wir da waren«, sagte er, »ich hab ihr einen Kuss auf den Mund gegeben, mehr hab ich mich nicht getraut.«

Ein Rückzug. Ein Sich-am-Riemen-Reißen. Clydesdale sagte aus, dass es gewirkt habe, als wäre sie gar nicht mehr anwesend gewesen.

»Sie hat gar nichts mehr zu mir gesagt«, sagte er, als hätte sich ein Schweigen wie die Nacht auf sie gesenkt, eine Stille, die aus den geschichtsträchtigen Eichen und den unbeleuchteten Zufahrten zur Hauptstraße kroch.

Nach fünfzehn Minuten kamen Pearl und Clydesdale wieder die Church Avenue herunter. Clydesdale ging zu seinen Freunden zurück. Ronnie hatte für sich und Pearl eine Mitfahrgelegenheit mit zwei Männern aus dem Ort gefunden, Billy Morton und Derek Chambers. Auch Pearls Cousine Evelyn Gamble und Rae Boyd setzten sich zu ihnen in Mortons Ford. Chambers und Morton saßen vorn, die vier Mädchen zwängten sich auf die Rückbank. Es gab die üblichen Neckereien, wie jede Samstagnacht. Ronnie wurde gehänselt, weil ihre Haut vom Bart gerötet war, Pearl presste sich an die Innenseite des Autos, und starrte aus dem Fenster. Chambers fuhr vorsichtig, hielt auf der ungesalzten Straße Ausschau nach Blitzeis und musste wieder und wieder schalten, während sie Richtung Damolly Cross hochfuhren und sich die anderen Tänzer in der Nacht verloren.

»Was geschah dann?«

»Pearls Haus lag am nächsten. Wir ließen sie am Damolly Cross raus. Das war das letzte Mal, dass wir sie gesehen haben.«

Ronnie verstummte. Es gab keinen Grund, noch etwas hinzuzufügen. Sie hatte die Geschichte von Pearls letzten Momenten oft genug erzählt, um zu wissen, dass es besser war, auf Ausschmückungen zu verzichten. Ihr Bericht war knapp und knochentrocken.

Ronnie wurde von Brown ins Kreuzverhör genommen. Der Kronanwalt hatte nur eine einzige Frage.

»Sind Sie auf der Damolly Lane einem anderen Auto begegnet?«

»Sind wir. Am Damolly Hill kreuzten wir ein Auto, direkt in der Kurve.«

Die Anklage rief die anderen Fahrgäste des Autos in den Zeugenstand. Keiner von ihnen erinnerte sich daran, beim Damolly Hill ein anderes Auto gekreuzt zu haben.

*

Robert und Will Copeland fehlen in der Szene vor der Halle. In der Verhandlung würde Robert dann aussagen, dass er auf Joan Donergan, die hübsche Dunkelhaarige, das Mädchen, mit dem er sechs Mal getanzt hatte, gewartet habe. Als sie aber nicht auftauchte, sei er nach Hause gegangen. Der Hausmeister Wilson sagte aus, dass er gesehen habe, wie McGladdery die Halle um 2 Uhr morgens verlassen habe. Robert bestand darauf, dass er um 2 Uhr 15 noch immer dort gewesen sei, was bedeutete, dass er nicht genügend Zeit gehabt hätte, um zum Damolly Cross zu gelangen und Pearl zu überfallen. Wo sich Will Copeland aufgehalten hatte, wurde nicht festgestellt.

Zwanzig

Während des Prozesses hielt Richter Curran an seiner Gewohnheit fest, den Reform Club zu besuchen. Nacht für Nacht aß er allein am gleichen Tisch im eichenholzgetäfelten Speisesaal. An den Wänden hingen Porträts federgeschmückter Marschälle und Vizekönige, die in andere Länder abkommandiert worden waren, um dort zu herrschen und zu plündern, und der Richter fühlte sich heimisch in dieser Galerie melancholischer, korrupter Gesichter.

Nach dem Abendessen spielte er in dem Raum, der den Mitgliedern vorbehalten war, Bridge, oder Billard mit Ferguson im Billardzimmer. Den Prozess erwähnte er mit keinem Wort, aber das hatte Ferguson auch nicht erwartet. Am Abend des 10. kam ein Portier ins Billardzimmer und teilte ihnen mit, dass im Erdgeschoss ein Polizist warte, der Ferguson sehen wolle.

Ferguson ging nach unten, um den Polizeibeamten Rutherford aus Whiteabbey zu treffen, der ihn in der Eingangshalle erwartete. Ferguson führte ihn in ein Nebenzimmer.

»Ihr Mann, McCrink, der Polizeikommissar.«

»Was ist mit ihm?«

»Er hat Mrs Curran besucht. Ist zur Irrenanstalt rausgefahren, um sie zu sehen.«

»Ist er jetzt bei ihr?«

»Er redet seit Stunden mit ihr.«

»Und redet Mrs Curran auch mit ihm?«

»Das hat man mir zumindest gesagt. Sie hat gute und schlechte Tage.«

Ferguson ging ins Billardzimmer zurück. Richter Curran stand am Fenster und sah in die Oktobernacht und den nächtlichen Verkehr auf der Royal Avenue hinaus. Ferguson erzählte ihm, was Rutherford berichtet hatte.

»Ich werde nicht zulassen, dass man meine Frau belästigt«, sagte Curran.

»Was hat er vor?«, sagte Ferguson.

»Was ist ein Mann wie er wert, Ferguson?«

»Das werde ich herausfinden.«

»Hat er eine Frau?«

»Er hatte eine. Seit Langem abgehauen.«

»Wie die Ihre«, sagte Curran.

»Ja. Wie meine.«

»Was ist Newry eigentlich für eine Stadt?«, sagte Curran.

»Hat früher mal floriert, jetzt ist sie völlig heruntergewirtschaftet. Sind alles Gauner dort. Auf dem Markt wimmelt es von Männern, die dich ausnehmen, aber wenn es ans Arbeiten geht, dann rühren sie keinen Finger. Auf Sumpf gebaut.«

»Sumpf?«

»Sie brauchen einen Deich, um das Meer zurückzuhalten.«

»Wie die Holländer. Nur dass die Holländer hart arbeitende, gottesfürchtige Leute sind.«

Nach Doris' Einweisung in die Klinik in Holywell war Ferguson mit dem Richter auf der Fähre nach Rotterdam gefahren. Sie hatten im Gesellschaftsraum des Schiffes Roulette gespielt und Siebzehn und Vier. Als sie in den Hafen einfuhren, stand der Richter an Deck. Er schien das Land, das er sah, zu billigen. Die Marsch, das trockengelegte flache Land, die Deiche und der Schlick wirkten, als seien sie dem Meer abgetrotzt.

»Ich hab gehört, dass der Schmuggel in dieser Gegend floriert.«

Curran stand mit dem Rücken zum Zimmer und starrte aus dem Fenster in das nächtliche Grenzgebiet, in die auf Sumpf erbaute Stadt, voll rechtswidrigen Handels.

»Da gibt es nicht viel, was man vor Gericht bringen könnte«, sagte Ferguson.

»Bastarde also. Hausierer und Straßenhändler.«

Bastarde, stimmt, dachte Ferguson, andererseits musste man sich fragen, ob nicht auch Seine Lordschaft zu dieser Gruppe gehörte. Seit der Ermordung von Patricia und der Einweisung von Doris Curran hatte Ferguson im Stillen angefangen, Nachforschungen zu Currans Vorgeschichte anzustellen. Er hatte weder herausgefunden, wo der Richter geboren worden war, noch was er für eine Ausbildung genossen hatte. Wenn man die Lebensgeschichte von jemandem nicht aufdecken konnte, bedeutete dies nach Fergusons Erfahrung, dass dieser nicht wollte, dass sie aufgedeckt wird. Curran wandte sich wieder dem Zimmer zu, das Gesicht im elektrischen Licht blass und asketisch. Das Mitglied einer winterlichen Kohorte, die heruntergeritten war, um das Urteil zu verkünden.

Bis jetzt hat er den Prozess streng nach Vorschriften geführt, dachte Ferguson. Ein Mann des Gesetzes. Aber Ferguson kannte den Richter. Er war hinterhältig und leitete seine Geschäfte wie ein alter Höfling. Er hat etwas in der Hinterhand, dachte Ferguson. Es gab nicht den Schatten eines Zweifels, dass McGladdery für das büßen würde, was in jener Nacht vor neun Jahren passiert war, als Curran mit der blutbesudelten Leiche seiner Tochter auf den Knien im Korso durch Whiteabbey gefahren war. Was hatte Curran in jener Nacht in Douglas gesagt? »Eine faire Rechtsprechung ist ein Nebenprodukt unserer Justiz, nicht ihr

Sinn und Zweck.« Falls das Wort Gnade in jener Nacht gefallen war, hatte Ferguson es nicht gehört.

*

Am dritten Tag des Prozesses trat Will Copeland in den Zeugenstand. Er wurde von der Anklage aufgerufen, und er sah Robert nicht an, während er den Schwur leistete. Der zuständige Kronanwalt schilderte ihm die Vorfälle des 28. Januar. Will bestätigte, dass er am fraglichen Tag mit Robert getrunken habe und mit ihm nach Hause gegangen sei. Copelands Antworten klangen monoton und einstudiert. Er wurde gefragt, ob er den Expander im Haus gesehen habe.

»Ja. Robert hat ihn mir gezeigt.«

»Hat er ihn vorgeführt?«

»Ja.«

»Was hat er getan?«

»Er hat seinen Fuß in einen der Griffe gestellt und den anderen Griff zum Gesicht hochgezogen.«

»Ist der Expander irgendwann weggerutscht und Robert ins Gesicht geknallt?«

»Ich hab nicht gesehen, dass der Expander wegrutschte.«

»Sind Ihnen irgendwelche Verletzungen an den Händen des Angeklagten aufgefallen?«

»An seinen Händen war nichts Ungewöhnliches.«

Copeland schaute Robert zum ersten Mal an. Es war nicht mehr als ein flüchtiger Blick. McCrink fragte sich, ob es sonst jemandem aufgefallen war. Es war die Art Blick, die er aus Geschworenengerichten in London kannte, aus für Montagmorgen üblichen Prozessen gegen Taschendiebe und Callgirls – es waren schlüpfrige, verräterische Seitenblicke.

»Was machte der Angeklagte, bevor sie das Haus verließen?«

»Er hat den dunklen Anzug ausgezogen, den er getragen hat. Er hat die Kleider ausgezogen, die er an dem Tag anhatte.«

»Den dunklen Anzug?«

»Ja. Er hat den dunklen Anzug ausgezogen und einen hellen Anzug mit einer rot-schwarzen Krawatte und eine helle Windjacke angezogen.«

»Hat er Ihnen irgendetwas angeboten?«

»Nein.«

»Der Angeklagte hat Ihnen kein Kleidungsstück angeboten?«

»Nein. Ich habe mich in den gleichen Kleidungsstücken, die ich am Morgen anhatte, zum Tanz in der Halle des Oranier-Ordens begeben.«

Der Kronanwalt ging mit Copeland die Vorfälle des Abends durch. Copeland sagte, dass er gesehen habe, wie Robert mit Pearl tanzte.

»Wie oft?«

»Annähernd drei Mal.«

Begeben. Annähernd. Kleidungsstücke. Polizeisprache, dachte McCrink. Copeland benutzt Bullen-Jargon im Zeugenstand. Er konnte sehen, wie Johnston den Zeugen vom öffentlichen Rang aus beobachtete; der Wachtmeister war in Zivil, trug einen Anzug mit grobem Karomuster, was ihn aussehen ließ wie einen verkommenen Vaudeville-Künstler, der Copeland mit schweißglänzendem Gesicht durch kleine Augen fixierte.

»Wann haben Sie McGladdery zuletzt gesehen?«

»Ich hab gesehen, wie McGladdery ungefähr um 0 Uhr 30 mit Miss Gamble getanzt hat. Dann ist er zur Bühne und hat den Bandleader gebeten, einen bekannten Song zu spielen, der in den Charts war.«

»Welchen Song?«

»Der Song heißt It's Now or Never.«

McCrink sah, wie Robert etwas auf ein Stück Papier schrieb und es über den Tisch zu Brown schob. Sein Gesicht war blass. Es war später Nachmittag, es wurde langsam dunkel, und Roberts Gesicht stach aus dem düsteren Gerichtssaal heraus wie das Gesicht eines mittelalterlichen Sünders, auf den das Fegefeuer wartet. Die Geschworenen sahen ihn an, und ihre Mienen schienen auszudrücken, dass sie ihn zu diesem Feuer bringen konnten, falls es nötig würde.

»Und wohin begab Mr McGladdery sich dann?«

»Ich weiß nicht, wohin er ist.«

»Sie haben ihn an diesem Abend nicht mehr gesehen?«

»Ich weiß nicht, wo er hin ist.«

*

Brown nahm Copeland ins Kreuzverhör. Er fragte ihn noch einmal, ob er sich irgendwelche Kleidungsstücke von Robert ausgeliehen habe. Er fragte ihn, ob es stimme, dass er sich häufig Kleider von Robert ausgeliehen habe. Hemden von der King's Road, Schuhe mit Kreppsohlen, die modischen Klamotten aus London halt, in denen Robert den Merchants Quay hinunterstolzierte wie einer, der nicht hierhergehörte. Brown deutete an, dass Will auf Robert neidisch war, auf das Gehabe des Großstädters und die modischen Sprüche, den West-End-Slang, den er an der Deane Street und der Berwick Street aufgelesen hatte.

»Wo waren Sie in den zwei Tagen nach dem Mord?«, fragte Brown.

»Wie bitte?«

Es war das erste Mal, dass McCrink Copeland verunsichert sah.

»Man hat Sie an den üblichen Orten nicht gesehen.«

Copeland war nicht bei der British Legion gesehen worden, und er war nicht in Mervyn Grahams Fitnessstudio aufgetaucht. Er hatte weder Dart im Hollywood's gespielt, noch stand er mit den arbeitslosen Männern vor dem Arbeitsamt an der Bridge Street. Brown listete die Orte auf, die Copeland normalerweise frequentierte, und ließ damit die Geschworenen wissen, mit wem sie es hier zu tun hatten, mit einer ziellosen, von Misstrauen und mangelndem Selbstvertrauen geprägten Existenz zwischen Billardhallen und heruntergekommenen Bars in einer heruntergewirtschafteten Provinzstadt. In den ersten achtundvierzig Stunden nach dem Mord war Copeland an keinem dieser trostlosen Orte gesehen worden.

Als der Generalstaatsanwalt mit den Geschworenen rechtliche Fragen klärte, geriet das Verfahren ins Stocken. Die Wände des Gerichtssaals waren gekalkt, die Oktobersonne schien durch die Fenster, die sich hoch oben in der Wand über dem öffentlichen Rang befanden. Staub schwebte durch die Luft. Robert lehnte sich zu seinem Anwalt hinüber und flüsterte: »Fast wie High Noon hier drin.«

In ruhigen Phasen des Prozesses oder wenn er darauf wartete, ins Gefängnis an der Crumlin Road zurückgebracht zu werden, las Robert Krimis. Er tauschte Bücher mit Brown, dem Western gefielen und der zu verstehen schien, dass man sich mitunter von der Realität entfernen musste, um durch schwere Zeiten zu kommen, und Robert zunickte, um zu zeigen, dass er ihm darin zustimmte.

Robert war ein Fan von Westernfilmen und redete sich ein, aus ihnen etwas für das Verfahren lernen zu können. Er sah sich selbst als staubbedeckten Einzelgänger, als Fatalisten mit Schlapphut, der ein schlechtes Ende voraussehen konnte. Einer, der Angelegenheiten in einem aus Brettern gebauten Gericht am Rand der Stadt zu Ende brachte. Angesichts der Städter, aus der die Geschworenenjury zusammengesetzt war, wollte Robert den Anschein ruppiger Tapferkeit erwecken. Er wusste, was es brauchte, um die Jury, die aus Ladeninhabern und Kneipenbesitzern bestand, zu beeindrucken. Sie waren pragmatisch und ungerührt und hatten nur begrenzt Zeit für seinen Westernverschnitt.

Der letzte Zeuge der Anklage war der Pathologe, der die Verbindung zwischen der Form der Schusterfeile und den Wunden auf Pearls Leiche hergestellt hatte. Er hatte auch das Exemplar von The Long Wait untersucht, dessen Umschlag ähnliche Einstiche aufwies. Der Pathologe wies auf die Form der Feile hin und brachte sie in Zusammenhang mit der ungewöhnlichen Form der Wunden auf Pearls Leiche.

Der Wissenschaftler beschrieb die Form der Schusterfeile und die sternförmigen Einstiche, die sie verursachte. Er hielt das Buch in seiner rechten und die Feile in seiner linken Hand, als würde er beides gegeneinander abwägen. Er wies auf die Haspel der Feile hin, auf ihre Hebelwirkung. Der Pathologe beeindruckte die Geschworenen, indem er ihnen die Qualität des Werkzeuges zeigte und durch seine Art, die Ausdrücke der Handwerker zu gebrauchen.

In späteren Jahren würde der Pathologe von »Durchbruch« reden, als darauf hingewiesen wurde, dass die Wunden an Pearls Leiche von derselben Größe und Form waren wie die Einstiche auf dem Buch. Man bekam den Eindruck, dass den Einstichen auf dem Buch mehr Gewicht beigemessen wurde als den Stichwunden an dem Körper. Es gelang der Anklage, Robert zu unterstellen, dass er seine Stichtechnik zu Hause an dem Buch geübt hatte, was bedeutete, dass er vorsätzlich gehandelt hatte. Vor allem aber schien es, dass Roberts Geschichte in den Köpfen der Geschworenen und der Öffentlichkeit mit dem auf dem Buchumschlag abgebildeten gejagten Paar verschmolzen war, das treulose Mädchen und der um die Freiheit ringende Mann, gefangen in einer misslichen Lage, in die sie sich selbst gebracht haben.

»So viel zur Blutsbrüderschaft«, sagte Hughes, als Robert in dieser Nacht in die Zelle zurückgebracht wurde, »Copeland hat dich für Seine Lordschaft gestopft wie einen Truthahn.«

»Man hat ihn einer Gehirnwäsche unterzogen«, sagte Robert, »die hocken in seinem Kopf drin. Er war gar nicht er selbst.«

Robert hatte über solche Dinge gelesen. Es gab Implantate, die sie in den Kopf einpflanzten, damit sie durch ein Funksignal mit einem machen konnten, was sie wollten. Die Art, wie man dann redete, verriet einen. Monotone, roboterhafte Stimmen. Er hatte über die Chinesen in Korea gelesen. Häftlinge, deren Stimmen nachts über blecherne Lautsprecher übertragen wurden.

»Man musste ihm doch bloß zuhören«, sagte Robert, »aber ich kümmere mich sowieso nicht um die.«

»Und warum nicht?«

»Am Montag bin ich dran. Dann kriegen sie die ganze Geschichte serviert. Auf einem silbernen Tablett.«

Darauf wird dein Kopf liegen, dachte Hughes bei sich.

Einundzwanzig

Margaret tanzte nicht gerne. Am Freitagabend führte McCrink sie nach dem Prozess ins Henry T's an der Hill Street aus. Sie saßen an einem Tisch am Rand der Tanzfläche, und Margaret trank Gin und schaute zu, wie die Mädchen in ihren Kleidern von C&A tanzten. Sie hatte angefangen, flache Schuhe, Freizeithosen und Pullover mit Zopfmuster zu tragen. Kleidung, die ihren beschwingten Gang betonte, ihr Aussehen aber asexuell und verbissen erscheinen ließ.

Die tanzenden Mädchen trugen Handschuhe und hatten Lackhandtaschen dabei, ihre Haare waren zu Bienenkörben hochgesteckt, in der Luft hing der Geruch von Haarspray.

»Ich warte immer noch drauf, dich in einem Nudisten-Magazin zu entdecken«, sagte McCrink, »dich und einen Haufen humorloser Arier, wie ihr splitternackt Volleyball spielt.«

Sie warteten am Margaret Square auf ein Taxi. Sie waren die Einzigen am Taxistand, der Verkehr war spärlich, Reifen zischten im Regen. Eine abgerissene Truppe von Fahrenden zog über den Platz und verschwand. Auf der anderen Straßenseite drückte ein Teddy-Boy sein Mädchen gegen eine Wand. Er hatte seine Hand zwischen ihren Schenkeln. Während er sie betatschte, redete er auf sie ein, um sie gefügig zu machen; er hatte Tabakgeschmack auf den Lippen, sie die Wand im Rücken. Der Junge hörte auf zu reden, und das Mädchen öffnete die Augen und schaute zu Margaret hinüber.

»Wollen Sie mitschreiben oder was?«, rief das Mädchen.

Als sie in ihrer Wohnung waren, öffnete Margaret eine Flasche Gordon's Gin. Sie war blass.

»Ich kann's nicht fassen, wie das Mädchen mit mir geredet hat«, sagte sie.

»Vergiss es«, sagte McCrink.

Sie goss sich ein Glas Gordon's ein und trank ihn ohne Tonic.

»Du willst, dass ich's vergesse? Du lässt eine Schlampe von der Straße in dem Ton mit mir reden!«

Ihr Newry-Dialekt war jetzt zu hören wie etwas, das durch den Sumpf drückte, auf dem die Stadt erbaut war, ein morastiger Gestank, der in die Höhe schwebte.

»Hör auf zu trinken!«

»Ich trink, so viel ich will. Warum hast du die abgetakelte Schlampe nicht verhaftet, Herr Polizist?«

Ihre Augen glänzten, sie knetete ihre Hände und steigerte sich langsam in einen unregelmäßigen Rhythmus, in dem sie ihre abgehackten Sätze ausspuckte.

»Sperr doch mich ein! Wie eine Frauenrechtlerin. Wie Emmeline Pankhurst in Wormwood Scrubs mit einem Schlauch im Hals für die Zwangsernährung.«

»Es reicht!«

Er stellte fest, dass er sich hilflos verstrickt hatte in die verrückte Vorstellung, die er sich von der Stadt machte. Er stellte sich vor, irres Gelächter zu hören, eilige Schritte vor dem Fenster.

»Die Leute werden hier in dieser Stadt nicht mit dir reden. Die wissen, was du bist. Die können eine Uniform meilenweit riechen.«

»Margaret, bitte.«

»Bring mich raus aus dieser Stadt. So sagt man doch, nicht?

Bring mich irgendwohin. Bring mich ins Kino. Nimm mich mit auf einen Ausflug.«

»Es ist mitten in der Nacht.«

»Dann red mit mir!«

»Ich versuch doch, mit dir zu reden.«

»Nicht wirklich. Wir haben nicht viel gemeinsam, du und ich. Der Detective, gestrandet in einem Beruf ohne Zukunft, die Bibliothekarin aus der Kleinstadt, unverheiratet und unerwünscht.«

»Wir haben einiges gemeinsam.«

»Wir haben genau etwas gemeinsam.«

»Hör auf damit.«

»Verstehe. Du willst, dass ich den Mund halte und die Beine breit mache.«

»Werd nicht ordinär.«

»Ich bin nicht ordinär. Ich bin nur ehrlich. Du hast mich am liebsten auf dem Rücken. Auf meiner schönsten Seite. Das sagen alle.«

»Jetzt werd mir bloß nicht hysterisch.«

»Hysterisch? Mehr hast du nicht drauf? Ist das deine vernichtend scharfe Antwort, Eddie? Und wenn das nicht hinhaut, nimmst du den Schlagstock raus oder die Handschellen?«

Schließlich schlief sie auf dem Sofa ein. Sie lag auf dem Rücken, die Füße aneinander, blass, gemartert, eine Figur aus der Frühzeit der Kirche. Sie erwachte um 4 Uhr.

»Es tut mir leid«, sagte sie, »das passiert manchmal.«

»Was passiert?«

»Man hat mir gesagt, ich hätte einen Nervenzusammenbruch gehabt. Zwischen zwanzig und dreißig. Ich bekam Elektroschocks. Zu meinem eigenen Wohl mit dem Stromnetz verkabelt.«

Der Gummiknebel zwischen den Zähnen, der genötigte Körper, der Rücken, der sich krümmte, die trommelnden Fersen. Er nahm ihre Hand.

»Wirklich?«

»Was?«

»Hast du wirklich einen Zusammenbruch gehabt?«

»Ich glaub nicht. Ich hab mich nur ein bisschen danebenbenommen. Sie haben mich zwangseingewiesen. Die Ärzte haben die Formulare unterschrieben. Das ist alles. Als ich wieder rauskam, gaben sie mir die Stelle in der Bibliothek. Rieten mir, ich solle an Ort und Stelle bleiben.«

McCrink wusste, dass er nicht die ganze Wahrheit erfuhr. Wusste, dass die Stadt so nicht funktionierte. Er musste sich die Geschichte zusammensetzen, aus dem abgelagerten Dreck und Schlamm ans Tageslicht baggern.

*

Am Samstagmorgen ließ er sie schlafen und fuhr nach Castlereagh. McCrink ging ins Archiv hinunter und zeigte seinen Dienstausweis. Die Tür war unverschlossen, und er betrat das Archiv. Er bemerkte, dass diese Räume das Herz des Gebäudes waren, in dem er sich befand. Tief unter der Erde, bei regulierter Temperatur. Tausende von Leben, in grauen Aktenschränken aus Metall aufbewahrt und archiviert. Menschen, die sich selbst als gewöhnlich betrachteten, wurden umgeformt, während ihr Leben unter die Lupe genommen und ihre Post geöffnet wurde, während man sie ohne ihr Wissen fotografierte. An diesem Ort wurde der komplexe Stoff, der ihre Lebensgeschichten formte, ernst genommen. Die Relevanz ihrer Existenzen innerhalb größerer Zusammenhänge wurde anerkannt. Die Tatsache, dass sie beobachtet wurden, machte aus ihren Leben Schattenexistenzen. Nuancen wurden auf die Goldwaage gelegt, Unerklärbares erhielt Gewicht.

Er verlangte Margarets Akte. Sie war bei Treffen der Kommunistischen Partei und anderen politischen Anlässen in christlichen Hallen und Secondhand-Buchläden mit Postern von Revolutionsführern an der Wand gesehen worden. Er begriff, dass das Illegale sie immer angezogen hatte. Sie hatte Geheimnisse in ihrer beider Beziehung gehütet. Er sah sie vor sich, auf einem Klappstuhl inmitten von Gewerkschaftlern und Trotzkisten, leidenschaftlichen Männern mit Ansteckknöpfen aus Email an den Jackenkragen, gefangen in ihren Träumen vom Umbruch. Ihr ernsthaftes Gesicht. Ihr heimlichtuerischer Charakter, heimisch unter den Dogmen und Neigungen, der Entsagung.

Ihr Vater war Gewerkschaftsfunktionär gewesen. Sie war fotografiert worden, als sie mit ihm und anderen Gewerkschaftern, die sich als Figuren sahen, die Geschichte machten, durch die Stadt marschierte, eins mit der radikalen Arbeiterbewegung aus vergangenen Zeiten. Da waren Männer, die Einladungen aus der Sowjetunion und Ostdeutschland akzeptiert hatten. Man konnte in ihren Gesichtern sehen, dass sie Traktorenfabriken und Gebäude von Genossen besucht hatten. Dass sie der unerbittlichen und rußgeschwärzten Hymne aus dem Osten gehorcht hatten.

Er sah, dass sie sich in dem zutiefst menschlichen Bedürfnis nach geheimer Aktion am Rande der Legalität, im Dunkeln versammelt, verloren hatten. Inmitten von Gefährten, Wächtern des Geheimnisses.

Margaret hatte eine Wohnung in der Umgebung der Universität, wo sie politische Versammlungen der Studentenvereinigung besuchte. Fotos zeigten sie beim Verlassen einer Versammlung der Sozialistischen Partei. Sie war von mehreren Männern umgeben. Sie trugen Bärte, einer von ihnen hatte eine Baskenmütze auf. Sie kleideten sich wie Dissidenten, wie radikale Abweichler. Sie versuchten, die Welt davon zu überzeugen, dass sie eine Befreiungsfront gegründet hatten. Sahen sich selbst in historischem Sinn als im Exil lebende Radikale, Anstifter am Rand. Zwei aus der Gruppe wurden in der Akte als Informanten für den Sicherheitsdienst benannt. Einige von ihnen waren an einschlägig bekannten Treffpunkten für Homosexuelle gesehen worden, in Männertoiletten und am Ufer des Kanals. McCrink fragte sich, mit welchen sie geschlafen hatte. Er wusste, sie liebte die Gefahr, das Risiko, entdeckt zu werden.

Ihre Einweisung ins Krankenhaus in Downshire war vermerkt, auch die Dauer ihrer Behandlung. Er las, dass sie »in die Obhut ihrer Eltern« entlassen worden war und »keine weiteren staatsfeindlichen Kontakte« beobachtet werden konnten.

McCrink zog Speers Akte heraus. Er fand Eintragungen von Verabredungen mit den Frauen anderer Männer, ein roter Faden der Geschmacklosigkeit, der sich durch die ansonsten steile Karriere zog. 1955 war dieser Aufstieg zum Stillstand gekommen. Speers war in einem Hotel in Bangor mit einer Minderjährigen erwischt worden. »Keine weiteren Schritte« waren unternommen worden. Es war nicht nötig, weitere Schritte zu unternehmen, dachte McCrink, von nun an würde Speers genau das machen, was man von ihm verlangte.

*

Während des Prozesses befand sich Agnes in einem Zustand der Verunsicherung. Sie sah ihre sogenannten Freunde von den

Zeitungen auf dem Presserang, aber sie wichen ihrem Blick aus, sie hatten sie abgelegt wie ein abgetragenes Kleidungsstück. Sie hätte die Polizisten und Richter gerne gefragt, was im Gericht vor sich ging und wie ihre Rolle als Mutter aussah, aber man hätte ihr wohl nicht geantwortet. Sie führten sich auf, als gehörte ihnen die ganze Welt, doch das stimmte nicht, denn auch sie hatte darin ihren Platz. Über Pearl Gambles Schicksal gab es mehr als eine Geschichte zu erzählen. Ihr gegenüber saß ein Mann, der in den Zeitungen auftauchte, weil er sich mit dem Fall beschäftigte. Sie fragte den Gerichtsdiener, wer das sei, und der Gerichtsdiener antwortete: »McCrink, Her Majesty's Inspector of Constabulary.« Agnes sah ihn vor dem Gericht mit dem Mackin-Mädchen aus der Bibliothek. Es täte ihm gut, sich in dieser Angelegenheit etwas schlauer zu machen, dachte sie, dann wäre er nicht so eingenommen von sich selbst.

Man hatte ihr gesagt, dass man sie in den Zeugenstand rufen werde, um über Anzüge zu reden, aber dann taten sie es doch nicht. Sergeant Johnston war zu ihr nach Hause gekommen und hatte nach einem hellen Anzug gesucht, aber sie hatte ihm gesagt, Robert besitze keinen hellen Anzug, bloß einen dunklen. Das werden wir ja sehen, war alles, was er dazu gesagt hatte, ein Lächeln auf dem Gesicht, das schimmerte wie die Tafel auf einem Sargdeckel. Später hörte sie den Kronanwalt im Gerichtsgebäude von Newry sagen, dass sie wünschten, sie als Zeugin der Anklage vorzuladen. Ja, wollte sie rufen, ich klage an und bezeuge, dass sie zu meinem Haus gekommen sind und es auf den Kopf gestellt haben. Er mag ein Kreuz gewesen sein für mich und ein schwieriges Geschenk von einem Vater, der nichts von ihm wissen wollte, aber einem Mann wie Johnston würde ich ihn trotzdem nicht zum Fraß vorwerfen.

Wenn sie Robert im Gericht sah, war es manchmal, als sähe

sie ihn zum ersten Mal. Nicht als den Mann, als der er sich selbst verstand, sondern als den kleinen Jungen, der im Hafenbecken in Warrenpoint schwimmen ging und rief: »Schau mich an, Mami, schau mich an.« Sie wünschte sich voller Inbrunst, er wäre damals in London geblieben und nicht in diese verkommene Stadt zurückgekehrt.

Robert saß im Gericht und versuchte, das schlaue Gesicht zu machen, das bewies, dass er begriff, was hier vorging. Sie wusste von Anfang an, dass er versagen würde. Als sie hörte, er werde in den Zeugenstand gerufen, setzte ihr Herz für einen Schlag aus. Robert konnte sich nicht beherrschen. Er wollte wissen, wie die Dinge funktionierten, und benahm sich, als wüsste er über alles Bescheid. Abgesehen davon hatte er das weiße Gesicht, das er bekam, sobald sich Kopfschmerzen ankündigten. Agnes sah, dass der Staatsanwalt ein kalter, messerscharfer Mann war. Neben ihm saß der Richter auf der Bank wie ein Mann aus dem Alten Testament, der seine Hand ins Feuer legt, ohne sich zu brennen.

*

Montagmorgen war der Gerichtsraum voll bis zum letzten Platz. Es war bekannt, dass Robert in den Zeugenstand treten würde. Er würde für sieben Stunden verhört werden. In der Nacht zuvor hatte Hughes Robert auf seinem Bett sitzen sehen, den Kopf auf den Händen aufgestützt. Hughes hatte ihn gefragt, was nicht stimme, aber Robert hatte behauptet, alles sei in Ordnung. Trotzdem sagte Hughes am nächsten Morgen, vom großen Gerichtsanwalt sei da nicht mehr viel übrig gewesen. Und groß geredet habe er auch nicht an dem Morgen, sagte Hughes, dafür sei sein Gesicht erschreckend groß und weiß gewesen, sodass er Mitleid mit ihm empfand.

Ein Gerichtsdiener geleitete Robert zum Zeugenstand, wo er den Eid schwor. Das also war der Augenblick, über den er in Krimis Hunderte von Malen gelesen hatte. Der unschuldige Mann wird den Anklägern vorgeführt. Die Wahrheit, nichts als die Wahrheit. Eine Hand auf der Bibel, die andere erhoben. Er wollte, dass jedermann die Wichtigkeit dieses Moments sehen konnte, den Grundgedanken des Gelobens, den Mann, der vor seinen Gefährten schwört. Aber die Bibel war ein schäbiges Taschenbuch voller Flecken, und der Gerichtsdiener murmelte. Roberts Stimme überschlug sich und klang nicht überzeugend. Er fühlte sich, als stehe er neben sich und sehe sich dabei zu, wie er den Eid sprach.

Die Geschichte entwickelte sich von Anfang an in eine unheilvolle Richtung. Er erkannte sich nicht in der Figur, die sich während des Prozesses herausschälte, in dem Jäger in der Nacht, in dem Unbefriedigten, der draußen in der Dunkelheit sein Unwesen treibt. Wie er sich mit Pearl anfreundete, mit ihr tanzte.

»Sie haben sich für den Tanz mit Miss Gamble It's Now or Never gewünscht?«

»Das stimmt nicht. Ich hab nach Chattanooga Choo Choo gefragt, aber das kannten sie nicht.«

Nichts aus Roberts Mund klang überzeugend. Ihre Version von der Nacht entwickelte hingegen Überzeugungskraft. »Sie gab Ihnen einen Korb.« »Sie waren wütend.« »Sie schworen sich, sich an ihr zu rächen.«

»Woher hatten Sie die Verletzungen an Ihrer Hand?«, fragte der Richter plötzlich.

Robert war irritiert. Er wusste nicht, dass der Richter befugt war, solche Fragen zu stellen. Curran verlangte, dass er vorführte, wie ein Schuhmacher das Werkzeug in die Hand nahm.

Die Blicke der Geschworenen verrieten Robert, dass sie die Fragestellung des Richters genauso billigten wie die Tatsache, dass der Schurke auf sich selbst gestellt war.

»Dass sich Arbeiter an den Händen verletzen, weiß doch jeder!«

Er bemerkte Mervyn auf der Zuschauertribüne und wollte, dass er in den Zeugenstand trat, um es ihnen zu bestätigen. Er wollte, dass Mervyn seine Schuhmacherhände in die Höhe hielt, vernarbt und gezeichnet von den Werkzeugen. Doch es war zu spät.

»Was passierte mit den Feilen, die Sie an jenem Nachmittag kauften?«

»Das möchte ich später erklären. Es ist wichtig, dass ich es Ihnen nicht jetzt erzähle.«

Er konnte Agnes erkennen, die von der Tribüne aus zuschaute. Er konnte ihren Blick erkennen, der sagte, ihr Sohn versuche wieder einmal ein Schlaukopf zu sein. Erzähl dem Mann endlich, was er wissen will. Ein Teil konnte fast nicht umhin, die Geschichte zu bewundern, die sich während des Verhöres abzeichnete, wie die Geschworenen auf überlieferte Folklore hingeführt wurden, auf Lagerfeuergeschichten von Schuld und Unschuld.

Es war Nachmittag, bis sie darauf zu sprechen kamen, was er in jener Nacht getragen hatte. Der Anzug und die kurze Jacke waren auf dem Tisch mit den Beweisen ausgebreitet, die Ärmel zerknüllt, die Schultern ausgebeult. Robert kämpfte immer noch darum, die Aussage machen zu können, die er sich vorgestellt hatte, die komplexen Augenblicke wie aus einem Drehbuch. Er fühlte sich gestresst. Es fiel ihm schwer, seine Gedanken zu sammeln. Manchmal wurde ihm eine Frage zwei oder drei Mal gestellt, bis er sie beantwortete. Die Mordnacht begann Robert zu entgleiten, während der Staatsanwalt die Untersuchung darüber, was er getragen hatte, abschloss.

»Warum haben Sie die Polizei um sechsunddreißig Stunden gebeten, um den hellen Anzug zu finden?«

»Ich hatte den Anzug Will ausgeliehen. Ich wollte ihn fragen, was mit ihm passiert ist.«

»Und die Jacke?«

»Genau darum geht es. Ich ließ die Jacke in der Garderobe von der Tanzhalle. Als ich sie abholen wollte, war sie verschwunden. Sie wurde entweder gestohlen, oder Will hat sie mitgenommen. Er hat mir immer wieder gesagt, wie sehr ihm die Jacke gefällt. Ich wollte mit ihm reden, konnte aber nicht, weil mir die Beamten immer auf den Fersen waren.«

McCrink erkannte, dass die Geschworenen Robert nicht glaubten. Sie glaubten, er wolle die Schuld Copeland zuschieben.

»Die Feilen. Das wollte ich vorhin erzählen. Die Schusterfeilen waren in der Tasche der Jacke. Darum haben Sie die im Haus nicht gefunden.«

Robert blickte von Gesicht zu Gesicht. Er realisierte, was geschehen war. Er sah, wer er in ihren Augen geworden war. Eine Ratte. Ein Wiesel. Der Mann, der alles tut, um aus der Klemme zu kommen. Der im Schatten des Galgens schnattert. Es war still im Gerichtssaal. Robert blickte auf und sah »die hübsche« Joan Donergan auf dem Zuschauerrang. Er wollte ihnen noch einmal erzählen, wie er sie aufgefordert, wie er sie herumgewirbelt hatte. Wie sie alle mit ihm tanzen wollten in jener Nacht, wie er dafür sorgte, dass sie sich flink und graziös fühlten. Aber es gab weitere Fragen. Hatte er das Kleiderbündel in die Sickergrube hinter dem Haus geworfen? Hatte er in einem Versteck auf Pearl gewartet? Die Antworten brachen aus Robert heraus, er widersprach sich. Der Mund, der das Reden übernommen hatte, schien jemand anderem zu gehören.

Brown befragte ihn nach dem Vorfall am Fluss. Robert erzählte ihm, wie Johnston ihm die Pistole an die Schläfe gesetzt und angedroht habe, ihm das Gehirn rauszublasen. Die Worte klangen unglaubwürdig, wie der Satz eines Desperados in einem Film.

Letztlich sorgten Roberts Aussagen für Unbehagen. Er stellte sich nicht als vorbildlichen Bürger dar. Seine Erklärungen, was mit den Kleidern geschehen war, schienen an den Haaren herbeigezogen. Aber er bestand nachdrücklich darauf, nichts mit dem Tod von Pearl Gamble zu tun zu haben. »Ich habe nichts damit zu tun.« »Ich habe sie nicht getötet.« »Ich war es nicht.« Während des Kreuzverhörs, das beinahe sieben Stunden dauerte, brach Robert nicht zusammen, und Generalstaatsanwalt Brian McGuinness war nicht imstande, die Argumente der Verteidigung zu entkräften.

Zweiundzwanzig

Am Montagnachmittag hielten beide Anwälte ihre Schlussplädoyers. Die Staatsanwaltschaft brachte noch einmal die Sprache auf die Hauptpunkte ihrer Anklage. McGuinness gestand ein, dass die Beweise gegen den Angeklagten ausschließlich auf Indizien beruhten, »was sie deshalb aber nicht wertloser« mache. Die Schusterfeile, die bei Woolworths gekauft worden war, die Zeugen, die aussagten, was McGladdery getragen hatte. Er erinnerte die Geschworenen daran, dass McGladdery Pearl bereits vor dieser Nacht gekannt hatte. Er beschwor einen Angeklagten herauf, der seine Stichtechnik auf dem Roman The Long Wait von Mickey Spillane geübt hatte. Er forderte sie dazu auf, zu erkennen, was für ein Typ McGladdery war. Ein Landstreicher und Nichtsnutz, ein Rowdy, der versucht hatte, die Schuld an dem Verbrechen seinem Freund anzuhängen. Pearl hatte seine Annäherungsversuche in jener Nacht zurückgewiesen, er hatte sich am Damolly Cross auf die Lauer gelegt und auf sie gewartet, um sie zu schlagen, auf sie einzustechen und sie zu erwürgen. McGuinness hielt sich lange mit Pearls Nacktheit auf, mit ihren entblößten sterblichen Überresten, ihre offenen Augen, die leer in die unheilvolle Nacht starrten.

Browns Verteidigung war wohlüberlegt. Alle Beweise gegen McGladdery beruhten auf Indizien. Jeder Anklagepunkt bot Raum für Interpretationen. Die Zeugen waren sich nicht einig, was der Angeklagte getragen hatte. Das Kleiderbündel konnte jeder in die Sickergrube geworfen haben. Als Kind hatte Robert Pearl nur flüchtig kennengelernt, er kannte sie also nicht wirklich. Die Einstiche auf dem Buch waren kein Beweis dafür, dass damit eine Technik geübt worden war, um einen Menschen zu erstechen. Es gab keine Fingerabdrücke und keine forensischen Beweise. Kein Augenzeuge hatte Robert am Schauplatz des Mordes gesehen. Roberts Erklärung, was mit seiner Windjacke passiert war, war glaubwürdig. Trotz Roberts Auftritt im Zeugenstand war es möglich, dass Will Copeland oder sonst jemand die Jacke in jener Nacht aus der Garderobe des Oranier-Ordens mitgenommen hatte.

Brown hob den Vorfall am Fluss heraus. War es glaubwürdig, dass die Polizei den Angeklagten zum Corry Square gebracht hatte, um seine Kleider zu trocknen? Er hätte seine Kleider zu Hause trocknen oder dort frische Kleider anziehen können. Brown sagte, die Geschworenen sollten Roberts Aussage Glauben schenken, dass er von verschiedenen Ermittlerteams bis spät in die Nacht verhört worden sei. Und was hatten sie sonst für Lügen erzählt, wenn sie in diesem Punkt logen? Wer hatte das Kleiderbündel heimlich in die Sickergrube gelegt?

Was Roberts Kleidung in jener Nacht betraf, so wies Brown darauf hin, dass das Licht in der Tanzhalle schummrig und die Luft voller Zigarettenrauch gewesen sei. Bestimmte Stoffe schimmerten bei diesen Bedingungen und wirkten heller, als sie in Wirklichkeit waren. Er führte aus, dass Augenzeugen oft falsch lägen, sogar mehrere Augenzeugen ein und derselben Szene. Es sei nicht so, dass sie logen, aber sie würden vom Strom einer Geschichte mitgerissen, was ihre Berichte beeinflusse, ohne dass sie es merkten.

Brown erzählte den Geschworenen, dass sich mehr als eine Version der Vorfälle in jener Nacht verberge. Könnte nicht jeder

Pearl die halbe Meile von Damolly Cross zum Weir's Rock hinübergebracht haben? Er erinnerte die Geschworenen an das Auto, das Ronnie Withcroft Richtung Damolly Cross hatte fahren sehen, als sie selbst den Hügel hinunterfuhr.

Am Schluss seines Plädoyers kam Brown auf das Thema Motiv zu sprechen. Pearl war nur eines von vielen Mädchen, mit dem Robert in jener Nacht getanzt hatte. Im Gegensatz zu dem, was die Staatsanwaltschaft behauptete, kannte er sie kaum. Ein Zeuge hatte angedeutet, dass es zu einem Konflikt zwischen den beiden gekommen war, als sie tanzten, was sonst aber niemandem aufgefallen war. Es schien, als habe sich Roberts Aufmerksamkeit auf Joan Donergan konzentriert. Auf Roberts angeblichen Wunsch, Elvis Presleys Song It's Now or Never für seinen letzten Tanz mit Pearl zu spielen, war sehr viel Gewicht gelegt worden. Dabei hatte Robert in Wahrheit nach einem anderen Song gefragt. Die Verletzungen auf Roberts Händen stimmten mit denen überein, die von einer Schusterfeile herrührten. Die Verletzungen in seinem Gesicht passten zu seiner Aussage, er habe einen Unfall mit dem Expander gehabt.

Während beider Schlussplädoyers wirkte Robert traumverloren und abwesend. Er sah weder den Anwalt noch die Geschworenen an.

Am 17. Oktober 1961, dem zweitletzten Tag von Roberts Prozess, wurde James Hanratty, ein kleiner Dieb, in Liverpool verhaftet und des Mordes angeklagt. Am 22. August hatte Michael Gregsten mit Valerie Storie in einem Auto auf einem Rastplatz an der A6 gesessen, als sich ihnen ein Mann in einem schwarzen Anzug näherte. Er entführte das Paar und zwang es dazu, für mehrere Stunden durch Berkshire zu fahren, dann erschoss der Mann Gregsten, vergewaltigte Storie und schoss auf sie; sie überlebte, blieb aber für immer gelähmt. Storie erkannte Hanratty bei einer polizeilichen Gegenüberstellung, nachdem jeder der Männer bei der Gegenüberstellung den Satz »seid endlich ruhig, ich überlege« wiederholt hatte, der vom Mörder verwendet worden war.

Obwohl es keinerlei forensische Beweise gab und ein überzeugendes Alibi vorlag, wurde Hanratty schuldig gesprochen und zum Tod verurteilt. Der Fall ging als A6-Mord in die Annalen ein. Hanrattys Hinrichtung durch den Strick wurde auf den 22. Februar 1962 angesetzt.

Nach der Verurteilung kam es zu Massenunruhen. Verbindungen zum Fall von Ruth Ellis wurden hergestellt. Ruth Ellis, Hostess in einem Nachtclub, war verurteilt worden, ihren Liebhaber David Blakely am 10. April 1955 vor dem Magdala Pub in Hampstead erschossen zu haben. Ellis gestand den Mord während eines unbeaufsichtigten Polizeiverhörs, als sie eine Frage beantwortete. Kurz vor ihrer Hinrichtung war sie von Joost de Blank, dem Bischof von Stepney, besucht worden. Er wiederholte später ihre Aussage: »Es ist mir ziemlich klar, dass ich nicht die Person bin, die ihn erschoss. Als ich mich selber mit dem Revolver sah, wusste ich, dass ich eine andere Person war.«

Trotz ihres Schuldbekenntnisses gab es Zweifel an den polizeilichen Ermittlungen und an der Fähigkeit von Ellis, deren Hände durch rheumatisches Fieber in der Kindheit geschädigt waren, sechs treffsichere Schüsse aus einer schweren Smith & Wesson abzufeuern. Am 13. Juli 1955 wurde die achtundzwanzigjährige Ellis im Holloway-Gefängnis durch Albert Pierrepoint gehängt.

Diebstähle und Lasterhaftigkeit zogen sich durch beide Fälle. Ellis hatte Kinder von zwei verschiedenen Vätern. Sie arbeitete als Hostess in einem Nachtclub. Hanratty war ein Kleinkrimineller und Autodieb. Gregsten und Storie hatten eine Affäre, als sie in ihrem Auto am Rand von Shepperton in der Dunkelheit überwältigt wurden. Storie wurde Gewalt angetan, bevor man auf sie schoss und sie ihrem Schicksal überließ.

In beiden Vorgeschichten gab es geheimnisvolle Figuren. Wenige Tage vor ihrer Hinrichtung sagte Ellis, dass ein Freund namens Cussen sie zum Magdala Pub gefahren und ihr die Waffe gegeben habe. Ihr Anwalt, den sie später entließ, war ein Freund von Cussen. Beobachter wunderten sich, weshalb Ellis ihre Schuld in genau dem Wortlaut gestand, der ihr eine Verurteilung für Mord statt Totschlag einbrockte und sie damit an den Galgen brachte. Ellis war zudem mit dem Zuhälter Stephen Ward befreundet, der zehn Jahre später eine zentrale Rolle im Profumo Skandal spielte.

Eine Welt von Hehlern, halbseidenen Alibis und unbedeutenden Gaunereien. Mädchen, die in zwielichtigen Nachtclubs als Hostessen arbeiteten. Im Black Cat. Im Magdala. Es entstand der Eindruck, dass sie noch immer innerhalb der rationierten Welt der Kriegsknappheit operierten. Ihre Leben hatten in vielerlei Hinsicht etwas Improvisiertes. Sie waren während Rationierung und Knappheit der Nachkriegszeit aufgezogen worden und hungerten nach dem fadenscheinigen Glanz in den Auslagen. Sie erschienen in den News of the World, unverschämt und genau, wie man sie sich vorstellt.

Beobachter des McGladdery-Prozesses berichteten, dass McGladdery nicht wirklich zu begreifen schien, was mit ihm geschah. In all diesen Fällen stehen die Menschen den Prozessen, die sie selbst betreffen, gleichgültig gegenüber, als wären sie gar nicht anwesend. Ellis, Hanratty und McGladdery. In jedem dieser Fälle sieht es aus, als hätten sie an ihrem Untergang mitgewirkt.

Als Robert in dieser Nacht in die Crumlin Road zurückgebracht wurde, wartete Hughes mit der herausgerissenen Titelseite des Telegraphs auf ihn.

»Sie haben Brattys Strafe umgewandelt«, sagte er, »er darf dem Wunsch Ihrer Majestät folgend in Haft sitzen.«

»Macht nichts«, sagte Robert, »für mich ist es sowieso zu spät.«

*

Der folgende Tag war für die Zusammenfassung von Richter Curran und den Beginn der Beratungen der Geschworenen reserviert. McCrink nahm seinen Platz auf dem öffentlichen Rang früh ein. An diesem Tag wurde noch kein Urteilsspruch erwartet. Man bekam das Gefühl, das Zeremonielle des Gerichtes sei endlich richtig am Platz, jetzt, da das Urteil näher rückte. Die schlecht sitzenden Perücken, die schäbigen Roben, die altertümlichen Verfügungen. Die Worte der Verurteilung, die das Gewicht bekamen, das ihnen zustand. Lance Curran hatte ausführliche Notizen vorbereitet, die er in monotonem Tonfall verlas, die auf jeden Aspekt des Falles eingingen und ihm das nötige Gewicht beimaßen. Zuerst sah es so aus, als folge Robert ihm, aber nach einer Weile verlor er die Konzentration. Die Einzelheiten des Falles waren wie etwas, das vor langer Zeit jemand anderem widerfahren war. Ein verstaubter, archivierter Mord. Etwas, das man in einer alten Zeitung las, mit der man eine Schublade auslegte. Richter Curran war pedantisch; knochentrocken arbeitete er sich durch die forensischen Unterlagen, den Zeitpunkt des Todes, die Temperatur der Leiche. An diesem Punkt sah McCrink, wie der Richter Robert über den Rand der Brille hinweg anstarrte. McCrink setzte sich aufrecht hin. Bösartigkeit hing im stillen Gerichtssaal. Patricia

Curran und Pearl Gamble. McCrink erschauderte. Er kam sich vor, als zerrten ihn kalte, neunzehnjährige Hände in ein sorgfältig ausgearbeitetes Vermächtnis der Unterwelt hinab. Richter Curran fing an, auf den Vorfall mit den trockenen Kleidern einzugehen, den Brown in seinem Schlussplädoyer hervorgehoben hatte.

»Bevor man sich darauf verständigt, dass die Polizei in diesem Fall eine Gaunerei begangen hat, muss man eindeutige Beweise vorlegen können und nicht einfach dem Gerede eines Mannes, der vor diesem Gericht unter Anklage steht, vertrauen.«

Curran ging dazu über, sich dem Thema zu widmen, was Robert in der Nacht des Mordes getragen hatte.

»Dreizehn Zeugen sagen aus, dass McGladdery einen hellen Anzug trug. Und sie alle sollen falschliegen?«

McCrink sah, wie Anwalt Brown sich halb aufrichtete, während Curran sprach, und sich dann wieder in den Stuhl zurücksinken ließ.

Richter Curran beendete seine Zusammenfassung damit, die Geschworenen daran zu erinnern, dass sie ein einstimmiges Urteil fällen mussten, und sie zogen sich in den Geschworenenraum zurück. Vierzig Minuten später kamen sie zurück.

McCrink war Speers und Johnston im Foyer vor dem Gerichtssaal begegnet.

»Er hat McGladderys Prozess sabotiert«, sagte McCrink, »der Richter hat ihm bewusst den Boden unter den Füßen weggezogen.«

»War sowieso kein so großer Fall. Dieser mordende kleine Scheißer«, sagte Johnston, »dieser vaterlose kleine Mistkerl.«

»Wer hat die Kleider in die Grube geworfen?«, fragte McCrink.

»Das werden Ihnen die Geschworenen sagen. Und wie's aussieht, wird das nicht mehr lange dauern«, sagte Speers, »die

Kleider waren in der Grube, fertig. Diese Stadt passt auf sich selber auf.«

»Und wer passt auf Sie auf?«, sagte McCrink, »ich hab Ihre Akte gesehen. Das Hotel in Bangor? Das reicht, um Sie für den Rest Ihres Lebens in der Hand zu haben. So funktioniert das.«

»Sie und McGladdery haben was gemeinsam, wissen Sie das eigentlich?«, sagte Johnston. »Sie kommen beide in Ihren schnieken Klamotten aus London angereist und führen sich groß auf. Wir haben McGladdery zu Fall gebracht, und das werden wir mit Ihnen auch machen.«

»Es reicht, Sergeant«, sagte Speers, »lassen Sie mich kurz mit dem Inspector reden.«

McCrink und Speers standen sich im Vorraum des Gerichtes dicht gegenüber.

»Warum gehen Sie nicht nach draußen und tun Ihre Bedenken, was McGladdery angeht, vor Mrs Gamble kund?«, sagte Speers. »Erinnern Sie sich, als wir zu ihr nach Hause gegangen sind?«

»Sie haben beschlossen, dass McGladdery schuldig ist, und haben ihn unter diesem Gesichtspunkt verfolgt. Sie haben nie nach jemand anderem gesucht.«

»Die Geschworenen entscheiden, ob er unschuldig oder schuldig ist.«

»Nein, tun sie nicht. Das haben Sie und Richter Curran doch längst entschieden.«

»Weißt du, was du machen solltest? Nach Hause gehen und vor der eigenen Tür kehren. Und dich um diese Frau kümmern, diese Bibliothekarin. Vielleicht besser als um die letzte.«

McCrink hob den Blick und bemerkte, wie sich die Gerichtsdiener durch die Menge im Vorraum bewegten und die Leute informierten, dass die Geschworenen zurückgekehrt waren. Als er auf den Gerichtssaal zuging, traf er Agnes McGladdery. Sie trug ein gelbes Kleid, ihr Make-up war aufdringlich; sie ähnelte einem verlorenen Clown, der sein Gesicht der Menschenmenge in schrecklichem Leid zuwandte. Die Gerichtsdiener forderten die Leute auf, ihre Plätze einzunehmen, und McCrink sah, wie der Gehilfe des Richters durch die Tür schlüpfte wie ein Mann, der weiß, dass schlechte Nachrichten bevorstehen. Brown unterhielt sich mit dem Anwalt Luke Curran und schüttelte den Kopf. McCrink wusste, dass es kein gutes Zeichen war, wenn die Geschworenen nach so kurzer Zeit zurückkehrten. Unter der Tür des Gerichtssaals wurde McCrink von Mervyn am Arm gepackt.

»Was geht hier vor, Mr McCrink? Es ist alles anders.«

Ein Gefühl lag in der Luft, als komme etwas, das lange ausgebrütet worden war, ans Tageslicht, als würde ein Plan umgesetzt. McCrink fragte sich, welchen Anteil der Richter daran hatte. Speers und Johnston traten vor ihm in den Gerichtssaal, gefolgt von den Vertretern der Staatsanwaltschaft in ihren Roben und Perücken, von den Gerichtsdienern und Gehilfen.

*

Jahre später beschrieb Jack Landelis, einer der Geschworenen, was im Geschworenenzimmer vor sich gegangen war. »Ich hab ein DIN-A4-Blatt genommen und es in zwölf Stücke gerissen und die verteilt. Schreibt schuldig oder nicht schuldig drauf, hab ich gesagt, dann reden wir drüber.«

Laut Landelis fand überhaupt keine Beratung über irgendeinen Aspekt der Beweislage statt. Die kurze Zeitspanne hätte ohnehin nicht gereicht für irgendwelche Überlegungen. Die

Geschworenen kehrten nur vierzig Minuten, nachdem sie sich zurückgezogen hatten, mit ihrem Urteil zurück. Auf jedem der Papierstreifen stand schuldig. Auch McGladderys Auftreten vor Gericht kommentierte Landelis in jenem Interview. »Er ist einfach nicht als ehrliche Haut rübergekommen«, sagt er und lacht.

Berichte zum Prozess gehen auf den Schuldspruch und die Verurteilung Robert McGladderys zur Todesstrafe durch Richter Curran ein. Curran stellt die Frage, ob es irgendeinen Grund gebe, »weshalb das Todesurteil und die Hinrichtung nicht für Sie ausgesprochen werden sollte«.

Robert antwortet: »Es gib einiges, was ich dazu sagen könnte, aber es würde nichts ändern. Ich verstehe, dass Euer Ehren eine Pflicht zu erfüllen haben, aber es gibt in diesem Gericht keinen Menschen, der sagen kann, dass ich Pearl Gamble ermordet habe – ich war's nicht. Ich bin unschuldig.«

Die Berichterstattung ist verhalten, findet nicht auf den Titelseiten, sondern irgendwo im Innenteil der Zeitungen und als zweites oder drittes Thema in den Radionachrichten statt. Im Vergleich mit der Berichterstattung der Untersuchungen sind die Berichte über das Urteil zurückhaltend, schreiben die Zeitungen halbherzig über den Schuldspruch. McGladdery sitzt blass und schuldig auf der Anklagebank, das Urteil wird verkündet, Lance Curran setzt den eckigen schwarzen Seidenhut auf seinen Kopf und spricht die Todesstrafe aus. Szenen, die für das Publikum aus der Vergangenheit aufzutauchen scheinen, melodramatisch flackernd wie frühes Kino.

Sowohl Curran als auch McGladdery scheint bewusst zu sein, dass der Augenblick ernst genommen werden will und Würde verlangt, dass im Angesicht letzter Dinge eine gewisse Rhetorik unabdingbar ist.

Man wird an den Umschlag von Mickey Spillanes Roman erinnert, der in Roberts Zimmer gefunden wurde, an den Mann, der sich mit den Fesseln abquält, den Blick auf die treulose Frau fixiert.

Nachdem Robert gesprochen hatte, setzte er sich wieder hin und schien das Interesse am weiteren Verlauf verloren zu haben. Beobachtern im Publikum fiel seine offenkundige Emotionslosigkeit auf.

In dieser Nacht versammelten sich die Menschen auf den Straßen, um sich die Übertragung des Prozesses anzusehen. Es war der Beginn der Ära der Massenberichterstattung durch das Fernsehen, und man konnte sich die Geräte in vielen neuen Geschäften kaufen. Es wurde das Gefühl vermittelt, das neue Medium wisse, wie der Spruch der Geschworenen und die Urteilsverkündung an den Mann gebracht werden müssten. Die Menschen standen da und folgten hingerissen stummen Filmbildern, die zeigten, wie McGladdery aus dem Gericht in Downpatrick zu einem Gefängnistransporter gebracht wurde. Die Fernsehbilder hatten etwas Theatralisches. Die Übertragung polierte die Szene auf und gab ihr eine futuristische Tönung.

Als die Berichterstattung zum Tatort am Weir's Rock umschnitt, hatte er das unheimliche Aussehen eines im Studio ausgeleuchteten Fantasieortes. Die Menschen begriffen, dass ihnen hier neue Wahrheiten präsentiert wurden. Die Welt der Ereignisse, die auf Gerüchten beruht, der Erscheinungen und Halbwahrheiten, die Welt der Anspielungen und vergänglichen Werte eines Mediums.

Auf der Fahrt nach Newry hielt McCrink vor dem Ardmore Hotel an. Margaret erwartete ihn. Sie sahen sich die Nachrichten gemeinsam im Fernsehraum an. Aus dem Hotel überblickte man Damolly, und sie sahen die Straßenbeleuchtung entlang der Arbeiterhäuser, wo Agnes McGladdery lebte. Sie sahen das Stoppelfeld und Weir's Rock, der dort, wo die Lichter endeten, in der Dunkelheit aufragte.

»Der Termin für die Hinrichtung wurde auf den 7. November festgelegt, aber McGladdery hat Berufung eingelegt«, sagte McCrink.

»Ich frage mich, was seine Mutter jetzt denkt«, sagte Margaret.

»Brown hat ein paar Wochen Zeit, um sich für das Berufungsgericht vorzubereiten. Und wenn das schiefgeht, ist ein Gnadengesuch bei Brian Faulkner die letzte Option.«

»Wird irgendetwas davon klappen?«

»Sie haben Brattys Urteil umgewandelt. Die werden kein weiteres umwandeln. Und da gibt es noch was.«

»Nämlich?«

»Curran.«

Der Richter, der die Todesstrafe ausspricht. Der Richter, der das Blut annimmt, das man ihm schuldet.

»Was willst du unternehmen?«

»Der Richter hat McGladdery sabotiert. Jetzt werde ich den Richter sabotieren.«

»Das kannst du nicht machen. Du weißt doch, wo du hier bist.«

Nyuk. Die Stadt der Diebe. McCrink fuhr nach Hause, nach Rostrevor, vorbei am alten Kontor. Die Fahrenden waren wach. Er sah ihre Umrisse im Schein des Feuers. Sie schliefen nie, wanderten verloren durch ihre eigene Geschichte. Kinder der Nacht, die niemand kennt.

Dreiundzwanzig

McCrink parkte etwa neunzig Meter von der Einfahrt zu The Glen entfernt und ging zum Tor hinüber. Während der Fahrt hatte der Nachrichtensprecher im Autoradio Stürme aus westlicher Richtung vorhergesagt. Die Wellen schlugen über die niedrige Ufermauer gegenüber der Pforte zu Currans Haus. Tang und Strandkiesel waren über die Mauer auf die Straße gespült worden, der Wind peitschte die kahlen Bäume am anderen Ufer, herabgestürzte Äste bedeckten den Gehsteig, die Nacht war in Unruhe.

Nachdem McCrink durch die Tore von The Glen getreten war, ließ der Wind etwas nach. Er ging die Zufahrt hoch und warf flüchtige Blicke durch die Bäume. Die Stelle, an der Patricia Currans Leiche gefunden worden war. Es kam ihm vor, als triebe sich zwischen den Schatten der Bäume das Böse aus einem Bilderbuch herum, Mord in den Karpaten oder irgendeiner anderen abgeschiedenen Gebirgsprovinz. Wenn er die Augen schloss, konnte er sie sehen, eine Gesellschaft, die am Rand des Waldes kauerte. Ein Ort der Blutrache, der streunenden Wölfe. Alte Schrecken seiner Kindheit kehrten zurück. Er stellte sich vor, dass er von Augen hinter den Bäumen beobachtet wurde. Er dachte an ein menschenähnliches sagenhaftes Biest aus einem alten Stundenbuch.

The Glen war mittlerweile ohne Fenster. Auf dem Rasen lagen Müll und Schalungsbretter der Bauarbeiter, das Grundstück sah aus wie eine Theaterkulisse, wie eine gemalte Gruppe finsterer Herrenhäuser, die hier aufgestellt worden war, um eine erfundene und ausgereizte Geschichte weiterzuspinnen. Doch als McCrink den Hausflur betrat, spürte er die im Gebäude gefangene Kälte, hörte seine Schritte auf dem Parkettboden und erinnerte sich daran, wie er sich gefühlt hatte, als er die Leiche von Elisabeth Figg in Dukes Meadows auf dem Boden entdeckt hatte oder als er am Weir's Rock bei Damolly gestanden war. Das waren die Orte. Die Bereiche des Todes. Er tastete sich im Licht der Taschenlampe die Treppe hoch, die Läuferstangen aus Messing lagen lose unter seinen Füßen. Auf dem zweiten Absatz hielt er nach der Dienstbotentreppe Ausschau, die auf den Speicher und zu den Dachkammern hinaufführte. Die enge Treppe brachte ihn in den zweiten Stock. Er öffnete eine Tür, die auf einen Korridor führte, dessen Bodenbretter herausgerissen worden waren. McCrink musste über die freiliegenden Balken gehen. Das Dachgebälk war sichtbar, an etlichen Stellen waren die Schindeln weggeweht worden, der Korridor war der Nacht ausgesetzt. Das Gebälk knarrte, die Ziegel des alten Hauses rieben sich knirschend aneinander. McCrink realisierte, dass er sich über dem Zimmer mit dem Blutfleck auf dem Boden befand, dem größten Schlafzimmer. *Geschlagen, erwürgt, erstochen.* Doris Curran hatte genau gewusst, wohin sie ihn schickte. Eine Atmosphäre von künstlicher Bedrohung, wahnsinnige Frauen, die nachts durch die Heide streiften, das Heulen des Windes, das zu einem schrillen Kreischen anschwoll. Doris, die in Broadmore aufgewachsen war, im Gefängnis für geistesgestörte Straftäter, Doris, die Beraterin lüsterner Irrer, die Ratgeberin und Mentorin zerstörter Seelenorte. Die Schachtel mit den Aufzeichnungen der Telefongespräche lag da, wo sie gesagt hatte, auf dem Schminktisch im Mädchenzimmer. McCrink ging darauf zu, als wären sie eine Art Sühnegeld, eine Belohnung aus dem Vorrat einer Wahnsinnigen. Er nahm die Schachtel und trug sie die Treppe hinunter.

Er hatte die Schachtel neben sich auf dem Beifahrersitz, als er aus Whiteabbey wegfuhr. Er fühlte sich, als sei er damit im Besitz der Urkunde samt ihrer Zusätze, die alle Handlungen der Currans verzeichneten, ein Nachlass, der ihm in dieser Nacht des Grolls vermacht worden war.

*

McCrink fuhr nach Newry und ging zur Telefonzelle an der Hill Street. Er verlangte eine Verbindung mit Len Barrett vom Express in London. Der Anruf ging über den Kanal, und er musste einige Minuten warten, bis er durchgestellt wurde; er lauschte dem Rauschen der Verbindung, verlor sich im transnationalen Netzwerk. Er wurde zum Gebäude des Express durchgestellt und wartete am Apparat auf Barrett.

Während er in der Zelle stand, hörte er im Hintergrund die Geräusche aus dem Nachrichtenraum. Bestimmt liefen die Druckmaschinen für die morgige Ausgabe. Er erinnerte sich an Nächte dort, in denen sich das ganze Gebäude zu den Vibrationen der Maschinen bewegte, Drucker kamen und gingen, Mitglieder der Druckergewerkschaft, voller Überzeugung und innerer Stärke, korpulente, hemdsärmelige Männer, die große, komplizierte Druckpressen bedienten. Er schaute durch das trübe Glas, 23 Uhr 30, die Straße war unbelebt, er sah die verwischten Formen der Kleiderpuppen im Schaufenster von Foster Newell's, die Trostlosigkeit kleinstädtischer Straßenbilder.

»Barrett?«

»Hier ist Eddie McCrink.«

»Was willst du um diese Uhrzeit, McCrink?«

»Hast du über den McGladdery-Fall berichtet?«

»Ist hier bloß ein kleiner Fisch, tut mir leid. Schlagzeilen machen Hanratty und der A6-Mord.«

»Ich glaube, die haben McGladdery reingelegt.«

»Da musst du aber mit was Besserem rüberkommen. Glauben ist nicht beweisen. McGladdery ist genau die Art Dorfrowdy, den die Leute hängen sehen wollen. Wenn die hier drüben überhaupt an McGladdery denken, was sie nicht machen, dann als einen, den man an den Galgen bringt. Sogar die Gegner der Todesstrafe wären froh, ihn am Galgen zu sehen, und das war's. Wirft ein zu schlechtes Licht auf Mörder.«

»Und was ist, wenn ich dir etwas zeige, das mit dem Richter zu tun hat, der die Strafe ausgesprochen hat? Er ist der Vater von Patricia Curran. Er ist drauf und dran, Mitglied des Kronrats zu werden.«

»Nach dem Mord damals hat man über ihn geredet.«

»Die Eltern des Freundes von Patricia bekamen einen Anruf von Richter Curran, der wissen wollte, ob sie seine Tochter gesehen hätten. Die Eltern schwören, dass der Anruf erst kam, nachdem die Leiche bereits gefunden worden war.«

»Ich kann mich erinnern. Du denkst also, wenn du den Richter zu Fall bringst, müssen sie den Prozess neu verhandeln.«

»Sie müssten's sich zumindest überlegen.«

»Aber du kannst nichts davon beweisen. Die Eltern könnten sich irren.«

»Tun sie nicht.«

»Woher willst du das wissen?«

»Ich hab die Telefonaufzeichnungen jener Nacht. Die Anrufe aus Currans Haus sind mit dem jeweiligen Zeitpunkt aufgezeichnet.«

»Wie bist du an die gekommen?«

»Patricias Mutter hat sie mir gegeben.«

»Herrgott, McCrink, du bewegst dich hier auf ganz schön dünnem Eis. Schick mir die Telefonaufzeichnungen, und ich schau sie mir an.«

*

Die Anhörung von Robert McGladderys Einspruch gegen sein Todesurteil fand am 16. November statt. Vorsitzender des Berufungsgerichtes war Richter H.A. McVeigh, der seinerzeit Iain Hay Gordon im Mordprozess Patricia Curran verteidigt hatte. Der Einspruch fußte auf neun Beweggründen, davon drei Hauptbegründungen. Der erste betraf Roberts Verhalten in den Tagen nach dem Mord, das nicht zu jemandem passte, der ein niederträchtiges Verbrechen verübt hat und unter ständiger Überwachung stand; eine Tatsache, auf den der Prozessrichter die Geschworenen hätte aufmerksam machen müssen. Die zwei anderen Begründungen betrafen Richter Currans Bemerkungen in seiner Zusammenfassung, die Geschworenen sollten vorsichtig sein mit Rückschlüssen, was mögliche »Gaunerei« vonseiten der Polizei aufgrund von Aussagen eines Mannes angehe, der vor dem Gericht unter Anklage steht. Brown wies auf die implizite Anklage in der Wortwahl des Richters hin. Er vermutete, es gebe eine Absprache, damit die Fakten des Falles passten, um McGladdery zum Killer abzustempeln und jede andere Möglichkeit ausschließen zu können. Er legte die Vermutung nahe, die Polizei sei bereit gewesen, nahezu alles zu unternehmen, um zu beweisen, dass McGladdery schuldig war.

Brown brachte die Sprache auf das Wort »knavery«, »Gaunerei«, das der Richter verwendet hatte. Es war ein ungebräuchliches, ein altertümliches Wort, das eine Zeit von Vasallen und Lehnsherren heraufbeschwört, von Gerichten, durch deren düstere Hallen Schlingel in Mützen mit Glöckchen streichen.

Der letzte Punkt des Einspruches betraf den Hinweis des Richters, dass dreizehn Zeugen bestätigt hatten, dass McGladdery einen hellen Anzug getragen habe. Brown argumentierte, dass dies eine Feststellung sei, die nur von den Geschworenen hätte gemacht werden dürfen. Dadurch, dass Curran sie kommentierte, hatte er eine der wichtigsten Stützen der Verteidigung zunichte gemacht.

Nach mehreren Stunden Beratung lehnte das Berufungsgericht alle neun Beweggründe für eine Berufung ab. Das Datum für die Hinrichtung wurde auf den 20. Dezember festgelegt. McGladderys letzte Hoffnung war eine Begnadigung durch Brian Faulkner, den Innenminister.

Nach Ablehnung seiner Berufung wurde Robert in die Todeszelle im Keller gebracht. Brown besuchte ihn jede Woche, um ihn über den Verlauf seines Gnadengesuches zu informieren. Brown hatte mit Organisationen Kontakt aufgenommen, die die Abschaffung der Todesstrafe unterstützten und von denen einige ausführlich mit ihm korrespondierten.

Wenn die anderen Gefangenen in ihre Zellen zurückgebracht worden waren, trainierte Robert allein im Gefängnishof. Während des Prozesses hatte er den Bericht über sein Leben zur Seite gelegt, aber jetzt wollte er daran weiterarbeiten. Mervyn besuchte ihn weiterhin, und Robert befragte ihn nach Einzelheiten von Ereignissen, die in der Vergangenheit passiert waren.

»Man glaubt, dass man sich an Dinge erinnert, aber wenn man sie aufschreiben will, ist alles anders«, erzählte er Mervyn.

Er fragte nach Daten und Uhrzeiten, die Vergangenheit wurde undeutlich, löste sich auf, der Nebel über dem Meeresarm entzog die Stadt seinem Blick.

»Manchmal fühl ich mich, als wär ich mit meinen Gedanken woanders«, sagte Robert.

»Ich wünschte, das wäre so«, sagte Mervyn, »dann würden sie dich wenigstens in die Klapsmühle stecken.«

Robert erzählte Mervyn nicht, dass er froh war, hier zu sein und nicht in der psychiatrischen Anstalt. Will hatte die ganze Zeit davon geredet, wie oft er die Anstalt in Downshire mit ihren hohen Backsteinmauern gesehen hatte. Er hatte von gepolsterten Zimmern und Türen ohne Klinken geredet und erzählt, dass ein Insasse ausgebrochen war und eine Frau in ihrem Bett erdrosselt hatte. Wenn Robert früher in der Dunkelheit zum Damolly Hill hinaufgegangen war, hatte er auf den Klang von Schritten in der Dunkelheit hinter sich gelauscht. Aus Angst davor, was er dann möglicherweise zu sehen bekäme, hatte er sich niemals umgedreht. Das leere Gesicht mit herunterhängendem Kiefer, geifernd.

»Ich weiß, wie sich Pearl gefühlt hat«, sagte er zu Mervyn.

»Du solltest besser nicht so reden«, sagte Mervyn.

»Was wird in der Stadt geredet?«

»Sie sagen, dass du Pearl getötet hast.«

Aus seiner Zelle konnte Robert hören, wie am Galgen gearbeitet wurde. Die Falltür hing an groben Messingscharnieren. Als die Schreiner sie testeten, hörte man es selbst in den B- und C-Flügeln des Gefängnisses. Robert bekam weiterhin Informationen von den Gefangenen, die ihm das Essen und seine Post brachten. Der Knoten am Strick war ein Schifferknoten oder etwas Ähnliches, kunstvoll und zugleich improvisiert wirkend.

Sonntagnacht nach dem Gesuch wurde er von McCulla, dem obersten Aufseher, der ihm mit dem Strahl der Taschenlampe ins Gesicht leuchtete, geweckt.

»Wolltest du nicht wissen, wie der Galgen aussieht? Jetzt ist er fertig, also komm schon und schau ihn dir an.«

Robert folgte ihm aus der Zelle den Gang hinunter und spürte die Kälte des frostigen, schwarzen Basalts. McCulla öffnete die Tür zur Hinrichtungskammer. Die Konstruktion hatte etwas Komisches und Unseriöses, wirkte zusammengeschustert. Die frisch gesägten Bretter, die glänzenden Bolzenköpfe. Auf dem Boden unter dem Galgen lagen Holzspäne.

»Der Strick fehlt«, sagte Robert.

»Allen kommt in den nächsten Tagen mit seiner Ausrüstung her«, sagte McCulla, »ich sag dir Bescheid, keine Angst.«

*

Am 5. Dezember 1961 wurde Robert McGladderys Gnadengesuch an Brian Faulkner, den Innenminister, abgelehnt. Über den Briefkopf des Schreibens, das Roberts Anwälten die Entscheidung mitteilt, hat Faulkner mit Füller »Lasst das Recht seinen Lauf nehmen« geschrieben. Es ist schwer nachzuvollziehen, warum er den Hang verspürte, einem Schriftstück mit dem Beschluss, dem Gnadengesuch in deutlichen juristischen Formulierungen nicht nachzukommen, diese Bemerkung hinzuzufügen. Es ist, als repräsentiere das offizielle maschinengeschriebene Schreiben für Faulkner eine Seite des Rechtssystems, und das Recht an sich eine andere.

James Brown teilte Robert am Abend des 5. Dezembers mit, dass sein Gnadengesuch abgelehnt worden war. Später sagte er, Robert habe keine Emotionen gezeigt. Wie schon beim Urteilsspruch wunderte sich Brown über Roberts Reaktion. Es war nicht so, dass er keine Emotionen zeigte, sondern eher, dass überhaupt keine vorhanden waren; eine Beobachtung, die bei seinem Schuldspruch auch andere gemacht hatten. Das gleiche Fehlen von Emotionen wurde auch an Ruth Ellis und James Hanratty bei ihren Mordprozessen festgestellt.

»Ich werde zu Ende bringen, was ich über mein Leben aufschreibe«, sagte Robert, »dafür reicht die Zeit.«

Der Wärter McCulla hielt sein Wort. Er weckte Robert am Morgen des 23. und übergab ihm ein Stück Papier. Die Worte darauf waren in dicken Buchstaben geschrieben.

Hinrichtungskiste No 2
Inhalt
Stricke 2
Klotz- und Falltür 1
Riemen 2
Sandsack 1
Messstab 1
Kreidestift 1
Packschnur 1
Kupferdraht 1
Kapuze 1

»Was hältst du davon, McGladdery«, sagte McVeigh, »na, was hältst du davon?«

Abgesehen vom Kupferdraht verstand Robert die Funktion jedes einzelnen Bestandteiles. Die Liste war von beruhigend altmodischer Qualität. Einfache handwerkliche Gegenstände. Die Vorstellung, dass die gesamte Prozedur fachgerecht und in alltäglicher Weise durchgeführt werden würde, gefiel ihm. Er erinnerte sich an einen Satz, den Mervyn benutzt hatte, als er ihm zeigte, wie man Leder zuschneidet.

»Zwei Mal messen und einmal schneiden, so sagt man doch, nicht, Mr McCulla?«

»In deinem Fall heißt es zwei Mal messen und einmal fallen lassen, McGladdery«, sagte McCulla.

»Sagen Sie mir«, sagte Robert, »für was ist der Kupferdraht?«

»Das wirst du früh genug herausfinden«, antwortete McCulla.

»Ich will bloß wissen, wie die Dinge funktionieren.«

»Ach, darum hast du Pearl bis auf die Haut ausgezogen? Du wolltest herausfinden, wie Mädchen funktionieren? Wolltest dich mit eigenen Augen überzeugen?«

*

McCrink rief Harry Ferguson an und vereinbarte, sich mit ihm im Slieve Donard Hotel in Newcastle zu treffen. Montagabend fuhr McCrink der Küste entlang in der Dunkelheit nach Newcastle. Die Luft war statisch aufgeladen, Gewitterwolken standen über der See, Frachter, die den Hafen verlassen hatten, waren knapp am Horizont auszumachen. McCrink hatte angerufen, aber er kam sich trotzdem vor, als sei er von Richter Currans Wahlvertreter herbefohlen worden, der ihn erwartete.

In Newcastle waren kaum Menschen unterwegs. McCrink konnte Leute sehen, die sich durch die Spielhallen bewegten; als er vor dem Hotel parkte, fielen erste Regentropfen.

Er fand Ferguson in einem verglasten Anbau. Er saß in einem Lehnsessel mit Blick aufs Meer. Er sah aus wie ein Wächter von Geheimnissen, ein Meisterspion. Etwas an Ferguson sorgte dafür, dass McCrink sich ungeschlacht fühlte. Als kleinstädtischer Polizist, bäuerisch und ungebildet.

Sie saßen in Lederstühlen, von denen man auf den Golfplatz hinausblickte. Golfer bewegten sich zwischen Abschlag und Grün, suchten Schutz unter den von Salzwinden bewegten Palmen im Küstenbereich. »Ich hab mich gefragt, ob Sie gerne nach England zurückgehen würden.«

»Ich bevorzuge es, hierzubleiben.«

»Ich habe Ihr Dossier gelesen. Ihr Vorgesetzter bei Scotland Yard erwähnte Ihre geistig-seelische Verfassung, Probleme innerhalb der Familie.«

»Meine Ehe.«

»Die Frauen. Immer die Frauen, ist es nicht so, Eddie? Ich besuche Doris Curran in der Nervenheilanstalt. Niemand sonst besucht sie. Abgesehen natürlich von Ihnen. Sie findet, ihre Tochter sei ein schwieriges Mädchen gewesen. So was ist immer kompliziert.«

Leute wie Ferguson funktionierten so. Andeutungen, Nebenbemerkungen und Themen, die in der Luft hängen blieben. McCrink wusste, dass er erneut gewarnt wurde, seine Finger von Richter Curran zu lassen.

»Warum hat Faulkner McGladderys Urteil nicht umgewandelt?«

»Er hat dieses Jahr schon Bratty begnadigt. Außerdem ist es für Jungs wie Faulkner wichtig, was man in England von ihnen hält. Leute wie er möchten die harten Burschen auf ihrer Seite wissen. Und die harten Burschen sehen Mörder gerne baumeln.«

»Was halten Sie von Richter Currans Rolle beim Prozess?«

»Was meinen Sie damit?«

»Seine Zusammenfassung. Er hat McGladdery ausgeliefert. Er hat seine Verteidigung untergraben.«

»Die Geschworenen hätten ihn sowieso verurteilt. Das konnte man sehen. Sie wollten es so.«

»Bis Curran seinen Mund öffnete, hatte er eine Chance.«

»Er hatte nie die geringste Chance.«

»Ich denke, er hätte eine gehabt.«

»Das wird Einfluss auf Ihre Karriere haben, verstehen Sie. Ein perverser Mörder, der in Ihrem ersten Jahr als Polizeiinspektor ins Jenseits befördert wird. Sie sind hier doch in der tiefsten Provinz. Eine Hinrichtung könnte Ihnen einen Aufstieg bescheren.«

»Solange McGladdery hingerichtet wird. Ob er es getan hat oder nicht.«

»Wenn das Gericht sagt, er hat es getan, dann hat er es getan. Dagegen gibt es nichts auszurichten.«

»Ich kann sehr wohl etwas ausrichten.«

»Ihr Freund Barrett beim Express.«

»Wie kommt es, dass Sie davon wissen?«

Ferguson winkte ab. McCrink dachte an das Hauptquartier der Special Branch, des nationalen Abwehr- und Abhördienstes, an die kilometerlangen Akten und Aufzeichnungen von abgehörten Telefongesprächen.

»Er wartet nur darauf, dass ich ihm das O.K. gebe, die Telefonaufzeichnungen von Richter Curran zu publizieren. Das wird beweisen, dass er über die Nacht von Patricias Mord gelogen hat.«

»Was denken Sie, ist in jener Nacht geschehen?«

»Ich denke, dass Patricia im Haus getötet wurde und ihre Leiche dann nach draußen gebracht wurde. Die Diagnose von Doris Curran lautet auf paranoide Schizophrenie. Es gibt Berichte von Kranken, die ihre Liebsten unter dem Einfluss von Wahnvorstellungen töteten.«

»Diese Diagnose würde ich erst mal bestätigen lassen, bevor ich weitere Schritte unternähme. Wenn es so gewesen sein sollte, wäre es nur ein weiterer Fall, bei dem ein Mann verzweifelt versucht, seine Frau zu schützen. Und das ist verständlich.«

»Ein unschuldiger Mann wurde für das Verbrechen verurteilt. Er wäre beinahe am Galgen gelandet.«

»Ist er aber nicht.«

Ferguson bückte sich, löste den Verschluss des Aktenkoffers zu seinen Füßen und ließ ihn für eine Weile offen, bevor er ihn wieder schloss. McCrink sah den braunen Kartonordner. Die Akte mit den Telefonaufzeichnungen aus The Glen.

»Wie sind Sie an die gekommen?«

»Die Welt dreht sich weiter, Mr McCrink. Die Zeitungen sind voll mit Hanratty und dem A6-Mord. Es gibt keine Verschwörung. Für McGladdery interessiert sich keiner. Oder für Pearl. Barretts Redakteur wollte die Geschichte nicht. Er hat mir das Dossier in der Hoffnung gegeben, dass ich in Zukunft bei irgendeiner Geschichte etwas durchsickern lasse. So funktioniert das.«

Ferguson stand auf. »Vielleicht denken Sie, dass ich hier bin, um Ihre Karten zu zinken, und vielleicht liegen Sie damit sogar richtig. Aber ich habe Ihr Dossier gelesen, wie ich schon gesagt habe. Eine Frau kann für viele Männer den Ruin bedeuten. Wenn man Ihnen die Möglichkeit anbietet, sich wieder aufzurichten, sollten Sie annehmen. Keiner hält was von McGladdery. Sollen sich die Jungs aus Newry damit beschäftigen. Und kehren Sie nicht noch einmal zu The Glen zurück. Patricia Curran ist tot.«

»Was wissen Sie schon von Frauen, die einen Mann ruinieren?«

»So viel wie Sie. Meine Frau ist schon lange weg. Raus aus meinem Leben, ran an die Flasche. Ach, und übrigens: Wenn ich Sie wäre, würde ich mir das Dossier Ihrer neuen Freundin aus der Bibliothek beim Special Branch noch einmal ansehen. Und diesmal sollten Sie es sorgfältiger lesen. Sie steht immer noch unter gerichtlicher Vormundschaft. Sie kann jederzeit gegen ihren Willen zwangseingewiesen werden. Dann könnten Sie in Holywell statt Mrs Curran sie besuchen. Die im Übrigen keine Besucher mehr empfangen wird.«

McCrink sah durchs Fenster, wie Ferguson über den Parkplatz ging. Der Wind blähte seinen Regenmantel hinter ihm wie einen Umhang, ein zerfleddertes, windzerzaustes Ding. Er sah aus wie eine Figur aus der Vergangenheit, ein buckliger, mit korruptem Wissen beladener Leibwächter. McCrink wusste, dass er Fergusons Rat annehmen sollte. Richter Curran und McGladdery. Er hatte ein Gespür für vorherbestimmte Ereignisse. Als das Licht hinter dem Berg verschwand, wurde es dunkel, die Nacht fiel über die Stadt, und McCrink konnte durch den Regen die Lichter auf der Promenade erkennen. Ferguson hatte die Straße überquert und ging die Main Street hoch, eine Aura von schlechten Botschaften verbreitend. McCrink dachte an den Mörder. Die fehlenden forensischen Beweise auf den Kleidern. Die rasende Attacke, ohne dass der Mörder Spuren am Tatort hinterlassen hätte. Er nahm sein Notizbuch heraus und las, was er über die Sachen niedergeschrieben hatte, die in der Sickergrube gefunden worden waren. Unterhemd. Jacke. Krawatte. Schwarze Lederschuhe.

Er fuhr zurück nach Newry. Als er im Corry Square eintraf, standen Speers und Johnston an der Rezeption.

»Können wir etwas für Sie tun, Sir?«, fragte Johnston.

McCrink schaute Speers an. Johnston machte keine Anstalten, den Raum zu verlassen. Er trug seine Uniformjacke offen, die Dienstmütze hatte er aus der Stirn geschoben.

»Die Kleider in der Sickergrube. Warum war der Anzug nicht dabei? Warum sollte einer riskieren, dabei gesehen zu werden, wie man Jacke, Schuhe und Krawatte in die Grube wirft, nicht aber den Anzug?«

»Vielleicht war der Anzug nicht voller Blut«, sagte Speers.

»Warum sollte man ihn dann verstecken?«

»Vielleicht hat er den Anzug angezündet, hat ihn im Kamin verbrannt«, sagte Johnston.

»Er würde doch nicht den Anzug verbrennen und die anderen Kleider nicht!«

»Ich verstehe nicht, was Sie sagen wollen. Man könnte fast glauben, Sie möchten, dass McGladdery freigesprochen wird«, sagte Johnston.

»Die Geschworenen haben sich kein bisschen über die Beweise beraten.«

»Sie haben sich so weit beraten, wie es nötig war.«

»McGladdery war's«, sagte Speers.

»Wir haben ihn dingfest gemacht«, sagte Johnston, »wir und Richter Curran.«

»So ist das, Inspector«, sagte Speers.

»So ist das hier bei uns in der Gegend«, sagte Johnston.

*

Am nächsten Tag berichteten die Zeitungen in Newry, dass der Henker Harry Allen in Belfast eingetroffen sei. Der Bericht zeigte ein Foto von Allen. Ein großgewachsener Mann mit Schnurrbart und Haaren, die er mit Brillantine zurückgekämmt hat. Er trägt Fliege und hat eine Nelke im Knopfloch. Es sieht aus, als sei die Aufnahme gemacht worden, während er sich mit einem Glas in der Hand auf die Kamera zubewegt, dabei gestört, eine Frau zu bezaubern. Er hat einen sinnlichen Mund und die schwermütigen Augen eines Schauspielers.

»Was hat es bloß mit diesen Henkern auf sich?«, sagte McCrink.

Männer mit obskuren Berufen, die auf die Bühne gestellt wurden, denen die Einsamkeit ihrer Berufung eine Bürde sein sollte. Man wollte, dass sie einem das Bewusstsein für letzte Dinge vermittelten, und bekam stattdessen zweitrangige Theaterschreihälse.

»Es dreht sich doch alles ums Theater«, sagte Margaret, »Dorfunterhaltung am Waldrand. Die Leute wissen, dass das Böse knapp außerhalb des Scheinwerferlichts lauert. Die Stücke haben eine Moral, die Schauspieler sind als Hungersnot und Pest verkleidet.«

Es schien, als verlangte eine Hinrichtung ein gewisses Element an Unprofessionalität. Der Geistliche, der sich über die Bibel beugt. Alle um den Häftling versammelt, laienhaft, stümperhaft.

»Alle Hinrichtungsmethoden sind so. Das Fallbeil. Der elektrische Stuhl. Sehen aus wie etwas, das man in der Garage selber zusammengebastelt hat.«

»Professionell kann man es jedenfalls nicht nennen.«

»Es gibt immer wieder Geschichten darüber, was alles schiefgelaufen ist. Menschen, die sich am Strick winden.«

»Elektrische Hochspannung. Körperflüssigkeiten, die bis zum Siedepunkt erhitzt wurden. Der erstaunte Ausdruck auf dem Gesicht des zum Tode Verurteilten.«

»Das reicht zurück bis ins Mittelalter. Die hatten eine Vorliebe dafür. Der ausgeweidete Häftling, dem man das Gedärm vor sein Gesicht hält.«

»Alle Berufsgruppen des Bürgertums sollen anwesend sein. Der Geistliche, der Doktor.«

Aber da war mehr dahinter, dachte er sich. Die Öffentlichkeit wollte gar nicht, dass eine Hinrichtung zu professionell vor sich ging. Es war wichtig, dass sie grausam verlief. Sie wollten den Häftling zerlegen, zerfleischen. Sie wollten diese Beschäftigung mit inneren Organen, mit dem Innersten, dem Wesen des Menschen. Sie wollten die Ticks der Sterbenden, die Krämpfe, die entsetzlichen Zuckungen.

»Es erinnert mich an meinen Aufenthalt im Krankenhaus«, sagte sie, »sie geben dir ein Stück Gummi, auf das du beißt, bevor sie dir die Dinger an die Schläfen legen, die Elektroden.«

»Dahin gehst du nicht zurück.«

»Das kannst du nicht wissen. Ich werd morgen früh vor dem Gefängnis protestieren. Sie können mich zurückschicken, aber irgendwer muss doch was tun. Du bist übrigens ganz schön still geworden mit deiner großen Kampagne, Richter Curran zu Fall zu bringen.«

»Du hast mir nie gesagt, dass du immer noch unter gerichtlicher Vormundschaft stehst.«

»Was hat das denn damit zu tun?«

»Nichts.«

»Woher weißt du es?«

»Von Ferguson.«

»Verstehe.«

*

In der Nacht vor der Hinrichtung blieb er in ihrer Wohnung. Gegen 7 Uhr öffnete er ihre Tür und fand sie schlafend auf dem Bett. Er ging, ohne sie zu wecken.

Die Stadt war nebelverhangen, der Klang des Verkehrs gedämpft. Die Bauart der Fabrik am Ende der Canal Street war der Bauweise eines venezianischen Palastes aus dem 18. Jahrhundert nachempfunden. Man dachte unwillkürlich an verhüllte, mit Stilett bewaffnete Figuren, die durch die Finsternis des Abends eilen. Die Handelsgebäude an der Promenade ließen einen an die Weimarer Republik denken, als das Bankensystem am Boden lag. Bombastische Architektur einer untergegangenen Epoche, öde Überreste an den Ufern des Kanals.

Am Ende der Hill Street sah er das Frontier Kino, die beleuchtete Fassade schien einer alten Einsamkeit Zuflucht zu gewähren. Ben Hur stand auf dem Programm. Genau das, was er brauchte. Ereignisse in epischer Breite. Das Donnern von Streitwagen. Verrat. Verborgene sexuelle Zwischentöne.

Er kaufte eine Eintrittskarte und betrat den Saal, als die Nachrichten anfingen. Er nahm seinen Platz in der Dunkelheit ein, sah Bildmaterial von Nukleartests auf dem Bikini-Atoll. Die dunkle Verschmelzung. Die chemische Reaktion, die aufkochende Pilzwolke als Bestätigung am Himmel. Das Brüllen der Explosion, das den Traum erschütterte und Schauer über den abgelegenen Ozean rollen ließ. McCrink verstand. Man war nicht hier, um weitergebildet zu werden. Die Vorschau war dazu da, um über den Terror der Zukunft zu informieren. Man wurde aufgefordert, über die Strahlung nachzudenken, die Verstrahlung. Darüber, wie jemand in fundamentalen Belangen geändert werden konnte.

Nach der Vorstellung sah er Will Copeland mit einer Gruppe anderer im Foyer. *Will wollte, dass sie Blutsbrüder werden. Er sagte, sie sollten den heiligen Eid schwören. Sie seien fürs Leben verbunden und falls einem etwas zustoße, werde sich der andere schrecklich rächen.*

McCrink spürte Copelands feigen Blick auf sich. *Wo warst du in den zwei Tagen nach dem Mord?* Er fragte sich, ob Copeland das Buch The Long Wait in Roberts Zimmer gesehen hatte, als sie sich in jener Nacht für den Tanz bereit machten, die Frau selbstsicher, der Mann in Fesseln.

McCrink ging die Hill Street hinunter, vorbei an Foster Newell's, dann überquerte er die Straße, um zur Promenade zu gelangen. Er ging an Mervyns Schustergeschäft vorbei. Im hinteren Teil des Ladens brannte Licht. Er versuchte, die Tür zu öffnen, und stellte fest, dass sie nicht verschlossen war. Er trat ein, hob die Klappe der Ladentheke hoch und ging in den hinteren Teil des Raumes, vorbei an den Leisten und Leimen und aufgereihten Feilen. Der kräftige organische Geruch der Klebstoffe hing in der kalten Nachtluft.

Mervyns Dunkelkammer befand sich im hinteren Teil des Ladens. Abzüge der Fotografien vom Schauplatz des Mordes und der Autopsie hingen über der Wanne des Fotografen. Die Kreuzung am Damolly Hill, Straßen, die zwar zu verschiedenen Orten führten, jedoch allesamt zu Zielen voller Risiken. McCrink fragte sich, welche Arten von Begegnungen Reisende an solchen Orten hatten und was sie über jene Reisen erzählten. Daneben hing eine Serie von Fotos, auf denen die Kleider des Mädchens zu sehen waren, ihre Sachen, hilflos verstreut an dem grausigen Ort. Fotos der Leiche am Tatort, auf dem Autopsietisch. Nackte, pornografische Aufnahmen, die wie über einen längeren Zeitraum aufgenommene Bilder von verschiedenen Frauen aussahen. Auf einigen Fotos sah sie aus, als schliefe sie. Auf anderen, als läge sie arrangiert in der Landschaft. Frauen, auf dem Hügel ausgelegt wie Aas. Ein Verzeichnis des Todes. Es gab eine Serie von Nahaufnahmen, die das Gesicht des Mädchens zeigten, die Augen offen und glasig, die Lippen geöffnet.

Er drehte sich um und sah Mervyn in der Hintertür stehen.

»Ich hab sie nicht getötet«, sagte Mervyn.

»Ich hab Sie nicht gefragt, ob Sie's waren«, sagte McCrink,

»aber hätte ich die Zeit gehabt, hätte ich Sie zum Corry Square gebracht und zum Schwitzen gebracht. Sie und Copeland und die Hälfte der Männer dieser Stadt und Bratty gleich mit dazu.«

»Was haben Sie jetzt vor?«, sagte Mervyn.

»Nichts. Bleiben Sie hier mit Ihrer Freundin.«

McCrink verließ das Hinterzimmer, ging durch den Schusterladen und stand wieder auf der Promenade. Der Nebel roch nach Schlamm, von der Ebbe freigelegt. Er versuchte, zu Margarets Wohnung zurückzufinden, hilflos im Gestank des Flusses und der Leichenfinsternis des Ortes, verloren in der auf Sumpf erbauten Stadt.

*

In dieser Nacht spielte Harry Ferguson mit Richter Curran Billard. Curran erwähnte die Hinrichtung, die am nächsten Tag stattfand, mit keinem Wort. Er redete über seinen Versuch, im Kronrat einen Sitz zu ergattern.

»Ich gehe davon aus, ich habe Faulkners Unterstützung?«

»Er hatte eine stärkere Position, weil er bei Verbrechen einen harten Kurs fährt.«

»Das denkt er bloß. In Westminster schert man sich nicht um Faulkner. Allerdings ist im Kronrat für Nordirland ein Sitz zu besetzen, und das liegt zum Teil in seinem Einfluss.«

»Sie kriegen seine Unterstützung. Es ist unwahrscheinlich, dass McCrink die Sache vermasselt. Er wird Mrs Curran nicht mehr besuchen.«

Curran beugte sich über den Tisch. Er platzierte seine Finger auf dem Filz und legte den Billardstock darauf.

»Bei psychisch Kranken ist das moralische Empfinden weniger intakt als bei Gesunden«, sagte er.

Du bist genau der Richtige, um über intaktes moralisches Empfinden zu reden, dachte Ferguson. Er kreidete seinen Billardstock ein und beugte sich über den Tisch. Ferguson und der Richter spielten bis tief in die Nacht.

*

Margaret war wach, als McCrink in die Wohnung zurückkehrte. Sie nahm eine Bibel vom Regal und legte sie offen auf das Bett neben sich.

»Die Bibel?«, sagte er.

»Ich konnte an nichts anderes denken.«

»Mein Vater hat jede Nacht aus der Bibel vorgelesen.«

»Hast du je über den Namen Holywell nachgedacht? Ich frag mich, ob es da eine heilige Quelle gibt?«

Ein Ort, getränkt mit Glauben. Von den Ästen hängen Lumpen, wundersame Orden und Perlen von Rosenkränzen. Ein Ort, den die Lahmen wie die Unfruchtbaren aufsuchen, um zu beten.

»Ich bin mir nicht so sicher, ob Heilung so einfach zu haben ist.«

»Nein. Da hast du wahrscheinlich recht.«

»Wo wurde Pearl beerdigt?«

»Auf dem Meeting House-Friedhof.«

»Und wir wissen, wo Robert beerdigt werden wird.«

In einem Garten hinter dem Gefängnis an der Crumlin Road, auf seine Leiche wird ungelöschter Kalk geschüttet werden. Ein Garten ohne Sonne, umgeben von hohen Mauern.

»Man sagt, dass in Gärten, in denen Mörder beerdigt werden, nichts wächst«, sagte Margaret.

Die Namen von Mördern wurden in Gefängnisakten dokumentiert. Ellis. Hanratty. McGladdery. Hinrichtung durch Erhängen gab den Namen ein Gewicht, das sie im Leben nicht gehabt hatten, eine Bedeutung. Man fühlte das Timbre des Todes, wenn man die Namen aussprach.

»Sie sollten die Leiche der Mutter aushändigen.«

»Würde sie sie denn annehmen?«

Er trat ans Fenster. Die Straßen waren noch immer von Nebel verhüllt. Der launische Charakter dörflicher Straßenbilder. Villen längst verstorbener Kaufleute. Die Stadt, erbaut auf Sumpfland. Die Warenhäuser am Kanal leer und verlassen. Der Fluss ein übel riechender Sumpf, abhängig von den Gezeiten. Flussaufwärts eine Färberei, die giftiges Sickerwasser abließ. Feuchter, malziger Geruch aus der Futtermittelfabrik am Merchants Quay. Noch weiter oben standen baufällige Gerbereien und Brauereien. Der Nebel vom Meer trieb vorbei an Boat Street, Sugar Island, Butter Crane, Chancellors Road, Exchequer Hill. Der Tod schlug Kapital aus der Dunkelheit.

Margaret stand vor Tagesanbruch auf. Er hörte, wie die Wohnungstür ins Schloss fiel und ihr Auto ansprang. Er nahm die Bibel vom Bett und blätterte darin. Sein Vater hatte die Bibel jede Nacht vom Regal über dem Radio heruntergenommen und ihnen daraus vorgelesen. Sein Vater, der sich im Licht der Vierzig-Watt-Birne nach vorn lehnte und beinahe qualvoll aus der verehrten Schrift vorlas, als müsse jedes Wort erst verdient werden. Ein Mann, der sich abplagte, um Wahrheit aus der Dunkelheit zu schöpfen, vorgebeugt in tief empfundenem Erzählen.

Vierundzwanzig

Agnes hatte auf den Stufen des Gerichtsgebäudes gestanden und zugeschaut, wie ihr Sohn in Handschellen an einer johlenden Menschenmenge vorbeigeführt wurde. Sie sah, wie Frauen sie von oben herab anstarrten. Eine Frau, von der Welt verstoßen. Eine Frau mit einem Sohn, dessen sterblichem Leben in einem Gerichtsgebäude der Prozess gemacht worden war. Es war typisch für Robert, das Herz einer Mutter derart zu gefährden. Sie verstand nicht, warum die Meute ein solches Verlangen nach dem Tod ihres Sohnes hatte. Sie wusste nicht, welcher Präzedenzfall hier zur Geltung kam. Ein Herz, das von zu viel Beanspruchung narbenübersät war. Ihr Leben war eine Geschichte, die falsch herum erzählt worden war. Sie hatte eine Schwäche für Männer, das musste sie zugeben. Ihr Leben war voller Schuld.

Agnes las gerne Liebesgeschichten. Das war etwas, das sie ihrem Sohn weitergegeben hatte. Die Lust am Lesen. Sie konnte drei Romane pro Woche lesen. Als sie noch in der Fabrik arbeitete, lachten die anderen Mädchen sie aus und sagten, dass sie ihre Nase immer zwischen zwei Seiten stecke.

Die meisten Frauen stimmten zu, dass Robert mit seiner Mutter Glück gehabt hatte. Viele andere junge Mädchen hätten ein Kind in ein Heim gegeben, wenn es zu so etwas überhaupt gekommen wäre. Wenn Mädchen aus der Fabrik in andere Umstände kamen, rieten andere dazu, es wegmachen zu lassen.

Aber Agnes war nicht so, denn welcher Vater würde nicht für seinen Sohn zurückkehren, wenn er wusste, dass Mutter und Kind sich selbst überlassen sein würden? Sie behielt ihn als Pfand und Andenken an ihre Liebe. Es war nicht ihr Fehler, dass er geworden war, wie er war. Die Verdorbenheit in ihm war nicht ihre Schuld.

Am Tag, bevor Robert gehängt wurde, kam Pastor Norman Dugdale zu ihr nach Hause, um zu sehen, ob sie ihn ein letztes Mal besuchen wollte. In den Augen Gottes sind wir alle Verurteilte, sagte er. Sie zog sofort Hut und Mantel an und fuhr mit Pastor Ductale zum Gefängnis an der Crumlin Road, wo man sie am Tor einließ. Als Robert sie sah, fing er an, sie zu beleidigen, so, wie er es immer getan hatte, und sie musste ihn daran erinnern, dass ein Geistlicher anwesend war, worauf Robert meinte: »Geistlich, das glaubst du doch selber nicht, morgen um die Zeit werd ich vor dem Herrn stehen oder vor dem Teufel«. Dann schaute er ihr in die Augen und sagte: »Ich hab's nicht getan, Mutter, das kannst du ihnen sagen!«, ein Satz, der eine Mutter für den Rest ihres Lebens verfolgt. Dann nahm er ein Stück Papier aus seiner Hosentasche und reichte es ihr. »Hier, Ma«, sagte er, »das hier hab ich über mich aufgeschrieben.«

An diesem Abend saß sie wie blind auf dem Sofa. Sie wusste nicht, was sie tat. Sie nahm einen Behälter aus der Küche und stellte ihn in die dunkle Nacht hinaus, genau wie es Robert als Kind getan hatte, um einen Meteoriten zu fangen, wie er sagte. Doch als sie bei Tagesanbruch nach draußen ging, war keiner vom Himmel gefallen. Dann erst erinnerte sie sich an das Papier, das er ihr gegeben hatte und faltete es auf, um zu lesen.

Mein Name ist Robert John McGladdery und das ist mein Bericht. Ich wurde in Tinkers Hill geboren in dieser speziellen Nacht von der die Nachbarn sagen dass sie so kalt war dass sogar die Sterne am Nachthimmel wie angefroren waren so dass mir Kälte nie was ausmachte nicht mal in den kalten Wintermonaten in diesem Gefängnis.

Heute sah ich den Henker er kam zu meiner Zelle um meinen Nacken zu vermessen er war ein traurig ausschauender Faden von einem Kerl für einen der so viele gestreckt hat. Ich probierte ihn zum Reden zu bringen weil ich bin mir sicher er hat ein paar Geschichten auf Lager aber er hielt den Mund. Er legte das Maßband um meinen Nacken und wog mich und ich musste aufstehen damit er mich vermessen konnte und ich sage dass es fast so ausschaut als würde ich der Feuerwehr oder der Armee beitreten und er schaut mich an als würde er wissen welcher Armee ich beitreten werde der Armee im Schatten.

Ich versuche mich im Gefängnis fit zu halten der Gouverneur kam in meine Zelle und fragte mich ob ich irgendwas nötig hätte und ich schlug ihm vor dass ein Fitnessraum eine gute Idee wäre. Guter Mann sagte er es ist schade dass wir nicht mehr von deinem Schlag hier drin haben. Besorgen Sie mir einen Zeichenstift und ein liniertes Heft und ich zeichne Ihnen den Fitnessraum und die Gewichte und das Programm dazu sagte ich. Soll er auch gleich nach dir benannt werden? Das sagte McCulla der oberste Wärter. Wär nicht schlecht dachte ich Robert-McGladdery-Memorial-Fitnessraum das würd mir passen. Ich hab eine Tochter sagte McCulla und eine kleine Parzelle hinter dem Bau hier die genau zu dir passt und eine Ladung ungelöschter Kalk dazu.

Ich dachte dass ich mein Leben wie eine Geschichte erzähle wie die im Reader's Digest wo jemand schreckliche Sachen

erlebt und sie bewältigt etc. Meine Mutter Agnes McGladdery man kann über sie sagen was man will aber sie hat ihr Bestes gegeben. Ich wünsche sie wäre nachts zu Hause geblieben als ich klein war und der Wind laut in den Schieferschindeln heulte lieber Gott heulte er.
Ich wundere mich wie die letzte Nacht sein wird hängen sie immer noch bei Tagesanbruch ich hab vergessen zu fragen. Kriegt der Verurteilte zu essen was immer er will oder gibt es eine letzte Zigarette? Der Verurteilte. Manchmal komm ich mir selber vor wie ein Geist einer der nachts herumzieht.
Ich hab mir oft die Frage gestellt ob ich Pearl umgebracht habe der Verstand ist ein seltsamer Ort. Habe ich ohne mein Wissen gehandelt? Die Antwort die ich geben muss ist Nein ich war zu jeder Zeit in vollem Besitz meiner Geisteskräfte. So wie es ist fühl ich mich wie eine Figur in einer Geschichte mit der Überschrift McGladdery der Mörder das klingt nach einem herzlosen und gefährlichen Mann.
Die Geschichte meines Lebens. Ich wurde weder aufgezogen noch allein gelassen. Meine Mutter zog von Ort zu Ort bis sie in der Stadt Damolly sesshaft wurde. Ihre Haltung mir gegenüber war immer voller Bedauern. Zum Beispiel sagte sie wäre es besser gewesen wenn ich dich nie gehabt hätte oder dich in einem Eimer ausgesetzt hätte. Was ist mit meinem Vater fragte ich und sie sagte du hast keinen Vater ist dir das nicht aufgefallen? Sie hatte immer eine scharfe Zunge. Ich hab gesehen wie sie erwachsene Männer mit Worten bis auf die Knochen blamierte.
Ich wusste dass ich anders war. Von Anfang an hatte ich Kopfschmerzen und sah helle Lichter während der Schmerzen. Wie oft kommt das vor fragte mich der Doktor und

ich sagte ein oder zwei Mal pro Monat seit meiner Kindheit. Der Doktor muss es dem obersten Wärter McCulla erzählt haben denn der kam zu meiner Zelle. Ich höre du bekommst Kopfschmerzen sagt er nun ich werde dafür sorgen dass du dazu auch noch einen verfluchten Nackenschmerz bekommst.

Ich höre sie nachts am Schafott arbeiten das Geräusch von Sägen das Geräusch von Hämmern. Ich habe gefragt ob ich es anschauen dürfe aber sie sagten dass das nicht gut für meinen seelischen Zustand wäre. Ich frage was sie wohl denken in welchem Zustand ich bin in einer Zelle darauf zu warten bis ich gehängt werde was für eine Truppe von Komödianten. Mervyn kommt mich besuchen aber er ist der Einzige. Ich würde Will gern sehen um ihm zu sagen dass alles in Ordnung ist du hast gesagt Freunde sollten füreinander da sein und das mache ich auch.

Meine Mutter Agnes McGladdery erzählte mir von dem Mädchen aus der Fabrik das auf mich aufpasste und mich auf den Kopf fallen ließ und danach schrie ich tagelang und konnte mich nicht beruhigen aber ich fange jetzt an mich zu wundern ob es da überhaupt ein Fabrikmädchen gab oder ob sie nur eine Erfindung im Kopf meiner Mutter war oder vielleicht ließ sie mich ja selber fallen. Als ich klein war träumte ich von einem Vater der mich mitnimmt ein Seemann oder so was der nach Tabak riecht der mich abholt und herumschwingt und sagt so mein Sohn da wären wir nur du und ich.

Die Frachter kamen durch den Schiffskanal nach Newry und man konnte den Kanal nicht sehen wenn man danach suchte so sah es aus als würden die Schiffe durch die Felder segeln. Ich sagte immer schau Mutter die Zauberschiffe

aber sie sagte nur es gibt keinen Zauber auf dieser Welt aber vielleicht in der nächsten.
Ich erinnere mich, dass ich mit Pearl getanzt habe. Ich hatte sie schon bei Foster Newell's gesehen sie war wie eine Puppe aus Porzellan und wenn man mit ihr tanzte war man besorgt dass sie zerbricht. Ich erinnere mich dass wir geredet haben aber ich kann mich nicht mehr erinnern über was. Mr Brown sagt wenn ich zugebe dass ich es gemacht habe und mich entschuldige dann wird das von Vorteil für mein Gnadengesuch sein aber ich kann nicht sagen dass ich es gemacht habe wenn ich es nicht gemacht habe vor allem wenn es darum geht ein Mädchen ganz nackt in der Welt zurückzulassen. Mr Brown hat mich komisch angeschaut als ich das sagte und gesagt er würde sein Bestes tun für mich. Ich werde mich mit Leib und Seele für dich einsetzen, das waren seine Worte. Strapazieren Sie Ihren Leib nicht zu sehr habe ich gesagt denn das ist nicht gut das weiß ich vom Bodybuilding aber Mr Brown ist kein Mann für Späße. Das Gleiche habe ich auch zu Hughes gesagt kurz bevor sie mich aus der Zelle in die Todeszelle brachten. Dass ich nicht sagen kann dass ich es war habe ich zu ihm gesagt und er hat mich angeschaut und gesagt entweder hast du es wirklich nicht gemacht oder du bist völlig durchgeknallt und in beiden Fällen sollten sie dich nicht hängen. Was du nicht sagst war meine Antwort.
Der Gouverneur fragte mich ob es etwas Spezielles gibt das ich in meiner Zelle möchte und ich fragte ob es möglich wäre Hanteln und ein Springseil zu bekommen um meinen Kreislauf in Schwung zu halten. Er schaute mich komisch an als wolle er sagen warum willst du dich fit halten wo wir dich doch aufknüpfen werden da brauchst du keinen Kreis-

lauf. Aber ein gesunder Körper führt zu einem gesunden Geist und einer guten Einstellung.
McCulla kam zu mir und sagte dass die Gesellschaft für Gefängnisreform ihm sagte er müsse mich fragen ob es irgendetwas gibt was ich benötige. Soweit es ihn betreffe sagte er werde das einzige was ich benötige unten im Gang der Todeszelle gebaut aber er wäre gesetzlich dazu verpflichtet zu fragen. McCulla nervte mich so dass ich ihm sagte dass ich einen Expander möchte um mich körperlich zu betätigen. Ich dachte dass ich zu weit gegangen war und McCulla würde die Aufgabe des Henkers für ihn erledigen aber alles was er sagte war dass er mein Gesuch dem Gefängnisleiter überbringen wird. Als ich das Mervyn erzählte sagte er dass ich mir selber in den Fuß geschossen hätte und warum ich meinen großen Schnabel nicht halten könnte?
Falls mich jemand fragen würde was die schönsten Dinge in meinem Leben sind würde ich sagen eines davon ist Tanzen man schwebt im Raum herum. Ein anderes wäre mit Mervyn zusammensitzen und Schuhe flicken und das letzte wäre auf einem Sprungbrett in der Badeanstalt zu stehen wo man die Schiffe auf dem Meer und das Wasser und die Leute weit unter sich sehen kann. Dein Herz war in der Hose vor lauter Angst aber die Gedanken klar.

*

Robert McGladdery wurde am 20. Dezember 1961 um 8 Uhr morgens im Gefängnis an der Crumlin Road erhängt. Das Wetteramt hatte bereits einige Tage vor der Hinrichtung dichten Nebel in der Stadt vorrausgesagt. In der Nacht vor Roberts Tod begleitete Pastor Norman Dugdale Agnes McGladdery zum Gefängnis, damit sie ihren Sohn noch einmal sehen konnte. Nach seiner Hinrichtung berichteten die Zeitungen, es sei sein letzter Wille gewesen, »sein Geständnis zur öffentlichen Kenntnis zu bringen«. Dies wurde »durch offizielle Stellen kurz nach der Hinrichtung um 8 Uhr diesen Morgen bekannt gegeben«.

Die erwähnten offiziellen Stellen wurden nicht näher benannt, doch ein Brief vom Gefängnisgeistlichen Pastor W. Vance der Crumlin Road an den Gefängnisleiter wurde bald darauf für die Presse freigegeben.

Sir
Ich möchte Sie informieren, dass Robert A. McGladdery vor seiner Hinrichtung die volle Verantwortung für den Tod von Miss Pearl Gamble übernommen hat. Des Weiteren informierte er mich, dass er den fraglichen hellen Anzug verbrannte. Und er informierte mich über seinen Wunsch, sein Geständnis zur öffentlichen Kenntnis zu bringen.
Unterzeichnet
William John Vance

Der Brief scheint verfasst worden zu sein, um jeden Zweifel in der Öffentlichkeit an der Rechtmäßigkeit der Hinrichtung von Robert McGladdery aus der Welt zu schaffen. Die Sprache ist eher die eines Juristen als eines Geistlichen. Der Satz »volle Verantwortung übernehmen« ist sonderbar und scheint mit Bedacht gewählt. Der Brief ist nicht wirklich ein Geständnis. Der Verweis auf das Verbrennen des hellen Anzugs scheint gemacht worden zu sein, um Zweifel an einem der Hauptargumente der Anklage zu beseitigen.

Man kann davon ausgehen, dass ein Mann in Roberts Lage, der mit sich ins Reine kommen will, am Abend vor seiner Hinrichtung Reue zeigen und vielleicht Einblick in die Motive geben würde, die ihn dazu brachten, diese Straftat zu begehen. Das fehlt. Stattdessen endet der Brief mit der Forderung, die vorangehenden Behauptungen öffentlich zu machen.

Zu den sechs Zeugen der Hinrichtung gehörten Pastor Vance und der Gouverneur des Gefängnisses. Als Robert um 7 Uhr 55 in die Hinrichtungskammer geführt wurde, sahen die Zeugen, wie er das Schafott betrachtete und seinen Kopf hin und her bewegte, um es sich genau anzusehen. Später sagten sie, er habe erregt gewirkt. Eine hagere, gequälte Figur im Schatten des Galgens, verängstigt durch die alltägliche Unerbittlichkeit, die Nagelköpfe und ungehobelten Planken – Roberts verbrecherische Seite schien bestätigt.

»Erregt, so ein Unsinn«, sagte Wärter McCulla, »er hat nach dem Kupferdraht gesucht, den er auf der Liste des Henkers gesehen hat.«

Für Robert war es wichtig, dass er die Dinge verstand und sie zuordnen konnte. Als Allen ihm die Kapuze überzog, wunderte er sich, warum man sie auch Haube nannte, wo es doch wirklich eine Kapuze war. Das Einzige, was er hören konnte, war die Stimme des Pfarrers. Er erinnerte sich daran, wie Mervyn ihm das Gleichnis von den anvertrauten Talenten erzählt hatte. Als er nachgefragt hatte, was ein Gleichnis sei, hatte Mervyn geantwortet: nur eine Geschichte.

Fünfundzwanzig

Die Polizeischule in Enniskillen hat eine kleine Sammlung von Gegenständen und Dokumenten berühmter Kriminalfälle. Sie orientiert sich an der bekannten Sammlung von Scotland Yard und wird auch Black Museum, Schwarzes Museum, genannt. In einer Glasvitrine befindet sich das Kleiderbündel, das in der Sickergrube in Damolly gefunden wurde. Die schwarzen Schuhe, die rot-schwarze Krawatte, die kurze, beige Windjacke. Die Jacke scheint zur Größe eines Kleidungsstückes geschrumpft, das einem Kind gehört. Der verkommene Zauber, den sie einmal besessen hat, ist nur schwer vorstellbar.

In einer anderen Vitrine liegen Beweisstücke vom Fall Patricia Curran. Fotografien vom Tatort und von The Glen. Die Kunstmappe, die sie in der Nacht, in der sie ermordet wurde, bei sich trug. Die gelbe Mütze, die sie aufhatte. Ihr Regenmantel. Die Wichtigkeit, die diese Gegenstände zur Zeit des Mordes besaßen, ist schwer vorstellbar. Da die Stoffe der Sonne ausgesetzt waren, sind die Farben verblasst. Trotzdem wirken die Gegenstände vertraut, und man bekommt ein Gefühl für den Übergriff, der stattfand, wenn man sie betrachtet. Trotz des Sonnenlichts und der Staubpartikel, die durch die Museumsluft schweben, ist es kein Ort der Stille.

Lance Curran wurde 1962 Mitglied des Kronrates und zog nach London. Doris Curran hat Holywell nie mehr verlassen. Sie starb 1975, Curran heiratete im Jahr darauf erneut. Und so kehrt man zu dem Foto von Lance Curran zurück, auf dem er 1961 die Ehrenwache in der Downpatrick inspiziert. Curran ist sich der Kamera bewusst; die Familie Curran ist sich der Kameras allzeit bewusst. Die Gesichter der Soldaten sind verborgen, aber sie stehen da wie Angehörige eines grimmigen Freikorps, die an seine Seite beordert wurde.

Biegt man an der Belfast Road links ab, erreicht man die Ortschaft Damolly. Herz des Dorfes ist eine Zeile von vielleicht zwanzig Arbeiterhäusern, die in einer Kurve liegt. Das Haus von McGladdery findet sich in der Mitte dieser Zeile. Die Häuser sind aus Granit gebaut, die Türbalken sind aus Stein, die Fenster mit roten Ziegeln umfasst. Die Häuser sind in gutem Zustand und so belassen worden, wie sie waren, obschon einige am Ende des Hügels weiß verputzt wurden und man Fenster aus Kunststoff und andere Kleinigkeiten hinzugefügt hat. Alle Häuser haben Satellitenschüsseln, die in den Himmel zeigen, in Richtung der einsamen Umlaufbahn, dem Stimmengewirr der Welt, das gesammelt und ans Ende des Alls gerichtet wird, hinaus in den Meteoritenstaub.

Am Ende führt die Straße nicht weiter. Die Straße nimmt eine Linksbiegung, dann führt eine Kastenträgerbrücke über den von Unkraut bedrängten Fluss. Die Straße ist durch vier große Betonblöcke versperrt, das andere Ende der Brücke mit einem verwilderten Graswall blockiert. Hinter dem Wall senkt sich das Land ab und das Auge befindet sich auf gleicher Höhe mit den glänzenden Dächern eines Industriegebietes. Dann steigt das Gelände wieder an, und man sieht das Einkaufszentrum, den Verkehrskreisel und die Umfahrung. Der Weg zum Weir's Rock ist durch irgendwelche Gebäude des nachindustriellen Zeitalters versperrt, und dennoch ahnt man die schmalen Pfade, auf denen Pearl Gamble damals nach Hause ging. Ein steiler, von Stoppeln bedeckter Hügel erhebt sich hinter den Häusern.

Ende der sechziger Jahre hatte Newry und seine Umgebung die höchste Arbeitslosenrate Westeuropas. Sie war unglaublich hoch, und der wirtschaftliche Zusammenbruch hatte insgesamt etwas von der amerikanischen Wirtschaftskrise in den Dreißigerjahren. Kolonnen schlurfender, deprimierter Männer vor Arbeitsämtern aus Backstein.

Die Polizei hatte von Anfang entschieden, dass Robert Pearl getötet hatte. Er hatte in jener Nacht mit ihr getanzt, hatte die Band gebeten, It's Now or Never zu spielen. Niemand hatte gesehen, wie er die Tanzhalle verließ. Es waren keine anderen Möglichkeiten in Erwägung gezogen worden. Roberts Haltung machte die Sache nicht besser. Als Reaktion auf die intensive Polizeiüberwachung hatte er zugelassen, dass ein Hauch bösartiger Albernheit über seiner Person schwebte. Er führte die Beamten durch die Stadt, verspottete sie.

Robert McCartney, Juniorpartner eines Anwaltsbüros, saß während des ganzen Prozesses im Publikum. Er wies darauf hin, dass das Gesetz in England geändert die Todesstrafe in nahezu allen Fällen abgelehnt worden sei. Wäre Robert McGladdery in England angeklagt und für schuldig befunden worden, hätte man die Todesstrafe nicht über ihn verhängt. Doch obwohl die Beweise gegen den Angeklagten auf Indizien beruhten, habe es keine Beweise gegeben, die auf seine Unschuld hinwiesen.

In einem Interview Jahre später sagte der Geschworene Jack Landelis, er sei dafür, die »Todesstrafe umgehend wieder einzuführen«.

Am Strand von Warrenpoint schwimmt niemand. Es hat Versuche gegeben, Sand herzubringen, um einen Strand zu schaffen, aber die Gezeiten haben ihn weggespült. Die Badeanstalt schloss in den späten Siebzigerjahren. Zwanzig Jahre später ist sie als Zentrum für Wassersport wiedereröffnet worden. Mehrere Jahre lang paddelten Windsurfer in Neoprenanzügen im Windschatten der Bäder den Wellen entgegen, Silhouetten, die sich in den Wind lehnten. Die Surfer verschwanden wieder, als das Wassersportzentrum schloss. Die Farbe blättert von den Wänden, die Eisengeländer rosten. Der Kiosk am Eingang, der an eine Pagode erinnert, ist leer. Die Fähre nach Heysham passiert den Kanal jede Nacht, keine hundert Meter vom Ufer entfernt, ihre Schrauben wühlen den Schlamm am Meeresgrund auf, das Kielwasser klatscht gegen die Wände der Schwimmbecken, ein ozeanisches Rumpeln im Fundament der Bäder, die Klänge der tiefen See.

Das Zentrum der Stadt wird durch die Kräne und Industriebauten der Hafenanlagen dominiert. Die Promenade wird gesäumt von zerfallenden Küstengebäuden. Das Victoria-Hotel. Das Liverpool. Das Marine Tavern. Warrenpoint war einst ein Transithafen. Passagiere reisten von hier nach Liverpool, wo sie auf Linienschiffe umstiegen, um den Ozean nach New York oder Boston zu überqueren. Auswanderer, die auf das Auslaufen ihres Schiffes warten. An der Promenade stehen Gebäude mit seltsamen Türmen, Gotik am Meeresufer, bröckelnde viktorianische Chinoiserie.

Auf den Straßen sind Osteuropäer, die mit Schiffen gekommen sind, kleingewachsene dunkelhäutige Männer, die heruntergekommen wirken. Man sieht Schiffe aus Riga und Gdansk und den großen nördlichen Häfen. In der Luft hängt ein baltischer Hauch.

Die Stadt versucht immer wieder, vornehm zu werden, doch rund um die Imbissstuben, Friar Tucks und Country Fried Chickens bleibt sie schäbig. Junge Männer aus Kilkeel, Rostrevor und Barcroft vagabundieren als plündernde Banden durch die Nacht.

Im Sommer ziehen die Vergnügungsarkaden weiterhin Besucher an. Sie genießen Eis im Genoa, flanieren auf der Promenade. Auf den niedrigen Ufermauern sitzen Verliebte. Mit der Gegenwart haben diese kleinen Ferienorte jedoch nichts zu schaffen. Sie sind gebaut worden, damit man auf lange, heiße Sommer zurückblicken kann, die vielleicht existierten und vielleicht nicht, sie sind gebaut worden für sonnengebleichte Erinnerungen an eine Kindheit am Strand.

An der Strandpromenade stehen Pflegeheime, in denen die Schlurfenden und Zögernden untergebracht sind, verwirrte Greise, die wissen, dass einen die Vergangenheit zunichtemachen kann. Margaret sitzt im Stella Maris Home in einem Fauteuil und schaut aufs Meer hinaus. Eddie McCrink starb 1987 im Schlaf. Margaret hat die folgenden zwanzig Jahre zumeist in Krankenhäusern und Seniorenwohnanlagen zugebracht. Sie ist sehr alt. Sie glaubt, sie sieht Leute am Ufer entlanggehen, die sie kennt, und manchmal nimmt Pearl ihren Platz ein in dieser Prozession der Geister, orientalisch angehaucht mit ihren schräggestellten Augen und ihrer Porzellanhaut, kultiviert, sinnlich und mit einem Hang zum Düsteren, wenn sie an den verlassenen Becken des Schwimmbades vorbeigeht. Sie schützt die Augen, wenn sie hochblickt und gegen die Mittagssonne den Umriss eines Männerkörpers erkennt, ein Phantom, das bereit ist zur Flucht.

Sechsundzwanzig

Samstag, 28. Januar 1961

Pearl machte sich fertig, um auszugehen. Sie trug einen schwarzen Bleistiftrock und eine rote Bluse mit einem breiten schwarzen Ledergurt um die Hüften, den sie sich von Ronnie geliehen hatte. Sie saß vor dem Spiegel des Schminktisches und trug sehr helles Make-up und einen dunklen Lidstrich auf, um die natürliche Blässe ihres Gesichtes zu unterstreichen. Sie verwendete einen tiefroten Lippenstift von Rimmel, den sie sich nur leisten konnte, weil sie als Mitarbeiterin Rabatt bekam. Sie wusste, dass andere Mädchen manchmal Sachen in ihren Taschen verschwinden ließen, aber Pearl bezahlte lieber. Ihr gefiel das Gefühl, sich gewisse Dinge verdient zu haben, und ihr gefiel das teure Gefühl des Lippenstifts. Sie hatte ihre Haare aus dem Gesicht gekämmt und zurückgebunden. Im Spiegel scheint ihr Antlitz teilnahmslos, und da ist er wieder, der Geisha-Look. Man kann sie direkt vor sich sehen, in einem kunstvollen Kleid, wie sie sich in kleinen Schritten und auf diese leicht humpelnde Weise bewegt. Ihr Gesicht ist ohne Ausdruck, aber wissend, mit einer jahrhundertealten Erfahrung in Sinneslust.

In diesem exotischen Idealbild ist der Tod enthalten. Das wächserne, leblose Aussehen, der Hauch von Atem aus dem Reich der Toten, die sexuellen Erwartungen so hoch, wie es nur geht. Es hat etwas Verführerisches, Pearl dabei zuzusehen, wie sie sich für den Tanz bereit macht, von Zimmer zu Zimmer gleitend, als lebe sie in einem exotischen Zuhause, das von Wänden aus Reispapier unterteilt wird. Da ist die Ahnung, dass geheimnisvolle Anweisungen sie erwarten, die Erotik der letzten Dinge.

Sie wollte sich mit Ronnie am Ende der Belfast Road treffen. Die Nacht war kalt. Die Tage zuvor hatte es geschneit und an schattigen und höher gelegenen Stellen lag noch immer Eis. Pearls Mutter rief ihr nach, Mantel und Hut zu tragen, aber stattdessen legte sie sich einen Überwurf um die Schultern.

Als Pearl am folgenden Morgen nicht nach Hause kam, meinte ihre Mutter später: »Ich war nicht übermäßig besorgt, weil ich dachte, Pearl habe sich entschieden, bei einer ihrer Freundinnen zu übernachten.«

In jener Nacht fanden weitere Tanzveranstaltungen statt. In den Zeitungen steht, dass im Maxim getanzt werde, in Thompson's Alfresco Rooms. Im Flamingo spielten die Clippertones.

Der Tanz, der in der Henry Thompson-Gedächtnishalle stattfand, war eine Benefiz-Veranstaltung. Der Abend hatte einen militärischen Unterton, die Stadtmilizionäre und Korps waren vor Ort, Mitglieder der Landwehr und eine Sondertruppe der Polizei waren anwesend.

Ronnie wartete am Ende der Straße auf Pearl. Ronnie war stiller als üblich. Sie hatte Probleme mit ihrer Gesichtshaut, und Pearl hatte ihr geraten, das Make-up nicht zu dick aufzutragen, »weil das die Poren verstopft«, wie sie sagte.

»Wo wäre ich ohne meine Schminke?«, wollte Ronnie wissen.

Ronnies Gesichtshaut war fleckig, sie hatte Pickel auf dem Kinn. Den Leuten fiel auf, wie unterschiedlich sie waren. Pearls ebenmäßige Maske und Ronnies käsiges, schlecht geschminktes Gesicht. Ronnie hatte McKnight seit einigen Wochen nicht erwähnt, und Pearl hatte nicht nach ihm gefragt. Ronnie bekam manchmal Wutanfälle. Sie konnte ausflippen und grausame Dinge sagen, darum wollte Pearl sie nicht reizen. Anfang der Woche hatten sie bei Falloni's ein Eis gegessen, und Pearl hatte Ronnie zur Toilette begleitet. Ronnie hatte sich in einer der Kabine eingeschlossen und sich übergeben.

»Bist du etwa schwanger?«, fragte Pearl.

»Das geht dich nichts an«, antwortete Ronnie, »ich hab wenigstens keinen Eisblock zwischen den Beinen, Fräulein Frigide.«

Danach war Ronnie Pearl auf der Straße nachgelaufen, um sich bei ihr zu entschuldigen. Sie hatte ausgesehen, als würde sie jeden Moment zu weinen anfangen.

»Ich weiß nicht, was über mich kam«, sagte sie, »meine große Klappe.«

»Ich hasse dieses Wort«, sagte Pearl.

Als jemand das Wort in der Schule zu ihr gesagt hatte, hatte sie es in der Bibliothek nachgeschlagen. *Gefroren oder steif vor Kälte; eiskalt; (über eine Frau) sexuell unempfänglich.*

»'türlich bist du's nicht«, sagte Ronnie, »du bist eben einfach keine Schlampe wie ich. Die Nutte der Stadt. Du hast Selbstachtung, Pearl. Gib mir zehn Jahre, dann werd ich bei den Schleusentoren auf irgendwelche großen russischen Frachter warten. Hallo Ivan, gib uns ein paar deiner Rubel, dann halt ich dich schön warm.«

Ronnie wusste genau, wie sie Pearl zum Lachen brachte. Und da Pearl wusste, dass ihre Freundin nicht böswillig war, ging sie mit Ronnie Arm in Arm die Straße hinunter, auch wenn das Wort zwischen ihnen stand.

Ronnie hatte bewundernd gepfiffen, als sie gesehen hatte, wie Pearl für den Tanz angezogen war.

»Du siehst aus wie eine aus dem Kino, Pearl«, hatte Ronnie gesagt, »die werden mich heut Nacht keines Blickes würdigen. Du siehst aus, als würdest du das Orchid Blue ansteuern. Allerdings wirst du Probleme bekommen, wenn du in dem Rock tanzen willst. Wenn der Saum aufgeht, dann pass auf, Mutter, weil sie dich nämlich bis oben hin zu sehen bekommen!«

Diese Pearl hatte Ronnie noch nie gesehen. Sie wirkte erfahren, kühl und kunstvoll. Die Leute machten Platz für sie, als sie auf den Halleneingang des Oranier-Ordens zugingen, vor dem sich die jungen Männer der Stadt versammelten. Als sie bei der Halle ankamen, spielte die Band bereits, und Ronnie fing an, für sich zu tanzen, während sie in der Schlange anstanden.

William Eglington. Joseph Clydesdale. Special Constable William Quinn. Die aufgeführten Namen wirkten bereits so formell wie auf einer Zeugenliste. Es war 22 Uhr 30.

Robert und Will Copeland trafen um 23 Uhr 30 bei der Halle ein. Gemäß seiner Aussage trug Robert eine Windjacke. Was er darunter anhatte, ist unmöglich zu sagen in der verqualmten Luft der Halle. Auf dem Weg dorthin packte Robert Joan Donergan und schwang sie herum. Die Chronologie der Nacht beginnt.

Roberts erster Tanz war Damenwahl. Hannah Taylor, eines der Tennismädchen, dessen Vater Schiffsmakler war, tanzte mit ihm. Sie sah sich nach ihren Freundinnen um, während sie zu Robert hinüberging. Sie grüßten sie mit kleinen, gefühllosen Handzeichen. Hannah hatte große Hände und Füße, und Robert wusste, dass sie beim Tanzen eine gute Figur machen würde. Leute, die sie beobachteten, sahen, wie sie ihre körperliche Ungeschicklichkeit überwand, nach Anmut strebte. Die Band mischte Walzer und Jive. Sie verstanden die Zeit, in der sie lebten, die Leichtigkeit, die verlangt war, und sie beugten sich über ihre Instrumente.

Robert tanzte sechs Mal mit Joan Donergan, aber er muss Pearl bemerkt haben. Sie stach heraus in jener Nacht, die Leute starrten sie an, überrascht, wenn sie mit jungen Männern zu Swing tanzte, als sollte sie etwas Asiatisches aufführen, einen Tempeltanz mit gesenktem Blick, ein Schatten auf dem Bildschirm.

Zuerst tanzte Pearl Jive mit Robert.

»Du bist also der große Tänzer«, sagte sie.

In ihren Augen war eine glanzlose Herausforderung zu erkennen.

»Du musst deine Finger höher legen«, sagte Robert, »auf meine Schultern, los, bieg deinen Ellbogen.«

Sie konnte seine Hand auf ihrem Rücken spüren, über ihrem Rockbund. Robert bewegte sie über die zersprungene Tanzfläche, drei Takte bis hinüber zur Bar, er schob sie zurück in die Zeiten der alten Filme, zu Fred Astaire und Busby Berkeley, er bewegte sich irgendwie schiebend, locker und gekonnt, dagegen sahen alle anderen auf der Tanzfläche steif und förmlich aus.

Später ging Robert zur Band, um sich einen Song zu wünschen, und bis er wieder bei Pearl war, spielten sie ihn bereits. Und das ist nun der Tanz, von dem die Försterin Gladys Jones sagt, dass »McGladdery versuchte, Pearl an sich zu drücken«, als er »seinen Kopf zu ihrem Gesicht hinunterbeugte« und sie »ihren Kopf immer wieder von ihm wegwandte«. Die beiden reden miteinander, aber es ist unmöglich, sie zu verstehen. Sie bewegen sich über die Tanzfläche, bis man sie zwischen den anderen Tanzpaaren nicht mehr sehen kann. Jetzt oder nie. Verloren in Presleys hinterwäldlerischem Tremolo. *It's Now or Never*, ihre Gesichter verschwinden mit den tiefen Noten, den gedehnten Vokalen.